你找他苍茫大地无踪影

叶广芩中短篇小说精选

叶广芩◎著

花山文艺出版社
河北·石家庄

图书在版编目（CIP）数据

你找他苍茫大地无踪影:叶广芩中短篇小说精选 / 叶广芩著. —石家庄:花山文艺出版社，2020.8
ISBN 978-7-5511-5182-5

Ⅰ. ①你… Ⅱ. ①叶… Ⅲ. ①中篇小说—小说集—中国—当代②短篇小说—小说集—中国—当代 Ⅳ. ①I247.7

中国版本图书馆CIP数据核字(2020)第085392号

书　　名：你找他苍茫大地无踪影
　　　　　——叶广芩中短篇小说精选
著　　者：叶广芩

选题策划：李　爽
责任编辑：刘燕军　王李子
责任校对：李　伟　李　鸥
封面设计：书心瞬意
美术编辑：陈　淼
出版发行：花山文艺出版社（邮政编码：050061）
　　　　　（河北省石家庄市友谊北大街330号）
销售热线：0311-88643221/29/31/32/26
传　　真：0311-88643225
印　　刷：石家庄燕赵创新印刷有限公司
经　　销：新华书店
开　　本：650×940　1/16
印　　张：22.25
字　　数：260千字
版　　次：2020年8月第1版
　　　　　2020年8月第1次印刷
书　　号：ISBN 978-7-5511-5182-5
定　　价：78.00元

目录

长虫二颤

常山之蛇也，击其首则尾至，击其尾则首至，击其中则首尾俱至。

——《孙子兵法》

一

陕西民间将“蛇”称为“颤”，写出来仍旧是“蛇”，读出来就变为“颤”了。有姓“蛇”的，要是真把它当“蛇”字来念，“老蛇”、“小蛇”地叫，姓蛇的人会认为你不懂规矩，缺少文化，就像有人把姓“单”（shàn）的念成了“单”（dān），把姓“查”（zhā）的念成了“查”（chá）一样，很没水平，很掉价。这种变音的读法有敬畏、隐讳的意思在其中，跟古代不能直呼大人的名姓是一个道理。

秦岭腹地的“蛇坪”是隐在崇山峻岭中的一个小自然村，村不大却历史悠久，村子周围丰草长林，层峦叠翠，大山连着大山，地极阻奥。密林中小小平畴坐落几十户人家，山多田少，地势卑湿，生理鲜薄，老百姓多靠采集中草药为生。太白手儿参、猪苓、山茱萸、党参是这里的主产，老百姓拿草药换钱米，生计有限。古代，蛇坪是傥骆道的一个驿站，傥骆道是通往四川的蜀道之一，是开凿最早、最为近便的一条道路。唯其近便便也最为难走，遇山登山，遇水过河，几近直线，至今从西安飞往汉中的飞机航线，仍是沿着傥骆道飞行，足见它的便捷。蛇坪村南有大蟒河，河边有碑伫立，记录着这里是北通长安、南接汉中的重要所在。宋以前河上有索桥将路沟通，索桥不断修葺不断完善，茶马盐铁，征伐进退，人去人来，堪称要塞。明代以后，傥骆道逐渐荒废，沿壁栈道卯在榫亡，沿途站赤递铺也颓于棼乱，加之会匪渊薮，伏蟒易生，蛇坪逐渐地被冷落，傥骆道也逐渐被子午、褒斜、文川等道路替代。蛇坪真实的读法应该是“颤坪”，“颤坪”这个名字在太白山南麓存在了千百年，汉朝、唐朝、明朝、清朝，都这么叫，但是到了1969年就变了，1969年这里来了一批城里知青，知青们对“颤”不以为然，他们管蛇叫长虫，他们嫌“颤坪”说着拗嘴，不像个正经地名，便将个“颤坪”叫成了“长虫坪”。外来的知青往往左右着一地的文化，当地农民很难与他们较劲，在知青们以后“颤坪”永远地成了“长虫坪”，1985年出版的陕西地图也正式地标上了这个名字——长虫坪。

颤坪变为长虫坪，本来是件无足轻重的小事，但是在当地老百姓的心里却是块挥之不去的心病。长虫是什么，长虫是蛇的小名，大凡什么东西被划入了“虫”的范畴，就成了极为低级的“芸芸众生”，蟋蟀可以叫虫，屎巴牛可以叫虫，牛蝇子可以叫虫，蛇怎么能叫虫，蛇是有灵气的东西，是老山神门板上的锁链，是老百姓避邪的五毒之一。

长虫坪的人对长虫是敬而又敬的。

村上有卖饭的小馆子，叫长虫坪饭馆，掌柜的叫大颤，出去当了几年兵回来就开了饭馆。大颤在部队是养马的，没受过专门厨艺训练，一切都是跟着感觉走，所以这饭就做出了饲料水平。饭馆平时没甚生意，偶有山外来写生的画家、搞科学调查的学者或是县上来检查工作的干部，在这儿临时吃几顿饭，也多不挑拣，有什么吃什么。大颤的饭馆除了米饭就是米饭，菜永远是腊肉炒洋芋，死咸，让人吃了一辈子忘不了。村长对大颤的饭食很有意见，说这饭丢了长虫坪的面子，让他在上边来人跟前很说不起话，自认为多年没有提拔，与饭馆的咸腊肉多少有关系。村长跟大颤说了几回改善伙食、提高质量的事，大颤只是问培训费归谁出，搞得村长没有办法。老百姓对饭馆的内容从不过问，也不感兴趣，老百姓的饭食是苞谷豇豆粥，自家腌制的浆水菜，过年才吃米饭腊肉，饭馆的水平如何跟他们没一点儿关系。

饭馆外面窗户下，是村里老汉们的天下，无冬历夏，台阶上常年坐着长虫坪的老年精英们，他们是长虫坪的新闻发布人，也是这一地区的评论家和诠释者，外面来了什么人，到长虫坪来有何公干，待多长时间，说了什么话，他们全一清二楚，时常地，他们会向村长、支书什么的提点儿建议，百分之八十会被采纳，很大原因是领导就是他们的晚辈，没有谁敢惹并且愿意惹这些老爷子们，就像城里各单位的退休办和老干处一样，是轻易不能得罪的地方，得供着，得捧着，否则就不得安宁。长虫坪人说，饭馆外头是长虫坪的众议院，是左右全村方针政策的中心。村长怎么的，村长在这儿也是孙子。

很多的时候，老汉们沉默地靠墙坐着，晒着太阳，各自微闭着眼，谁也不理谁。猛一看，他们是一个个僵硬的没有任何关联的个体，对周围，对彼此毫不关注，其实一个个心里都透着亮呢，什么都逃不过他们的审视。大蟒河在饭馆前面缓缓地流淌，碧绿深沉，碰到河心那块突出水面的铁锈色石头偶尔翻出几朵浪花，打出几个漩涡，又很快地趋于平静。风暖洋洋地拂过绿水，吹起微微一阵细波，夹起一股腥湿水汽，扑上岸来，撩在老汉们的身上，老汉们同时打了喷嚏。

长禄揉了揉鼻子看着西边山坡的小庙说，长虫坪名字得改，老喊小名不好呢，《三国》的曹操，小名叫阿瞒，谁敢阿瞒阿瞒地叫他？

三老汉说就是，连着几天了，他夜夜梦见大蟒河的蟒，在河心石头上辗转反侧，痛苦难耐。三老汉是长禄的堂兄弟，都姓殷，共着一个祖父。

众人于是纷纷诉说自己的见解，内容不外是“长虫坪”的名字阻碍了这一地域的发展，动摇了地仙保护这块地方的自信，使“颤”的自尊受到了极大伤害。长禄让三老汉把改名的事跟建军提提，建军是三老汉的孙子，是县上管民政的副县长。三老汉说建军有些日子没回来了，官当大了就忘了本，娶了个城里娘子，穿高跟鞋，擦洋粉，一年四季老光着两条腿不穿裤子，把好好的头发愣染成了黄的，名字更“洋活”，叫丽娜，不像个中国人。

长禄说，再怎么“洋活”她也是长虫坪的媳妇，不是月亮里的嫦娥。

三老汉说，那女人不愿到长虫坪来，怕蛇。

长禄就问三老汉当县长的孙子是什么态度。

三老汉说，孙子还是好孙子，就是做不得女人的主。

长禄说，这就是修正主义的开始。千万不要忘记阶级斗争，我们要警惕化装成毒蛇的美女。

众老汉说就是。

有谁小声纠正说应该是“化装成美女的毒蛇”，没人理会。

长禄在“文革”时候当过公社革委会主任，至今话语间常常露出些“革命语言”，让小辈们听得一震，就跟现在有些评论家时不时地要从嘴里冒出些谁也听不懂的词汇一样。这样一来，长禄就和那些评论家特别是文学评论家一样，显得很高深，很学问，很让人不知深浅。没有谁敢反驳长禄，长禄是永远正确的。

大家从三老汉的孙媳妇说到了殷娘娘庙，长禄侄子松贵说，前天二颤从庙上下来，告诉说娘娘庙的西墙快塌了，西南角的殿顶已经露了天，雨水顺着墙往下流，再不采取措施，夏天雨一来，整个顶就得压下来。

长禄说，殷娘娘庙是长虫坪殷姓人家的家庙，这事政府不会管，国家不会给钱修庙，得村上大伙凑钱……

这时饭馆里出来个提行李卷的中年人，白净面皮，脸上带着笑，扎进老汉堆里自来熟地说，大伙凑钱叫集资，是山外头一种很时髦的做法，集资办厂，集资办学，集资能办很多事情。

老汉们都看着中年人不说话，山里人对外来人有种本能的排斥。中年人倒不介意，自我介绍说他叫王安全，是三十里外王家坝老会计王在修的三儿子，现在在中医学院当老师，这回是利用暑假到长虫坪来调查中草药资源，将来准备把这儿列为学生们的中草药实习基地。

王安全的自报家门，使老汉们觉得这人还懂规矩，加之有人也认识王家坝的老会计，就对王安全有了几分好感和信任，认定他是一个干正事的人，不是“胡吹冒撂”的浪荡。

三老汉问王安全会不会看病。王安全说药理懂那么一点儿，简单的小病能凑合着应付，大病却是看不了。三老汉便说自己时常地心慌，喘不上气来，手脚发麻，问王安全能不能给开几服中药。王安全说三老汉的病怕要到医院检查，大概是心脏有问题……

长禄对三老汉有些看不上，他认为三老汉初次见面就让人给看病，太有点儿抻不住劲儿，好像长虫坪的人没见过什么似的。

长禄问王安全要在长虫坪住多长时间，王安全说得半个月，得把长虫坪的叽里旮旯都转遍了才能离开。问王安全在哪儿住，王安全说他想住到庙里，他下来的时候县里干部告诉他娘娘庙可以住人，可以和看庙的一块儿搭伙吃饭，也省了他每天上山下山的冤枉路。长禄说，你说的看庙的就是二颤了，二颤有点儿傻，但心眼实诚，住他那儿也成。就让松贵带着王安全去找二颤，松贵说他正要给二颤送米去，刚好一路。长禄让松贵提两只鸡上去，免得委屈了远道来的先生。松贵站起身从大颤的屋后捉了两只半大公鸡，用布条子将鸡腿捆了，告诉大颤，账和二颤去算。长禄又让松贵给王安全多夹床被子，说山上比不得下头，山上夜里凉得很。王安全觉得"众议院"的长禄安排工作比当村村长都细致，不愧是当过革委会主任的。

王安全就跟着松贵走，三老汉对王安全说，走道留神，山上颤多，别踩了。

王安全说，哎。

二

山路陡峭，蛇径嵯峨，一路急上。

跟松贵上了山，王安全才知道三老汉的"颤多"不是妄说。

长虫坪不愧为长虫坪，王安全在不到两公里的迤逦小路上至少碰到了五条长虫，都是麻麻的土色，大的有一两米，小的如蚯蚓，嗖嗖在脚下游动，也不避人，一个个都跟大爷似的，很是张狂。王安全是山里长大的，他非常清楚，无论大小，脚底下这些长虫都有剧毒，当地叫"菜花烙铁头"，学名叫"蝮蛇"。长虫坪的蝮蛇为长虫坪所特有，身体短粗，性情暴烈，腹部微黄，背部有水状黑斑纹，其毒较其他地区蝮蛇更剧。清代县志上有记载：“蛇坪蝮蛇与土色相乱，细颈大头，激怒时毒在首尾，螫手则断手，螫足则断足，九窍出血而死。”长虫坪的蝮蛇胆过去是进奉京城太医院的贡品，殷家是祖传取蛇胆专业户。剥蛇取胆，直到长禄的祖父还在经营这个营生，每年阴历五月，太医院的人就会下来，在西安府住着，等待县知事将炮制的新蛇胆送去。后来没皇上了，又来了同仁堂、宏仁堂的采办，都是极识货极挑剔的人，当然收购的价格也很可观。长禄还记得小时候跟着祖父上山捕蛇的情景，取胆要捕六尺以上的老蛇，小蛇的胆只是嫩嫩一层皮，里面窝着一泡淡绿的水，没甚药力。老蛇则不然，老蛇的胆厚而韧，胆汁呈黑绿色，黏滞浓稠，味苦性寒，入肝经，能清热解毒，止痉定惊。祖父说过，极品蛇胆药源只限于长虫坪，数量有限，不易得，故十分珍贵，有时一年也取不到两三个。寻老蛇首先要找到蛇迹，所谓蛇迹是老蛇在秋末时候，毒盛无所螫，入冬前将毒泄于草木，草木为气所伤，枯死，是为蛇迹。枯死的草木亦能伤人，划破人的皮肤也能使人有性命之忧。若被蛇迹草木所伤，不解方术，人一日便死。但以刀割疮肉，掷于地面，其肉沸如火炙，须臾焦尽，而人得活也。

有皇上那会儿，每年五月端午，长禄的祖父和他的兄弟要全身涂上雄黄，将捕来的老蛇放在竹笼子里，笼子底垫上细草，挑到衙门去。于后堂院中，在知事的监督下，当众将蛇取出，着官方验看了，认可，然后两人扯一条，按在地上，肚腹朝上，取十数拐子，从头到尾依次固定，使之不能翻转，殷家祖父于蛇腹上约其尺寸，用利刃划一小口，胆包自行突出，有鸡子儿大，割下以阴阳瓦焙干，以备上贡。朝廷给予殷家的报酬不菲，向毒蛇索胆，是拿生命开玩笑的行当，所以殷家过去那些白花花的银子均来自国家赏赐，置了房屋田地，也修缮了殷娘娘庙，成为长虫坪的大户。被取过胆的老蛇将伤口用龙胆草捆扎了，依旧挑回，放到娘娘庙前的“养颤池”里调养，这些蛇都还能活，过一段时日就自行钻到草丛里去了。据说，取过胆的蛇多变得胆小敏感，攻击性更强，动辄便咬人，没了胆，它们的上半身可以像眼镜王蛇一样昂起来，呼呼喷气，尾巴啪啪拍打有声，蛇芯吞吐如闪电，让人望之恐惧。长禄的祖父去世快六十年了，至今还有人在殷娘娘庙附近看到过腹部有刀痕的老蛇，有碗口粗，丈余长，夜晚双目炯炯放光。有人说那不是蛇，是精，跟来调查的林学院教授反映此情况，教授笑着说，该不是蟒吧，蝮蛇无论如何是长不到那么大的。

长虫坪的人没见过蟒蛇，秦岭山地的温带气候注定了这里没有那种大家伙，但是长虫坪的人对蟒蛇并不陌生，在当地人的思维中，长虫坪是有过蟒蛇的，而且是得了道的千年大蟒，那只蟒就生活在大蟒河里，是长虫坪所有蛇的先祖。传说汉武帝刘彻过长虫坪，见路边一大蟒，当即用箭射之，蟒负伤而逃。第二天他在射蟒处看见许多青衣童子在捣药。武帝问何故捣药，童子说昨天我主为刘寄奴射伤，命令我等在此捣药治之。武帝问，你主何人？皆不答。武帝大声呵斥，童子纷纷逃窜，一时全无踪影。汉武帝将所捣之药传与世人，皆不认识，便将此药名为“刘寄奴”，成为后世治疗金疮之奇药。至今秦岭山中生长的“刘寄奴”仍是一种珍贵草药，以治疗外伤出血，瘀血肿疼而被广泛用于医疗界。长虫坪的蟒蛇大概是条热衷于功名的蟒蛇，被汉武帝射伤之后并未偃旗息鼓，吸取教训，以后，刘秀兵败奔走秦岭，走到大蟒河又被它拦住去路，刘秀惊得跌下马来，盛怒之下拔出剑来插在河心石头上，将蟒赐死。大蟒委委屈屈地缠到剑上，越缠越紧，越缠越紧，生生地将自己斩为十八段。蟒蛇的血把河心的石头染红了，蟒蛇的身体被水冲到十五里外的山涧，凝固成石头，是为龙骨峡。是夜，大蟒给刘秀托梦说，我拦住你并没有别的意思，只是想向你讨个封号，你却将我杀了，这个代价你是要偿还的。于是就有了后来王莽篡位一十八年的传说……王莽政权从头到了算起来没有一十八年，但是跟传说就算不得这个细账了。

王安全一路小心地跟在松贵后头，两只鸡在松贵手里嘎嘎嘎地不住扑腾，使松贵走得很没有速度。他们来到山顶的娘娘庙时太阳已经滑落到西边的松树尖了，阳光照映得山巅一片金光灿烂，每片草叶都闪烁着光芒，每朵花都化出了金属的质地，仿佛能叮当奏出音响。三间破烂的娘娘庙，坐北朝南，在夕阳中幻化得辉煌无比，在晚霞的衬托下如同半空的玉宇琼楼。

王安全看着雾霭腾起的群山，忙不迭地往外掏照相机，喳喳地按快门。松贵背着米进庙里去了，很快又出来，说二颤不在庙里。王安全说这时候了，二颤能上哪儿去呢？松贵指着崖边的一棵松树说，二颤在树上。

王安全这才发现，二颤光着身子像条长虫一样绕在树杈上。太阳照在二颤黝黑的皮肤上，二颤的身体反射出鳞甲一样的光泽。王安全想，这哪里是人，分明是一条长虫。

见松贵喊他，二颤从树上退下来，退的姿势也颇像蛇。二颤来到两人跟前，看着他们，不张嘴说话。松贵告诉二颤，省上来的老王是个中医先生，要在庙里住些时日，白天先生出去考察草药，晚上回庙里睡觉，二颤的任务是给先生把饭准备好了，把洗脸水烧好了，晚上把熏蚊子的草绳点着了。王安全向二颤伸出手，想跟他握一握，二颤却不接招，两只黑手爪子一样紧紧抓着大腿，把王安全弄得挺尴尬。松贵解围说，别看他不会说话，心里可灵醒着呢，不比你我傻。

王安全眼前的二颤四十开外年纪，一双眼睛小而圆，不会转动，全是黑眼珠，见不到眼白，像是一双蛇的眼。二颤身材修长，头扁而尖，颈细而长，光着上身，一条黄色的军用裤衩，勉强地遮住了裆下的物件；除了裤衩以外，全身上下竟然再找不出一根布丝。

先天性大脑发育不全。

王安全脑海里很自然地冒出这样一个诊断。

松贵说二颤内里有热，穿不住衣服，冬天也常常是不穿衣服，也没见冻着哪儿。松贵说王安全在庙里住着，得便给二颤看看病，看好了，他会替长虫坪殷姓人家好好谢谢大夫。往后王大夫和他的学生们来了，长虫坪会好好待承他们。

二颤把王安全的小行李卷拿进庙里，殿堂内光线很暗但收拾得干净利落，殿东面扯了块塑料布，布后头有两张棕床，二颤将王安全的行李撂在靠南边的一张上，王安全看见北边那张床上铺了席，分明已经有人住了。松贵说那是个南方来的人，大颤的朋友，长得瘦小枯干，说是来山里耍耍，看长虫坪空气好，清静，就要多住几天。王安全想，有个能说话的伴儿也好，省得寂寞。

松贵临走的时候嘱咐王安全，别忘了给二颤交纳伙食费，说这是二颤的一笔生活收入。

三

二颤的晚饭做得很不简单，米饭炖鸡肉。

说是炖不如说是清水白煮，没有任何调料只是撒把咸盐。王安全看着那锅白花花的汤，看着在锅里上下翻滚的鸡肠和那一沉一浮的鸡脑袋，只是后悔没在山底下买包榨菜带上来。

鸡需要慢慢地炖，一根硬柴半截伸进灶膛半死不活地烧，饭熟还得有些工夫，王安全索性到外面去转。下了台阶，他看见殿堂正前方有块不小的低洼，低洼周边有散落的石条，料定就是当年“养颤池”的遗址了。现今，池子大半被土壅填，长满了荒草，开着些不起眼的小花。王安全跨进低洼，细细分辨那些草，以蛇床子为主，间或还有牛蒡子和鱼腥草什么的。正是蛇床子开花的季节，伞状的白花铺撒在坑沿下，如同一团团冬日残存的雪。有些花已经谢了，结出了小小的卵状果实，王安全揪下一个，用舌头舔了舔，果实很嫩，冒出一股浆液，苦而涩，甚是清凉。这里的蛇床子比别处要肥厚多了，他连根带茎地挖出几棵，准备压干了做标本。草根间有片片蛇蜕，有的甚至很完整，很大，他俯首拾起一片，是头部，蛇是从下颌的地方挣出去的，留下一个空泛透明的头颅和一双苍白的眼睛。难得的上好龙衣，退翳明目，秦岭无闲草，王安全想，明年把学生们带过来，这当是个丰富的中草药宝库。四周草丛内有急速的唰啦啦声响，是蛇们在回避，王安全感到了脚下众多目光的注视，是蛇的目光，他的身上一阵发冷，猛抬头，看见二颤又盘绕在刚才那棵树上，正不错眼珠地朝这边看。

这个二颤，他看什么呢?

天光暗下来，王安全从坑里爬上来，二颤已经将饭在殿内的小桌上摆好了，一盆鸡肉一双筷，一大碗米饭，看来是专为王安全一人准备的。王安全指了指北边的铺说，不等等他?

二颤好像没听见，愣愣地看着王安全，王安全指着饭锅说，你不吃?

二颤不言语。

王安全笑着说，我倒忘了，你不会说话。

一盆白水煮鸡肉，看上去很倒人胃口，但是二颤做了，王安全不能不吃。小鸡儿的脑袋在盆里支棱着，小眼儿睁着，小嘴张着，一只小黄爪子窝在鸡脖子下头，脖子上还有没拔干净的毛……王安全不知道如何下筷，不知是先夹鸡脑袋还是夹带毛的肉。二颤在旁边看着他，使得王安全不得不赶快做出决定。终于他拿起勺子舀了一勺漂着油花的白汤，在二颤的注视下一仰脖灌进嘴里。在汤进入口腔的一瞬，王安全全身一震，一股说不清的异香直抵肠胃，这是一种王安全有生以来从没有品尝过的味道，不是孜然，不是肉桂，不是花椒大料，不是胡椒茴香，这股香和鸡肉味巧妙结合在一起，轻麻、稍辣、淡苦、微甜，似糅进了山川之精华，添进了自然之灵韵，奇香满口，让人荡气回肠，周身通泰。王安全真真的不敢小看这盆清水般的白汤了。

王安全问二颤在汤里放了什么？

二颤蹲在饭桌对面，没听见一般。

王安全到灶边去看，也没看出什么特殊。王安全想，一碗汤竟做出了这样的不俗，就是京城大地方厨师也未必能有这样的手艺，这个蛇一样的二颤是个奇人。就想山底下大颤开的"长虫坪饭馆"，想那些单调的腊肉土豆片，想那粗硬的米饭，一母同胞的哥儿俩，大颤怎就不知跟他的傻兄弟学学呢？

一盆鸡被王安全稀里呼噜吃了个精光。

二颤用大柴锅烧了一锅水，舀了一盆端到床边，让王安全烫脚。松贵走时交代的话，二颤还记着，并且很认真地执行着。

王安全打开随身带来的半导体收音机，想听听新闻，不想长虫坪山大沟深，半导体在山顶上啦啦，播音员的话语根本连不成句。举着半导体拉出天线在庙外头东南西北地调半天，才找到一个不知哪儿的音乐台，音乐台哐当哐当播着摇滚乐，砸锅似的，响得很热闹。王安全嫌乱，关了。

月亮从东山升起来，又大又圆，照得天地一片光明。几片浮云飘过来，遮住月亮，天地立时黑了，一会儿云彩过去，又亮了。王安全躺在铺上，棕床的棕透过单子扎得他很不好受，翻了几个身，睡不着。外面很亮，庙堂里面却黑洞洞的，那个看不出眉眼的神像隐在黑暗中，仿佛有了喘气声，仿佛在轻微地动弹，仿佛要下来。有蝙蝠在房檐下飞，发出尖锐的吱吱声，不知什么鸟儿在夜幕的丛林中不停地咕咕，病妇呻吟一般。月亮渐渐西移，一束光透过窗棂照在对面铺上，铺还是空的，同在庙中借宿的那个人还没有回来。二颤躺下了，在硬扎扎的棕床上还是赤裸着身体，连单子也不盖。躺下的二颤不停地翻转，不停地用手抓皮肤，唰唰啦啦的声音在黑夜里分外清晰，像是抓在鳞甲上。王安全想，明天得给二颤把把脉，赤身裸体的总不是正常，明天还要调查庙南坡的草药分布，明天该仔细看看身边的神像，在殷家娘娘脚底下睡着……

什么时候睡着的不知道，王安全醒来是后半夜。山里的夏夜，越睡越凉，他自带的薄薄小被似乎已经抵御不了越来越重的寒意，睡梦中用手抹了一把脸，脸上湿漉漉的，山间腾起的雾一团团涌进了庙门，人是睡在云彩里了。看门外，月亮没了，灰蒙蒙一片，鸟不叫了，蝙蝠也不飞了，偌大山林静如亘古。王安全将被朝上拽了拽，翻了个身，正待继续睡去，迷迷糊糊却听到头顶有衣服的簌簌声响，虽并不引人注意，可声音竟是那样真切，时动时停，时缓时急，让人体会到动作者的谨小慎微、小心翼翼。

王安全说，二颤，是你吗？

簌簌的声音立刻停止了。王安全等了一会儿不见回应，才想起二颤是个哑巴，又想到，二颤压根是不穿衣服的！

王安全一下变得非常清醒，他坐起来，打亮了打火机，借助那颤抖的火光向发出声音的方向巡视。头顶的神像端坐在神龛内，在光的晃动下面部阴影在变幻，眼珠在微闭的眼睑下透出隐晦的目光，目光随着光的转动而转动，随着光焰的大小而闪烁，鼻翼、嘴角的黑影忽而变大，忽而变小，神像脸上的表情就变得生动而活泛，好像活了一般。泥塑的娘娘披着黄色夹披风，是信奉者的贡献，当地还愿有给佛爷送披风的风俗，常见庙里的神像红红绿绿地披着几层，佛爷的披风披得越多，越说明它的灵验。殷娘娘的身份是皇妃，所以不披红斗篷，不披绿斗篷，只披黄斗篷。娘娘的斗篷披了四五层，最里面的已经烂成了条状，想见时间已经很久远。

王安全看见娘娘的披风角在微微动弹，很细微，却明明在动，他将打火机凑近，见娘娘的衣角平整地垂着，没有任何异样。顺着衣角往上看，是娘娘的左手，整只手从腕部断掉了，露出了泥的内胎和曾经是手的骨架，残断的胳膊在微弱的光线里显得很狰狞。王安全照了照二颤的铺，上面是空的，半夜三更二颤不知干什么去了。相反，北面铺上的人已经回来了，仰躺着，泛着一身酒气，睡得很死。怕影响对方睡眠，王安全熄了打火机，摸索着出了殿门。

外面是满山遍野的雾，几步之外什么也看不清。夜色挟裹着浓雾，填满了一切沟沟岔岔、角角落落。王安全用手扇了扇眼前的雾，搅起了一团旋涡，泛起了一阵腥气。

不远处，有“嘶嘶”的声音，很怪异、很独特，王安全循着声音过去，发现是二颤。二颤站在“养颤池”边，对着大坑挥舞着双臂，上下跳跃，嘴里“嘶嘶”地往外喷气。

王安全叫，二颤，二颤。

二颤还在嘶嘶。

王安全以为二颤在发癔症，从后面将他抱住想让他停下来。二颤的力气很大，身体也很光滑，一下挣脱了王安全的约束，更猛烈地嘶嘶起来。

王安全大喝道，二颤！

二颤这才停止了舞蹈，望着一池雾气只是发呆。

王安全让二颤回去睡觉，二颤也没反对，快快地跟在王安全后面进了殿门，在自己的铺上躺了。王安全说，二颤，明天我开几服药，给你好好调理调理，你老这样不行。

二颤发出了鼾声。

王安全听到二颤的呼噜，无奈地摇摇头，苦笑了一下，拉开潮乎乎的被子躺下，想把松贵带上山的被子拿出来盖上，又懒得起来。一伸脚，脚底下一团冰凉，他呼地一下坐起来，掀开被子打亮了打火机。

一条手腕粗的肥硕蝮蛇，闪烁着美丽的斑纹，优雅而从容地顺着床腿游走了。

王安全一身冷汗，坐在床沿，将脚跷得高高的，许久不敢着地，也不敢躺下。

四

第二天是个艳阳天，太阳红艳艳地照着，夜里那一山的浓雾不知什么时候竟然消退得无影无踪，好像从来没有出现过一样。王安全睁开眼睛的时候二颤正弯着腰在灶前煮粥，苞谷糁的香气弥漫在清晨的空气中，温馨而舒展。北面铺上的人已经起来了，正蹲在床前翻弄他的口袋。见王安全醒了，那人主动打招呼说，你睡得好死，外面的鸟吵得昏天黑地也没把你吵醒。王安全朝他笑笑，以表示友好，对方个头不高，高颧骨深眼窝，说话略带沙哑，看模样是个精干的南方人。

南方人说他姓佘，佘太君的佘，叫佘震龙，今年四十三岁。又问王安全贵姓，王安全说了，老佘说王安全长他两岁，应该是大哥了。王安全问现在几点了，老佘说九点半了。王安全没想到后半夜这一觉竟睡得这么实，坐在铺上愣愣地看了半天脚底下，想着夜里床上那一盘蛇，总觉得不真实。回过头看身后的娘娘像，慈眉善目的，也正看着他。娘娘的披风端端地在身上披着，他掀起娘娘的衣角往里瞅，里面是泥像的座椅，再往里就是砖墙了。放下娘娘的披风一回头，他看见二颤正用蛇一样的目光使劲盯着他。

吃过早饭，老佘提着口袋要出去，被王安全拦了，王安全说东边山顶有雨云，待会儿会有场不小的雨。老佘半信半疑地留下来，坐在台阶上等着下雨。果然没有半个时辰，天空就被云彩遮严，噼里啪啦掉起了雨点。开始雨水顺着房檐往下滴，很快就流成了一条线。一道电闪，将天地连接，几声炸雷，在脚下炸裂，轰得地动山摇，整座山头要塌了似的。雨越下越大，雨借着风势将草木砸得歪斜，匍匐到地面，狂暴的水帘好像将人间的所有水流汇集在这里，倾泻，一味地倾泻。一只狐狸，从雨中慌慌张张地跑过来，到庙檐下避雨，狐狸好像对这里很熟悉，它心安理得地蹲坐在台阶上，也不避人，像是农家的小黄狗。王安全和老佘看了半天下雨，都显得有些无聊，老佘继续变戏法似的在翻检布口袋，在上面寻找破洞，后来又将个白玻璃瓶子对着窗户使劲照，说是二颤偷了他的白酒。

大雨倾盆，没有停止的迹象，雨水顺着西墙往下流，王安全帮着二颤用塑料布遮挡那个窟窿，搞得浑身精湿。老佘拿一块干馍馍逗弄檐下的小狐狸。小狐狸睬也不睬，端坐着，很严肃地看着雨中的山林。

王安全换了身干松衣裳穿了，对老佘说，你招它干什么？

老佘说，好玩儿。

二颤要出去，王安全拽过二颤，将他的腕子按在小饭桌上，给他号脉。二颤不愿意，身子在桌边扭了几道弯，王安全在他的肩上用力拍了一巴掌才不动了。老佘见王安全会看病，也好奇地凑过来，想听听王安全说些什么。

下雨天，闲着也是闲着。

王安全在二颤的腕子上按了半天，脸上渐渐现出疑惑，按完了左手按右手，没按出半点儿名堂。应该说王安全是个很不错的中医大夫，在学院也是个副教授级人物，望闻问切，辨证施治，临床经验也相当丰富，带出的学生一批又一批，其中不乏杏坛优秀，而这会儿竟然被二颤的脉象难住了。王安全说不清手底下是怎么回事，二颤这两个手腕，六脉不分，寸、关、尺混成一统，用力按之，指下如循游蛇，虚滑流利，弯曲绵延，说是肝肾虚弱，风寒异受，似又不是。看脉象已病入膏肓，无药可医，应该是起不了床的，而眼前的二颤却是这般灵动强壮，脉不应病，实难解释，除非他不是人。

王安全看了看二颤的舌头，舌头黑紫细长，吞吐灵活，只那么虚虚地晃了一下便将王安全吓了一跳，险些没从凳子上翻下去。

天哪，这是什么舌头啊！

老佘饶有兴致地看王安全诊病，见王安全号完脉立即追问，这个精身子满山跑的黑汉子得的是什么病，是不是精神有问题。

王安全说二颤的病他看不了……

王安全还是第一次在人跟前说这样的话，这对大夫来说真是很丢面子的事。老佘说不用号脉他也知道，这个二颤在娘肚子里没长熟就出来了，呆笨憨傻，不懂人事，是介乎人和虫之间的物件。

二颤用蛇一样的眼睛将老佘翻了几翻。老佘说，你甭这样看我，我说的就是你，别看我是你哥的朋友，可不是你的朋友。

王安全对老佘说，二颤不傻，你别当着面这样说他。

老佘说他怀疑二颤是从蛋里孵化出来的，正常的人不应该是这个长相，这个做派。

…………

凶猛暴烈的豪雨来得快走得也快。太阳从云彩后面绽露出来，万道霞光，普照着滴翠群山，西边天际现出一道彩虹，七彩缤纷，随着云气的浮动越来越近。于是，远处的山峦便浮现出连绵不断的淡蓝淡紫的线条，山川草木反射出晶莹的光亮和浓郁的清香。

二颤抱着一摞碗到泉水边去洗了。

小狐狸悄悄钻进了草莽之中，两只太阳鸟在松树上叫。老佘有一搭没一搭地拨弄着王安全的半导体，音乐台正在播放民乐合奏《金蛇狂舞》，旋律活跃欢快，优美流畅，老佘将声音放得很大，半导体的音量已经调到了极限。

王安全说，你给我省些电池吧。

老佘说，怕什么，用完了我让人从山外头给你捎来，不就两三块钱的事儿嘛。

王安全不想跟老佘再说什么，一抬头他看见二颤在阳光里随着音乐在扭动着身体，他那活泛柔韧的身子忽而蹲下蜷成一团，忽而站起抻成一条，胳膊随着身体变化上下伸展，“浮云柳絮无根蒂，天地阔远随飞扬”。二颤的动作颇像训练有素的舞蹈家，衬着雨后青山，衬着霞霭蒸腾的山谷，伴着传统经典民族旋律。二颤昂着头，伸展着臂膀，看着遥远的天边，沐浴着灿烂霞光，脸上的表情幸福舒朗，如入无人之境，达到了一种天人合一、物我两忘的境界。

王安全说，二颤在跳舞。

老佘说，这不是人，这是一条长虫。闻乐而舞，跟印度耍蛇人口袋里随着笛声摇摇晃晃的长虫没有不同。老佘说着啪地关了半导体，音乐的戛然而止，二颤像受到什么指令，突然地恢复了常态，他呆呆地愣了一会儿，从地上抱起那摞碗，跟刚才完全判若两人。

王安全说，这倒怪了。

老佘说，这有什么怪的，长虫是没有听觉的，它是靠振动来感觉旋律的，二颤为什么不会说话，因为二颤根本听不到声音，他的所作所为完全是凭感觉。老佘告诉王安全，二颤是二颤他妈和长虫杂交的产物，是个地道杂种。

王安全问谁说的，老佘说山上山下人都这么说。王安全说这是一派胡说，人和蛇就不能相交，就是交了也产不出任何结果。老佘说二颤他妈殷姑娘活着的时候会下蛊，大颤的爹就是殷姑娘蛊来的，他爹原先是华阳那边塑神像的工匠，有一年背着家什跟着他父亲出山去找营生，爷俩走到长虫坪又渴又饿，就歇在了殷姑娘门口。殷姑娘生得俊，爹妈早早死了，是个孤女，见来了两个过路的，很是殷勤招待。这爷俩知道长虫坪的女人惯会干那种事，心里警觉着呢，坐在殷姑娘门口老老实实只啃自己的干粮，不碰主家一点儿东西。殷姑娘看不过去，从屋里拿了一个碗，当着父子俩在屋边的流水里一遍遍洗了，恭恭敬敬地端过来。也是父子俩太渴，也是殷姑娘的模样可人，爷俩想，这么个小姑娘，料也不会使那手段……就喝了水，也的确没见怎的。歇够了脚继续上路，殷姑娘送出几步说，下回还来啊！儿子回过头也向殷姑娘挥手说，回来路过还喝你屋的水。应了姑娘“下回还来”的话，没走出五里地，儿子就犯了病，脸色煞白，口吐白沫，肚子疼得直不起腰，眼看命在旦夕。当爹的明白是姑娘给水里下了蛊，背起儿子就往回跑，来到殷姑娘家门口，扑通给殷姑娘跪下了。姑娘说，老爹你这是干什么？当爹的连连磕头，只求姑娘救儿子一命。姑娘说，我哪儿会救命，你儿子是得了绞肠痧，是吃了不洁净的东西。当爹的求姑娘手下留情，只要救儿子一命，要什么给什么，倾家荡产也行。姑娘没说话，到屋后揪了一把扁豆花，煮了，给儿子灌下，儿子到半夜病情便平息了。后来这个儿子就不走了，后来就成了大颤的爹。

老佘说，大颤说他妈根本没给他爹下什么蛊，是他爹看上他妈，故意使了个留下来的小心计，哪儿有什么绞肠痧，都是瞎掰。

但是村里的人一直认为是殷姑娘在水里下了蛊，下蛊的手法很多，可以把蛊虫藏在指甲缝里，当面洗碗不过是个障眼法。

王安全说，扁豆花倒是用得很对，那是治疗肠炎解痉镇痛收敛的主药。

老佘说，山里女人懂得什么主药次药，野方子罢了。

王安全说，有时候野方子也能治大病。山野的事，常常让人说不准。

老佘说，可不说不准，这个二颤就是个来历不明的东西，他哥说了，他妈怀了他六个月就生了，生下来细长的一条，不会哭，就会嘶嘶地叫唤。

王安全说，怎么可能，六个月的胎儿根本就不能成活，他身上的许多器官还没发育完全。

老佘说，长虫蛋的孵化期是多长时间？六个月大概够了。

老佘又指着殷娘娘像说，这座像就是照着二颤妈的样子塑的，塑像的是二颤的爹。

王安全就看那像，果然与见过的神像不同，隐约间透出了乡村妇女的风韵，除去那些凤冠霞帔，眉眼与大颤倒有些相像。王安全说，大颤、二颤一母同胞性情竟是不一样。

老佘说，大颤是人，二颤是虫，虫怎么能跟人相比。二颤一落生，他娘没来得及看他一眼就咽了气，他是喝风饮露长起来的，禀性不同于常人，连他的哥哥大颤也摸不透他的脾气，二颤是长虫坪一怪。

王安全说，不是怪，是神志上有问题，大脑发育不全。

老佘说，二颤是长虫托生无疑，人们都说他身上长满了鳞，隔一段时间就要蜕层皮，肚子上的刀痕是有目共睹的，那是取胆留下的痕迹。

王安全问老佘什么时候看过二颤的肚子，老佘用手比画说二颤睡觉的时候他看过，在右侧，长长的一条。

王安全问老佘怎么认识大颤的，老佘说他和大颤是战友，一块儿在新疆当过骑兵，友谊牢不可破。现在他在城里干餐饮，开酒楼，发了点小财，他也得让大颤发，要不怎么叫战友呢。王安全问怎么发，老佘说这是商业秘密。王安全说他是教书的，跟商业没瓜葛，让老佘但说无妨。老佘这才向四周巡视了一遍，确认二颤真的不在，小声说，就地取材，逮蛇，蛇肉烹饪，蛇胆泡酒。

王安全说，一个长虫坪有多少长虫能取多少胆？

老佘说，长虫坪蛇胆固然有限，但是"长虫坪纯天然蝮蛇胆酒"，牌子一打出去，就鸡鸭猪狗什么胆都可以弄来充数了，关键是头三脚必须得像回事，得货真价实。

王安全问这事可跟村里打了招呼，老佘说大颤知道就行了，再没必要跟其他人宣传。长虫坪的长虫是自然的，就像河里的石头山上的草，都是没主儿的东西，搬块石头难道还要跟村长打报告？王安全说这些东西生在长虫坪就和长虫坪有关系，就是到河里挖沙子还得给当地交自然资源费呢，没有白拿的事。老佘说事情从大夫嘴里一说就变得复杂化了，说王安全在山上到处挖药，是不是也该交资源管理费。王安全说性质不一样，他是为了教学，不是为赢利。老佘说，高调谁都会唱，现在办学校比哪个行业都赚钱，师道已经不再尊严了，教师也进入了经济市场，要是不赢利，投资办学的也不会蜂拥而起。

倒让王安全没了话。

五

半山有狗在吠，不大工夫草棵里钻出只细狗来。细狗的模样长得怪，瘦腿长脸细腰，丑陋无比。因为雨水，一身毛湿漉漉地贴在身上，像只正换毛的小鸡子。细狗是大颤养的，跟二颤也熟，常山上山下地蹿，有时跟着人来，有时也自己来。细狗很熟稔地在庙里转了几个圈，这儿嗅嗅，那儿瞅瞅，颇有视察派头。老佘跟在狗后头转，给狗吃鸡骨头，拍狗的马屁。

一会儿，松贵从山道攀上来，披着块塑料布，气喘吁吁的，说是来请王安全下山，长禄病了，病得不轻。王安全一听，赶紧收拾家伙，准备跟松贵下去。松贵喊来二颤，传达村长的话，让二颤别靠着西墙睡，说才下过雨，西边山墙说塌就塌。二颤很听话，当下把铺横过来，挪到神案下头，然后又把西边的东西依次搬过来。二颤搬东西的时候细狗就在二颤的腿间盘来绕去，故意捣乱，二颤也不恼，时不时地推狗一巴掌，狗就使劲儿摇尾巴。老佘说这是条名贵狗，产于梁山，有皇族血统，是狩猎撵兔高手。山外有细狗撵兔协会，隶属于体育界，年年进行比赛，冠军狗价值上万。老佘说着很爱惜地抚摸那狗，狗一闪身冲老佘一龇牙，“呜嗷”一声，吓得老佘蹦了个高，嘴里直说，这狗，这狗，怎是个这……我在大颤家吃了那些顿饭，喂了它多少腊肉它还是个生生。

王安全跟着松贵往外走，开玩笑地对老佘说老佘一定是属兔的，招得狗不待见。老佘说他是属老虎的，专跟狗斗。松贵说老佘应该跟长虫斗，龙虎斗才是真斗。老佘说他们南方有这道菜——龙虎斗，把猫跟长虫在一个锅里炖。

老佘见王安全要下去，也跟着一块儿下，他不愿意一个人和二颤待着，说是跟那条长虫在一起厮混害怕。于是三个人就顺着精滑的山路往下走，细狗不下，细狗今天想留在山上跟二颤亲热亲热。

山很陡，松贵走在前面，不时地回身招呼王安全。王安全问长禄怎的病了，松贵说早起还好好的，喝了一大碗甜汤，吃了一块糍粑，要给孙子编草蚂蚱，低头揪马莲草，就歪下去了，抬进屋里，当下人就不行了。

王安全沉吟半晌说，麻烦。

松贵说，可不麻烦嘛，不麻烦也不会上山来请城里的专家。

王安全让松贵快些走，于是大家都加快了速度。

下山的路，不是松贵护持着王安全得摔成泥猴，老佘在后头走得也很艰难，他边走边向草丛间巡视，看见长虫用带弯的铁棍喳地压住脖子，用两个指头捏住蛇头，容不得长虫挣扎就丢进了布口袋，速度之快，动作之熟练，让王安全吃惊。

松贵说，你逮它们干什么？

老佘说，我就爱逮它们。

进到村里，老佘口袋里大大小小已经装了不少，蛇们在袋子里不安分地蠕动，看着让人心里很不舒服。

有人在街口迎了，大人孩子簇拥着大夫往长禄家走。王安全进门的时候长禄已经换上老衣被抬到了堂屋的门板上，村长和几个至亲围在周围，只等着长禄咽最后一口气。长禄似乎并不想走，张着大嘴在呼呼地喘气，一口痰在喉咙里微微振动，人的脸色已近苍白。长禄儿子趴在长禄身上在号，被三老汉拉开了，说是眼泪不能掉在死人身上，死鬼带着亲人的眼泪走，大不吉利。

众人见王安全来了赶紧闪开，王安全来到长禄跟前，看了看病人的瞳孔，压了压两个手腕，也不说话。松贵问还有救没有，三老汉示意松贵在这个时候不要多嘴，以免影响了大夫的思考。众目睽睽之下，只见王安全从包里取出银针，在长禄的人中和十个指尖扎了，着旁边的人压挤手指，放血。人们依着王安全的话，使劲地挤老汉的血，想的是死马当活马医，谁也没期望发生什么奇迹。长禄躺在门板上没甚动静，新崭崭的寿衣套在身上，被众人一动，哗哗作响，纸糊的一般，活人穿上也成了死人。长禄的老伴在里屋毫无顾忌地呜呜，任谁也劝不住，儿子蹲在墙根一脸茫然，没了主意，儿媳在指挥着女人们临时赶制孝衣。

挤了半天血也没挤出几滴，村长说，血都凝了，不行了，赶紧烧倒头纸吧，免得死者空着手上路。

松贵就拿来个盆，在长禄头前点着了几张黄纸。

王安全不管烧不烧纸，用两柄长针扎进病人的头顶和脚心，不住地捻动。随着针的起落，慢慢地，长禄的呼吸加粗，眼球开始急速转动，三老汉见状趴在长禄耳边大声喊，哥！哥！

儿子见父亲有了起色，从墙根跃起，奔到门板跟前，拼了全身力气叫爹。

村长嘴里念叨着，有门儿，有门儿。

如同阴天突然冒出的一缕霞光，灿烂了瞬间又被乌云遮住，人们刚兴奋起来立即变得失望，回光返照般，长禄老汉又恢复了常态，死相渐渐泛出。

松贵说，救得了病，救不了命……

三老汉说，寿数到了，再救也没用，让我哥安安静静地去吧。

儿子腿一弯跪在王安全面前，扯着王安全的裤脚让无论如何再想想办法。

王安全说，只有最后一招了，要冒大风险的，我从来没用过。

儿子说，大夫，我不怨你，治死了绝不怨你。

村长代表亲属们表态，人都这样了，黄泉路上已经走了大半，出了什么事断没有再怨大夫的道理，有什么法子就拿出来试试吧。

王安全让老佘剖两条蛇胆，用温水调了，设法给长禄灌下去。

老佘很配合，为挑个大的，将一口袋长虫倒在院里，长虫们四处逃窜，几个人捉住两条大的，抻着，让老佘剖。老佘拿刀，将长虫肚子从上到下划开，那些肠肚乱七八糟在地上摊出一堆。老佘弯腰在花花绿绿的脏腑中翻找蛇胆，找了半天竟找不着，急了一脑袋汗，剖开肚子的长虫在旁边翻卷挣扎，血糊刺啦，拖着一肚内脏满院里爬，弄得现场十分惨烈。有人哧哧地笑，三老汉看不过眼了，抓过老佘的刀子，在另一条蛇的腹部一点，噗地，一颗碧绿的囊就翻出来了。众人一阵喝彩，三老汉得意地把刀扔给老佘说，手生得很，有几十年没干这个了，这是我们殷家人祖传的绝活。

老佘傻眼了。

蛇胆汁很费劲地给长禄灌下去，长禄喉咙深处的痰渐渐往上翻，有人要将长禄扶起来，王安全说这会儿千万不敢搬动病人，他将长禄侧过脑袋，立刻一股股黏液顺着长禄嘴角流出，继而是呕，黏液变得浑黄浓稠，腥臭难闻，长禄的老伴接了一小盆……后来王安全又开出方子，让小辈们赶紧到镇上抓药，折腾到半夜，长禄老汉终于沉重地"唉"了一声。

众人都松了一口气，长禄儿子激动得在屋里转了一圈又一圈，说他爹遇上了活神仙。三老汉说王安全到长虫坪来就是为解长禄这一劫的，王安全和长虫坪有缘。村长说平时请城里的大教授也请不来，长禄有病，教授就来了，长禄的福气大得很呢……

六

第二天长禄儿子让大颤做了酒席，犒劳王安全，村长、三老汉和台阶上有头脸的"众议院议员"也进来几个作陪，王安全理所当然坐上位，老佘是大颤客人，老佘也算上一个。

大颤的"席"是腊肉土豆片，米饭。

长禄儿子过意不去，从村里小卖部买来午餐肉和凤尾鱼罐头什么的，大部分都是过期食品，花里胡哨堆了一桌子，还摆了几包方便面，说是干嚼可以当下酒菜……老佘在南方是见过世面的人，对这一桌吃食很是不以为然，提着他那不离身的口袋，到厨房撸胳膊挽袖子，说要为王大夫添道大菜。

开席前，长禄儿子说了不少感谢的话，三老汉说长禄的命除了大夫的神力以外还仰仗了那两条颤。王安全说那也是没法的法，平时没人这样用，他这么干也是头一回。三老汉说，一回就用得很好，怪道以前县上的官年年要给皇上进贡蛇胆，长虫坪的蝮蛇胆在全国都是独一无二的。

王安全说，蛇胆的作用是祛痰镇惊，清窍平肝。按中医说法，长禄老汉得的是紧痰厥，肝阳暴亢，引动肝风，所以才突然昏倒，人事不省。这样的病在城里是常见病，应急的时候用安宫牛黄丸有奇效。

长禄儿子想托王安全从城里给他爹买几丸安宫牛黄丸备着，打听价格，一丸要350块钱，舌头伸了半天没缩回去。

村长让王安全以后常来长虫坪走走，说山外很时兴“名誉”这个词，他现在就委任王安全为长虫坪的“名誉村民”，只要他来，无论什么时候，家家的门都向他敞开着。三老汉说，自从二颤妈死后，还没有人在长虫坪这么受敬重，王安全是第一个。

王安全问二颤妈为什么受敬重，有老汉说，那女人是蛇母，不是凡人。

王安全问村长，长虫坪怎还有个长虫的母亲。村长说大伙那样说罢了，主要是二颤妈会看病，懂得些土方子，山里缺医少药的，能有个这样的人就显得特别珍贵，附近的人都爱把她当神看。

王安全说，可惜死得早了，要不能从她那儿学到不少草药知识。又问山上的娘娘庙是不是供奉的二颤妈。

三老汉说不是二颤妈，是殷家另一位姑奶奶，是个皇上封过的娘娘。还是当年那个败逃到山里的刘秀，刚在河边斩了大蟒，后边追兵就赶来了，刘秀情急之中看见地里有个村姑在耪地，把剑藏了，过去就帮着姑娘干起来。兵来了，问姑娘耪地的是什么人，姑娘看刘秀气宇不凡，就说，是我男人。兵问刘秀，姑娘是什么人，刘秀说，是我媳妇。兵问看见有人跑过去没有。刘秀说，有，朝南边走了。兵们就去追了。刘秀感谢姑娘的救命之恩，让姑娘等着，说将来成了事一准来接。刘秀一去不回头，当了皇上早把秦岭里的姑娘忘了。皇帝亲口封过的娘娘谁人再敢娶，就这么耽搁着，后来殷家人在山顶上为姑娘修了座庙，让姑娘住着，为的是山外皇家来人接，在上头远远就能看见。殷姑娘苦苦地等，等了一辈子，也没见婆家来人。一条小蟒叫二颤，是大蟒的兄弟，每天盘在姑娘的裙子底下给姑娘做伴，一直到今天。每年二月二，到了龙抬头的日子，全山的长虫都来朝见娘娘……

王安全说，真是个凄美的故事，刘秀害了大蟒也害了殷家姑娘，他对秦岭是欠了情的。

村长说山里这样的传说多得很，他跟县上说了，将来开发旅游，长虫坪是个很不错的地方，就是这个名字叫坏了，“长虫坪”，让人一听怪吓人的，没人敢来了。村长说王安全如果能给长虫坪想个妥帖的、能在外头叫响的名字，那将是为长虫坪又干了件功德无量的事。

松贵说，人家九寨沟、张家界什么的名字就取得很好，像个村似的，很有人气儿……

王安全说，改名是大事，得全村在一块儿商量，还得上报请求批准……

正说着，老佘的大菜端上来了，热腾腾一大盆，满满当当在桌子正中间。大伙不看则罢，一看惊得脑袋上冒出了汗，汤锅里盘着两条白花花的长虫，随着汤的沸腾正起起伏伏。三老汉一下丢了筷子退得好远，其余几位也捂了鼻子嘴，瞪着锅里的长虫说不出话。

老佘动员大家尝尝，没人响应。老佘带头舀了一勺汤喝了，闭着眼陶醉了半天，说要是有胡椒和香菜味道会更鲜，又说这样的汤在大地方没有三五百块是下不来的。

三老汉说，长虫坪的人从来不吃颤，以前就是取胆也从不杀颤。

老佘说，观念得改改啦，北方的馆子以前也不做蛇，现在不是也卖得很红火，油煎、清炖、红烧、黄焖，人家日本还做成了生的撒西米，吃的花样多了，菜市场活蛇笼子跟前老是围着买主，买主不都是南方人。

几个老汉还是不动筷子，有的想离席，碍于王安全的面子又不好走开。王安全看着那一锅蛇汤，想到在长禄家院里拖着肚肠翻转的长虫，有些反胃。老佘往他的碗里舀了勺汤，夹了一段蛇肉，说王安全是大城市来的，在城里肯定是吃过蛇的，这回应该带个头，给长虫坪的父老乡亲们做个榜样。

王安全说他没吃过蛇。

老佘说，头一个吃螃蟹的人是勇敢的人，这也是饮食的突破。

王安全看着碗里的白蛇肉，看着蛇的一条条伸出的刺一样的肋骨，肋骨弯弯的，弯成了弧形，弯出了蛇腔的轮廓，想着那些肉在肋骨上的收缩舒展，他实在伸不下筷去，一阵恶心，将碗推开了。

饭桌上的气氛有些冷。

三老汉说，大颤呢，大颤！

大颤从厨房跑出来，擦着手站在桌旁边，问三老汉有什么事。

三老汉面色严峻地说，你给我把它端下去，以后在长虫坪的饭桌上，再不许出现这类东西。

大颤诺诺地端着汤进去了。

老佘有些下不来台。王安全没话找话，说在山上喝了二颤的鸡汤，喝出了一股神奇的味道，到现在他也不明白二颤怎么会做出那么鲜美的汤。三老汉说那样的汤只有在山上，在娘娘庙才做得出来，三老汉说二颤用的是“养颤池”里生长的细辛跟鸡在一起炖，才炖出这种效果。王安全问别处细辛成不成，三老汉说大凡细辛炖肉都会炖出美味，唯独“养颤池”的最好，那是颤们偎过的，别处不能比。

老佘接过来说，早知道这样，在他的蛇汤里放把细辛，这汤会更美。

蛇汤的话题又被提出，众人都不说话。

村长看看王安全，看看三老汉们又看看老佘，不想让大家不愉快，正好大颤端出酒来，村长接过酒壶，张罗着说，喝酒，喝酒，大颤酿的苞谷酒，地道得很。

长禄儿子给王安全敬酒，给老汉们敬酒，热腾腾的酒斟满了各人的杯子，大家这才发现今天的酒与往日不同，发青发绿，有股说不出的味道。长禄儿子问大颤在酒里放了什么，大颤看老佘，老佘说放了蛇胆，汤锅里两条蛇的胆都被他搁在酒里了。

老汉们端起的杯子又放下了。

老佘说，蛇胆是好东西。

三老汉说，要是为了治病救命，用多少蛇胆长虫坪的人都不在乎，长虫坪的颤们也不会在乎，那是积德行善的功德，怕的就是无辜杀生……

两个老汉站起身，对着王安全一拱手说屋里还有其他事情，改日请王大夫上屋里喝酒，说罢走了。三老汉也说不放心长禄老哥哥，离了席。最后桌旁剩下了王安全、村长和老佘，村长说，瞧瞧这顿饭吃的……

老佘说，乡下人不开窍，改革开放的春风还没有吹进来。

王安全让大颤给他下碗面。

老佘也要吃面，蛇汤面。

大颤问王安全是不是也吃蛇汤面，王安全说吃清汤面。

七

老佘说他白天逮的长虫一夜间又跑得一条不剩了，他对他那个布口袋百思不得其解。他说，我挽了个扣，口袋里的长虫竟能解开扣扬长而去，神了，这不是长虫，这他娘的是人。

老佘对他那些长虫的集体逃跑怒火万丈，对二颤似乎也恨之入骨，渐渐地他不在庙里吃早饭了，他说，二颤这条长虫精说不定什么时候会在饭里下了蛊，他不能不防。二颤当然对老佘也没有好脸色，他常常用蛇眼毫无顾忌地盯着老佘死看，特别是老佘隔三岔五往山下运长虫的时候，二颤的脸简直就黑得失了原来的模样，完全变成了一条蛇。山下长虫坪饭馆有老佘在山外的朋友骑着摩托来接，一口袋长虫夹在摩托后座上，突突突地出了山，据说几家饭店和老佘都有固定关系。长虫坪的长虫属于大自然的绿色食品，价格在城里一直是居高不下的。

白天，王安全庙前庙后地转，大部分时间在“养颤池”的低洼里考察那些变异了的植物，比如茎干变得扭曲了的大蓟，叶子变得肥厚了的细辛，颜色变得暗红了的蛇莓，汁液变得酸涩了的紫苏……他不知道这些和蝮蛇的频繁往来是不是有关系。“养颤池”里的蛇非常多，抬脚就会遇到它们，王安全行动前必须小心翼翼地敲击着草木，给它们以回避的信号，就这，也常常地“不期而遇”，给双方一个惊吓，半天心情定不下来。老佘也在洼地里转，他说“养颤池”里的长虫又大又肥，通过长禄老汉的事他看出来了，不光蛇肉值钱，蛇胆更值钱，一个老蛇胆能值几十条活长虫，因为那是长虫的精华。王安全感觉到了，只要老佘一下“养颤池”，二颤就上树，缠绕在树上，用他的蛇眼不错眼珠地盯着老佘。二

救活一个就能救活一群，能治一样病就能治百样病，把王安全弄得很为难。山里人朴实，懂礼性，看病不空手来，挎一篮土鸡蛋，提两条腊肉，灌两瓶苞谷酒，装几块蒸米糕，于是庙里的吃食就变得很丰盛，生活质量大大改观。王安全爱吃土鸡蛋，那些农家自由放养的鸡下的蛋，香醇自然，能让他吃出儿时吃鸡蛋的感觉。现在城里卖的鸡蛋，整齐划一，机械化养出来的，激素催出来的，吃鸡蛋的感觉如同吃鸡饲料。王安全很小心地将那些蛋收在墙角，想的是将来回城时别的可以不带，这些鸡蛋得带回去，让同事们都尝尝什么叫鸡蛋。

有人来看病，二颤也很高兴，来了人，他会很自觉地在身上套个背心，以示礼貌。背心上印着“中国皇帝”的字样，那是电视台一个拍摄“中国皇帝”专题片的摄制组到长虫坪来拍摄汉武帝和光武帝传说，送给二颤的。背心是杏黄色的，二颤很喜欢这个颜色，至于上面的红字是什么意思，二颤不在乎。有人来了，“中国皇帝”会很自觉地端凳子，倒开水，人们会说，这个二颤啊，心善着哪。二颤就越发在人前表现，二颤爱听人们夸他的话。有时候山下抬上来危重病人，二颤会很快地从“养颤池”里逮来长虫，以备王安全随时选用。二颤一手攥一条活长虫，站在人们面前，把人吓得够呛。王安全告诉二颤说，并不是所有的病都用蛇胆，蛇胆也治不了所有的病。二颤就把长虫放了，蹲在旁边看王安全给人看病。人走了，二颤照旧脱个精身子，照旧往树上缠，照旧和老佘对着干。来的人多了，王安全觉出二颤的兴奋不是为了那些吃的，他是另有目的。

来看病的人都要拜一拜娘娘，要在案上留下少许香火钱，二颤把那些钱仔细地收起来，天天晚上坐在台阶上一遍一遍地数。王安全开玩笑地说，二颤，你是不是要拿它娶媳妇啊？

二颤看着王安全，极快地吐了吐黑舌头，蛇眼一翻，竟露出了眼白。

王安全立即意识到，长虫是用不着娶媳妇的。

这天半夜，王安全被吵闹声惊醒，原来是老佘冲着二颤在庙外“养颤池”旁边嚷嚷。老佘拍着空布口袋说，我早猜出是你，没言语罢了，我憋了你两天了，你个贼长虫，偷我的东西！

二颤抱着胳膊冷冷地看着老佘。

见王安全出来，老佘说，长虫一口袋一口袋地跑，我就知道这里头有鬼，留了个心眼，一下逮个正着，原来是这小子半夜偷偷把它们放了，整个儿是个贼嘛！

王安全这才想起有天夜里看见二颤站在池沿嘶嘶地挥手，原来是在放长虫。王安全让老佘不要和二颤计较，二颤毕竟脑子有毛病。

老佘说，他有毛病，他有毛病为什么把钱认得那么真，见天在台阶上点钱，比老财迷还老财迷。他不管不顾地把口袋一解，我白天晚上的辛苦全完……

二颤好像听不懂他们的话，进屋去躺下了。

王安全说二颤再怎么着，老佘也别骂他是贼长虫，忒不好听。

老佘说，难道长虫不是贼吗？长虫都是贼，看看你篮子里的鸡蛋吧，数数它们还剩了几个？都让那条花长虫吞了。

原来老佘也注意到了半夜在屋里游动的老蛇。

老佘说，我早晚得抓住它，那瓶白酒就是为它准备的。

床上的二颤，身子扭动了一下，床板发出吱吱的声响。

八

一大早，二颤就被大颤叫下山去了，说是大颤妻弟娶媳妇，让二颤和嫂子过去帮两天忙。二颤平时在庙里能一个人静静地待着，也有待不住的时候，就是山底下办喜事。二颤最爱看娶媳妇，他爱那吹吹打打的响器和花里胡哨的热闹，唢呐声一起，二颤便醉了酒一样地手舞足蹈。长虫坪无论谁家办喜事，二颤是必到的。二颤里里外外地瞎张罗，高兴得像个小孩子，轰起一团喜庆。

办喜事的时候不能没有二颤。

二颤下山的时候穿上了“中国皇帝”的背心，套上了长裤，山道上，日影下，二颤在大颤前头欢快地跑着，将他哥落得很远，浓浓的绿色中，黄衫红字很是醒目，“中国皇帝”的大字离得老远都能看得清清楚楚。

山路转弯，“中国皇帝”隐在山背后，看不到了。

大山里，空剩下一片静谧，几声鸟鸣。

王安全去看放在墙角的鸡蛋，果然没剩了几个，那么一大篮蛋，有几十个，让那条老蛇今儿仨，明儿俩地吃得差不多了，这家伙的食量也真是大。老佘在他身后说，怎么样，我没瞎说吧，晚上我看得真真儿的，一口吞几个！

王安全真是心疼他的鸡蛋，抱起篮子寻了半天安全地方，最后将一篮鸡蛋高高吊在房梁上，想的是这下那条长虫无论如何是够不到了。

白日一天无话。

晚上，王安全点着油灯整理标本，旁边的老佘裹着一条毯子发出了均匀的鼾声，老佘的睡相不雅，四仰八叉，睡梦中的一张脸透出了狠相、蠢相。二颤的铺是空的，此时的二颤正沉浸在欢乐中，明天才能回来。夜深了，王安全伸了个懒腰，将桌上的枝枝叶叶推开，不小心碰掉了老佘的小刀，他将刀子捡起来，才发现老佘这把不起眼的刀子其实锋利无比，是能伸缩的瑞士名牌。熄灯躺下，王安全想起了那条老蛇，他抬眼看了看房梁上挂着的篮子，篮子平平稳稳地在半空吊着。王安全笑了，他有一种跟老蛇做游戏的小快乐。

半天睡不着，他等待着那簌簌的声音。

天上月亮很亮，照得庙堂里明晃晃的，王安全转了个身，将脸正对着房梁，他突然觉得篮子在哪儿有点儿不对劲，好像比白天大了一圈。想的是自己眼花没看清，睁大眼使劲看，的确是大，不但是大，而且还在缓缓地动——原来是那条老蛇正一圈圈缠绕在篮子上，缠得很艺术也很巧妙，不仔细根本看不出来。王安全不动声色地看着，只见老蛇从篮子沿悄悄伸进头去，一张嘴，将一个鸡蛋吞进肚里，一张嘴，又一个鸡蛋进去了，老蛇连着吞了四五个，脖颈下面清清楚楚地鼓着几个卵形包块。老蛇扬起头准备照原路顺绳子爬上房梁，毕竟吞了几个鸡蛋，有些力不从心，它索性转身向下，尾巴绕紧篮子，脑袋和上半身轻缓地垂下来，探了几次，感觉差不多，于是一个漂亮的软着陆，到达了地面。蛇尾从上面下来时到底弄出了轻微的声响，老蛇很冷静地滑到桌下，闭气凝神地蜷缩了一会儿，见无动静便舒展开身子，让那些包块依次向下滑动，滑至半截，老蛇将身体来了一个翻转，又一个翻转，绸带一般，接连不断地扭转，用身体的转动将体内的鸡蛋撞碎挤烂，那些包块奇迹般地消失了。老蛇停顿了一会儿，摆动了一下身体，向着神龛方向游去。

就在老蛇刚刚掉过头的刹那，只见老佘哇的一声从床上跃起，顺势从毯子里带出了捕蛇的铁钩子，没等王安全看清楚，那钩子已经牢牢地压在了老蛇的颈部。老蛇比一般的蛇要粗壮有力许多，身子急剧地翻，扭得麻花似的，蛇尾巴啪啪地抡击，将地上的土扬起多高。王安全第一次看见，蛇的挣扎原来是这样猛烈，这样不顾一切，他呆住了。老佘让王安全赶快打亮手电，王安全在老佘床上摸索了半天，摸出手电，按电门时手竟有些哆嗦。

圆圆的光柱下，王安全看到了那条老蛇的脖子被老佘的铁棍紧紧地压在地上，蛇嘴张得老大老大，粉色的口腔，两颗晶莹弯曲的毒牙，细长分叉的黑紫舌头，完完全全暴露在电光之中。蛇嘴里往外喷着气，不是嘶嘶而是呼呼，那双圆圆的小眼，由于愤怒而变成灰白，由于绝望而渐渐蒙上一层翳，但却明确地传达出了仇恨的信号和复仇的决心。

王安全对老佘说，放了它吧，怪可怜的。

老佘喘息着说，放？我稍微一松手它就会给我一口，到时候可怜的就是我了。

王安全说，没准它是从汉朝活过来的二颤哩。

老佘说，我还巴不得它是侏罗纪的恐龙呢。什么大颤二颤，全是扯淡，迷信。

老佘让王安全帮着把桌上的刀拿过来，王安全不愿意帮忙，老佘探着身够，硬是将刀够了过来。老佘左手压着老蛇，右手拿着刀，咬牙切齿就要下手。王安全上去阻挡，这时候，蛇的尾巴一抡，正抡到王安全的胳膊上，王安全感到，蛇的劲头已经显得无力，显得力不从心。老佘将王安全推开，让他不要裹乱，在这关键的时刻，没有他老佘的退路，他必须将战斗进行到底。王安全关了手电，他不想再做老佘的帮凶，他期望老佘在黑暗中能就此罢休。

老佘冲他嚷，让他打亮手电，他说不。老佘说，你以为这样就能制住我吗，我在酒楼杀了十几年蛇，就是摸黑，我也能把问题解决了。

噗的一声。

王安全赶紧打开手电，老蛇的头与身子已经分了家。蛇头在北，蛇身在南，蛇头悄无声息地陈在地上，蛇身从腔子里淌着血，在很怪诞地扭曲。

王安全说，你到底把它宰了。

老佘说，我是宰蛇的。

老佘扔了刀，用棍将死蛇拨到墙角，蛇身不再动弹，挺挺地展着，蛇血鲜红而浓稠，在地上洇出一大片，王安全没想到一条蛇会有这么多血。老佘用布口袋把蛇盖了，说明天天亮再剥皮取胆。

王安全一夜无法入睡，他无法在老蛇的罹难之地闭上眼睛。那摊血，在他的床下洇得很大。鸡蛋篮子还挂在房梁上……

老佘鼾声依旧。

第二天，老佘将蛇身挂在柱子上，准备剥皮了。无头的蛇直直地伸展着，像一根用久了的绳子，蛇的斑纹很美丽，土黄中盘旋着黑色和淡棕，以致王安全一直在怀疑，这究竟是蛇还是蟒。老佘捋着直挺挺的蛇身，估摸这条长虫得有一二十斤，说他从业十几年还是头一回碰到这样大的蝮蛇。老佘用手拭着他那把锋利小刀说，宰大蛇必须先斩首，大蛇的劲大，难以控制，宰小蛇直接钉到板子上用刀片一划就可以，省事，跟鱼市宰杀鳝鱼差不多。

台阶上放着那瓶白酒，是老佘预备搁放蛇胆的。

王安全看到老蛇微黄的腹部有一块鳞甲并没有严丝合缝地对齐，形成了一条小小的错位，极像一个疤痕。按当地传说，这是当年被殷家取过胆的标志，王安全告诉老佘，这条蛇是没有胆的。老佘说，你信那个，亏你还是教授，传说永远是传说，要信这个我们永远挣不到钱。

王安全站在老佘身后，关注着老佘能不能在蛇肚子里找到胆。

老佘不愧是酒楼里的宰蛇大厨，手起刀落麻利干脆，毫不拖泥带水。老佘破开蛇腹那层薄薄的皮，没有了头的连接，蛇的内脏哗地全掉在地上，王安全才知道，原来蛇的肚肠只是隔着一层皮，紧贴着地面，并没有肌肉的阻隔，跟人肚的结构完全不同。蛇的心脏比他想象的要大得多，肝脏也很红润，那个小小的肺泡细而长，粉色的，颇像东面即将升起的一缕霞光。没费多大劲儿，老佘就在肝脏下面找到了蛇胆，老佘小心地割下那个柔软的囊，浸泡在白酒瓶子里。空了多日的瓶子里终于有了内容，黑绿的，深沉的，圆润的一颗胆，沉在瓶底，如一颗宝石。阳光下，那瓶酒泛出了晶莹的绿色，艳丽得让人惊奇。

这不是人间的颜色。

王安全觉得有些失落，为着一个传说的破灭。

蛇肉被老佘炖了汤，老佘学着二颤的样子在汤里放了细辛，是从“养颤池”采来的新鲜细辛，细辛放下去，一锅汤竟变了味，酸而苦，腥气冲天，老远就能闻到。王安全闻着这气味想吐，干呕了几回，吐不出来。老佘吃了几口肉，觉着不是味儿，把锅里的内容都倒在庙后墙外边，和那些蛇皮、内脏堆在一起，生的熟的，乱七八糟一大堆，想的是山上的野物到晚上自然会吃了。

王安全看着老佘里里外外地折腾，他预感到二颤回来一场麻烦准小不了。

九

本应该上午就回来的二颤过了中午也没见露面。

王安全站在庙门口往山下的来路看了几回，以期看到那件杏黄色“中国皇帝”的汗衫。可是山路在太阳下晃晃地亮着，连个人影也没有。

吃了蛇肉的老佘开始泻肚，一趟一趟地跑到庙后去拉，又拉不出什么内容，肚子疼得他龇牙咧嘴，跪在床上，撅着屁股脑袋顶着床板不住地哼，模样像一条颠来倒去的大长虫。老佘让王安全赶快给弄点儿草药吃，说他不能守着大夫让病给拿住。王安全说蛇肉大寒，寒气在腹内凝结，虚狂起倒，阴盛格阳，非一两服草药能解决问题，他建议老佘赶快下山，否则病情越拖越重。

老佘说今日下去也出不了山，他的摩托明天才来，他让王安全像扎长禄老汉那样，也给他扎两针，全为应急，只要肚子不疼就好。王安全说别处疼痛都好说，只有肚子疼不敢随便扎针，要耽误事，出人命的。

老佘说王安全太残忍，看着病人痛苦没有救死扶伤的白求恩精神，说着，提着裤子又往庙后跑。

王安全算计二颤怎么也该回来了，他想二颤回来就让他到山下去叫人，把这个吃坏了肠胃的老佘想方设法弄下去才是正理。刚想到半道去迎一迎，就听庙后老佘一声惨叫，仿佛见了鬼一般。王安全赶紧往后头跑，转过山墙看见老佘提着裤子在使劲甩脚。

王安全说，老佘，你在干什么？

老佘说，它在咬我，使劲咬我。

王安全说，谁咬你了？

老佘说，那个老东西！它现在还在我的脚上。

王安全看到，被老佘砍下的蛇头，牢牢地咬住了老佘的脚背，再不撒嘴，任老佘怎么抡怎么甩，纹丝不动，就像长在了脚上。

原来老佘看到墙角的一堆生熟物，气不打一处来，冲着那一堆踢了一脚，却万万没想到，被蛇头一口咬住了。

王安全取来老佘捕蛇的铁钩子，撬老蛇的嘴，无济于事，这个蛇头好像聚集了全身的精力，拼尽全部的力气，将两颗牙深深地扎进老佘的脚面。老佘哇哇地叫着，在地上跳跃，肚子疼已经退到第二位，面对不屈不挠的蛇头，他恐惧得面部变了形。

王安全叫老佘不要跳大神般地胡蹦，关键的关键是要安静下来，让气息平缓，心跳放慢，让血流速度减下来，避免毒素的快速扩散。老佘抓住王安全，像抓住了救命稻草，再不撒手，后来索性咧开大嘴哇哇地哭起来。王安全安慰老佘，大可不必这样紧张，尽管形势很严峻，天还没有塌下来不是。

老佘说，天会塌下来的，天马上就塌下来了。

王安全扶着老佘在床上躺下，老佘的脚上还挂着蛇头，嘀楞哒楞，像拖着一只鞋。老佘颤颤巍巍地指着蛇头说，你看，它还睁着眼，它在瞪我！

王安全不得不冒着危险用手掰开蛇嘴，他发现，老蛇尽管目光炯炯，细看已经散淡，其实老蛇在咬下去的时候就死了，它根本没有能力再将牙从老佘的肉里拔出，就这么死死地扎着……

老佘的左脚上留下了两个狰狞的红点，那是老蛇最后留给他的记号。王安全用带子将老佘的大腿紧紧地扎了，让老佘尽量少活动，减少毒液扩散。老佘紧张得说不出话来，嘴唇哆嗦着，眼泪哗哗地流。老佘说，王大夫，你得救我，我不能死在这老山林里，我还有许多事情没干。

王安全说，我只能先给你应急包扎，再到山底下喊人，抬你下去。

老佘跟王安全要笔纸，说是要趁着神志还清醒赶快写遗书，否则一切都来不及了。王安全让老佘不要乱动，遗书到山下再写也不迟。说罢，王安全到"养颤池"里揪来一大把蛇莓草，连果带蔓捣碎了，往老佘的伤口上敷。只这一会儿工夫，老佘的脚便肿得失了形，发黑发紫，连带得小腿也变得肿胀透明，像根冻透了的大萝卜。王安全用老佘宰蛇的刀将伤口割开一个口子，黑红的肉立刻翻出来，老佘爹呀妈呀嘶着声地喊叫，又踢又踹在床上挣扎。王安全说，你这样，我没法操作，你要忍着，要安静，像你这样折腾，到不了下午就得死。

老佘怕死，老佘不折腾了，使劲咬着牙，任着王安全在脚上动刀。

王安全用嘴吸伤口内的毒血，一口又一口，吐在床边的地上，黑黑的一摊。老佘看了心里很不落忍，喘息着说，我要是能好了，一定认你当哥，亲哥一样地待你。

王安全呵斥道，别说话！

王安全将药浆给老佘敷上，让老佘躺着，他下山叫人。老佘不让王安全走，说他一个人在庙里害怕，他把娘娘的二颤给杀了，娘娘肯定饶不了他。

王安全说，那都是传说。你不是不信迷信吗？

老佘说他现在信了。王安全说如果今天不把老佘抬下去，老佘必死无疑。

老佘只好放王安全走，让他无论如何快去快回。

王安全连跑带颠，一路飞奔，直奔长虫坪饭馆。

饭馆门锁着，台阶上的老头子们说天不亮大颤妻弟就派人把大颤叫走了。王安全问村长在不在，老头子们说村长也跟大颤走了。王安全说了山上老佘让蛇咬了的事，让组织几个青壮年上去抬人。

人们一听老佘让蝮蛇咬了，都摇头。

王安全让松贵给县上打电话，让县医院寻找抗毒血清，派救护车到长虫坪来拉人，松贵不敢耽搁，跑着到镇上去打电话。

王安全带着人们回到娘娘庙的时候，老佘已经面色青紫，只剩了出气的份儿。山里人一看老佘这模样，都说没救了，抬下去也是个死。

十

被身首分离的蛇头撕咬，听起来是奇事，但据动物学家解释却不足为奇，离开身体的头在一定时间内仍可存活，这是脊椎动物的本性，人不行，但是蛇可以。老佘在山上遇到王安全也是万幸，是缘分，一切的救助还算及时、到位，所不幸的是老佘后来锯了一条左腿，坐上了轮椅。老佘再不宰蛇了，也再不吃蛇肉了，老佘改了行，在商店里支个小摊子给人修表。没人问老佘的腿是怎么丢的，老佘自己也不说。

真正死的是二颤，不是老佘。

二颤是在亲戚的婚礼上倒下的，在器乐演奏得最热烈的时候，舞蹈着的二颤突然像被谁抽了筋，哗啦一下散了，在地上成了一堆，提也提不起来了。大颤和村长赶来的时候，他的身体早都凉了。人们说，二颤能活到现在其实很不容易，从根上说，他就不是个正常的人……

得知庙里老蛇被宰杀的消息，长虫坪的人都非常遗憾，在他们的感觉里，两个二颤就是一个，也不知人是蛇，也不知蛇是人……

第二年暑假，王安全领着他的一班学生来到长虫坪，长虫坪的饭馆还开着，卖腊肉炒洋芋和米饭，洋芋片炒得死咸，让人吃了一辈子忘不了。饭馆外面的台阶上坐着"众议院"的"议员"们，为首的长禄老汉手脚已不利落，嘴角斜，半个身子不听使唤，但还是蛮有兴致地"参政议政"。

看见王安全来了，"议员"们都很恭敬地站起来，包括长禄老汉。大家管王安全叫"王先生"，学生们看得出，王先生在长虫坪很有威信。

山上的娘娘庙已经修缮一新，一部分资金来自二颤常年的积攒，一部分来自村民的集资。

王安全带着学生们仍旧住在庙里，娘娘的披风完全换了新的，那只断了的手被补上了，还描了彩。夕阳中，在满山的霞光里，王安全放了《金蛇狂舞》的录音带，他放了一遍又一遍，声音很大，传得也很远。

学生们莫名其妙。

王先生一脸庄严。

黑鱼千岁

君不闻大鱼乎，网不能止，钩不能牵，荡而失水，则蝼蚁得志焉。

——《战国策》

西北天际传来沉闷的雷声，一股黑云从渭河北岸的咸阳原冒出，先是探出一个尖尖的头，没容人们看清，便暴烈繁衍开来，狰狞变幻，铺天盖地地逼压下来，万马千军地越过渭河，沿着山脊浪一样地撞上秦岭大梁，又折返回头，在搏熊馆村附近沉吟徘徊，形成一个巨大的旋涡，使秦岭北麓低峦环抱的这片地界风云大作，雷电交加。山水村庄笼罩在一片浓重的黑气当中，混混沌沌如同扣压在一个密不透风的铁盒子里，人们惊慌四散，纷纷向屋内躲避。

振聋发聩的声响来自村庄上空，是一种震撼大地的沉闷滚动，呼啸的风声中有巨大车轮碾压地面的轰隆，兵器相交的撞击，马的嘶鸣，人的呼喊，狗的狂吠，兽的喘息，耳灵的人还能听到箭弩发射的嗖嗖声和利刃刺破革皮的噗噗声。在声音与云雾的旋转中，田野间草木低迷，水流紊乱，气流自东向南，旋成了一个大大的喇叭状，裹挟着一切音响，裹挟着一切能带动的物件，腾空而起，在野莽间奔腾辗转，形成一股不可阻挡的气势，蛮而霸，狠而厉，让人望而生畏。

搏熊馆村的百姓们都知道，这是汉武帝回来狩猎了。两千多年了，这位皇帝常常回来，尤其在这夏秋之交的时候，他喜欢到他生前钟爱的猎场和他最后离开人寰的启程之地来巡视。无论世界怎样变迁，这块地方则永远地属于他，就像河对岸那至今仍高耸的陵墓，无时不在向后人宣告着他的存在一样。

搏熊馆村的居民没有谁看到过武帝狩猎，那是书上记载的历史，但他们仅从这动人心魄的声势便体味到了当年皇帝那君临天下的风采和不可一世的张扬。汉武帝狩猎，是那种示威于天下的狩猎，辉煌高远，威风八面。据载，汉武帝每次出猎，要动员数十万人众，进秦岭为之驱赶动物。唐朝诗人王昌龄再现了当年狩猎的情景：

白马金鞍从武皇，旌旗十万宿长杨。
楼头小妇鸣筝坐，遥见飞尘入建章。

如此大举行猎，是后来历任帝王所不能与之相比的。数十万人“罗千乘于林莽，列万骑于山隅”，将虎豹熊罴、鹿麂狼豺赶至山口捉住，运至搏熊馆圈养在硕大围网中，责胡人徒手与野兽相搏，败者成为兽类之食，胜者自取其获。武帝高坐搏熊馆上，以观其乐。史书记载了当时人兽相搏的盛况：“千人唱，万人和，山陵为之震动，川谷为之荡波。”这大概就是中国最早斗兽场的场面了，情景当与罗马斗兽有异曲同工之妙。与外国斗兽不同的是，咱们的汉武帝不但要看，还要亲自下场“弛逐野兽，自击熊豖”“搏熊一日三十只”。一天跟三十只狗熊打架，称得上是孔武有力、盖世英雄，也就是汉武帝罢了，别人谁行？在这片猎场之内还有长杨宫、五柞宫、葡萄宫等殿宇，连成一组宫殿群，千灯万盏，千门万户，层台累榭，斗拱飞檐，与山河同光，与日月辉映。长杨宫有千余株垂杨柳，五柞宫有五棵高大柞树，葡萄宫种植着西域的葡萄，几十里范围内，覆盖着大量奇花异草，仅各国进贡的名木花卉就有三千余种。这一切，总归上林苑范畴。上林苑是历史上很有名的一处所在，汉司马相如的《上林赋》，杨雄的《长杨赋》记述的就是这里的情景。两千年后，《西安晚报》副刊文学专栏，即是以《上林苑》为栏名，足见这一地点对长安文化影响之深。

搏熊馆周围的黄土地承载过多少血腥与杀戮已经无法计算，时光将那一页轻轻地翻转过去，历史又有了一番新的变化。漫长的岁月，昔日的琼楼玉宇成了断壁残垣，杨柳树林变作荒野秃山，奇花异草改作谷麦菽黍，遍洒动物鲜血的搏熊馆也为和平祥瑞的搏熊馆村所替代，一切都面目皆非了。消逝的辉煌总是让人留恋，王者的率性和英姿总是让人回味。汉武帝自信是活在现实与神话中的英雄，不是活在文字里的帝王，所以他要经常带着他的兵马鹰犬，从对岸的茂陵过来，回到这片魂牵梦萦的地方，一次又一次，形成了这一地区夏日独有的自然现象。现代气象学将此叫作“涡旋气流”，但老百姓不认可此理，老百姓只认皇上，皇上出巡，平民百姓自该躲闪回避，安分守己地待在家里，免得撞客了。

风雷袭来时，搏熊馆村九十一岁的霍家太婆心神不安地聆听着外面的声响，拄着拐杖颤颤巍巍地走到北墙的神龛前，给神们上了一炷香。太婆家的神有很多，一张黄纸密密麻麻写满了，内中汉武大帝位居中央，武帝四周围绕着观音、如来、老君、王母、仓神、灶神、山神、地母、土地，还有狐狸大仙、家宅六神等等。

老太太这一炷香拜的神仙多了，撞上哪个算哪个。她认为，诸多神灵中总会有一个值班管事的，就跟乡政府一样，就是到了过大年也得留一个看门记事的。太婆是村里年龄最大的老人，按大排行排，她已经是第六辈人的祖奶奶了，是全村正儿八经的太婆婆。太婆娘家姓霍婆家也姓霍，真正的霍门霍氏。太婆的娘家在搏熊馆西面的葡萄宫，现在的葡萄宫已经像西汉时代一样，又种上了葡萄，一大片一大片的，不是从西域来的，是从更遥远的美利坚来的，不叫葡萄叫“提子”，比汉武帝的葡萄更精神、更漂亮，吃在嘴里让人觉得不是葡萄而是其他的什么东西。葡萄宫那片宽广的葡萄园是太婆的一个远房侄孙经营的，侄孙毕业于农学院，会说外国话，从杨凌农科城搞来美国的苗木，操持得十分细致认真。太婆记不清这个种葡萄的侄孙是哪房的孩子姓字名谁了，但侄孙还记得她，每逢在路上遇着都要亲热地喊她太婆，恭恭敬敬地闪在一边让太婆先走，逢到八月十五还要送过来整箱的大提子让太婆尝鲜。太婆吃着那些怪里怪气的葡萄怎么也想不起侄孙的名字，她的侄孙是太多了，于是索性将这个叫了“洋葡萄”。久之，这个名字竟然叫开了，连县长来了也一口一个“洋葡萄”，都说太婆给取的这个名儿很贴切。

因了洋葡萄的葡萄园，葡萄宫便与搏熊馆又连在一起了，总合成一个行政村，以前两地之间还有一条干涸水沟，是搏熊馆为防野兽逃跑而挖的壑。据唐朝资料记载，彼时壑内还有水流动，与“荡荡乎八川分流”中的渭河相接，有着“东南西北驰骛往来”“行乎洲淤之浦”的水泽风光。20 世纪六七十年代农业学大寨，平整土地，全乡上千劳力搞大会战，挖土填沟，用了两年时间，将汉武帝们挖的沟填平，种了玉米，应了敢教日月换新天的壮举，也应了沧海桑田的老话。

太婆是宣统三年生人，十六岁出嫁，嫁给搏熊馆的猎户霍光地，霍姓在搏熊馆是大姓，都说是汉武帝司马大将军霍光的后裔。后元二年，汉武帝刘彻病居搏熊馆南边的五柞宫，去世前一天，立刘弗陵为太子，以霍光为大司马大将军，金日磾为车骑将军，上官杰为左将军，三人与御使桑弘羊皆拜于汉武帝榻下接受遗诏，受命共辅幼主。次日，武帝逝世，太子刘弗陵继位，即汉昭帝。这是正史记载，搏熊馆人的口传，比此略为丰富，搏熊馆人补充说武帝病逝时在场的还有一位贴身内侍，说白了就是太监，太监不上史书，据说姓冯，在武帝归天之日，冯太监也自缢于先帝灵前，意为死后也要做先帝奴才。不知为什么，追随皇帝而去的太监并没有随皇帝葬于渭河对岸的茂陵，而是就地安葬在五柞宫的后墙之外，草草地起了个坟堆。有人说，冯太监因为没能陪葬茂陵死后一直耿耿于怀，一股怨气冲击坟土，致使那个本来很不起眼的叫作冯公冢的土堆年年增长，千余年来成了一座小丘。也有人说，冯公冢不是太监墓，是唐朝一个被错杀的冯姓县尉，唐元和年间白居易做了周至县尉，感念先任委屈，在此立墓重新安葬，写过一首悼念性的诗。原先墓前还有大碑，“文革”时候被拉倒砸了，记性好的人说是明朝嘉靖时的碑，说的什么记不真了。其实，无论太监也罢，县尉也罢，都是冤冢，睡在里头的人都不心安理得，都一肚子窝囊。百姓们忌讳这土丘，没事不到跟前去，有事也绕着走，同是死人，人们对它的感情比汉武帝差远了。

搏熊馆霍姓百十代前的老祖宗霍光是霍去病的异母兄弟，封为大司马大将军辅佐朝政以后，又封博陆侯，“朝廷政事，一决于光”。及至汉宣帝继位，霍光已是族党满朝，权倾内外。宣帝亲政，以谋反罪收霍氏兵权，诛杀九族，但凡和霍家挨边的，皆成刀下之鬼。网罗再缜密，也有漏网之鱼，搏熊馆的霍家就是那个时候逃到这里来的，是侥幸留下的一支。家谱再不敢续，以防查抄剿杀，但是族人对先人的敬畏却一直在心里延续着，千百年来不见改变。常见村街上有小子，啷啷锵地耍着棍，抹着鼻涕，腆着肚子说，哇呀呀，俺大元帅霍光是也！

在汉武帝旋起的风雷里，太婆小脚一扭一扭地来到灶间，她的孙儿儒正在灶间忙碌。太婆用棍敲着孙子坐着的小板凳说，儒娃，你看看外头这天，还不紧忙着把你哥寻回来。

被叫作儒娃的汉子正在灶口烧麻雀吃，麻雀是昨日晚上从村后的破烂大殿檐底下摸的，嘟嘟噜噜在地上堆了一堆。儒逮麻雀很有经验，他知道大多雀儿都是夜盲眼，天一黑什么也看不清，下手掏，一掏一个准，它连飞也不飞。现在，儒铁棍上的麻雀已经烤到了火候，吱吱地冒着油，肉香弥漫了整个灶房，儒全部身心都在这几只麻雀上，全不在乎老祖母的存在。

太婆说，法娃出去有时辰了，他上了五柞宫，你得去寻他。

儒说，我不去。

儒将“我”的字音发得很重，并且把“w”发成了“e”，于是“我”就变成了“饿”，让人听着狠狠的。

法和儒是双胞胎，20世纪70年代生人，出生时正置“评法批儒”运动，于是他们那位革命的父亲，公社的革委会副主任就将先出来叫了“评法”，后出来的叫了“批儒”。“四人帮”和他们的父亲倒台以后，评法、批儒面临的直接问题是需要改名，找到乡中学的历史老师、当时戴着“右派分子”帽子在农村下放的师大教授老黄，请求另赐新名。老黄说，“法”和“儒”就单字来说，都是很好的字，法者，礼也；儒者，顺也，也无须做多大的更改，只把中间的字去掉就可以了。这样，霍评法、霍批儒就叫了霍法、霍儒。作为名字，倒也很像回事，叫顺了甚至觉得还很响亮。

按常规，双胞胎的长相、脾气、秉性都应该非常近似，但是法和儒却大相径庭。两个人一胖一瘦，相貌也寻不出一丝相同，两张脸，你凹进去的地方我凸出来，我凸的地方，你凹进去，用太婆的话说，这俩货合在一起才应该是一个完整的……下边的词太婆往往不说，太婆不说大伙也明白，老人家嘴里含着的是个“球”字。陕西人忌讳“球”，无论什么只要一和“球”沾上边，多变得晦而糟，当然有时候也用于爱称，但那种情景毕竟不多。

从性格来说，法比较活跃，灵动，人也活络，谁家过事都去帮忙，肯出力气，有好人缘。法高中毕业就娶了媳妇，娶的是十里外终南镇的姑娘，让太婆早早就抱上了重孙子。法的媳妇在家里开了个小铺，叫“玉凤小卖部”，卖些方便面、卫生纸、小饼干和白酒什么的。零花钱是够了，只能脱贫却不能大富，法的愿望是能买一辆摩托，大红的“嘉陵 125”摩托。法打听过了，这样一辆车需要 4000 块，靠他媳妇小打小闹地挣，攒出 4000 块来似乎有点儿不可能。当然，村里像洋葡萄那样有汽车的也有，有摩托的人家也不少，日本的“野狼”也有好几辆。“野狼”是年轻人专为“扎势”用的，法已经过了显摆的年纪，法是为了帮他女人进货，买摩托的目的是实用，是让他们的“玉凤小卖部”繁荣起来。但就眼前的情况看，小卖部繁荣起来，法才能买摩托，话说回来，不买摩托，小卖部也繁荣不起来，把人给套住了。法整天为他的“嘉陵”动心思。

儒跟哥哥法相反，儒很犟，一天到晚青着个脸，跟谁都没话。父亲死后，母亲和祖母一直跟着儒过，两个女人从小把他带大，却谁也没摸透他的性情。法两个孩子都抱上了，儒还没有对象。没有姑娘愿意跟他，姑娘们嫌他性情太冷，太怪，太不合群，私下叫他“冷血动物”。儒也不恼，他对那些姑娘们看也不看，他认为跟女人打交道远没有在林子里逮竹鼠有意思，那些胖而瞎的灰家伙，吱吱叫着沿着竹根满坡胡窜，追逐着它们会让他浑身的血都汹涌起来，这点女人行吗？女人不行！今年年初，儒的母亲患了出血热，母亲死的时候也没见儒怎样地难过，法哭得哽哽咽咽的，儒在一边冷冷地坐着。太婆说，板子上躺着的是你的亲娘，你就不会过去哭她两声吗?

儒最终也没到他母亲跟前去，一双眼干巴巴的，到底也没闪出个泪花来。待客的饭桌上，儒吃得很投入也很认真，一大碗条子肉，被他揽在怀里闷着头一个人吃光了。儒的做派不像待客的，倒像做客的，乡亲们为此而偷偷议论。太婆很伤心，她对法说，儒这个孽障啊，他谁也不认，就认吃。

法劝老祖母不必跟儒计较，说个人表达感情的方式不同，没有眼泪并不能说明他不难过。

太婆说，他对他的娘都这样，将来对我指不定怎么着哩。

法说他祖母想得太多了。

儒对猎取野物有着异乎寻常的热情，山坡上有嘎嘎鸡，竹林里有竹鼠，坟圈里有獾，麦田里有兔，凡是天上飞的、地下跑的，只要被他发现了，他绝不会放过。儒逮野物的本领很强，无师自通，太婆说这是继承了他祖父的遗传，儒的祖父霍光地是搏熊馆村最出色的猎人，是人中的精英。祖父的枪法是百发百中的，祖父下的套子是永远不会落空的，尽管没像汉武帝那样一天打过三十只熊，祖父也徒手搏过金钱豹。祖父的死也是壮烈的，他在骆峪被一群豺狗掏空了肠子，抬回来的时候人还能说话，还能跟太婆开玩笑……没有了肚肠的人如此坦然，只有真正的猎人才能做到这一点。儒很敬重他的祖父，虽然他跟他的祖父在这个世界上连擦肩而过的机会也没有，但是祖父的精神魂魄却是深深地留在他的骨子里了。现在的搏熊馆，早已没了虎豹豺狼，因为打了农药的缘故，地里连兔子也很少见了。儒也很想让豺掏空了肚子，可他上哪儿去找它们呢?甭说豺，附近三四个村子，连只正经的狗也见不到了，巴儿狗倒是有不少，也不知从什么时候开始，农民都改养巴儿狗了。法的屋里也养了一只，塌鼻子凸眼，脑袋上还扎一个小辫，见谁给谁摇尾巴，一副媚态。儒看见那狗就踢，看见就踢，那狗看见儒就跑，看见就跑。

儒想，搏熊馆这样的地方竟然出现了巴儿狗，羞先人哩。

太婆让儒去寻找法，儒不去，儒说他不想见五柞宫那个疯疯癫癫的老巫婆。

太婆说，怎么是老巫婆，那是个正儿八经的出家人，你不待见她，不跟她说话就是了。

儒说，可她跟我说话呢。

太婆说，你不要找借口推，不去也得去。

儒不吭声，大口大口地吞他的鸟。

太婆说，你的鸟放些时候再吃，也亏不了什么。

儒说，凉了再吃就不是鸟了。

太婆一字一板地说，我告诉你，这天气，法娃上了五柞宫……

儒不接太婆的茬，歪着脑袋继续啃着那些麻雀，嘴上手上满是油，细小的骨头在他的嘴里发出嘎巴嘎巴的声响，很脆。太婆也很拗，她在孙子跟前站着，就是不动窝。儒拿眼瞄了一眼祖母，服软地笑了笑，将一串焦黄的小肉递了过来。

太婆气哼哼地说，我没有牙，你要硌死我吗？

儒告诉祖母五柞宫的后墙新近出了个洞，是獾干的，他一定要把那个家伙逮回来，弄个笼养着。

太婆说，逮它干什么，獾浑身上下除了油没别的，一股腥气，你要是真馋肉了我明日跟法娃要些钱，你到终南镇上割他五斤大肉，一次吃个够。

儒说，谁稀罕大肉，现在的猪都是激素催的，还要配上什么瘦肉精，本来大半年出栏，如今发展到两个月就进屠宰场，咱们不是吃猪肉，是在吃猪饲料呢。

太婆还要说什么，外面有人在喊，山水下来了——

儒一听，扔下他的鸟，腾地蹿出了灶房，往渭河边奔去了。

每回搏熊馆闹天，渭河就小小地涨一次水，这水来自秦岭田峪、骆峪、埂峪、景峪、就峪几条峪口，水一出山，渭河便会水波荡漾几个时辰，届时，鱼也游了，鳖也冒了，小水鸭子也欢了，真像那么回事儿似的。但一切就像海市蜃楼一般，瞬间即逝，水来得快，干得也快，一眨眼，说没就没了。

太婆立在房檐下，看着头顶旋转的黑云而忧心忡忡，山水来得这般快捷，这是她有生以来头一回遇到的，这边还没有下，那边的水已经到了，不合规矩……

在这很没有规矩的时候，她的两个孙儿都在外头。

法到傍晚也没回来。

法的媳妇抱着孩子过来了两次，想的是让儒到五柞宫找找。儒偏偏的不在屋，吃饱了烤麻雀的儒从下午出去了就再没见人影。太婆很着急，她坐在门口骂，骂法和儒，说他们是畜生托生的，她都这把年纪了还要为他们操心，她也是活够了，她明天就去死，接着太婆提出了十几种死的方法，在她的嘴里，每样死法都很精彩，都很有意思，都让人觉得值得一试……

太婆骂得很有韵律，像唱歌一样，几个小孩子吃过了晚饭，坐在旁边听太婆骂，这就更助长了太婆的威风，骂到后来，不但将身边几个小崽子捎带上，连村长、书记，包括前几日县上下来的调研员和收生猪的老赵也都捎带上了。骂来骂去早已忘了主题，压根没有法和儒什么事了，变作随心所欲、信口而来的评论。村人有一搭没一搭地听，谁都知道这是九十多岁的老祖宗闷得慌了，在解心烦，败心火，当然也有倚老卖老的成分在其中。

半黑的时候孙媳妇给太婆端来一大碗臊子面，太婆就着一头紫皮蒜吃了，吃完抹抹嘴，接着骂，声调比原先又高了许多。

太婆骂几句喊两声，喊她的法和儒。

大月亮从东边升起来了，黄亮黄亮的，映着房脊，映着树梢，映出了门楼前太婆拄着棍的身影，一幅很温馨很幸福的景致。

村长披着衣裳踱过来说，婆，你也该歇歇了，不累吗？

太婆说，你个死东西到现在才来，我这大半天骂的就是你，你就没听着？

村长说他早上到乡里开会，天黑才回来。

太婆说，一找你就拿开会说事，天知道你开的是什么会，哪天我跟你一块儿到乡上去，把你的会账好好对一对。

村长说这样最好，他早被没完没了的会弄烦了，下届村长就让太婆当，让太婆也过过会瘾。

太婆说，你别以为我当不了，一解放我当妇女会主任那会儿，把村里的男女老少管得齐齐整整的，那时候你那死鬼爷爷是个不折不扣的二流子，耍钱、打牌、抽大烟，坏事干全了；你大刚封上开裆裤，到处偷鸡摸狗拔蒜苗，不是个省油的灯，“文革”时候又追城里下来的女知青，拖家带口的人了，还见天给人家大姑娘抱柴火烧炕，亏得没追上，要不你得比现在还张狂；你娘每次上工回家都有“捎带”，开了几回会也不改，落下毛病了，你们家让我费了多少心哪……正说着，洋葡萄开着客货两用车从村街上过，见了村长和太婆，赶紧把车停了，蹦下车来打招呼。村长对洋葡萄说他现在正在收听“揭老底战斗队”的广播，洋葡萄来了，这个频道就该换换了。村长问了问洋葡萄今年的收成，洋葡萄说有万把斤，三四万的底是保住了。村长听了拍着洋葡萄的车说他干革命工作的时候别人都致了富，他一想就不能平衡，有机会了他给洋葡萄去打工，说不定还能赶个发财的尾巴。

洋葡萄只是嘿嘿地笑。

太婆让村长帮她去找法，说法去了五柞宫。村长说法不是小孩子，丢不了。

太婆说，下午的时候皇上回来了。

村长说太婆迷信。太婆说她从来就不迷信，她科学得很呢，她知道西边的杨凌克隆出了两只一模一样的羊，就跟她的双生孙子一样，不同的是她的孙子是兄弟，那俩羊差着辈分。太婆说她不明白为什么要人工制造山羊，羊也用不着计划生育，尽可以随便生，科学家也是钱太多了，干点什么不好，冬天种出了茄子，春天收了洋芋，把个世界搞乱了不说，把她搞得也越发地糊涂，比五柞宫的老尼还糊涂。她现在年纪大了，没精神顾及农科城的山羊了，只好关心她的孙子，孙子于她是最重要的，要是谁趁她睡觉的工夫给她克隆出一打孙子来可怎么得了。

村长说，那多好啊，您能当班长了。

太婆说，你去给那十二个老爷们儿找媳妇吗？一个儒就够让我糟心的了。

扯了半天闲话村长还是不想上五柞宫。村长说，黑灯瞎火的……

洋葡萄说他反正没什么事，可以替村长跑一趟，他把车开到山底下，用不了十分钟就上去了。村长就让洋葡萄去五柞宫看看，说有事到会计霍成社家里找他，他要跟成社商量点事，说罢背着手朝东去了。

太婆看着村长的背影说，商量什么事呀，别当我不明白，打牌罢了，你们这些干部啊，别的长进没有，牌是越打越精了，靠打牌能吃饭吗？能打出社会主义新天地来吗？

洋葡萄问太婆，法是什么时候走的？太婆说晌午饭前就上去了，又对洋葡萄说今天一变天，她的心就开始怦怦地跳，怕不好。

洋葡萄说，太婆你放心，什么事也没有。

洋葡萄走后，太婆没有回屋，她在门口的石鼓上坐着，朝着五柞宫那边使劲望，南边山林黑沉沉一片，望不出所以然，几只白色的鹭鸟，在月光下突地飞起来，又落下去，不知哪儿来的一阵风，将那片松林刮得呼呼响，风停了，一切又归于寂静。近处，谁家的小孩子在夜哭，一只猫，从房脊上蹿过去了……

太婆在门外坐到半夜，露水下来了才进屋。

儒在渭河边激动地徘徊。

渭河的水涨了，又很快退了，退下去的水在主流南侧形成了狭长的一个水洼，长有两里，宽不过一丈，乍看水也大也深，其实是一片不流的死水。经过沉淀的水洼清澈而沉静，在河道里摊着，深处透出了即将消失的无奈和被停滞的忧伤。这道不引人注目的水引起了儒的注意，凭着猎人的敏锐，他感到了它的与众不同，无风的水面，时时地泛起一阵阵微波，波纹有时从东向西，有时从西向东，来回荡漾，极有规律。儒在岸上向水里搜寻，终于他看见了一条鱼在水洼里游动，在不动声色地寻找着出路。静谧的水底，那条鱼好像一道黑色的闪光，游到东面，一个优美的转身，再游到西面，一次次地重复，一次次地重复，没有停歇。水无声，鱼无声，无声的水和鱼传达出了一种焦躁、一种恐怖逼近的绝望，就像关在笼子里的狼。

儒从没见过这样的鱼。

鱼很大，头有点儿扁，身体匀称，披着大片的黑鳞，鱼尾处有些微微泛红。这是一条什么鱼，它是从哪儿来的，为什么出现在渭河，这些最简单最基本的问题儒想也没想，儒关注的是这条黑鱼的处境和它即将变为他手中猎物的事实。对狩猎者来说，生擒一个鲜活的生灵，不在于结果和价值，而在于过程和设计，无论是美丽动人的金钱豹还是毫无用处的小黄鼠，都是一样的。儒观察着黑鱼，随着鱼儿来回奔走，鱼向东他向东，鱼向西他向西，很快他明白了，水洼还有一些深度，黑鱼暂时还存在着一方天地，明天大太阳一照，加上干枯河床的渗漏，水洼很快会变浅，黑鱼势必浮出水面，到那时一切都是唾手可得的了。

儒只需等待，时间就是一张无形的大网。

一想到抱着大鱼进村的情景，儒兴奋得连气也喘不匀了。

月亮升到了头顶，儒眼前的河滩和身后的山林一片光明，天光很亮，儒在河边坐着，抽着劣质的卷烟，听着汩汩的水声，脑海里一阵阵发蒙，好像是在做梦，他感到自己不是活在现实，而是活在以前的什么时代，比他的掏空了肚肠的祖父还要早。在搏熊馆这个满是英雄和鲜血的地方，他待了很久很久了，哪年哪月，他就在河边坐过，那情景和现在一模一样……儒似乎看到了结局，有关他的结局，一个很幸福很完满的结局。黑鱼在月光下游动，儒透过水面可以看到它光亮俊美的脊背和灵活有力的尾鳍，哗地一闪，哗地又一闪，黑鱼游动的频率在加快，也就是说水洼的面积在缩小，偶尔地，鱼还在水面翻起个小小的水花，噗的一声，像吹了一口气。

儒下到河滩，站在水洼跟前，以便更加清楚地看到水里的鱼。儒试了试水的温度，水洼的温度明显高于主流，他的心里有底了。儒在主流一侧弯腰撩水的时候，发现那边水里也有一条同样的鱼在翻卷，那条比水洼里这个似乎更大、更壮硕。

主流里的黑鱼和水洼里的黑鱼在同步游动，它们共同朝东又共同朝西，露出的滩将它们隔开，使它们无可奈何。儒扔掉了手里的烟，叉着腰站在两条鱼当间，看看这条，再看看那条，把它们一次次地加以比较，最后得出结论，除了个头不一样以外，它们应该属于同一个种类。河里那条鱼也看见了他，一个翻转将身子沉了下去，再不露面。儒知道，主流河床，北通甘肃鸟鼠山，南达风陵渡入黄河，长数百数千里，那条鱼的天地广阔得很呢，自己就是有天大的本事也逮不到它。

天快亮，儒回家拿了一趟家什，他看到法的屋里还亮着灯，他搞不懂法这个家伙这个时候怎么不睡觉。

法的确没有睡，他靠在被垛上，正惊魂未定地大口喘气，媳妇用湿手巾给他抠鼻子和耳朵里的土，已经换了几盆水了，还没抠干净。法一口一口地唾着，唾出的都是黄泥，把屋里搞得一股腥腥的生土味。炕沿下，一双沾满了泥的解放鞋旁边撂着一个鸭蛋形的面目狰狞的大陶罐，这是法在五柞宫冯公冢里折腾一整天挖掘出的“宝贝”。

法是下半夜被洋葡萄用车拉回来的，洋葡萄说冯公冢的墓塌了，法被闷在墓道中间，他费了好大劲才把法挖出来，不是听了太婆的话，他怎么也想不到里面还会有人，真是悬极了。法的媳妇一听，眼泪唰唰地流，千恩万谢地说了不少感谢的话，差点儿没给洋葡萄跪下。洋葡萄说别谢他，应该谢太婆，太婆的感觉真灵，他要是再晚到一会儿，法就是另一回事了。法的媳妇忙着点灶要给累了大半宿的洋葡萄烧甜汤喝，洋葡萄却急着要走，说是明天一大早要到咸阳机场赶飞机，葡萄眼瞅着就下来了，他在上海的客户还没有落实，上海那地方是个大市场，晚去一步就被人抢了。媳妇又让喝水，洋葡萄水也不喝。

法的肋间岔了气，一喘气就疼，一喘气就疼，偏偏地，法还要喘气。

洋葡萄临走告诉法的媳妇，天亮一定要带法到医院看一下，要是没有车可以用他的客货两用，他的员工小施也会开。

洋葡萄走后，媳妇给法沏了一碗糖水，法喝下去了才感到好些，闭着眼睛不住地哼哼。媳妇埋怨法不该去碰那座坟，说千百年来没人动自有没人动的道理，出了这样的事，听着都让人后怕。法哼哼唧唧地说即便他不碰也会有人碰，他是看到东墙根被挖出了个洞，才下决心动手的。

媳妇说，儒说了，那是獾掏的，你怎能跟獾一般见识。

法说，儒懂个屁，他能把人拉的屎看成狼拉的，儒那个人什么也不懂，一天到晚满脑子是杀、杀，杀得六亲不认，眼睛都直了。法还怨他媳妇，不该把他上五柞宫的事告诉他婆，这事他婆一知道，就等于全村的人都知道了，还有洋葡萄，心眼太活，也是个靠不住的人……

媳妇听了很不高兴，媳妇说，不告诉婆你还在墓坑里埋着哩，憋死你。救你的人前脚刚走，你后脚就说人坏话，有良心没有?

法一时竟没了话。

媳妇擦完了法的脑袋又用那条手巾擦鸭蛋罐，罐上的泥比法脑袋上的还多，且是陈年老泥，很不好擦，媳妇边擦边说，也看不出什么好来，又粗又笨的，不能装粮也不能装水，腌菜也嫌口小。

法说，这是文物呢，你不能用脏布抹，得用小刷子刷，电视里的专家都是这么干的，那上头说不准有颜色，你把颜色抹掉了就不值钱了。

法这一说，媳妇赶忙放轻了手，仔细地看那罐上有没有颜色。

罐很大，很重，土灰色，如同一个横放的大鸭蛋，上面伸出一个不大的圆口，下面有个圆托，提不能提，抱不好抱，囫囫囵囵模样丑陋。媳妇实在看不出这是什么宝贝，也猜不出能派个什么用场，便奇怪先人竟将这样粗劣的东西往墓坑里埋。法则认定这是个汉罐，他说他在邓村见过，那边埋了不少汉朝的将军，不但有这样的罐，还有青铜的剑。汉罐中有绿釉的最值钱，他眼见的一个夜壶大的小罐，上边有动物图案，贩子给了二百。媳妇劝他不要做梦，他说他没有做梦，河对岸邓村早就有人偷偷地挖古墓了，发了财的也有，盖了小楼的也有，还有的专门让孩子读考古系，想的是长期的科学发展。媳妇说都是偷偷摸摸的，不光明正大。法说，包产到户了，自然也就包坟到户，自家地里出的，就跟自家地里的萝卜似的，谁碰上了归谁。

媳妇说法花这么大代价只弄回一个泥蛋，划不来。法说墓顶塌下来之前，他朝里头看了，墓室里边盆盆罐罐的堆着不少，还有一个石头棺材，有珠宝金银也不一定。这个东西在最外头，他顺手就夹出来了，也亏他没有贪财，听到声响不对，退得很果断，才被窝在靠近墓口的地方，要不，十个洋葡萄也拽不出他来，他跟那些罐罐一样，成了殉葬品了。媳妇说，冯公冢里头有怨气，冤鬼跟上你了，留神以后倒霉吧。

法说，现在有广播，有电视，有手机，还有各式各样的卫星，满天跑的都是无线电波，像一张密不透风的网，就跟儒逮鸟似的，把什么鬼都网住了，现在压根就没鬼了。法一翻身，疼得龇牙咧嘴，屏住气不敢呼吸。

媳妇说，天明了还是用洋葡萄的车，拉到医院看看。

法说，你还嫌张扬得不够吗？以后少跟洋葡萄“打连连”。

媳妇说，洋葡萄再怎么说也是咱婆的侄孙。

法说，八竿子打不着的侄孙。

天亮了，儒将那条鱼看得更清楚了，在迅速变小的水洼里鱼越发地施展不开了，它的脊突出于水面，已经无法游动，那条剪刀一样的尾在用力地拍打，嘴巴一张一张地，像是在喊。

儒不急，儒仍旧坐在岸上等。

时间的网就要收口了。

儒盼着猎取过程拖延得越长越好。猫儿逮老鼠是个自娱的过程，猫逮到老鼠并不马上吃掉，而是抓了又放，抓了又放，要将猎物细细地玩弄个够。现在儒就是这种心态，他逮鱼不是捕杀，是一种游戏，内中的乐趣只有参与的人才能体会，河边有钓鱼的，却没有“看”钓鱼的，那完全是两种不同的感受，钓鱼的绝不在乎将鱼提出水面那一刻，而在乎整个的等待，欲擒未擒，稳操胜券，这是一种享受。在这方面，儒和那个爱在这儿打猎的皇帝的心灵是相通的，和他祖父的心也是相通的。

整整一个上午，又整整一个下午，太阳烈烈地照着，河边没有一棵树，儒很公平地和那摊水那条鱼共同暴露在太阳的淫威下，无遮无挡。一整天，儒没吃没喝，雕像一样在水边守着，他的脸和胳膊被晒得通红，嘴唇干裂得起了皮。煎熬是期待，痛苦是欢乐，即便没有这种煎熬和痛苦，儒也会为自己制造出煎熬和痛苦，这是猎取的必须，是收获的代价。

水洼消失的速度如同太阳的影子，那汪水越来越浅、越来越小。黑鱼在已不能埋过它的水里沉默着，一会儿，大约是积聚了力量，它一通猛烈挣扎，一通近乎疯狂的扭动，在地动山摇般的翻滚之后，又静下来，为下一次努力而准备力量。

一切都是徒劳的。

另一条鱼还在主流里等待，关切地注视着它的同伴。两条鱼的距离越拉越远，只能是遥遥相望了。这是绝望中的等待，是让人心碎的生离死别——即便是对于鱼。

太阳擦到西边山峦，儒开始行动了。

儒卷起裤腿，踏进水洼，水不深，只没过他的小腿肚，被太阳晒得温温的，给人很舒服的感觉。随着儒的移动，水底被踩出一团团泥晕，那些泥晕一朵朵花一样洇开来，在儒身后拉出一条纷乱的线。儒拿着锄头向黑鱼蹚过去，一步又一步，径直来到黑鱼跟前，他与鱼的距离不过半尺，只要一抬脚，就能踏住鱼的身体。

黑鱼已无处可躲，眼见着儒的逼近，它本能地转动着身体，笨拙地拍着它的大尾巴，击起很高很高的泥浆，溅了儒一脸一身。

儒看到了鱼的眼睛，那双大而黑的眼睛满是湿润，不知是水还是泪。鱼身是纯黑色的，脊背的鳞甲泛着蓝光，在夕阳的辉映下反射出了殷红，淡紫，橘黄……色彩斑斓，如同雨后的虹。鱼的嘴圆圆的，像是他的小侄子吮奶水的模样，粉嫩的唇边伸出两根弯曲的须，很可爱很滑稽的须，须和唇沾满了泥，有一种落难的凄惨。儒有些心软了，他看着鱼，鱼也看着他，儒想，要是它眨一眨眼，或者稍稍给他一个暗示，他就换一种处理方式，将这条鱼拖到主流去，去与它的同伴会合。

但那条鱼自始至终眼睛也没有眨一下。

鱼是不会眨眼睛的。

鱼的倔强惹怒了儒，儒举起锄头照准鱼头砸下去，在锄头落下的刹那，他看见黑鱼扬起头部，上半身跃起，腹腔里发出了“咕咕——咕咕——”的声音。

像是临死的呐喊，也像是与同伴的告别，更像是对猎杀它的人的无情诅咒。这声音使儒的心里充满恐惧，这是他几十年与野物较量中所没有过的。经验告诉他，这种时刻不能犹豫，必须打死它！打死它！

儒永远是猎人。

鱼头发出了“咔嚓”的碎裂声，儒的锄头一下一下击在黑鱼的脑袋上，黑鱼没有躲闪，任着头部在重重的敲击下开裂，任着脑浆在水中崩散，它那美丽的流线型的身体在抽搐、扭动，变挺变直。

清静的水洼一时紊乱黏稠，浑浊动荡。

儒双手抠着鱼的鳃，吃力地把鱼拖出水洼，他没有能力将它垂直地提起来，它太重了，太长了，这是儒没有想到的。儒在河滩转了几个圈，寻了根柔软的水荆换下了腰上的裤带，用水荆穿了黑鱼的鳃拖着走。鱼头扛在儒的肩上，鱼尾在地上拖着，在河滩里拖出一道深深的印痕。

如血的夕阳映衬着空旷的河滩，映衬着天边那一片凄艳的晚霞。

离开河岸的时候，儒朝水里看了一眼，另一条大鱼不见了，大约是游走了。

儒打了黑鱼的消息很快传遍了全村，谁都到太婆这儿来看鱼。

大黑鱼亮在台阶上，很长的一个长条，鱼头碎了，流着血。

儒很兴奋地不厌其烦地向来看鱼的人讲述着逮鱼的经过，他将和鱼的搏斗做了夸张，大谈鱼的神奇和力大无比。也只有这种时候，儒才变得随和而健谈，变得重要而引人瞩目。来的人先是啧啧夸赞儒的勇敢和灵巧，继而对鱼的体积和重量发出惊叹，猜测着它的身份和来历，七嘴八舌各抒己见，有说是顺着山水冲下来的，有说是原本就在渭河里长着的，有说是大旋风从什么地方卷来的，也有说是科学试验农科城的人从上边放养的……

一个正在读生物课的中学生说，像是中华鲟。

马上有人反驳说，什么中华鲟，还扬子鳄哪。

有人说是鳗，有人说是鳕，有人说是海豹，有人说是鲸……没了谱。总之，是鲤，身细；是鳝，有鳞；是鲢，长须；是鲵，无脚，没人能说得出这是一条从哪儿来的什么鱼。

在搏熊馆村，有关鱼的话题整整延续了一个晚上。

儒面对的问题是怎么处置这条鱼，关中的百姓不以吃鱼见长，常常是养鱼的专业户自己并不吃鱼，农民饭桌上偶尔见鱼，也是近几年才有的事。也就是说，儒打来的这条鱼，没有人要。人们连正常的鱼也不吃，更何况这条莫名其妙的鱼。

死鱼静静地横在院子里，睁着眼睛看着来来往往的人，沉默无言。是的，一切已经与它没有任何关系了，跨过了艰难与恐怖，它最终完美地完成了自己。下面的事是儒的了。

太婆看了那鱼，坐在炕上，一句话不说，闭着眼睛，沉入冥想之中。她想起了小时候听来的一个故事，快一百年了，那个故事从未冒出过，被她遗忘得干干净净，现在随着鱼的出现却越来越清晰，越来越清晰，终于定格在她的脑海中。

一阵战栗。

太婆躺下了。

儒必须把鱼卖掉，否则他的鱼就不是鱼了。

这样的事是法的专长，但是法躺在炕上不能起来，儒只好自己去做。儒一大早用架子车将鱼拉到了终南镇集上，还没选好地方，他的车就被看稀罕的人围严了。人们为这条大鱼惊异，谁也不相信渭河里会有这样大的鱼。一小青年和卖肉的打赌，说鱼有二十斤，卖肉的说至少三十斤，不会高于三十三斤。用抬秤来称，两个人都输了，这条鱼整整四十斤半。

没有哪家受用得了这样的大鱼。

儒的鱼成了这天集上的稀罕，过来过去参观鱼的有近千人，也只是看的人多，掏钱买的没有。儒开始还一遍一遍地向人们解释鱼的来历，后来连他自己也烦了，索性闭嘴不说。

随着太阳的升高，鱼的价格一降再降，由早晨的每斤三块降到了两块，一块，到了下午已经变作五毛……五毛钱，一捆小白菜的价。

鱼鳞的光泽渐渐发暗发灰，不似早晨那般晶莹了。

儒的脸色也开始发暗发灰，不似早晨那般精神了。

儒的本意绝不是蹲到集上来做买卖，他在打鱼的过程中，从没想过吃和卖，就像当年汉武帝在这里与熊搏斗绝不是为了取熊胆、剥熊肉一样。这也是他与一般人的隔膜，他的行为中，没有利益的驱使，有的是性情的冲动，他有动机，没有目的，正是因为这，才给他制造了眼下这个难堪。卖鱼比逮鱼要艰难一百倍，早知在集上如此受罪，当初不如不逮。旁边一个卖蒜的老汉建议儒将鱼切开来卖，说这样或许能陆续出手，但是儒不肯，儒不能破坏他的猎物的整体性，他说他是在卖鱼，不是在卖鱼肉。

犟得不通情理，老汉再不搭理他了。

太阳快落山，儒决定将他的鱼无偿地奉送，他不在乎钱不钱的事。送谁呢，不是谁都能接受这样的大鱼。

一辆进行驾驶训练的军车，停在路边加水，儒跑过去问他们要不要鱼，一条很大很大的鱼，他说他要用这条鱼拥军。军人们对儒的做法表示不解，他们警惕性很高，坚决地推辞不要。儒说，这就怪了，电影里头，八路军连老百姓的煮鸡蛋还收哩，你们怎的比八路军还牛。说着也不管人家愿意不愿意，将那条鱼撂到车上，转身就跑。军人们在后头喊，他也不回头，一头钻进了乱哄哄的杂货市场，谁也找不着他了。

儒有了一种物有所归的轻松，这样很好，这正是他内心所希望的。天赐良机，给了军人，这是鱼的最佳归宿，两千年前的那些熊肉，那些虎豹豺狼肉一定也是让兵士吃了的……

儒在杂货市场上转，买了一根上好的麻绳，儒有儒的想法和算计。

他和鱼的事还没有完。

法开始咳嗽，痰里带了血，到医院检查，拍了片子，说是断了两根肋骨，得躺着静养。钱花了不少，鸭蛋罐还没有出手，还在门后头藏着。法托娘家兄弟往邓村带了几回话，也没见贩子过来，那边说为一个罐不值得，要是有青铜的爵或者带字的鼎和觚什么的一定提早打招呼。法觉得贩子有点儿矫情，挖坟这件事是挖出什么是什么，不是你想要什么就能挖出什么。媳妇嫌从坟里来的明器搁在睡觉的屋里晦气，让人害怕，把鸭蛋罐撂在了院里的猪圈旁边，认为那个灰头灰脑的破罐和猪圈相配很相得益彰。

法在炕上时常地想起洋葡萄，他的内心对洋葡萄还是充满感激的，救命的事且不说，单洋葡萄能守口如瓶，没将法的行径给抖搂出去这件事本身，就很够朋友了。现在村里人都知道法被五柞宫的土压了，被五柞宫哪儿的土压了却没人深究，大家都很忙，各有各的事，没人为这些细节去伤神。只有洋葡萄知道，洋葡萄却装得跟不知道一样，远远地走了，这是他的讲义气之处。法想，洋葡萄回来，得让媳妇提点礼，好好儿谢谢人家。法还惦记着冯公家里那些东西，当时粗粗地一看，连俑人带器皿，少说也有七八十件，且不说还没发现的细软，就这些瓶瓶罐罐都弄出来也能发笔大财。关键是得找帮手，他一个人单枪匹马地干，不出事没事，出了事就了不得。话又说回来，找一个帮手就得分一部分利益，现成的财宝拱手让人分，怎能心甘？河对面的永泰公主墓在挖掘的时候发现盗洞下面有一具尸骨，说明的问题太深刻了，盗墓的是个团伙，也就是说东西上去了，人家把这个递东西的倒霉蛋给留下了。历史的经验值得注意，从来就没有什么救世主，不靠神仙皇帝就靠我们自己。法脑海里翻腾着冯公家继续开发的工作计划，想着尚留在墓中的物件，整夜整夜地睡不着觉，在肋骨折了的基础上又增添了神经衰弱，一天到晚恍恍惚惚地没精神。媳妇窥出法的心思，说不如去找儒搭伙，儒到底是亲兄弟。法说找谁也不能找儒，儒这个人成事不足，败事有余，一肚子狼心狗肺。

媳妇不再说什么，到外间屋熬猪食去了。法这一躺倒，家里的活计都推给她了，既要支撑着小铺的营业，又要照顾内病外伤的法，还要顾及睡在屋里的太婆，关照两个孩子，忙得鬼吹火似的。儒根本就靠不住，见天不着家，连吃饭也见不着人，谁也不知道他去干什么了。人越忙，太婆越添事，也没病，就是躺着，饭也很少吃，话也没有了，有时一天一天地昏睡，叫也叫不醒。太婆没有追问法到五柞宫干吗去了，也没有追问儒那条鱼是如何处理的，突然地，太婆像变了个人似的，撒开手对周围的事不问不管了，让人纳闷儿。媳妇倒是希望老祖宗还能出去骂骂人，可是老祖宗谁也不骂了。

儒天天到河边去，他发现它还在那里，就在流水中，时而浮出水面，时而潜入暗流，打出一朵朵浪花，引得他一阵阵心跳。

他在岸上，它在水下，彼此无言地对峙。这种对峙让他气恼，让他沮丧，毋庸讳言，它的存在于他就是挑战、蔑视和羞辱。

他要抓住它！

他和它似乎都在等待着某一个时机。

秦岭北麓很长时间没有雨水了，入了秋的气候全没有一丝凉意，太阳火辣辣地照着，地里的庄稼卷了叶子，公路上蒸腾着热浪，氤出一片片虚假的水泽。渭河的水已近干涸，只剩下中心部分一条细流。人们说，今年秋老虎热得时间太长，这应该是中伏的天气，反着常呢，怕不是要地震。

终南集上出现了卖煮玉米的摊子，心急的农民开始用嫩玉米赚钱了，反常的气候并不能阻挡庄稼的成熟，庄稼们有着自己的规律。搏熊馆属半山区，庄稼一熟，成群的猕猴和野猪就要下来摘取胜利果实，间或还有熊二哥的糟蹋，有羚牛的闯入，每年护秋的任务都很重。在庄稼收获之前，家家要在地里搭上高架窝棚，着青壮劳力，日夜监守，地里稍有响动，便敲一阵响动，做一阵呐喊，咣咣地热闹一番。近两年，一切都现代化了，人们在窝棚前拉上了电线，点起了长明灯，将个几亩三分地照射得白日一般。更有聪明者配以录音机，专挑崔健和臧天朔的歌曲，放大音量，使那粗犷的音律吼遍沟沟岔岔，任什么野物也不敢来。年纪大的爱在窝棚前打牌，稀里哗啦的麻将声对动物们也有很大的震慑力。总之，在这即将收获的季节，各家都有各家的高招。以往，护秋是儒最爱干的事，不待谁催，早早就住到棚子里，在地边挖坑下套，一通折腾，有时逮着只兔，有时什么也逮不着。野物们是有记性的，对儒设的机关常常是绕着走，庄稼照吃不误，儒便不厌其烦，再一次安夹设套，以图再战。在地边和动物的那份斗智斗勇让儒体会到了生活的乐趣，他巴不得一年四季天天都护秋。

今年，法的媳妇央求了儒几次，说法病着，下不了炕，让儒为地里的庄稼操操心。儒说他很忙，顾不上地里那几棵老玉米，谁爱吃就让它吃去吧。

法的媳妇说，叔叔这是说啥话呢，那是咱家大半年的心血啊！

儒烦了，眼睛一瞪说，你有什么权利支使我，你又不是我娘。

法的媳妇眼圈一红，不说话了，她想，法说得真对，这个人真是个狼心狗肺。

现在，儒的兴趣不在猴子和猪身上，不在半山的玉米地里，他的希望在河里，他在跟那条鱼较劲。

傍晚时，西南天际有火烧云，空气中弥漫出阵阵凉意，儒知道，山那边在聚集云彩，下雨是迟早的事，那边的雨水一下，这边河水就会给那条鱼增添无限生机。什么叫如鱼得水啊，这就叫如鱼得水，他必须在山水下来之前及早动手，失掉这个机会他就输了，输给一条鱼。

吃早饭的时候，那个管黑鱼叫中华鲟的孩子跑来告诉儒，说河里的大鱼晾在沙丘上，已经死了。儒一听，撂下饭碗就往外跑，半途想起什么，又折回来，从墙上摘下那条新买的麻绳。

太婆正在打呼噜，突然地睁开眼睛用清醒的声音说，儒，你这就要走了吗？

儒说，婆，我去河里逮鱼。

太婆说，你不跟婆说几句话？

儒说，我逮来鱼给你煮汤吃。

太婆说，这鱼汤婆是喝定了，婆等了九十多年，等的就是这碗汤。

儒说，这回逮来鱼咱再不拥军，咱自家吃了它。

太婆笑笑说，咱家怎能吃得了那么多，你记住，全村一百五十三户，人人有份。

儒往外走，又被太婆叫住，太婆说她现在就想和她的孙娃儿说说话。儒说逮回鱼来他和婆说个够。太婆说，不是你和婆说个够，是婆和你说个够，婆现在是拦不住你了，你的心已经走了，跟我说话的就是个壳罢了。

儒嫌太婆啰唆，借着个空当跑出了门，跑到院里还听见太婆在屋里说，你知道那是什么鱼吗——

儒匆匆地回答，黑鱼！

儒这回逮鱼的声势造得很大，村里的人都知道儒要逮大鱼，凡是没事的都拥到了渭河边，兴致极高地要看看儒怎样把那条鱼弄上岸。

不用指点，人们一眼就望见了搁浅在河里的那条黑色大鱼，鱼直直地挺着，和它身下的沙，如同分水岭一样，将主流水域一分为二，使劈开的水在这一段变得湍急而纷乱。有个老汉眯着眼看了半天说，哪里是鱼，那分明是一匹卧着的马嘛。经老汉一说，马上有人附和说的确像马，像黑马，一匹想喝水的黑马。更多的人看不出是马还是鱼，只说是黑乎乎的一堆。

儒准备下水了，谁提醒他说河水有些发浑，上边可能有水下来，但没人阻拦儒，人们知道，凭儒的水性，在渭河里打几百个来回不在话下。不是儒特殊，是搏熊馆村的老少爷儿们都有一身上好的水里功夫，年年发洪水的时候，村里的男人们都在河边等着，等着捞浮财。每年洪水，上边都要漂下来柴草木头、箱笼牲畜，当然也有人，搏熊馆人救人的原则是，捞活的不捞死的，捞女的不捞男的……

几个半大小子，起着哄地要跟儒一块儿过去逮鱼，被他们的母亲们呵斥住了，她们认为，捡鱼这样的事，只一个儒就够了，又不是去打狼。

儒在众目睽睽之下到河滩，踩着松软细腻的河沙向中间走去。一条受了惊吓的四脚蛇，倏地从儒前面跑过去，钻到一堆卵石缝隙中，不见了踪影。几只水鸭儿扑棱棱从杂草中飞腾起来，急急慌慌扑向了河对岸，昏头昏脑的样子让儒想笑。许多小蠓虫围着儒使劲飞，像一缕轻轻的烟，赶也赶不走……一切太平常了，平常得值不得儒拿眼睛去看。

蹚过几个浅浅的小水洼，跳过一堆乱糟糟的圆石头，儒来到主流跟前。河水很急，越过小洲，河水一抹地漫向北岸，那边是近五里的滩地，不见人烟。儒看见河中心突起的沙丘上挺着那条黑鱼，因为站得低，看不清它的头尾，儒奇怪人们怎的会把它看作了马，无论从哪个角度看，明明都是鱼，一点儿不像马。儒把鞋脱了，放在石头上，踏进了水里，河水很凉，凉得出乎他的预料。

这是从秦岭峪里出来的涧水，不是鸟鼠山那边过来的经过了九曲十八弯的山水，那边的温度已经降下来了，有了晚秋的寒意。走进中流之前，儒回过身向着高岸上的人挥了挥手，那边大手小手一齐挥舞起来，很是热烈，隔着荒蛮的河滩，岸上的人变得很小，看不清谁是谁了。

儒扑进水里，向着沙丘游过去。划了两下水，他进一步感觉到了身下水温的变化，从温度的猛然降低，他知道这是到了真正的中流，渭河的中腹。深而凉的水域并不宽阔，也就是那么一段，他不过蹬了几脚，就触到了对面坚实的河床，站起身，水只搭到他的胸。儒踏上沙丘朝黑鱼走去，有风在呜呜地吹，南边秦岭山脉在一片岚气中静静地卧着，天蓝得很深远，头顶上有两块白云彩好像比赛一样在跑。

黑鱼死了，硬邦邦地展在沙丘上。一双无神、暗淡又浑浊的，只有死鱼才具备的眼呆呆地瞪着，空洞得没有任何内容。这条鱼的确很大，比前一条整整大了一圈，鱼身上这里那里裸露着鲜红的肉，原本细密齐整的鳞，在太阳持久的直射下有些发卷，残破得如同战败士兵的盔甲。儒想，它一定是在狭窄的主流里挣得久了，才被搞成了这副悲惨模样，这里实在不应该是它的天地，这条固执的鱼，来到这里究竟是为了什么。他踢了一脚，黑鱼坚硬的鳍扎烂了他的脚面，冒出了血。

死了还这样硬！儒骂了一句，吃力地把鱼翻转了个身，他看到了黑鱼那微黄的肚皮，僵硬的鱼只有肚子部分还是软的，和鱼塘里捞出来的死鱼一样，鱼的排泄口流出了带着血的黏液，几只大麻苍蝇在那儿饶有兴致地起起落落……

一切太顺利了，顺利得让他觉得没了意思。

这不是儒所追求的境界。

儒将手搭在眉上看了看岸上的人，人们正一动不动地看着他，一个个很庄严肃穆的样子。这回儒没有挥手，他认为为这条死鱼没这个必要，武松要打的是一只死虎，《水浒传》也不会把他搬上电视，让全国人民去看。早知道是这样，不如让那几个孩子过来，拽回去就是了，他出马，有点儿掉价，过来的时候竟没算计到这一步。

儒不急着运鱼，他坐在鱼身上，点着了一根烟，狠狠地抽了一口，有些失望，更多的是不忿，他得表达一下他的感情，于是他扯开喉咙吼了一嗓子秦腔，有为王打坐在长安地面……

下边那句是什么儒不记得了，他只会这一句。唱过了秦腔儒感觉好一点了，他看了看岸上的人，那些人无动于衷，滩里的风大，将他沙哑的吼声撕裂了，他们什么也没有听到。对岸上的人来说，人们只看到儒坐着，嘴巴张合了一下，像是打了个哈欠，没有什么纪念意义。儒想，反正也不是给他们唱的，他们有没有反应无关紧要。儒本还想再坐会儿，忽然觉得脚有点儿凉，低头一看，河水不知什么时候悄悄涨起来了，脚下宽阔的沙丘已经变作了鱼脊一样狭长的一条，变得陌生而捉摸不定。西风很猛，灌满了整个河道，扬起很高的尘，使儒和他周围这片沙地变得模糊不清。儒大叫一声蹦起来，他等的就是这水，他要借助水的浮力把鱼拖回去。

儒是个粗中有细的人，他寻来一块石头，对着鱼头猛砸了一气，累得他胳膊发酸，呼呼地喘气。眼看那个扁圆的脑袋变了形，儒才抖开麻绳，骑在鱼身上，将绳子从鱼鳃中穿过，打了个结，又将绳两端在腰里牢牢地捆了，才一步一拽，将鱼拉进水中。

几十斤重的鱼一入水，霎时轻松了许多，儒踏着河底拖着鱼往前走，倒也没费什么力气，鱼在后头亦步亦趋，随得很紧。蹚了几步，儒便浮了起来，他划了几下水，一拉绳子将鱼带进了主流。鱼一进入深水，立即沉沉地坠入河底，随着绳子的拉扯，儒跟着鱼埋入水中，水无情地从头顶压下来，周围突然呼隆隆变成昏黄一片，儒立时感到了水的巨大压力和阵阵冲击。儒并没有慌乱，有在河里捞浮财的经验，他懂得如何应对，他憋足了一口气，一只手将在水里漂荡的绳子死死抓紧，在臂上绕了两圈，然后双脚使劲一蹬，身子一挺，空着的胳膊大幅度地做了几个压水动作，就浮出了水面。

下面的事情很简单，儒只要拽着绳子蹬几下就可以将鱼拉过去了，他已经听到了对面岸上人的欢呼，看清了那一张张熟悉的脸。

涨了水的河，流速变得很快，在儒浮上水面的同时，被水冲出了很大一段距离，手里的绳子拉得直直的，身体漂浮的儒感到了鱼的重量，只要不蹬水，他便会随着鱼往河底沉，他身上绑的不是鱼，是一块巨大的石头。岸上有人跟着儒往下跑，边跑边给他鼓劲，有的耐不住性子，下了河堤，向着他奔过来，伸出了手。然而他们的两条腿到底赛不过轻捷的流水，他们看见儒在滚滚的水流中，时而沉时而浮，速度很快地顺流而下，将他们远远地抛在了后面。

儒在河滩逮鱼的时候，法让他的大儿子扶着，不声不响地上了五柞宫。

前几日，上边来人调查出土文物的事，开会说地底下的文物都是国家的，私人不许挖也不许买卖，否则就是犯法，要重重判刑，特别强调说邓村那边已经抓了一批，干这种事绝没有好下场……

法以为是洋葡萄检举了他，让媳妇去打听，说是洋葡萄从上海又上了深圳，春节前大概能回来。

法的心里宽松了一截子，他对冯公墓还是“搁撂”不下，挣扎着上山来了。儿子本来要到河边看叔叔逮鱼，被父亲硬逼着，一块儿来到这鬼气横生的地方，嘴噘着，一肚子的不高兴。

五柞宫是山腰的一处平地，被一片茂密松林环绕着，景致优美，空气清新。西边清澈的溪水，形成了一个漂亮的瀑布群；东边有高大的柞树，华盖一样照护着一览无余的关中平原；北边汉武帝茂陵巨冢遥遥相望，渭河水弯曲着从山脚下淌过；南边秦岭群峰层峦叠翠，如同一道巍峨壮丽的屏风。迤逦平缓的小路从搏熊馆村一直通到五柞宫遗址，遗址四周笼罩着苍凉神秘的气氛，几块依稀辨出字迹的残碑横在荒草中，几垛长满苔藓的矮墙歪斜在松荫下，水沟里隐露出绳纹的陶管，野菊丛间沉寂着一堆雕花刻字的瓦当……昔日这里是何等热闹，何等辉煌，曾几何时，繁华尽，风云歇，荒败得人迹罕至了。

北边有一间难遮风雨的草房，半边坍塌了，半边用塑料布苫着。草房里面住着一个已经糊涂的老尼，法来过无数回了，老尼仍记不得他，老尼记得的都是很久远的事。老尼说这里不叫五柞宫，叫香山寺，她十六岁从长安来到这里，一直没离开过。法问过老尼，她指的长安是现在的长安县还是过去的长安城。老尼说，长安县就是长安城，长安城就是长安县，是一个地方。老尼说过去山顶上还有院子，有三间大殿，供奉着如来、观音和大势至，闹红卫兵的时候，山底下造反的头目领着人上来把像砸了，把房扒了，没名堂得很，佛爷招谁惹谁了。法不知道那是不是他父亲领人干的，但他相信，能给儿子取名“评法批儒”的父亲，一准也干得出这样的事。如今风烛残年的老尼晃晃悠悠，自身难保了，却还要向她见到的人反复鼓动，把庙建起来，把庙建起来。民政部门曾经派人来接老尼，搬到底下的莲花寺去，老尼死活不走，说她是宫前的一棵老柞。人挪活，树挪死。

法和儿子在老尼的草房前坐下，老尼正在一块大而圆的石头上捶干辣椒，有一下没一下地干得很吃力。被作为臼的石头四周雕刻着精美的花瓣，大概是哪座殿宇的柱础，应该是件年代久远的物件了。法深深地吸了口气，嗅到了一股浓烈的秦椒味，打了个喷嚏，肋间立刻一阵疼痛，他赶忙用胳膊抱了胸部，脸上渗出细密的汗。

儿子看了一会儿捶辣椒的老尼，觉得没甚意思，就说，大，咱回吧。

法说，大再坐会儿。

冯公冢就在墙后面，他刚才看过，被人挖得乱七八糟，地覆天翻，也就是说他在炕上躺着的时候有人捷足先登了。法隐隐的担忧终于变作了现实，他的心里不能平衡，挖了冯公冢就像挖了他的心一样，墓里的东西是他最先发现的，应该属于他。法还总结不出“盗亦有道”的理论，但是法觉得不公平，觉得欺人太甚！谁干的呢，可以是洋葡萄，可以是村长，可以是村里村外任何一个人，一群人……是精明透顶的人，下手快而狠，速战速决，毫不拖泥带水，不像他，小里小气地偷个泥罐罐，还差点丢了条命。

法欲哭无泪，难过极了。

老尼问法是不是来烧香。法说烧个鬼，他不信神。法问老尼听没听到墙后面有过动静。老尼说后面老有动静，大墓里常有人出出进进。法问什么样的人。老尼说，红脸蓝脸，宽服大袖，还敲着家伙。

法说那是戏台上的戏子，问最近有什么。老尼说有人从坟里冲出去了，奔了搏熊馆。法问哪一天。老尼说刚才。

法懒得再跟老尼扯淡，在五柞宫的废墟上坐着，脑袋木木的，胸口针刺一样地疼，他看见平原上起了风，纷纷扬扬的尘将下头搞得灰蒙蒙的。

老尼说，晚晌有雨，大暴雨，憋了近一个月了。

儿子的心还在逮鱼的叔叔身上，儿子对法说，大，你知道我叔逮的那条鱼叫什么名字？

法问叫什么。

儿子说，叫千岁。

法问，什么千岁？

儿子说，千岁就是千岁，就是很伟大的意思。

法问，黑鱼为什么叫千岁？

儿子说皇上的灵柩从这里运过河去，船到河当间，有两匹黑马掉下去了。有人说那跟皇上打猎的马是有意殉了皇上的，于是大家都很感动，新皇上当时就封了那两匹马为千岁。法问儿子这个瞎故事是从哪儿听来的。儿子说是太婆讲给他和他弟弟的。老尼插嘴说确有其事，当年她也在那条船上，眼见着，马儿蹦到水里，但皇上并没有封千岁，封千岁的是墓里埋着的这个……

法说，那是马，这是鱼。

儿子说，有个成语，叫龙马精神。

儒借着水势顺流而下，边漂边向南岸迂回。有时他的脚能点到一点儿河底，有时下面空空，腰里的绳时紧时松，那条死鱼被他拖着，和他一起在水里翻滚。岸上看热闹的人被抛在后面，看不到踪影了，儒有些小小的失落，搏熊馆的匈奴和野兽搏斗的时候是有观众的，应该是千人喝、万人唱的，不该这般冷清。眼下是有点寂寞了。儒踏到南边的河床，稳稳地站在水中，这块地方刚才还是沙滩，现在被淹没了，渭河的水常常是这么一涨一落的。儒看了看水里的鱼，经了水的浸泡它似乎变得滑润了一些，生动了一些，水被它的身体悄悄划开，又合拢，无声息地形成了一个小小的漩涡。在漩涡的搅动下鱼轻微地摆动，鱼尾一扇一扇的，活了一般。

儒看了一会儿漂动的鱼尾，觉得不对了，死鱼的尾应该是顺水而摆，而这条鱼的尾是在自主地动，也就是说经过了水的滋润，它的生命在慢慢地复苏。凭借猎人的经验，儒当机立断，将腰里的绳子猛地一拽，转身上岸。就在他用力的瞬间，鱼也猛地一挣，儒站立不稳，翻倒在水中。黑鱼以它的本能一个打挺，跌进昏暗的主流，儒再一次被压入深深的水底。

儒很快又浮出水面，呈半昏迷状态的鱼没有力气左右浪里白条一样的儒。儒拖着鱼向南岸游，黑鱼缓过了劲儿，将儒又一次拉入河中心。儒从心底泛起无限激动，他觉得和鱼的较量就应当是这样，武松打虎如果没有老虎的几扑几剪，没有哨棒折了的危机，也就没了打虎的乐趣。儒现在对付的是一条鱼，老虎是阳刚的，鱼是阴柔的，儒深知对黑鱼不能逆着硬抗，这条受伤极重的鱼不会拖延多少时候，他只要保存体力，寻找时机，必胜无疑。

儒相信自己的智慧和能力。

时间一分一秒地过去，鱼和水似乎达成了一种默契，水给鱼注以生命和力量，鱼依赖水为自己创造了一个游刃有余的天地。黑鱼在水中渐渐地活跃，尽管鳃间穿着绳索，它也开始反抗了。这回是它拽着儒，从东往西，在水面，披风斩浪般地逆流而上，鱼在前，人在后，速度飞快，那情景足足地让人惊讶。搏熊馆的人们看到了这惊心动魄的一幕，人们看到，儒和鱼在水里乘风破浪，融为一体，配合默契，像电视里的动物表演一样，振奋人心，精彩万分。人们欢呼、跳跃、喝彩，为儒的勇敢、果断和坚韧。儒和岸上的人一样激动，他双手抓住绷得笔直的绳子，借着水的流力往后拉，他听到了鱼鳃撕裂的声音，看到了缕缕血痕，儒奇怪，一条鱼竟然会有这样大的毅力，这样顽强的生命力。以这样来看，鱼绝不会是冷血动物。

黑鱼游不动了，扎向水底，将儒带向那无边的黑暗。儒是清醒的，儒提着绳将它拉向水面，拉向河岸。每每儒即将到达岸边，黑鱼都会将他扯到深处，他的力量和鱼的力量对等，彼此的动作一回回重复，极简单，目的极明确，各自要回到各自的世界。儒知道，如果这条鱼不受伤，他绝不是它的对手，这里应该是它的地方，不属于他。

人与鱼拉锯使儒的心理得到极大满足，高兴，痛快，浑身舒展，有种找到对手、寻到知音的快乐，真好！

快乐中儒的力量在悄悄消逝，鱼的力量在慢慢增长。

岸上的人们纷纷下到河滩，七嘴八舌地嚷嚷。老汉说，儒，你放了它吧，你斗不过它的。儒什么也没听见，他甚至没看到乱哄哄的这一群人，没看到南边的山，没看到头顶的云，儒被那条鱼再一次地拽了下去。过了半天，儒冒了出来，人们大声地喊，解绳子！快解绳子啊！儒——

儒朝大家笑了一笑，沉进水里，再没有出来。

一夜的瓢泼大雨。

两天后人们在河里找到了儒和鱼。他们没有离远，就在村外的河滩。

鬼使神差，水把这一对冤家冲上了浅滩，儒死了，鱼也死了。

死了的儒和鱼被麻绳缠在一起，如同一个庞大模糊、伤痕累累的包裹。人们在解那根绳子的时候才知道了这项工作的艰难，浸过水的麻膨胀得柔韧无比，非人的手所能为，只好动用了刀剪，于是大家明白了水中的儒为什么在最后的时刻也没有解开绳索逃生。

一条鱼要了一个人的命，这事说出来有点儿天方夜谭，可它在搏熊馆村就实实在在地发生了。老百姓们觉得儒很冤，为了条鱼，不值，就对太婆充满了同情。给儒办丧事那天，全村一百五十三户都来帮忙了，人们要大嚼特嚼黑鱼的肉，为儒报仇雪恨。都是霍姓的本家，用不着谁招呼，人们把大鱼解了，炖了两大锅鱼汤，一锅红烧，一锅清炖。炖鱼的香味一直飘到了村子外头，飘上了五柞宫，飘下了渭河滩，那天凡是在 108 国道上跑的汽车，路过搏熊馆村的时候，都闻到了浓浓的炖鱼味儿。

人们在院里吃得滋润又解气，当然也没忘了儒，谁盛了一碗肉，供在了儒的灵前。儒在堂屋很舒服地躺在棺材里，脸上带着笑，来吊唁的人奇怪，死了的儒怎么会这样高兴。有人说，从水里捞上来儒就是这副表情，也有人说儒前天下河时就是这么个模样。总之，怪怪的。

太婆没起来，还在炕上躺着。人们说这场横祸对老祖宗的打击太大，九十一岁的老人，可能受不住。但法的媳妇清楚，老祖母虽然没下炕，倒是精精神神地喝了一大碗鱼汤。

埋葬儒回来的路上，村长和两个穿制服的人在村外截住了法，其中的一个制服怀里抱着从猪圈旁边起出来的鸭蛋罐。制服说，五柞宫冯公大墓被盗案，经查明与法有关联，需要法跟他们走一趟，向公家把事交代清楚。

蓝白相间的车闪着红灯在路边候着。

法一下蒙了，结结巴巴地说，怎么跟我……有关系，我只有这一个罐……

法的媳妇哇地大叫一声，坐在地上抱住了法的腿，又是哭又是骂，也不知骂谁。制服们说，你这是干吗，这是干吗，妨碍公务吗？

村长做了半天工作也没用，叫了几个妇女把法的媳妇扯开了，还是在一边不住地踢腾。

依着制服们的意思，好像事情很大，墓里挖出的东西很多，都被法处理掉了，只剩下了这个罐。法说他冤枉，他就是去看了一趟，什么也没拿，还来来回回地说了许多话，越说越说不明白，不但制服们不想听，连村长也不想听了。村长说，那天你婆说你上了五柞宫，让我去寻你，我就没往这儿想，法，你怎的会干这种事，这是犯政策啊，挖坟你就不怕遭报应？

法哭着说，我够报应的啦，你看看我婆，看看我兄弟，看看我这肋子……

村长说，现在这情况我也护不了你了，人家让去你就老老实实地去，千万别别扭着，明天我就去托人……

法的儿子坚定地对制服们说，坟不是我大挖的。

一个制服要给法戴上铐，他看了看法的儿子，终是没把那亮晶晶的家伙掏出来。

法被带上了车，临走对儿子说，三天后记着给你叔圆坟。

没多久，远远近近的人都知道了黑鱼和冯公冢的事，都到五柞宫来看大墓。后来发展得连西安、兰州那边也有人过来了，观山景的，捡瓦当的，捶拓片的，搞写生的，从事的内容非常丰富。有个体户增加了两趟从茂陵过来的小公共车，走的就是汉武帝回搏熊馆的路线，两车回回装得满满的，内中有无汉武帝也未可知。来人单枪匹马的也有，携家带口的也有，成群结队的也有，五柞宫已经成了旅游胜地。游人先在河边吊唁儒的“搏鱼之处”，眼睛在水里努力搜寻可否发现第三位、第四位“千岁”，以图吉利，上了山再指手画脚地谈论墙后头的土堆，评论一番那对倒霉的双胞胎弟兄，听老尼说些不着边的浑话，都说老尼的话里充满禅机，都说这地方有灵气，都说下回还要来。有商人用两千元买老尼的雕花础石，老尼说盖房时还要用，不卖。商人坚持要买，已经加到了七千。老尼说七千要是买她，她可以跟着去，她也是个宝。商人又不要了。

在人们的口中，法和儒恢复了原先的名字，向老尼打听两兄弟的事，老尼说不清评法批儒谁是谁，告诉游人说这个人三百年前让皇上给杀了。有爱较真的人推算三百年前应该是清朝，老尼说，朝代换来换去，皇上只是一个。

众人点头，佩服得五体投地。

法保外就医，暂时回了家，冯公冢的事到底也说不明白。

太婆因为中风，死于第二年春天。

老尼还稀里糊涂地活着，还一门心思地化缘盖庙。

又到了夏天，汉武帝没来，来了一批写文章的人，在五柞宫新盖起的小茶馆喝茶，闲聊中说到霍家哥俩，得出结论是“评法批儒”这两个名儿取坏了，这里是汉武帝的地盘，在“废黜百家，独尊儒术”的汉武帝脚下搞“评法批儒”，不会有好果子吃，两兄弟也是该着。文人中有好事的，模仿司马相如的《上林赋》写了一篇《千岁赋》，记述了儒和黑鱼的故事，文章没甚影响，看到的人也不多。

大雁·细狗

——农场纪事

20 世纪 70 年代初，我在三门峡库区的农场务农。

十月，天气转凉，滩地的风渐渐变硬，农场的男人们开始躁动不安起来，他们要打雁了。

每到秋天，渭河的芦苇塘里就歇息着成群成群的雁，它们不是今天来了明天走，它们往往要在这个地方盘旋很久，直到很冷了才离开。那些雁都是麻色的，粗看很不起眼，但是在阳光下细看，它们的每一根羽毛都辗转着色彩，随着角度的变换而变得五彩斑斓。

男人们的枪已经准备好了。

我去河边看那些雁，一大片的，有时静得没有一点儿声息，有时则吵得一塌糊涂。它们在河里觅食，在芦苇丛里歇息，这些齐整的、有纪律的鸟儿，给枯黄惨淡的渭河滩带来了美丽的色彩和无限的生机。秋风吹过，雁在冰水中瑟瑟发抖，我真是可怜它们，白居易有诗说“雪中啄草冰上宿，翅冷腾空飞动迟”，我心里想，怎么还不快走呢，家乡就这么好吗，南边比这里要暖多了，危机四伏的黄河滩有什么好留恋的呢？

但那些雁还是迟迟地不走。

一天傍晚，枪声终于响了。

长河落日，萧萧风声，天地间一片血红。我认为他们干打雁这样的事有点儿残酷，雁是义禽，古来对雁的赞美实在是不少的：“鸿雁于飞，肃肃其羽”“高城残照下，万里一行飞”“拣尽寒枝不肯栖，寂寞沙洲冷”……对这样的鸟儿怎能开枪射杀呢？

我的心里满是悲哀与失望。

大堤上，男人们手里提着淌血的雁迎着我走来，他们很夸张地向我炫耀着，炊事员将一只很秀丽的绿羽雁在我的眼前使劲晃动，得意地说：“今天夜里别睡着了，我给你们做红烧雁肉。”

我看见那只雁的头颈像绳子一样地垂着，眼睛睁着，晶莹的眼睛里反射着落日的余晖，它大概到死也不理解、不明白，没有招谁没有惹谁的它，为何会落得如此下场。

我奔到芦苇丛中，大声地冲着那些雁吆喝。我要赶起那些雁，让它们快走，快走，快走！

没有雁儿飞起，四周死寂一片。

它们在更深的苇丛中躲避。

我跌坐在河岸，望着滔滔的河水，只感生命的不易，存在的艰难。

雁尚且如此，更何况人。

我们的炊事员做别的不行，红烧雁肉却做得很地道。农场的人都很兴奋，大家都在为雁肉而熬夜，难见荤腥的人们在厨房溢出的肉香中已经飘飘然、昏昏然，不能自已了。

我没有去凑热闹，早早地躺下睡了。在蒙眬状态时，我听见让大家去盛肉的招呼。拖拉机手老张的媳妇敲我的门，说去晚了多半会让那帮“狼”吃光。我说不吃了，老张媳妇隔着窗户说：“那你就亏了。”我还是说不吃。老张媳妇说：“要是真不吃，我就把你那一份也打了。”我说随你。老张的媳妇就咚咚地跑走了。我知道，她得顾及她的那两个馋肉馋得眼睛发绿的女儿。

夜里，男人们就着雁肉蹲在碾盘上喝酒，是从渭河对面小村沽来的一毛二一两的红薯酒。他们边吃边闹，“老虎、杠子、鸡”的嘶喊传入我的小土屋，清隽高雅的雁与浑浊浓烈的酒风马牛不相及地搅在一起，让人有种说不清道不明的惆怅。

男人们都吃得很惬意，很酣畅淋漓，他们开始唱了，唱秦腔：“有为王打坐在某某地面……”

跟大雁没有关系。

炊事员喝得舌头已经发直，不利落地说：“明天还去打……”

男人们纷纷应和着：“……还打。”

第二天，按正常作息时间起床的只有我一个人，我看见石碾上一片狼藉，被嘬啃过的雁骨遍地皆是，厨房的墙根是一堆用开水烫过的杂乱的雁毛，情景惨烈而悲壮。

我来到河边，见苇丛中雁们又在起落，不禁深深吸了口凉气：

糊涂的雁哪——

后来，男人们每天都去打雁，他们吃了多少回红烧雁肉，谁也记不清了，可叹的是那些雁，打了还来，打了还来……

我埋怨它们的没记性，细想那是一种执着，是一种临乎死生而不惧的气节，一种伏清白以死直兮的精神。

我不如雁。

事后我才知，打雁的并非我们这一个农场，几乎在黄河滩上的所有团队在那个时期对雁都发动了攻击，一到傍晚，河滩上枪声不绝，经过沿途无数的浩劫，南去的雁真正能飞到目的地的大概没有多少了。

就是能到达目的地，那里也未必就是乐园。

我将那些雁羽做成了一把把扇子，为的是纪念那些在黄河滩上永不能再飞起的鸟儿。我被召回城市以后，不少朋友都接受过我馈赠的羽扇，他们为那羽的美丽而惊叹，我就给他们讲那些大雁九死而不悔的故事。

下雪了。

河滩上一片洁白，白得耀眼。

狗们不怕冷，冬天似乎是它们的节日，它们几只、十几只地结在一起，有我们自己的，也有外来串门的，它们在空旷的田野里奔跑跳跃，忽而一群集体朝东，忽而又朝西，跑得莫名其妙。

带头的就是老万的那只纯白大狗。

农场的狗不少，各有各的主人，也就是说，它们每个都有自己的投靠，并不是领导的分配，是自然的结合，谁也说不清楚是怎么的，有只狗就会像卫兵一样地跟上了你，冲你摇尾，向你献媚，对你毫不掩饰地抛撒出它喜欢你的信息，不由得你不动心。

我的黄儿就是这么找上我的。

黄儿是只漂亮、聪明的小母狗，大眼睛，全身一片金黄。它来自城市，是夏天城里的一些年轻学生来帮助收麦子留在农场的。我在仓库里发现黄儿时，它正奶声奶气地尖叫着，躲避着炊事员的堵截。

我问炊事员为什么要逮这只还没脱尽绒毛的小狗。炊事员说为了吃。又说他下午想做炖狗肉，食堂小黑板上的菜谱都写出去了。炊事员在谈论吃黄儿的时候，黄儿就在麻袋后头藏着，一动不动，听他说话。

我让炊事员把小黄狗给我。炊事员说我要是在下午以前把它给哄出来，就属于我，要是过了午睡时间，我还没有把它搞到手，他就要和美食家们联合采取行动了。

炊事员走了，我就弯下身子趴在地上哄那只狗。黄儿还是不动。我只看见在麻袋与麻袋的夹缝里有一双晶亮的眼睛在闪烁。

中午，我正在午睡，感觉有什么在拱我的门，趿拉着鞋推开门一看，竟是黄儿，天晓得它怎么想通了，会寻到我这儿，它很会掌握时机，赶在了炊事员向它发动总攻之前，及时修正了自己的生存方针，不愧是只聪明的狗。我从地上抱起了黄儿，它很害怕也很虚弱，浑身颤抖着，眼里有水光，那双眼分明在说：是死是活，我把一切都交给你了。

黄儿的信赖让我感动，我将它抱进屋来，放在地上，它委屈又胆怯地站在那里，不敢乱动，我将碗里的半块剩馒头掰了喂它，它嗅嗅，不吃。那条小尾巴却在不停地向我摆动。

从此黄儿就跟定了我，成了我的狗，我走到哪儿，它跟到哪儿。

人们都喜欢黄儿，这得益于它的美丽。

农场里最没人气的狗要数老万那只大白狗了，它跟希特勒似的，永远是一脸的严肃与郑重，冷漠得让人想到那不是狗而是什么其他的东西。老万的大白丑陋至极，高近一米，细腰长腿短毛，脸特别长，我每每看到白狗那张没有表情的、失却比例的长脸，就感到这应该是马而非狗。除了老万以外，大白不认任何人，我喂黄儿的饭也多被它抢了去，且吃了我的并不领情，任你怎么喊，它是从不搭理你的。

老万对他的狗却情有独钟，说他的狗是上了谱的，叫细狗，产于山东梁山，有皇族血统，自汉朝以来就是皇宫里的宠物，高贵得不行，与我们那些杂种狗不可同日而语。

我不知老万的阶级立场到哪里去了，他的狗有“皇族”血统，便被视为高贵，当他骂我是封建王朝的孝子贤孙时，我则卑贱得似提不起来的狗屎，世间的事情不能细想，想来想去便很想不通。

我想，皇族的狗也罢，狗屎般的人也罢，人和命运的冲突永远是一个伟观，一个难以破译的谜。

狗们倒很有臣服思想，它们对有皇族血统的细狗大白极尽讨好、卑躬之能事，这其中也包括我的黄儿。大白争它的饭，它竟摇着尾巴表示欢迎，有时大白看它一眼，它也激动得翻仰在地上，四爪朝天，把肚子亮给人家。我问过老张媳妇，黄儿一见大白为什么要采取这种姿势，老张媳妇说这是狗们对对方表示信赖、友好、甘愿服从的意思，不唯狗，猫也是如此，老虎、豹子也是如此。

皇族的大白称王称霸得厉害。

大白将我的黄儿咬得鲜血直流，我让黄儿出去奋勇争斗，黄儿缩在桌底下不敢出去，我说："黄儿你窝囊到家了，谁见过挨了咬夹着尾巴钻桌子的，也就是你罢……"

我决心报复一下可恶的大白。

趁它蜷在我窗下晒太阳的时候，我过去逗弄它，大白自有王者风范，任我怎么逗弄，连理也不理。我想，机会来了，就用紫药水、红汞，将那张狭长的狗脸画得如山魈般花哨。须臾，大白站起，抖动全身伸直前腿，伸了一个大懒腰。我看着郑重的大白，扑哧乐了，它已不是细狗，分明是戏台上的窦尔敦了。

接下来的情景十分微妙，大白迈着皇族的雍容步伐走向那些杂种狗的时候，杂种们一齐冲着它狂咬起来，它们没见过这花花绿绿的怪物，它们把它当成了外星狗。

在集体的撕咬下贵族的大白败得非常惨，直到它被骂骂咧咧的主人弄到冰冷的河里去洗脸，它也没弄明白，平日归顺的臣民为什么会在它午睡醒来之后突然发生了哗变。

冬天是撵兔的季节，也是狗和男人们的活跃时期。陕西的农村有雪天撵兔的传统。在老万的带动下，我们全体出动要跟过冬的兔子较劲儿了。

苍茫的雪野上，只有我们几个人，此外就是一群张牙舞爪的狗。狗们似乎都知道我们要干什么，它们一蹿一蹿地撒着欢儿，表达着它们的兴趣和忠心。

我们一字排开往前蹚，男人手里都拿着镰，当兔子惊起时，男人手中的镰便朝着兔子逃窜的地方飞过去，一声呼哨，细狗大白就箭一样随着镰射出，直奔兔子而去。于是，一场追逐在雪地上展开了，兔在前面夺命逃窜，狗在后面穷追不舍，人则分路散开围截，人喊狗叫，气氛热烈。

渐渐地，我窥出端倪，大白追兔，是不声不响地实追，白的狗，白的雪，往往把兔子搞得昏头昏脑，防不胜防。大白在追兔的时候很有策略，它多是从侧路包抄，以其敏锐快捷从速度上采取主动。而那群杂种狗则不然，它们闹哄哄挤成一团，平时就爱扎堆，撵兔时仍爱扎堆，瞎跑乱咬，全没有章法，不是撵兔，是在起哄。

大白叼着今年猎取的第一只兔子，很优雅地向老万小跑着走来时，老万对我们说："什么叫血统，这就是血统，得了猎物给主人送来，绝不私吞，这就叫规矩，这就叫训练有素。"

我们就一齐夸大白。

大白仍旧是一脸的傲慢，不肯降贵纡尊。

这使我想起了庄子的话："举世而誉之而不加劝，举世而非之而不加沮，定乎内外之分，辨乎荣辱之境，斯已矣。"

再看我们那群杂种，仍在地里忙活，不知为什么在撕扯打架，我的黄儿也在里头不依不饶地上蹿下跳。

有人跑过去看了一下，回来说："是为了一只干瘪了的死鼠。"

老万手里的镰冷不丁又飞出去了。

大白早已风一样地赶在镰落地点的前面，向另一只兔子发起了攻击。

那边，热闹的一群仍在为那只死鼠纠缠。

三十年后，我在陕西电视台的体育节目里突然又看到了熟悉的细狗撵兔的场面，那是大荔县的农民领着他们豢养的细狗在做表演，他们的县成立了“细狗撵兔协会”，电视里说，这是全世界独一无二的协会，它将被列入陕西的体育项目。电视里那些细狗都长得跟大白一样，丑陋而精神，仍旧是一副贵族派头，风采不减当年。一农民爱抚地摸着他的狗对着镜头说：“这狗，是我的心尖子哩，它是有皇族血统的，自汉朝以来就是宫廷里的专用赛犬，尊贵得很。”

电视台的人问这一只狗价值几何。农民说，不贵，也就万把块钱。问养了几只，答曰：六只。问所为何用，答曰：撵兔。

我在屏幕那闹哄哄的背景中寻找老万，我想这样的协会，这样的场面是一定少不了老万的。却没有找到，静下来一推算，老万若在也该是七十多岁的老人了，七十多岁的老万大概不会再随着众人在田野里撵兔了……

梦也何曾到谢桥

知道了一切就原谅了一切。

——英国谚语

一

旗袍垂挂在衣架上，与我默默地对视。

已经是凌晨三点了，我仍没有睡意。台灯昏黄的光笼罩着书桌，窗外是呼呼的风。稿纸铺在桌上，几个小时了，那上面没有出现一个字。我的笔端凝结着滞重，重得我的心也在朝下坠。我不知道该怎样往下写，写下去会是什么……

精致的水绿绲边缎旗袍柔软的质地，在灯光的映射下泛出幽幽的暗彩，闪烁而流动，溢出无限轻柔，让人想起轻云薄雾、碎如残雪的月光来。旗袍是那种 20 世纪 40 年代末北平流行的低领连袖圆摆式样，古朴典雅，清丽流畅，与现今时兴的、以服务小姐们身上为多见的上袖大开衩旗袍有着天壤之别。

其实，这件旗袍的诞生不过是昨日的事情，与那 40 年代，与那悠远的北平全没有关系，它出自一位叫作张顺针的老裁缝之手。老裁缝今年六十六岁了，六十六岁老眼昏花的裁缝用自己的心缝制出了这件旗袍，自然是无可挑剔的上品，是他五十年裁缝生涯的精华集结，是一曲绵长慢板结尾的响亮高腔。

这一切都送给了我。

这是我的荣幸和造化。

今天下午，他让他的儿子把衣服送了过来。他的儿子是有名的服装设计师，是道出名来就如雷贯耳的人物。如雷贯耳的人物来到我这即将拆迁的戏楼胡同的寒酸院落，难免有着降贵纡尊的委屈，有着勉为其难的被动。从他那淡漠的表情、那极为刻薄的言语中，我感到了彼此的距离，感到了被俯视的不自在。

那儿子将衣服搁在我的床上时说，你这件旗袍让我们家老爷子费了忒大工夫，真不明白你是用什么招数打动他的。我听清楚了，那儿子跟我说话的时候用的是“你”，而不是“您”。这让我反感，让我有种说不出的厌恶。

那儿子说，我父亲已经有十多年没摸针了，他有青光眼你知道不？你们这些人，往往为了自个儿的漂亮，不惜损害别人的健康，自私极了。

我看了那儿子一眼，将衣服包默默地打开，旗袍水一样地滑落出来，我为它的质地、色彩、做工而震惊。

绝品！

那儿子不甘地说，你给了我们家老爷子多少工钱？

我用眼睛直视着那儿子，实在是懒得理他。他见我这模样，说，我知道我们家的老爷子又上了一回当。

我说，多少钱，你回家问问你的父亲吧！

那儿子已经走到门口，出门前回过身来郑重地说道，奉劝您一句，以后您再不要上我们家了，我父亲不是干活儿收钱、摆摊儿挂牌的小裁缝，就为您这件袍子，看来我还得买房搬趟家。

这回来人终于用了“您”，但这个“您”字里边，有着显而易见的挖苦和讽刺，噎得人喘不过气来。

门砰的一声关上了，听着气愤的远去的脚步声，我想，谁能相信这就是在电视上常露脸的那个著名设计师？镜头前的那高贵、那矜持、那艺术、那清雅都到哪里去了？一旦伪装的面纱撕下，他也不过就是街上摆摊儿挂牌的小裁缝，那一脸的小家子气模样，甚至连小裁缝都不如。一个人的艺术水平到了一定境界以后，拼的是文化积累、人格锤炼和道德修养，我料定此君的艺术前程也就到此为止了。他绝做不出他父亲这样的旗袍。

旗袍在衣架上与我默默地对视。

那剪裁是增之一分太肥、减之一分太瘦地恰如其分。其实老裁缝只是用眼神不济的目光淡淡地瞄了我一眼，并没有说给我做衣服，也没有给我量体，而只那一眼，便将一切深深地印在心底了，像熟悉他自己一样地熟悉我，这一切令我感动。

顺针——舜针。

我的六兄，谢家的六儿。

本该是一个人的两个人。

在金家的大宅院里，父亲有过一个叫作舜针的儿子，那个孩子在我的众多兄弟中排行为六。出自我的第二个母亲，安徽桐城的张氏。据说这个老六生时便与众不同，横出，胎衣蔽体，只这便险些要了张氏母亲的命，使他的母亲从此元气大伤，一蹶不振。

这也还罢了，更奇的是他头上生角，左右一边一个，就如那鹿的犄角一般。我小时问过父亲，老六头上的犄角究竟有多大？父亲说，枝枝杈杈有二尺多高。我说，那不跟龙一样吗？不知老六身上有没有鳞？父亲说，老六没有鳞，有癣，浑身永远瘙痒难耐，一层一层地蜕皮。我说，那其实就是龙了，龙跟蛇一样，也是要蜕皮的，要不它长不大。父亲说，童言无忌，以后再不许出去胡说，你溥大爷还活着，让他知道了你这是犯上……父亲说的“溥大爷”，指的是已经被关押在国外的溥仪，尽管他早已不是皇上了，父亲对他还是充满了敬畏。明明溥仪比父亲辈分还低，年龄还小，父亲仍是将他称为“溥大爷”。皇上是真龙，我们家要再出一条龙，那就是图谋篡位造反，犯忌！

所以，我们家的老六真就是龙，也不能说他是龙。

于是，我将有角的老六想得非常奇特，想象他顶着一双怎样的大犄角在院子里走来走去，想象他怎样痛苦地蜕皮，那角是不断地长，那皮是不停地蜕，总之，那该是一件很有意思的事情。

有一天，我在床上跟我的母亲探讨老六睡觉的姿势，我认为老六睡觉应该像蟒一样地盘在炕上，而不是像我一样在被窝里伸得直直的。母亲说，你怎么知道老六不是直直的？我说，大凡长虫一类，只要一伸直就是死了。母亲问这话从哪儿说起，我说，咱家槐树上的“吊死鬼儿”被我捉在手里，从来都是翻卷着挣扎，跟蛇一样的，拿我阿玛的放大镜在太阳下头一照。吱的一声，那虫儿就焦了，就挺了，挺了就是死了。母亲听了将我一下推得老远，说怪道我身上老有一股焦臭的腥味儿，让人恶心极了。我说。您搂着我还嫌恶心，我到底还是一个小丫丫，我二娘搂着老六都没嫌恶心，老六可是一条长癣的癞龙，那精湿溜滑的龙味想必不会比槐树上的“吊死鬼儿”好闻。母亲还是不想靠近我，于是我就用头去抵母亲，企望我的脑袋上也能长出一对美丽的梅花鹿一样的犄角。母亲闪过我那乱糟糟的脑袋，说其实老六头上并没有我想象中的大角，只不过他的头顶骨有两个突起的棱儿罢了，摸起来像两个未钻出的犄角，就是到死，也未见那两个犄角长出来。我愣了半晌，对“未长出的犄角”很遗憾，想象老六要是再多活几年，长到我父亲那般年纪，一定能生出很不错的角来。人和鹿是一样的，小鹿是不生角的，鹿到了成年才会生出犄角，西城沁贝勒家园子里养的鹿就是如此。

我们家有关老六的话题虽然不多，但都很精彩，传说老六落生时眼目大开，哭声深沉，遍身黑鳞，异相昭著。他是在偏院的北屋降生的，说是生时浓云密布，雷声轰隆，众人在其生母的昏厥中惴惴不安，不知这驾着雷霆而来的麟儿预示着这个家族的何种命运。我们家舅老爷私下说，看这天相，所来的料不是个等闲人物，金家是天潢贵胄，龙脉相延，该是不错的，然龙生九种，九种各一，其中必定有一个是佞种，但愿不要应在了这个老六身上。

老六身上的那层鳞苦苦地折磨着他，使他痛苦不堪，需时时地将他浸泡在水盆里才能使他安静下来。听说那鳞乌黑发亮，有花纹斑点，时常成片脱落，很是吓人。二娘抱着老六去医院看过，老六这身皮把那些护士吓得躲得远远的，不敢近前。医院给开了不少药水，抹了只是杀得疼，根本不管用。舅老爷说，不必治了，凡有成勋长誉者，必附以怪异。他还说，他的父亲与曾国藩曾同朝共事，知那文正公也是终身癣疥如蛇附，每天用两双手抓挠，必脱下一把皮屑，这实则是贵人之相。

老六两岁的时候，有一天白云观的武老道来我们家找父亲聊天，父亲着人将老六抱出来让老道看。老六一见老道，立时在老妈子身上翻滚打挺，大哭不止，一刻也不能消停。武老道拈着胡子坐在太师椅上冷冷地看，一口一口地喝茶，并不理睬闹得天翻地覆的老六。父亲只好让人把哭泣的老六抱走，老六的一路哭声直响到后院深处，许久不能止。父亲请老道对孩子的未来给予指点。老道说，四爷的茶很好，是上等的君山银毫……

武老道在京城不是寻常人物，据云能过阴阳，通声气，更兼有点金之术，奔走者争集其门。武老道论命相堪称奇验，京师某王爷曾微服请相，所示为光绪和宣统的八字，武老道看过后说，先者论命当穷饿以终，后者则有破家之祸。王爷初时以为荒谬，后来一细想，果不其然。现今老道对老六的前程既不肯点明，父亲也不便多问，愈发觉得六儿子的神秘不可测。老道喝透了茶，才款款说道，令公子有胎衣包养，生虽有惊而命大，日主有火，盛则足智多谋，欠则懦弱胆怯，大畏财旺，若生在贫贱之家当贵不可言。父亲问如今生在金家又当如何。老道说，水一、火二、木三、金四、土五，戊见甲，当在三、八岁。父亲问三、八岁当怎样。老道说，四爷这茶没味儿了……

事后父亲将武老道的话学给老六的母亲听，二娘说，一个孩子家，三、八岁能怎么样呢？咱们的六儿眼瞅着虚岁过了三周，也没见有什么不好，他一个花老道，故弄玄虚地瞎说罢了。父亲说，还是要留神些才好。二娘说，留神自要留神，家里的孩子们咱们哪个又不留神了？只是不要看得太神圣太娇贵了才好，小孩子唯得中和才能健康成长，旺不得也弱不得，旺则不能任，弱则不能禁。只待至十五成人，才可以分别贵贱，现在抱在怀里就论前程，实实地是有些荒诞了。

话是这样说，但父亲对这个生有异状的儿子仍是情有独钟，常常将老六抱在膝上，抚弄着他那一对硬硬的角说些“当今之世，舍我其谁”的屁话。彼时，家中的老七舜铨已经出世，而父亲对他那个弱得像猫一样的七儿子是连看也不看的。

老六不负父望，果然生得聪慧伶俐，讨人喜欢，特别是那对角更是提神，不知被多少好奇的人摸过。亲戚朋友谁都知道，金家养了一条龙，那时虽已进入了民国，可在那些前清遗老遗少的心目中，何尝不盼着北京东城金家的宅院再像醇王府一样，成为又一座潜龙邸！

老六进出都随着父亲，他可以跟着父亲吃小灶，食物的精美远远超过了他兄弟姐妹们的淡饭粗茶。他还可以坐父亲的马车，并且他还要永远地一个人占据正座，让父亲打偏，他一个小人儿，坐在车上的威严神气，让所有的人看了都倒吸一口冷气，似乎他早已就这样坐过，连父亲也显得黯然无光、形容惭愧了。

于是就有了舜针是德宗转世再生的说法，神乎其神，跟真的似的。

对此，父亲不予解释，在他的心里大概乐于人们这样说道，他的讳莫如深的态度无疑是一种变相的推波助澜，在他的默认下，老六不是龙也变成了龙。

持坚决反对观点的是二娘。她不允许人们这样糟蹋她的儿子，她说儿子就是儿子，他还是个未成年的孩子，你们不要毁他。二娘是汉人，对一个汉族小老婆的话，人们尽可不听，娘儿们家就知道傻疼孩子，懂个屁！

就这样，我们的老六有了不少干爹干妈，谁都希望能沾点龙的光，在龙还没有腾起来的时候他们是爹和妈，一旦真龙成了气候，封王封侯，那简单的爹妈岂能打发得了？未雨绸缪是必要的，临渴掘井是傻瓜干的事情，早期的投资是精明远见的体现，很难说在老六那些“爹”“妈”的思维中，没有今日期货买卖的投机成分在其中。

“爹”“妈”们送的钱财、物件大概够老六吃一辈子的。

玉软香温、锦衣玉食中的老六，因了他的相貌，因了众人的推崇惯纵，在金家变得各色而乖戾，落落寡合地不合群，这使他的母亲时时处在哀愁之中。她虽然不相信武老道的胡诌，但却牢牢记着“这孩子应该生在贫贱之家”的断语。这个断语在她的心里是个时刻挥不去的阴影，她总预感到要有什么不祥的事情发生……

1921 年，我们的父亲漂洋过海去周游列国，北京城留下他的三个妻子和子女们。对于父亲的远游，金家人谁也不以为然，因为这个家里有他没他是一切照常的。父亲在我们家里从本质上来说就是个尊贵的客人，不理财，不拿事，他所熟悉的就是吃喝、会友，起着门面的作用。父亲走了，孩子们在某种程度上得到了放松，是件求之不得的好事。

感到失落的是老六，失了依赖的老六有种无助的恐惧和孤独，他的心只系着父亲，没有别人。每每父亲来信，信中所关注的也只有老六，仿佛他的其他儿子们都是无足轻重的陪衬。当然，儿子们对父亲的来信也从来不闻不问，老六则不然，老六要让他的母亲把父亲的信一遍一遍地读，不厌其烦地听得很认真。这使人感到，老六与父亲的关系在父子之外又添加了某种说不清的情愫，不能细想，细想让人害怕。

春天的一个上午，天气晴好，金家的孩子们要在看门的老张的带领下到齐化门外东大桥去放风筝。孩子们托举着风筝，揪扯着线绳，你喊我叫，闹哄哄地拥出了二门。出门时被站在台阶上的二娘叫住了，二娘由屋里拽出了满脸不痛快的老六，将他推进孩子群中，让他和大家一块儿去放风筝。老六不想去，转过身就往屋里走，被矮他一头的老七一把拉住。老七刚缝上开裆裤没有两年，却小大人儿似的很能体恤人。老七说，六哥别走，我带着你。二娘说，让小的说出这样的话来，老六你羞不羞？老六低头不语。二娘说，到野地去，让风吹吹，把一身懒筋抻抻，是件再好不过的事儿了，你怎么还不愿去！说着二娘向老张使了个眼色，老张就将一个沙燕风筝塞给老六，连推带搡地护着金家的小爷们出了门，奔东而去。

二娘在廊下深深地叹了口气。

依着二娘的意思，是有意将老六混在金家的哥儿们中间摔打摔打，目前她的这个儿子过于细腻软弱了，这不是金家人的性情，也不是她的愿望。在她的思想深处，很怕真应了老六是德宗转世的说法。她嘴上说不信，心里也难免不在打鼓，把她的儿子和那个窝囊又悲惨的光绪皇帝连在一起，她这个做母亲的何以能心甘情愿！为此她希望她的儿子能粗糙一些，能随和一些，能平平安安地长大成人。她没有给人说过，夜深人静之时，她常常用手使劲地按压老六头上那两个突起的部位，她唯恐那两个地方会生长出什么意想不到的东西来。

那天，放风筝的一干人等热气腾腾地回来了。刘妈站在门口挥着个布掸子挨着个儿地拍打，拍哪个，哪个的身上尘土冒烟，呛得刘妈捏着鼻子不敢喘气。刘妈说，这哪儿是去放风筝，明明地是去拉套了，瞧瞧这一身的臭汗，夹袄都湿透了。末了，刘妈拽过冻得直流清鼻涕、浑身瑟瑟发抖的老六，拍打了半天，没见一丝土腥，刘妈笑着说，这可是个坐车的，没出力。老张说，这小子有点儿打蔫儿，那帮驴们在河滩里疯跑，就他一个人在大桥桥头上傻坐着，喊也喊不下来。刘妈摸了摸老六的脑袋说，有点儿烧，得给他再吃两丸至宝锭。

金家虽是大宅门儿，对孩子却是养得糙，从不娇惯，这大概也是从祖上沿袭下来的习惯。金家的子弟是正儿八经的八旗子弟，老辈儿们崇尚的是武功，讲的是勇猛精进、奋搏无倦，到了我们的阿玛这儿还能舞双剑，拉硬弓，骑马撂跤。祖辈的精神自然是希望千秋万代地传下去，不颓废，不走样，发扬光大直至永远。这个历经争战，在铁马金戈中发展起来的家族，自然要求他的子弟也要勇武强壮，禁得起风吹雨打。所以，我们家的孩子们从小都很皮实，都有着顽强的忍耐力和吃苦精神，谁有头疼脑热多是凭自己的体力硬抗，很少请过大夫，遇有病情严重的，特殊的照顾只是冲一碗藕粉，病人喝下藕粉，也就知道自己的病已经到了极点，再没有躺下去的必要，该好了。下人刘妈充任着我们的保健医师的角色，刘妈带过的孩子多，经验丰富，她对小儿科疾病的治疗方法往往比医院的大夫还奏效。我们每一个孩子出生后，都穿过她用老年下人们的旧衣裤改制的儿衣。她认为，下贱才能健康，才能长寿，越是富贵家的孩子越应如此。她还认为，有钱人家的父母都是锦衣玉食，所以生下的小孩子百分之百内火大，不泻火就要生事，就要出毛病，为此，她天天早晨要给我们家的大小孩子吃至宝锭，一边喂一边念叨：

至宝锭，至宝锭，吃了往下挺。

至宝锭的形状像大耗子屎一般，上面有银色的戳迹，以同仁堂的为最佳。同仁堂的至宝锭化成汤喝到最后有明显的朱砂沉淀，那是药的精华，刘妈必定要监视着我们将那个红珠珠一般的东西一点不剩地吞下去，还要将药盏舔净。如没有红珠，刘妈就要向管事的发脾气，说他弄虚作假，买的不是同仁堂的正宗货。

放风筝回来的老六在刘妈的安排下吃了两丸至宝锭，晚饭也没吃就睡去了，半夜忽然发起高热，浑身烧得像火炭一般。第二天，喝过了藕粉也没见退烧，人已经开始昏迷，说胡话，叽叽咕咕，如怨如诉，还哀哀地哭。刘妈说，这孩子该不是撞客了什么，东大桥那儿是什么地方？那儿是北平的刑场，是处决犯人的地方，这个六儿他不比别的孩子，他太弱……二娘听了，就让老张拎着两刀纸拿到东大桥烧了。想的是真有鬼魅，给些通融，让它且饶过我们家六儿。纸烧过，并不见老六病情有所好转，反倒从喉咙里发出呼呼的声响。二娘害怕了，让人请来胡同口中药铺坐堂的大夫为老六看病。大夫看过后说老六寸脉洪而溢，君火与相火均旺，旺火遇凉风热结于喉，是为喉痹，民间又叫闹嗓子的便是，不是什么大病。大夫开了当归、川芎、黄柏一类滋阴降火的方子，说煎两服吃下去就好了。

两服药吃下，老六并不见起色，咽喉症状继续加剧，常常喘不出气，憋得一张脸青紫，脖子的皮肤也被抓得鲜血淋淋。家里先后又请了几个大夫，各样方法使了不少，老六的病只是一日重似一日。二娘急得没办法，托人给在欧洲的父亲打电报。那人回来说联系不上，说那边朋友回电说，四爷上个月在法兰西，这个月又去了英吉利，漂漂泊泊毫无定踪，下半年能转回德意志也说不定。

老六病得在炕上抽搐、翻白眼。二娘急得在屋里一圈圈转磨，如今是想灌藕粉也灌不下去了。

舅老爷来家，二娘向舅老爷求主意。舅老爷见了老六摇头说怕是不好。二娘说孩子阿玛不在家，无论如何也得舅老爷做主，这是他阿玛最喜欢的一个，真有什么怎么向他阿玛交代？舅老爷说，再喜欢也不行，死生有命，富贵在天，打针吃药，救得了病却救不了命，这都是有定数的。二娘说，真就没办法了吗？舅老爷说，容我算算看。说罢摸出一把麻钱，在桌上一把撒开，上为艮，下为坤，合而为爻卦。二娘也是懂得易经的人，一见这卦象眼泪就扑簌簌往下直淌。舅老爷说，你也看见了，这是天意，老天爷要收他回去，谁也没办法，挡也挡不住。二娘说，舅老爷是高人，万望想个变通的法子，救您外甥一命。舅老爷说，我有什么法子？你看这卦，艮为山为止，坤为地为顺，顺从而止，上实下空，是困顿危厄之象。从卦上看，鬼在本宫，外方得病，更在上三爻，必是外感风邪，外宫也有暗鬼，伺机而动，上下有鬼，内伤兼外感，是为杂症，鬼动卦中，药力也难扶持，虽良医也不能救……

舅老爷说得没错，那天没过半夜。老六就被那二鬼挟持着奔了黄泉之路。

老六生生是被憋死的。临死前，他在炕上辗转反侧，怪声号啕，真如一条喝了雄黄的大长虫，几个人也按捺不住。那时金家的孩子们各个敛声屏气，缩在自己的房内不敢出来，静听着偏院里发出的长一声短一声的哀号。老六折腾到天黑，渐渐地没了气息，挺了。直到偏院传出话儿说，六少爷走了，大伙儿才长长地松了一口气，有种如释重负的感觉，好像金家宅门儿里没有老六才是正常的。

二娘抚着僵了的老六尸身哇哇大哭，大家劝也劝不住。第二天，二娘让老张去白云观请武道长派几个道士过来做法事，老张去了又回来了，说老道没派来道士，却让带回一张画得花里胡哨的符，让贴在偏院的门口。老张传达老道的话说，什么法事也不要做，金家这个老六从根儿上来说就不是什么正经东西，老道没有道破它的来龙去脉就已经是很给它面子了，让它知趣一点儿，赶快上它该去的地方，别再祸害人。亲戚们此时谁也不再说什么“贵人自有天相”的话了。舅老爷说，一个未成年的孩子，没落住终不能算这个家里的人，给他一副薄棺材好歹葬了就是，也算他没白到世上走一遭。

那副寒碜的白皮棺材抬进院来的时候，二娘见了几乎心疼得昏了过去，她说从没见过这么破烂穷酸的棺材，连漆也不上一道，用这样的棺材来装殓她的儿子，让她何以心安！我母亲也说，这棺材太差了点儿，装街上冻饿而死的倒卧还差不多，装金枝玉叶的哥儿忒不合适，于金家的身份也不相称。二娘让管事的去换，被刘妈拦了，刘妈说，太太糊涂了，哪儿有空棺材抬进又抬出的道理？舅老爷的主意没错，太太忘了哥儿“应该长在贫贱之家”的话吗？

命中注定就是命中注定的，还哥儿一个舒坦自在吧，让他顺顺当当地托生，比什么都好。

二娘不再坚持，眼瞅着四个杠夫抬着那口薄棺材吱吱扭扭地出了门。

老六死的那年是八岁，他没能过了阴历冬月初十他的九岁生日。

应了武老道“三、八岁”的预言，父亲当年还问过人家“三、八岁当怎样”，当怎样呢？就当这样。老道没有直着说罢了，天机不可泄露。

以现在的观点来看，我们家老六的死因当是白喉，是白喉杆菌引起的一种传染病，搁今天，配以抗生素治疗绝不至于引起死亡，就是到了老六最终的窒息阶段，只需将气管切开也不是没救，可在七十多年前，医疗条件有限，老六就那么匆匆忙忙、稀里糊涂地走了，想来让人遗憾。

最遗憾的是我的父亲。据我母亲说，父亲从国外回来以后，知道了老六的事情，大病了一场。经过那场病，父亲的头发全部脱光，终日迷茫恍惚，走路打晃儿，得两个人架着才能从屋里北炕走到南炕。对父亲这场很著名的病，北京的小报上有过报道，说他老人家因为失子悲伤过甚，得了伤寒。我后来想，伤寒的确是个很可怕的传染病，它是由伤寒杆菌而传染的，跟老六怕没有什么直接联系，那时候的人把伤寒跟老六挂在一块儿，实在是有些不伦不类了。

我在这个家里长成一个混沌的小丫头的时候，二十多年已经过去，就是我们家最小的男孩老七舜铨，也进入了青壮年的行列，成了京师名画家。随着时间的消磨，人们对老六的传说已经淡而又淡了，金家已经没有几个人还记得那个忧郁的、早逝的男孩儿。

偏偏我是个爱幻想的孩子，在孩童时候，想象在我的生活中占了很大成分，我常想的人物就是那个神奇的、半人半龙的老六，他和母亲给我说的老麻猴子，和大家时常谈论的院里的狐仙，和我所向往的一切神神怪怪一起，活跃在我的精神生活中，成为不可分割的一部分。

有一回，父亲领着我去一个叫作“桥儿胡同”的所在，以我粗通文字的水平，已经能认出胡同口墙上的蓝色搪瓷标牌，是“雀儿胡同”，不是“桥儿胡同”，而父亲偏说是“桥儿”不是“雀儿”，让我回家对母亲也务必要说是“桥儿”，不能说是“雀儿”，否则以后就再不带我出来遛弯儿。在北京人的发音中，“桥儿”和“雀儿”实在没有什么不同，前者是二声，后者是三声，往往说快了就“桥”“雀”不分了，但父亲则嘱咐我一定要将两个字分清楚，万不可弄含混了。

既然父亲喜欢，我心里也乐得真把“雀儿”当“桥儿”了。父亲去桥儿胡同没坐他那辆马车，坐的是三轮，我坐在父亲身边，听着身底下链条的啦啦响声，从小洞里看着车夫一弯一弯的背影，只感到困倦，想睡觉。父亲拍着我的肩说，别睡啊，留神着凉。我嗯了一声，并没有多少清醒。父亲说，马上就到你谢娘家了，你要听话，别淘，跟你六哥好好玩儿。我问哪个六哥……父亲说当然就是那个长犄角的六哥，还能有谁！我听了一激灵，困意全消。我说，真是咱们家的老六吗？父亲说，当然。

胡同很小，没有雀也没有桥，只有一堆堆的烂布，臭气熏天地堆在各家的房前、门口，让人恶心。事后我才知道，这些破布都是从脏土堆捡来的，靠收破烂儿收来的，晾晒干了，用糨子打成袼褙，卖给做鞋的鞋场，一块褙能卖八大枚，八大枚能买一斤杂面。这片地面，家家都打褙，家家都吃杂面汤，成了“桥儿”的一道风景。 父亲领着我来到一个略微干净点儿的小院里，院里北房三间，东房塌了，南面是一溜墙，有棵歪斜的枣树半死不活地戳在那里。树底下有个半大小子在撕铺陈（铺陈，老北京话，指糟烂的破布），往板子上抹糨子，将那些烂布一块块贴上去。墙下一排打好的袼褙，在太阳的照耀下反射着亮光，冒着腾腾的水汽，显得很有点儿朝气蓬勃。

那半大小子见我们进来了，头也没抬，一双沾满了糨子的手，依旧灵巧地在那块板上抹来抹去，没受到丝毫影响。

父亲叫了一声六儿，半大小子嗯哪了一声，没有显出热情。

这时，从北屋里闪出个四十岁左右的白净妇人来，脑后挽了个元宝鬏儿，穿了件蓝夹袄，打着黑绑腿带，一双蓝地儿蓝花的绣花鞋不沾一点儿土腥，浑身上下透着那么干净利落，透着那么精神。

父亲让我管她叫谢娘，我叫了，谢娘把我揽在怀里，夸我是个懂事的丫儿。谢娘身上有股好闻的胰子味儿，跟我母亲身上的"双妹"牌花露水绝不相同，相比较，还是这胰子味儿显得更平淡，更家常，更随和一些。

我喜欢这种味道。

我们被谢娘让进屋里，屋里跟谢娘一样，收拾得一尘不染，炕上铺着白毡子，被卧垛垛得整整齐齐，八仙桌上有座钟，墙上有美人画，茶壶茶碗虽是粗瓷，也擦抹得亮晶晶的。东西归置得很是地方，摆设安置得也很到位。

谢娘是个很能干的人。

从谢娘和父亲的谈话中我了解到，她对我们家里的情况相当熟悉。对我几个母亲的情况也是了如指掌的。我还听出来了，谢家搬到这儿的时间并不长，是父亲给找的房。谢娘还跟我父亲商量要把塌了的东厢房盖起来，说六儿大了，该了这家的主人，那份柔情、那份依赖和对父亲的那份神态，是我几个母亲都没有的。

父亲很舒坦地喝着一种叫作"高末儿"的茶。所谓"高末儿"，就是茶叶铺将卖剩的各类茶的渣子归拢在一起，以极便宜的价格卖出的一种茶。这种茶很香，可只能喝一遍，第二遍就没了颜色。父亲喝着这种茶，和谢娘说着话，所谈均离不开柴米油盐，离不开东家长李家短。父亲对这院房，对谢家的投入精神令我吃惊，在我的眼中，这完全是另一个父亲，一个陌生的、我从不了解的父亲。在金家谁都知道父亲是个不管不顾的大爷，他搞不清我们院有几间房，搞不清他到底有多少财产，更搞不清他十四个孩子的排列顺序和生日，人们说四爷真是出世的散仙，洒脱得可以，言外之意则是“四爷真是糊涂得可以”。

“糊涂”的父亲索性以糊涂装糊涂，很充分地利用了“大智若愚”这个词。

见我很注意他们的谈话，谢娘显得有些不自在了。她将院里的半大小子喊进来，推到父亲跟前，让那小子管父亲叫“四爹”。

小子很不情愿地看了他妈一眼，嘴唇动了动，终没张嘴。

谢娘说，叫呀，没你四爹能有这个家吗？

那小子被逼不过，闷声闷气地迸出一个“四爹”来，连我也听得出，这个“四爹”叫得勉强极了、被动极了，很大程度他是冲着他的母亲叫的。我毕竟年纪小，对这个“爹”的含义相当模糊，在我们家里，没有人管父亲叫爹，我们都叫阿玛，现在桥儿胡同有人管父亲叫“四爹”，我只是觉得新奇。

被叫了四爹的父亲很激动，他把那个叫作六儿的小子拉到跟前，很动情地细细打量着。我敢说，我的父亲看我们中的任何一个都没有用过这种眼光，都没有透出过这种温情，单单在这个莫名其妙的小子身上，流露出了这么多的爱，让人不能不嫉妒了。

父亲让我管他叫六哥。

我说，我得摸摸他的那两只角！

父亲就让六儿弯下身来让我摸，六儿低下头的时候狠狠地瞪了我一眼。我才不管他高兴不高兴，一双巴掌毫不犹豫地伸向了那个长得并不周正的脑袋。

在粗硬的头发中间，我摸到了一左一右两个突起，尖而硬，有半拉枣那么大。我很兴奋，用手捏着那两个硬疙瘩使劲地掐，六儿很粗鲁地用胳膊把我搪开了。我恼了，说我明明还没有摸好，他就这样，这次不算，我得重摸！

谢娘嗔怪六儿不懂事，说小格格要摸你就让她摸摸怎的了，也摸不坏；又说六儿挓挲着一双糨子手，也不洗干净了就进来，一股馊臭的味道，留神把格格熏坏了。谢娘说这些话的时候，六儿就愣愣地站着，一副傻相。谢娘对父亲说，不让他打袼褙，他偏要打，拦也拦不住，这都是受了近处街坊的影响，跟着什么就学什么。父亲说，近朱者赤，近墨者黑，还是得念书，学而优则仕，要想将来能出人头地，学问是第一的。说罢，他让谢娘明日打听附近有没有什么像样的学校，送他去念书。

六儿说，我不念书。

谢娘说，你这叫不识抬举！

六儿说，我不让人抬举。

谢娘说，是你四爹让你念的，你四爹能害你？

六儿不说话了。

谢娘让我继续摸六儿头上的两只角，我说不想摸了。

我对六儿脑袋上的两个硬包已经失去了兴趣。

父亲打发我和六儿出去玩儿，谢娘让六儿带我到小摊儿上买些酸枣面儿、铁蚕豆什么的零食，还特意嘱咐他，别让街上那些野孩子们欺负我。

六儿站在原地没听见一般，谢娘塞给他几张小票子，推了他一把。六儿说摆小摊儿的今天没出来，谢娘说出来了，她早晨看见了摆摊儿的老赵跟他媳妇推着车过去了。

我说，我要吃酸枣面儿。

谢娘对六儿说，你就带小格格去看看，当哥哥就得有当哥哥的样儿，都这么大了，怎么还这么不懂事！

六儿用眼翻了翻我的父亲，父亲冲他温和地笑着，六儿一梗脖子，推开门出去了。

我紧跟着六儿出了北屋，他并没有带我去买酸枣面儿的意思，依旧蹲在南墙根儿打他的袼褙，连看也不看我一眼。我想着那酸枣面儿和铁蚕豆，心里就对他充满怨恨，一个又臭又穷的烂小子，有什么了不起呢？就是我们家的胖狗阿利也比他懂事，比他会讨人喜欢。

呸！我狠狠地往地上啐了一口。

他没理我，将一块块破布抹平整了，贴在抹了糨糊的板子上，一层又一层。

北屋的窗帘拉上了。

六儿的脸更阴了，他把手里的糨糊摔得啪啪响。

我想看看父亲和那个谢娘在窗帘的遮挡下做什么。孩子的好奇心驱使着我，我悄悄向那窗户迂回过去。

就在我刚刚贴近窗户，把舌头伸出来，要舔那窗户纸的时候，我的辫子被人揪住了，一双黏糊糊的手，毫不留情地拽着我的小辫，直把我拉到南墙。我疼得龇牙咧嘴，对脸色铁青的六儿喊道，你要干吗？!

六儿压低声音，恶狠狠一字一顿地说，我、要、×、你、妈！

在金家，没有人对我说过这样的话，也没有人对我表现出过这样憎恶的态度，这些令我惊奇，特别对“×你妈”意思的理解，作为一个大宅门儿里的小丫丫来说还十分欠缺。我说，我有三个妈，你×哪个？

六儿说，我都 ×！

从他那猥亵无耻的神态里，我推断出这不是一句好话，就一脚踢翻了他的糨子盆，将那些没有眉眼的破布扬得满院都是。发脾气是大宅门儿孩子的拿手戏，我们家的孩子不会“× 你妈”，但我们家的孩子都会发脾气。我们要发起脾气来，能让天塌下来。

我呼呼地喘着气，掀倒了晾在墙根儿的所有袼褙，我在那些袼褙上使劲踩，又把那棵树踹得哗哗响，把糨子盆踢得在院里滴溜溜转。六儿叉着腰，冷冷地看着我在院里折腾，当我捡起半块砖，准备向着北屋的玻璃砸过去的时候，六儿过来干涉了。他拧住我的胳膊，把我的手使劲往后背。砖是扔不出去了，我伸出空着的手，冲着六儿那张讨厌的脸，自上而下，狠狠地来了一下子，立时，那张脸花狸虎一般，出现了几道血印。六儿不吭声，提着我的脖领子将我拎出了大街门……

父亲和谢娘走出北屋的时候，我已经安静地坐在树底下剥铁蚕豆了。谢娘看着六儿脸上的伤，问是怎么了，六儿没言语。

我说是我抓的。

父亲看着洒了一地的糨子说，你这个丫儿又犯浑了，这儿可不是你闹腾的地方。谢娘说，小格格倒是憨直得可爱，是我们六儿太古怪了。父亲指着我对谢娘说，你不知道这孩子的脾气，跟王八一样拗，家里任谁都怵她，采取惹不起躲得起的态度，不过我有时候还真爱看这丫头犯浑的样子，熊崽子似的。

谢娘听了就笑。

谢娘笑的时候从腋下抽出一块手绢，用它来捂着嘴，那张脸就只留下一双弯弯的细眼睛，很好看，她的这副模样让我想起了蹦蹦儿戏“小老妈儿在上房打扫尘土”里的小老妈儿。

那天我们在谢家吃的是炸酱面，跟我们家的香菇小鸽子肉炸酱不同，谢家的酱是用虾米皮炸的，面码儿是一碟萝卜丝、一碟煮黄豆。面是杂面，捞在碗里有一股淡淡的豆香，勾得人馋虫往上翻。六儿捞了一大碗面蹲在一边去吃了，他不跟我们一起坐，大约是觉得拘束。我看见六儿从缸盖上头揪了一大头蒜，很细心地剥了丢在碗里，白胖胖的蒜瓣晶亮圆润，在面的搅拌中上下翻动，在六儿的嘴里发出嚓嚓的声响……

我说我也要吃蒜。

谢娘就剥了几瓣给我，说这是京东的紫皮蒜，是她留着做腊八蒜用的，让我留神别辣着。我们家也吃蒜，都是厨子老王用小钵将蒜砸了，刮在青瓷小碟里，润上小磨香油，远远地搁在桌角，谁要吃，拿过来用筷子点那么一下就行了，没见有谁捏着蒜瓣张着大嘴咬的。

我也学着六儿的样子狠狠地咬了口蒜，不管不顾地大嚼起来。没嚼两下，一股辣气直冲头顶，连眼泪也下来了，一张嘴已经分明不属于我。谢娘和父亲慌得丢下手里的饭来照顾我这张嘴。泪眼蒙眬中，我看见六儿蹲在门边，低着头无动于衷，照旧吃他的面。看他那冷漠神情，我恨不得再在那张脸上抓一把。

又吃了面，又喝了水，总算将那轰轰烈烈的辣压了下去。谢娘要将剩下的蒜拿走，我说，别拿，我还要吃。谢娘说，你不怕辣呀？我看了一眼六儿说，不怕。父亲说，我说这孩子拗，她就是拗，瞧，她的王八劲儿又上来了。

蒜的香是无法抗拒的，特别是那辣，更具备了一种挑战的魅力，吃过了这样的蒜，我才知道，我们家饭桌上那碟子里的物件，简直不能叫作蒜。炸酱面我吃过不少，却从来没有吃得这么酣畅淋漓、荡气回肠过。谢家的炸酱面是勾魂儿的炸酱面。

走的时候父亲将一沓钱塞给谢娘，谢娘死活不要。我和六儿站在一边，看着他们推让。我觉得他们俩的动作很像一出叫《锔大缸》的小戏。六儿大概没有这样的感觉，他咬牙切齿地靠在门框上运气。后来父亲把钱搁在桌上说，眼瞅着就立冬了，你得多备点儿劈柴和硬煤，给六儿添件棉袍，买双棉窝，别把脚冻了。

六儿插言道，我冻不死。

谢娘狠狠瞪了六儿一眼，六儿一摔门出去了。

谢娘最终当然留下了父亲的钱。

带着满嘴的蒜味儿，我跟着父亲坐车回家了。在车上，父亲对我说，回家你娘要问你吃了什么，你千万别说炸酱面。我说，不说炸酱面说什么呢？父亲说，你就说在隆福寺后头吃的灌肠。父亲又说，也别提桥儿胡同这家人，省得你娘犯病。我说，我绝不会提，我提他们干什么！父亲说，这就对了，要是这样，以后我就常带你出来玩儿，你想上哪儿咱们就上哪儿。想及六儿的嘴脸，我对父亲说，谢家这个六儿不是东西，他比咱们家的老六差远了。父亲说，你怎说他不是老六？他就是咱们家的老六托生来的，你没看他的眉眼、神态、性情跟咱家的老六整整是一个模子刻出来的，不差分毫？他也有角，比老六强的是他生在了贫贱之家，占了个好生日，咱们家那个死了的老六不傻，他是算计好了日子才托生来的。我问这个六儿的生日怎的好，父亲说，他是二月二呀，是龙抬头的日子，龙春分而升天，秋分而入川，这是顺。可咱家的老六，生在冬月，时候不对，他不弯回去等什么？

这个六儿是我们家老六托生来的，他与老六是一个人！这事让我不能接受。

我问父亲，六儿也是您的孩子吗？

父亲说，你说呢？我说不知道。

父亲说，我也不知道。

那天回家，母亲在二门里接了我和父亲。母亲嗔怪父亲带着孩子一走走一天，让她在家里惦记。父亲只是用掸子掸土，不说话。刘妈摸着我的辫子说，我的小姑奶奶，您哪儿弄来这一脑袋糨子呀？

我说是六儿抓的。母亲问六儿是谁，没等我张嘴，父亲接过来说，是东单裱画铺的学徒。刘妈说，他一个裱画儿的，裱我们孩子的脑袋干什么？真是的！母亲说，准是丫儿淘气了。父亲说，让你说着了。

父亲说完冲着我笑了笑。

看父亲“演戏”，我觉得挺有意思。

以后我常和父亲到桥儿胡同谢家去。谢家院里东房三间已经盖起来了，一抹青灰的小厦房，由六儿住着。树上的枣也结了，微小而丑陋，各个像是没长大就红了，急着赶着要去办什么事情似的。

我很快熟悉了我的角色。父亲之所以把他的隐秘毫无保留地袒露给我，是对我的信任，他把我当成了出门的幌子，当成了障眼法，他带着我出去，我母亲能不放心吗？其实我母亲很傻，她就没想到我和父亲是穿一条裤子的，我早已为父亲所收买。成了他的死党。

父亲收买我的条件也很低，几个糖豆儿、大酸枣就封住了我的嘴，这使我从小就相信，吃人家的嘴短，拿人家的手短，这是放之四海而皆准的真理。

到谢家去的次数多了，慢慢地，我对他们的情况也多少有了些了解。谢家当家的叫谢子安，死了有些年头了，听说活着的时候做得一手好针线，是宫里内务府广储司衣作的裁缝匠。广储司衣作是司下属七作之一，七作是染、铜、银、绣、衣、花、皮，应承着皇宫内部和主要宗室的衣物手使。慈禧时期衣作最繁盛，有匠役三百余人，到了溥仪的小朝廷，承职的也有二三十。我们家瓜尔佳母亲穿的蟒纹四爪命妇朝服，就是出自广储司的衣作。据我母亲说，谢子安本人是个很活络的人，聪明而善解人意，凭着别人不能比的手艺，他时常走动于大宅门儿之间，受到了宅门儿里夫人、小姐们的欢迎和喜爱。请谢子安做衣服的人都是有根有底的人家，图的是他做工精致、名气大。当然，人们也不乏想了解一点乾清门里服装流向的好奇，诸如逊了位的皇上每天穿西装还是穿马褂，皇后衣服上的绦子兴的是什么花样等等。随同谢子安出入大宅门儿的还有他的妻子，一个被大家称为谢娘的美丽小媳妇。谢子安之所以带着媳妇，是为了跟女眷打交道方便，避嫌。有做不过来的活计，谢娘也搭着手做，我父亲出门常穿的兜边镶着刚钻的外国缎一字襟坎肩和二蓝宁春绸夹袍就是出自谢娘之手。相比之下，谢娘和家里的母亲们似乎更熟，往来也更密切。

那是皇上被赶出紫禁城的前一年，宫里发生了这么一件事。

有一天早晨，天阴欲雪，北风正紧，溥仪的贴身太监伺候溥仪起床，因为变天，要将贴里的小衣换作绒布小褂。太监将衣服在烘炉上烤热了，将小褂趁热恭进，为缩在被窝里的溥仪穿上。溥仪将手伸进袖筒，像被什么蜇了一样，呀的一声，猛然坐起，抽出胳膊一看，胳膊上已经划出了长长的一道血印。太监吓得立即翻检衣服，发现衣服的袖口别着一根缝衣针。这本是件微不足道的小事，搁溥仪这儿就成了了不得的大事，生性多疑的溥仪说这是有人刻意要谋害他，责令追查，严加惩办。追查的结果，就追到了裁缝谢子安的身上，算溥仪开恩，没要了谢子安的命，就这也受到鞭打四十、枷号一个月的惩罚。时值寒冬腊月，滴水成冰的天气，身受重伤的谢子安，在大牢里羞愤交加，没出十天就咽了气。

谢娘年纪轻轻就守了寡，为了生计，照旧走动于大宅门儿之间，揽些针线活，然而毕竟不如她丈夫手艺精湛，所承接的活计便渐渐有限。又因为丈夫横死，有人视为不吉，对她也就冷淡了许多，她所能走动的人家，到最后就剩了东城的两三家，我们家是其中之一。

我母亲们的衣服都是由谢娘承包的。谢娘给我的母亲们做活就住在我们家后园的小屋里，有时一住能住半年，因为我母亲们要做的衣服实在太多。谢娘很懂得大宅门儿的规矩，在我们家做衣服的时候从来不出后园一步，也不跟我们家的男人搭讪，低眉敛目，只是一人飞针走线，谁瞅着这个小媳妇都觉得怪可怜的。我母亲问过她有没有再往前走的想法，谢娘直摇头，眼圈也红了，说，太太您再别替我往这儿想了，那死鬼才走，坟上的土还没干呢……我母亲就不好再说什么了。

后来，谢娘到我们家来的次数逐渐减少，慢慢地竟变得杳无音信了。母亲们说，多半是嫁了人，一个年轻小媳妇，怎能长期守着，能寻个人家儿终归是好事，没人再来做衣服就没人吧……

我跟父亲到谢家的时候，谢娘已经不是什么小媳妇了，从相貌上看，她比我母亲还显老，我想父亲之所以肯和她亲近，愿意到桥儿胡同来，大概图的就是她的温馨可人，图的就是类似虾米皮炸酱这种小门小户的小日子，这种氛围是大宅门儿的爷儿们渴望享受又难以享受到的。已经拥有三个妻子、十四个子女的父亲，还要将精力偷偷摸摸地倾泻在桥儿胡同这座小院里，倾泻在姿色并不出众的谢娘和她那拧种般的儿子身上，究竟为了什么，这是我一直想不通的。

在金家什么心不操的父亲，在谢家却成了事无巨细都要管的当家人，连桌上的座钟打点不准，他都要认真给予纠正。我看着他在谢家的窗台下，光着膀子挥汗如雨地帮着谢娘和泥、搪炉子，谢娘亲昵地替他摘掉脖颈上的头发，我就想，这人是我阿玛吗？是金家大院里那个威严肃整的阿玛吗？

但是父亲很快活。

谢娘也很快活。

我当然更快活。

父亲在回家的车里常摇头晃脑地对我念着，一箪食，一瓢饮，在陋巷，人不堪其忧，回也不改其乐……我马上会接上一句，贤哉回也！

父女相视一笑。

金家知道父亲这个秘密的还有厨子老王，他常常秉承父亲的旨意给谢家送东西。老王是父亲的心腹，嘴很严，很讲义气。老王在我跟前从来没提过谢家半个字，我、父亲和老王对谢家的关系，用后来很著名的样板戏上的一句词儿是“单线联系”。能与某个人共同保守一个秘密是很刺激、很幸福的事情，那种心照不宣的感觉让我快乐，让我时时地处于兴奋状态。

谢家吸引我的另一个原因是那些袼褙。打格褙是件近似游戏的轻松活，首先要将那些烂布用水喷湿，第一层尽量挑选整块的，用水贴在板子上，以便将来干了好往下揭。第二层才开始抹糨子，然后像拼七巧板一样，将那些颜色不一、形状纷杂的小布块儿往一起拼，要拼得平整而恰到好处是件很不容易的事，往往要经过一番周密的思考和设计，一张袼褙要打三层才算成功。这个过程是很有意思的，通过自己的手，将那一堆脏而烂的破布变成一块块硬展展的袼褙，再揭下来，一张张地摞在屋里的炕上，最终变成一斤斤香喷喷的杂面，就着大瓣蒜吃进肚里，想想真不可思议，神奇极了。

我对这个工作很着迷，开始是蹲在六儿跟前看他操作，后来是给他打下手，将布淋湿，将那些缝纫的布边撕去，后来慢慢从形状上挑选出合适的递给他，供他使用。六儿对我的参与呈不合作态度，常常是我递过去一块。他却将它漫不经心地扔在一边，自己在烂布堆里重新翻找，另找出一块补上去。开始我以为他是成心气我，渐渐地我窥出端倪，他是在挑选色彩。也就是说，六儿不光要形状合适，还要色彩搭配，藏蓝对嫩粉，鹅黄配水绿，一些乱七八糟的破烂儿经六儿这一调整，就变得有了内容，有了变化，达到了一种出神入化的境界。

六儿的袼褙打得精美绝伦。

六儿的书念得一塌糊涂。

六儿都十五了，还背不出“床前明月光”，他将“举头望明月，低头思故乡”永远念成“举头望明月，低头撕裤裆”。父亲纠正了他几次，均未改过来，看来是有意为之。

谢娘从附近收揽些针线活，以维持家用，穷杂之地的针线活毕竟有限，加之谢娘的眼神已然不济，花得厉害，做不了细活了，所从事的也不过是为些拉车的、赶脚的单身做些缝缝补补的简单活计，或是给某家的老人做做装裹什么的，收入可想而知。谢家之所以还能经常吃到虾米皮炸酱面，这多与父亲的资助有关。至于这院房与父亲究竟有什么关联，我说不清楚。六儿拼命地打袼褙，其中难免没有要摆脱虾米皮炸酱面笼罩的成分在其中，他要自立，他要挣脱出这难堪与尴尬，就必须苦苦地劳作，将希望寄托在那些袼褙上。

毕竟是能力有限，毕竟是太难了。

他很无奈，焦急而忧郁，命运的安排是如此残酷无情，这是他与我注定不能融洽相处、不能平等相待的原因。

我那时不懂，后来就懂了。

我老觉得我很聪明，但后来的事实证明，我比起我的母亲来差远了。

我身上常常出现的糨子嘎巴和那不甚好闻的气息引起了母亲的注意。一天，我和母亲在老七舜铨房里，母亲摸着我那被糨糊粘得发亮的袖口说，又跟你阿玛去裱画了吗？我说，是的。母亲问，都裱了些什么画呀？是不是老七画的那些啊？老七舜铨正在纸上画鸭子，他一边画一边说，我是不会把我的画拿出去让我阿玛糟蹋的，您看看丫丫身上的糨子，您闻闻这股馊臭的糨子味儿，料不是什么上档次的裱画铺。母亲问，你上回说的那个叫六儿的，他们家哥儿几个呀？我说，哥儿一个。母亲说，哥儿一个怎么会叫六儿呢？我说，因为他像咱们家的老六，他脑袋上也长了角。舜铨突然停了画，惊奇地看着我，一脸严肃。母亲问，那个六儿在哪儿住哇？我牢记着父亲的嘱咐，脸不变色心不跳地朗声答道：桥儿胡同。我特别注意了“桥”的发音，让它尽量与“雀”远离。母亲说，是雀儿胡同啊，那是在南城了。我慌忙辩道，您搞错了，是桥儿不是雀儿。母亲笑了笑说，上回你阿玛不是说六儿在东单吗，怎么又到了雀儿胡同呢？我急赤白脸地争辩道，是桥儿，不是雀儿！

我们家人都说老七傻，其实我比老七还傻。老七在旁边都听出破绽来了，直冲我瞪眼，我却还没心没肺地嚷嚷什么桥儿、雀儿。母亲不耐烦地挥挥手说，算了，你别跟我争了，我早看出来了，你是一只养不出来的白眼儿狼，我是白疼你了。我说，我怎么是白眼儿狼了，怎么是白眼儿狼了？

母亲叹了口气，神情黯淡，歪过脸再不理我。我还要跟母亲理论“白眼儿狼”的问题，老七从后头把我拦腰抱起，三步两步出了屋。我在老七身上踢打哭闹，让他把我送回母亲身边去。老七舜铨不听，我就往他的袍子上抹了一把又一把的鼻涕，唾了一口又一口的唾沫，直到他把我夹到后园亭子里，狠狠地撂在石头地上。

老七点着我的鼻子说，你胡说了些什么！我说，我怎胡说了？我什么也没说。老七说，你个缺心眼子的二百五，你还嫌这个家里不乱吗?! 老七说“家里乱”是有原因的。不久前，他的“媳妇”柳四咪刚跟着我们家的老大金舜铻跑了，他心里烦，气儿不顺。我说，你媳妇儿跟着老大跑了，你去找老大呀，挟持我干什么？老七听了我这话气得脸也白了，嘴唇直哆嗦，反不上一句话来。

我看老七没了词，越发来劲了，说，连自个儿媳妇儿都看不住，还有脸说我呢。老七想了一会儿，终于伸出手来，啪地抽了我一个嘴巴子。

真挨了打我反倒不哭了，我学着六儿的样子，显出一副无耻与无赖相，也像六儿那样一字一顿地说，我——×——你——妈！

老七愣了，他像不认识我一样地看了我半天，结结巴巴地说，你说……说……什么……我母亲她……怎么你了？

我很得意，我觉得六儿真是一个伟大的人物，他创造的这句箴言可以降伏我们家任何一个老儿，我的那些虾米皮炸酱面可真是没有白吃。

我把发呆卖傻的老七扔在园子里，自己晃晃悠悠地转到西院厨房来。厨房里，大笼屉冒着热气，那里面散发出肉包子的香味。老王正在熬红小豆粥，豆还没烂，他正坐在小凳上剥核桃仁。我在核桃仁碗前蹲下来，老王把碗端开了。

我说，刚才老七打我了。

老王没言语，也没有表情。

我说，老七打了我一个嘴巴。

老王将一颗硕大而美丽的核桃仁丢进碗里。我说，这事儿我跟老七没完，他说我给家里添乱……

老王说，小格格您到前头玩儿去吧，您也甭给我这儿添乱了。

我说，老王你客气什么？咱俩谁跟谁呀！

老王说，不是客气，是怕太太们怪罪。不管怎么着，老王也是下人，是伺候人的人，你们的事儿跟我没关系。

我说，老王你今天怎么变得这么生分？咱俩平时的关系可是不错！

老王一边把我往外推一边说，谁敢跟您不错呀！您是《捉放曹》里的曹操，我是里头的陈宫，我不跟着您跑啦，我改辙啦！

我傻乎乎地问，我是曹操，那谁是吕伯奢，我把谁杀啦？

老王说，你把你阿玛杀啦！

我说，我阿玛跟老三上琉璃厂看古玩去了，他活得好好儿的。

老王说，今儿晚上他就好好儿不成了，你等着吧，有场好闹呢！

我说老王是替古人操心，说完瞅个空当儿，抓了一把核桃仁，撒腿就跑。

老王追出厨房跳着脚地嚷嚷，我大半天的工夫，让你一把抓没了！

那天，我一个人在院里进进出出，却没一个人理我，使我感到自己不是只好鸟。后来实在没事干，我就跑到老姐夫的院里去陪老姐夫喝酒了。

晚上，并没有老王说的“好闹”，父亲从琉璃厂买回来一个会闹鬼的洋钟，一到点，两个小鬼轮番出来打鼓，挤眉弄眼的，还会扭屁股。父亲说这是从宫里流散出来的物件，因为钟背后有英吉利敬献孝和睿皇太后的字样，推算起来该是道光时候的东西。母亲似乎也很高兴，让那俩鬼打了一遍又一遍鼓，还说其中的一个长得像厨子老王。

我没心思看鬼打鼓，我为肚子里的三个包子两碗粥一盘白肉而折腾，愁眉苦脸地弯在炕桌边上，没完没了地哼哼。刘妈说，这孩子今儿是吃撑着了，让老王给她沏碗起子水喝吧。母亲说行，又说以后我吃饭不能跟着大人们在一起混，得给我单拨出来，否则没数，说我像这样撑着已经不是第一回了。刘妈一边搅着起子水一边说，要光是包子和肉也用不着喝这个，要紧的是她肚子里还有半肚子酒呢，下午在五姑爷那儿喝了个肚儿圆，不是我进去看见，她还喝呢！母亲说，这个占泰，真是的，怎的给个小孩子灌酒？我得说说他了。母亲说着，捏住我的鼻子，刘妈将那碗起子水毫不含糊地全灌进了我的肚子里，她们俩配合得默契而熟练，已经成了一套完整程式，这说明她们对我进行这样的摧残绝不是一次了。灌进我肚里的“起子”，其实就是苏打，发面用的，她们让我肚子里的包子们像面一样地起泡发酵，这招儿真是绝得不能再绝了。

喝了那又苦又涩的起子水，我回去睡了。

我照旧跟着父亲去桥儿胡同，照旧吃那炸酱面，照旧吃那廉价的糖豆儿、大酸枣。不同的是，六儿不打袼褙了，他拿起了针线。这么一来，院里树底下再没了他的踪影，他老在东屋的案子前为一堆堆布而忙碌，当然，那些布较他打袼褙的布有了很大进步。谢娘跟他一块儿干，谢娘是他的师傅，也是他的帮手。

他还是不理我，脸上对我的厌恶依然如故。

我对他当然也没有什么好印象。

我常想，要是别人大概会对父亲的援助感激涕零了，但六儿并不因这而增加对父亲的了解，清除他们之间固有的隔膜，这真是一个执拗的、奇怪的人。

这天，下着大雪，我和父亲又来到了桥儿胡同。

谢娘对我说六儿给我缝了一个好看的小布人儿，让我快过去看看。我说，那娃娃穿的什么衣裳呀？谢娘说穿的是水缎绿旗袍。我说如此甚好，我就喜欢水缎绿旗袍。谢娘说，那你还不去看，让六儿再给你做个粉红的短袄、琵琶襟儿的……没等谢娘说完，我已飞了出去。

六儿果然在他的房里，但没有缝小布人儿，他在缝一条裤子，又粗又短的土灰裤子。见我进来，他说，你来干什么？我说，我来看看。六儿说，我的屋不让你看。我说，你这儿又不是皇上的金銮殿，还不许人看了？六儿说，可我这儿也不是谁想进就进的大车店。我说我是来要我的小布人儿的，并没有想在他的屋里多待。六儿说没有小布人儿，让我哪儿凉快哪儿歇着去。我说，你这儿就凉快，我就在你这儿歇着，你把那个穿水绿旗袍的小布人儿给我！六儿说他不知道什么水绿旗袍。我说，你妈说有。六儿说，我妈说有你找我妈去，别在我这儿搅和。我认为六儿是故意跟我找别扭，看来不发脾气是不行了，就在我四处踅摸可以踢砸的东西时，谢娘在北屋大声说，六儿，你给她缝一个！

六儿看了看我，从鼻子里轻轻哼了一声，顺手摸起一块从裤子上铰下来的布头，哧哧哧就又剪又缝起来。缝着缝着，他又从线笸箩里找出两个小红扣钉上，终于，在他手里，那个灰不溜秋的东西有了形状，原来是只长尾巴的红眼耗子。我是属耗子的，六儿这不是骂我吗？我不干了。我说，小布人儿呢？绿旗袍呢？你弄了只耗子搪塞我算怎么档子事儿？

六儿说，给你只耗子就算不错了，你别给脸不要脸！

我说我要穿水绿旗袍的小人儿。

六儿说，耗子就不穿旗袍，连裤子也不穿。

我说，六儿你就缺德吧，你的那两个犄角压根儿就长不出来，你甭做当龙的梦了，你成不了龙，你永远是一条泥鳅，臭水坑里的烂泥鳅！

六儿说他从来也没想过要当龙，他连长虫也不想当。

我说，你以为你是谁？你根本就不是我阿玛的儿子！

六儿说，你以为我是你爸爸的儿子吗？我要是你爸爸的儿子那才怪了！末了又找补一句，给谁当儿子也不会给你们金家当儿子。我寒碜！

我揪了那耗子的尾巴到北屋告状去了。

北屋里，谢娘在哭，一抽一抽显得很伤心。我父亲揣着手，皱着眉，在屋里走来走去。看这情景，我明白自己再不宜混闹，就乖乖地靠了炕沿站了。

外面，雪越下越大，又起了风，天气变得很冷，而屋里似乎比外面还冷。父亲只是低头叹息，谢娘只是低头垂泪，风雪交加中他们是死一样的沉寂。

末了，父亲说，她怎么能背着我这么干……

谢娘说，太太来了也没说什么过头儿的话，就让我替四爷多想想。

父亲说，那个姓张的就那么可靠……

谢娘说，是个实诚人儿，也喜欢六儿……

父亲说，他一个凿磨的石匠有什么出息！

谢娘说，总算是个手艺人。

父亲低着头又在屋里转，一言不发。半天，谢娘说，六儿大了，他懂事了，那孩子心思重。

父亲说，这孩子可惜了……

那天我们没有在谢家吃饭，谢娘把我们送到门口，神色凄凉，那欲说还休的神情使我不敢抬头看她。父亲也不说话，只是吭吭地咳嗽。我听得出来，他不是真的咳，他是用咳来掩饰自己。车来了，谢娘冲着东屋喊六儿，说是四爹要走了。东屋的门关着，父亲站了一会儿，见那房门终没有动静，就转身上车了。谢娘还要过去叫，父亲说，算了吧。说完就靠着车座闭了眼睛，显得很疲倦，很乏。谢娘掀起车帘，将那个灰布耗子塞进来，嘱咐父亲要给我掖严实了，别让风吹着了。父亲闭着眼睛点了点头，我看见，清清的鼻涕从父亲的鼻子里流出来，父亲的嘴角在微微地颤抖。我转脸再看谢娘，穿件单薄的小袄，一身的雪花，一脸的苍白，扶着车帮哆哆嗦嗦地站着，在呼呼的北风里几乎有些不稳。诀别的感觉在我心里腾起，我对这个南城的妇人突然产生了一种难舍的依恋。我知道，以后我再也不会到桥儿胡同来看谢娘了，那些温馨的炸酱面将远离我而去，那些五彩的袼褙将远离我而去，那可恶的六儿也将远离我而去。满天风雪，令人哽咽，我凄凄地叫了一声“娘”，自己也不知为何单单省了“谢”字。可惜，我那一声轻轻的呼唤刚一出口，就被狂风撕碎，除了父亲，大概谁也没听着。

谢娘慌忙将帘子掩了，我感觉到抱着我的父亲陡地一颤。

车走了。谢娘一直站在风雪里，默默地看着我们，看着我们……

那天，六儿自始至终也没有露面。

父亲一动不动地缩在他的大衣里，他不动，我也不敢动，我怕惊扰了他，我明白，他现在的心情比我还难过。望着忧郁、清瘦的父亲，我感到他很可怜、很孤单，于是，我把他的一双手攥在我的小手里，将我的温暖传递给他。

车过了崇文门，父亲睁开眼睛对前面的车夫说，上前门。

我说，咱们不回家吗？

父亲说，先上前门。

父亲到了全聚德，跟掌柜的说让正月十三派个上好的厨子到我们家来做烤鸭，然后又到正明斋饽饽铺买了两斤奶酥点心，这才坐上车往家赶。

这两样东西都是我母亲爱吃的。

大雪扑面而来，世界一片迷茫，我真是看不懂我的父亲了。

日子一天又一天，平平常常地过去。

不能到桥儿胡同去，虽然给我添了一些寂寞，但并不影响我的快乐生活。至于六儿给我缝的那只红眼大耗子，早已被我丢得不知去向。有一天，我在厨房看见老王在用那只布耗子逗弄一只要来的小土猫，他在训练猫捉耗子的本领。小猫是送水的老孟给老王的，因为老王跟老孟说过，厨房的面口袋被耗子咬了窟窿，老孟是个记事的人，就给老王找了这么只猫。新来的小猫本来就认生，又被那只红眼耗子吓着了，一下钻进米面口袋的夹缝中，可怜巴巴地喵喵，不敢与耗子对阵。老王说，这倒怪了，猫怕耗子，还是只假耗子。我说，六儿太恶，缝的耗子也恶。老王说，那是因为你恶。我说，我怎会恶？我是一只还没长全毛的小耗子。老王说，你是一只耗子精。耗子精就耗子精，我认为对老王的话大可不必认真。他一个做饭的，能有什么真知灼见呢？

转过年冬天，又到了正月，又是一个大雪天。早晨，纷纷扬扬的雪花从高天之上飘洒而来，我在院子里伸着脑袋看天，冰凉的雪花落在我的脸上，转瞬又化为水。我突然诗兴大发，高声喊道：

燕山雪花大如席，
飞到金家大院里。
天白地白树也白，
晌午咱们吃烧鸡。

我把这首即兴创作的诗喊了一遍又一遍，图的是让父亲听见。我知道，父亲就在北屋里，正和母亲商量今天上吉祥大戏院听戏的事，听说吉祥下午有《望江亭》。《望江亭》是我爱看的戏，里边的小寡妇谭记儿很漂亮，一会儿换一套衣服，一会儿换一套衣服，让人眼花缭乱。如果父亲听了我的诗句，十分欣赏，一准儿会说，瞧，那诗作得多么好，带了那丫儿去吧。那样我不就捡了个便宜？

我的吟唱没有引出父亲倒招来了老七。老七说，你在这儿干吗呢？我说我在作诗，说着又把那诗吟了一遍。老七说，你得了吧，大下雪的，别在这儿散德行了，你这也叫诗吗？头一句照搬的是李白，一句剽窃的张打油，就末了一句是你自己的，倒是很有真性情，终归也没离开吃。我就跟老七说了想看《望江亭》的打算。老七听了笑着说，你就是《望江亭》，还用得着再看《望江亭》吗？我问我怎的就是《望江亭》？老七说，您做的那首《咏雪》的诗，跟戏里那位纨绔子弟杨衙内做的《咏月》的诗如出自一个师傅般相似，可见天下的蠢都是一样的。

我当然记得戏里那位衙内的诗：

月儿弯弯照楼台，
楼高小心摔下来。
今日遇见张二嫂，
给我送条大鱼来。

我说，你不觉得那位衙内的诗也很朴实易懂吗？他比你的那些“子曰”坦诚多了。我爱杨衙内，也爱他的诗。老七说，如此甚好，如此甚好……

我们正说着话，六儿脑袋上顶着一条麻袋跑进来了，见了我和老七，没说话，扑通跪下磕了四个头。我看见六儿的腰里系着白布，脚上穿着孝鞋，我知道，六儿是来报丧了。

老七问他是谁。

六儿说他是雀儿胡同张永厚的儿子。

老七问是谁殁了。

六儿说是他妈。

也就是说，谢娘死了！

我的身上一阵发冷，打了个激灵。

老七将六儿领进北屋，我的父亲和母亲还在谈论下午的戏。六儿按孝子的规矩给屋里的每一个人都磕了头。我特别拿眼睛扫了一下父亲，父亲无动于衷地坐着，表情平静得不能再平静了，他甚至还有心思让刘妈往他的茶碗里续了一回水。

母亲说，谢娘是金家的熟人了，咱们得了人家不少济，就是眼下我穿的这件狐皮坎肩儿也是谢娘做的，咱们应该过去看一看才好。母亲问什么时候出殡，六儿说让人算过了，就是今天下午。母亲说，从来都是早晨出殡，哪儿有挪在下午的？

六儿不说话。

刘妈在一边小声说，太太忘了吗，谢娘是再嫁……我在旁边听得清楚，便明白了，原来寡妇再婚，婚后出殡，那时辰是要与众不同的。错过时间，为的是让她先一个死鬼男人在奈何桥上白等，不让他们在阴间团聚，因为后边还有个活的。

打发走了六儿，母亲说下午让刘妈到桥儿胡同去一趟。刘妈说不认识，母亲就让我跟刘妈一块儿去。我痛快地答应了，在去听戏还是去桥儿胡同这两件事上，我之所以毫不犹豫地选择了后者，我是想，应该去送一送谢娘，就冲她那温和的笑、那喷香的面，就冲她在风雪中为我们的站立……

不能不送。

母亲派刘妈去也是派得很得体的，刘妈是下人，与谢娘的身份对等，我们既没抬了他们也尽了礼数。刘妈是母亲们的心腹，回来后肯定会将桥儿胡同那边的事情一五一十地向母亲描述清楚，至于让我去，明是给刘妈带路。实则是代表着父亲，给父亲一个脸面，母亲的心计是很够用的。我想父亲心里一定很不好过，以他和谢娘的关系，他是应该到场的，如今却要陪母亲去看戏，那种伤情，让人觉得心碎。

出门的时候，我特意在廊下多站了一会儿，想的是父亲能出来对我有什么嘱咐和交代，但是父亲没有出来。

下午，雪停了，我和刘妈冒着严寒来到桥儿胡同。车一拐弯，远远就望见谢家门口挑了烧纸，那纸在风里呼扇呼扇地飞，好像被系住翅膀的鸟儿。

谢家院里搭了个小棚，三两个吹鼓手在灵前吹打，乐声单薄草率，断续的音响在这凄寒萧瑟的小院里颤抖着，刺得人的心也发颤。一个腰系白带子的木讷男人把我们迎了，也说不出什么话，两片厚嘴唇翻过来调过去就是俩字，“来了”“来了”。想必这就是六儿的继父，石匠张永厚了。刘妈问及谢娘后来的情况，张永厚说是昨儿擦黑儿咽的气，吃不下东西已经有一个月了，说着就把我们往灵前领。

我看到了那口沉闷的黑漆棺材，我知道那里面装着谢娘，装着可怕可悲的死！六儿跪在棺前，一脸的疲惫，认真地承担着孝子的角色，这个院里，真正穿孝的也就他一个人。一个女人，头上扎块白布条，见我们一走近，就开始了有泪没泪的号啕，不是哭，是在唱，拉着长声在唱，那词多含混不清。据说，这是谢娘的一个远房亲戚，丧事完后，谢娘遗下的衣物手使将归其所有，这是她耗在这里不肯离去的原因。几个穿着团花绿衫的杠夫，坐在棚的一角。喝茶聊天，他们在等待起灵出殡的时辰。

我来到棺前，看到了里面的谢娘。

已经不是给我做炸酱面的那个媳妇了，完全变作了一具骷髅、一副骨架，骨架裹着一身肥大厚重的装裹，别别扭扭地窝在狭窄的棺里。谢娘的嘴半张着，眼睛半闭着，像是在等待，像是要诉说。刘妈说，怎能让她张着嘴上路呢？得填上点儿什么才好。趁刘妈去准备填嘴物件的空隙，我扒着棺沿，轻轻地叫了一声“谢娘”，我想，我是替父亲来的，谢娘所等的就是我了，如果有灵，她是应该知道的。

棺里的谢娘没有反应，那嘴依旧是半张，那眼依旧是半闭。

我该怎样呢？我想了想，将兜里一块滑石掏出来，这块滑石是我在地上跳房子画线用的，已经磨得没了形状，最早它原本是父亲的一个扇坠，因其软而白，在土地上也能画出白道，故被我偷来充作粉笔用。现在，我把这个扇坠搁在谢娘僵硬冰凉的手心里，虽然我很害怕，腿也有些发软，但想到谢娘对我诸多的宠爱，想到那温热的炸酱面，想到这是替父亲给谢娘一个最终的安慰，便毫不犹豫地做了。

刘妈用纸包了一个茶叶包，塞进谢娘半张的嘴里。

谢娘的嘴，被刘妈的茶叶堵上了，她再也说不出话了。

杠夫们走过来，要将棺盖盖了。我听见六儿撕心裂肺地哭喊“妈”，我的眼泪也下来了，我跟他一起大声喊着“谢娘”，也肆无忌惮地张着大嘴哭。刘妈将我拉开了，说是眼泪不能掉到死鬼身上，那样不好。刘妈小声地告诫我要“兜着点儿”，她说，这是谁跟谁呀，咱们意思到了就行了，不要失了身份。

我不管，我照哭我的。

六寸长的铁钉，砰砰地钉了进去，将棺盖与棺体连为一体。六儿在棺前不住地念叨：妈，您躲钉！妈，您躲钉啊……那声音之凄、情意之切，感动得刘妈也落了泪。我知道，随着这砰砰的声响，谢娘从此便与这个世界隔绝开了，我那块滑石也与这个世界隔绝开了……

杠夫们将棺上罩了一块红底蓝花的绣片，这使得棺木有了些富贵堂皇的气息，不再那样狰狞阴沉。几条大杠绳在杠夫们的手里，迅速而准确地交叉穿绕，将棺材牢牢捆定。杠头儿在灵前喊道，本家大爷，请盆儿啦——

这时，跪在灵前的六儿将烧纸的瓦盆捧起，啪地朝地上砸去。随着瓦盆碎裂的脆响，吹鼓手们提足精神猛吹了起来，棺木也随之而起，六儿也跟着棺木的起动悲声大放。

灵前，自始至终，只有一个六儿，未免孤单软弱，他之所以叫作六儿，是父亲按金家子弟的排列顺序而定，暗中承袭着金家的名分，按说，此刻我应该跪在六儿的身后，承担另一个孝子的角色，而现在却只能在一边冷冷地看着，如一个毫无关系的旁观者。

棺木出了小院，向南而去，送殡的队伍除了那些杠夫以外，只有张家父子两人，六儿打着纸幡走在头里，他的继父石匠张永厚，抄着手低着头走在最后头。

乐人们夹着响器散了，回了各自的家。

远房亲戚说要赶紧收拾，不能耽搁，再不招呼我们。

我在路口极庄严肃穆地站着，目送着送殡队伍的远去，在雪后的清冷中，在阴霾的天空下，那团由杠夫衣衫组成的绿，显得夸张而不真实……我想，我要把这一切详细地记下来，回去一点儿不落地说给我的父亲。这是我能做到，也是应该做到的。

不知此时坐在吉祥大戏院看《望江亭》的父亲，是怎样一种情景……

“生不能相养以共居，殁不能抚汝以尽哀”，这该是多么凄惨的感情缺憾，多么难与人言的酸楚。遗憾的是后来父亲从没向我问及过谢娘的事情，即便在父女俩单独相处的时候，我几次有意把话题往桥儿胡同引，也都被父亲巧妙地推了回来，看来，父亲不愿谈论这个内容了。所以，谢娘最后的情况，父亲始终是一无所知。

为此，我有些看不起父亲。

20 世纪 50 年代中期，父亲去世了。

我到桥儿胡同找过六儿，小院依然，枣树依然，他那个当石匠的爹正在院里打磨，我不知道那时候的北京怎会还有人使用这个东西。石匠已经记不得我了，我也不便跟他说父亲的事。打听六儿的情况，知道他在永定门的服装厂上班，改名叫张顺针。

我在服装厂的传达室里见到了这个叫作张顺针的人，彼时他已是带徒弟的师傅了。张师傅戴了一顶蓝帽子，表情严峻，进来也不坐，挓挲着手在屋当间站着。我说了父亲不在了的事，本来想在他跟前掉几滴眼泪，但看了他的模样，我的眼泪却怎么也掉不下来了。张师傅说，您跟我说这样的事儿有什么意思吗？这倒是把我问住了，我停了一下说，当初您到我们家说令堂不在了的时候，是不是也有什么意思呢？张师傅看了我一眼，从那厌恶的眼神里，我找到了当年六儿的影子。我说，当初我父亲是很爱您的，他对您的感情胜过了我所有的哥哥。张师傅哼了一声没有说话，任凭着沉默延伸。谈话无法继续下去了，我只好起身告辞，没等我出门，他先拉开门走了。

我回来将六儿的态度悄悄说给老七。老七叹了口气说，怎的把仇竟结到了这份儿上？兄弟虽有小忿，不废懿亲，更何况还有个父子有亲的情分在其中，既是这样，也只好随他去了。

第二天早上，有人送进来一包衣物，说是一姓张的人让带来的。金家人打开一看，原来是一包长袍马褂的老式装裹，无疑这是送给去世的父亲的。我知道，这是六儿连夜为父亲赶制出来的。说是无情，真到绝处，却又难舍，这大概就是做人的两难之处了。金家没人追究这包衣服，大家谁都明白它来自何处。母亲坚决不让穿这套装裹，她说父亲是国家干部，不是封建社会的遗老，理应穿着干部服下葬，不能打扮得不成体统，让人笑话。

母亲的话有母亲的道理，在父亲的遗体告别式上，穿戴齐整的父亲，俨然是社会名流的“革命”打扮，一身中山装气派而庄重，那是父亲参加各种社会活动的一贯装束，是新中国成立后父亲的形象。至于那个包袱，在父亲入殓之时被我悄悄地搁在了他的脚下。我知道，这个小小的细节除了我的母亲以外，在场的我的几个哥哥都看到了，但大家都不约而同地睁一只眼闭一只眼。他们都是过来人，他们对这样的事情能够给予充分的理解和宽容。

到底是金家的爷们儿。

与六儿相关的线索由于父亲的死而斩断，从今往后，再没有理由来往了。“文革”的时候，我们听说六儿当了造反派，是的，他根正苗红的无产阶级出身注定了他要走这一步。在我的兄长们因此而七零八落时，六儿是在大红大紫着。我和老七最终成为金家的最后留守，我们提心吊胆地过着日子，时刻提防着红卫兵的冲击，而在我们心的深处，却还时时提防着六儿，提防着他“杀回马枪”，提防着他“血债要用血来偿”的报复，如若那样，我们父亲的这最后一点儿隐私也将被剥个精光。给我们家看坟的老刘的儿子来造了反，厨子老王从山东赶到北京也造了我们的反，唯独六儿，最恨我们的六儿，却没有来。

后来，我从北京去了陕西插队，一晃又是几十年过去。随着兄弟姐妹们的相继离世，六儿在我心里的分量竟是越来越重，常常在工作繁忙之时，六儿的影子会从眼前一闪而过，有时在梦中，他也顶着一头繁重的角，喘息着向我投以一个无奈的苦笑，惊慌坐起，却是一个抓不着的梦。老七给我来信，谈及六儿，是满篇的自责与检讨，他说仁人之于弟，不藏怒，不宿怨，唯亲爱之而已。他于兄弟而不顾，实在是有失兄长的责任，从心内不安。老七是个追求生命圆满的人，而现今世界，在大谈残缺美的同时，又有几个人能真正懂得生命的圆满——包括六儿和我在内。

来北京出差，在电视台对某服装大师的专访节目中，我突然听到了张顺针的名字。原来这位大师在介绍自己的家学渊源，向大家讲述从他祖父谢子安起，到他的父亲张顺针，他们一直是中国有名的服装设计之家，他之所以能成为大师，绝对有历史根源、家庭根源和社会根源以及本人的努力因素……我听了大师的表白，只感到不是说明，是在检查，这样的套路，每一个出身不好本人又有点问题的人，在“文革”时都是极为熟悉的，现在换种面目又出现了，变作了“经验”，只让人好笑。

依着电视的线索，我好不容易摸索着找到了张顺针的家，当然已不是昔日的桥儿胡同，而是一座方正的新建四合院。今天，在北京能买得起四合院的人家，家底儿当在千万元以上。也就是说，贫困的谢娘后代，如今已是了不得的富户了。想起当年武老道“若生在贫贱之家，前程不可量”的断语，或许是有些意思。

朱门紧闭，我按了铃，有年轻人开门，穿的是保安的衣服，料是雇来的门房。我说来看望张老先生，看门的小伙子问我是谁，我说是张先生年轻时的朋友。那小伙儿很通融地让我进去了，他说老爷子一人在家快闷出病来了，巴不得有人来聊。

院里有猛犬在吠，小伙子拢住犬，告诉我说，老爷子在后院东屋。

来到后院东屋，推门而进，一股热腾腾的糨子味儿扑面而来，靠窗的碎布堆里，糨子盆前低头坐着一个花白头发的老人，这就是六儿了。

见有人进来，老人停下手里的活计，抬起头，用手托着花镜腿，费劲儿地看着我，眼睛有些混浊，看得出视力极差，那模样已找不出当年桥儿胡同六儿的一丝一毫。

我张了张嘴，那个“六儿”终没叫出来，因为我已经不是当年使性较真儿的混账小丫头，他也不是那个生冷硬倔的半大小子了，我们都变了，变了很多很多。该怎么称呼他，我一时有些发蒙，叫张先生，有些见外；叫六儿，有些不恭；叫六哥，有些唐突……后来，我决定什么也不叫。

我说，您不认识我了吗？

张顺针想了半天，摇了摇头，笑容仍堆在脸上，他是真想不起来了。

我说我是戏楼胡同金家的老小儿，以前常跟着父亲上桥儿胡同的丫丫。

听了我的话，对方的笑容僵在脸上。我估摸着，那熟悉的冷漠与厌恶立刻会现出，尽管来时我已做了最坏的心理准备，可心里仍旧有些发慌。但是，对方脸上的僵很快化解，涌出一团和气和喜悦，亲热地让我坐。

我将那些碎布扒开，挑了个地方坐了。

张顺针说，咱们可是有年头没见了，有三十年了吧？

我说，整整四十四年了。

张顺针说，一眨眼儿的事儿，就跟昨儿似的，您这模样变得太厉害，要是在街上遇着了，走对面也不敢认了。说着，顺手从他身边的大搪瓷缸子里给我倒出一碗浓酽的茶来。我喝了一口说，您这是高末儿。

张顺针说，能喝出高末儿的是喝茶的行家。现在高末儿也是越来越难买了，不是我跟“吴裕泰”的经理有交情，我哪儿喝得上高末儿？

我说，您还在打袼褙？

张顺针笑着说，您看看，这哪儿是袼褙？这是布贴画。这张是《踏雪寻梅》，这张是《子归啼夜》，那个是《山林古寺》，靠墙根儿摆的那一溜儿画儿，都是有名字的。

经张顺针一说，我才在那些袼褙里看出眉目来。原来张顺针的这些布贴画与众不同，都是将画面用布填满，用布的花纹、质地贴出图画的效果来，很有些印象派的味道在其中。他指着一幅有冰雪瀑布的画对我说，那张布画还参加过美术馆的展览，得过奖。

我说，老七舜铨也是搞画的，您什么时候跟他在一块儿交流交流，您老哥儿俩准能说到一块儿去。

张顺针说，你们家老七那是中国有名的大画家，人家那是艺术，我这是手艺。

我说，老七可是一直念叨着您呢，他想您。

张顺针说，谢谢他还惦记着我，其实我们连见也没见过。

我说，怎么没见过？见过的。

张顺针问在哪儿见过。

我说，那年在我们家的院子里，您上我们家来……天还下着雪……

我本来想说出“报丧”二字，怕伤他自尊心，只说是下雪，让他自己去想。

张顺针还是想不起来。在他思考的时候，他的头就微微地颤动，我看到了他稀薄的头发下那两个明显而突起的包。那曾经是父亲寄予无限希望的两只角。

张顺针见我对着他的脑袋出神，索性将脑袋伸过来，让我看个仔细。他说，不是什么稀罕东西，让医院看过，骨质增生罢了，遗传，天生就是这样。

我说，我们家的老六就是这样，他还长了一身鳞。

张顺针说，长鳞是不可能的，人怎么能长鳞呢？

我觉得再没有什么遮掩迂回的必要了，几十年的情感经过长久理智的熏陶，像是地底潜流中滴滴渗出的精华，变得成熟而深刻。亲情是不死的，它不因时间的分离而中断，有了亲情，生命才显出了它的价值。我激动地叫了一声，六哥！

张顺针一愣，他看了我一会儿说，别介，您可千万别这么叫，我姓张，跟金家没一点儿关系。

我说，您跟我死了的六哥是兄弟，您甭瞒着我了，我早知道。

张顺针说，您这是打哪儿说起呢？

我说，就从您脑袋上的包说起，您刚说了，这是遗传。

张顺针说，可有包的不一定就都是你们金家的人。反过来说，你们金家人人也不一定脑袋上都有包。

我说，您甭跟我绕了，我从感觉上早就知道您是谁了。

张顺针说，您的感觉就那么准吗？您就那么相信自个儿的感觉？

我说。当然。

张顺针笑了笑说，一听见您说“当然”，再看您这神情，我就想起您小时候的倔劲儿来了，好认死理儿，不撞南墙不回头，现在一点儿也没变，还是那么爱犯浑。实话跟您说，您父亲是真喜欢我，就是为了我脑袋上的这俩包。可他心里清楚极了，我不是他儿子。

我的脑子突然变得一片空白，不会思索了。

阿玛，我的老阿玛，是您糊涂还是我糊涂啊？

张顺针说，您父亲老把我当成你们家的老六，把我当成他儿子，可从我们家来说，无论是我娘还是我，从来就没认过这个账。

我无言以对。

张顺针说，现在回过头再看，您父亲是个好人，难得的好人……

我说，谢娘也是好人，像妈一样……

张顺针半天没有说话，停了许久，他说，我娘那辈子……忒苦。

我和六儿就这么坐着，坐着，彼此再不说一句话。

我机械地喝了一口水，已经品不出茶的味道，我说我要告辞了。

张顺针让我再坐一坐，他大概是不愿意让我以这种心情离开。他问我什么时候回陕西，我说大概还得半个月，剧本还有许多地方要修改。张顺针问我是写电视的还是演电视的，我说是写电视的。他说还是演电视的好，将来我在电视里一露脸，他就可以对人说，这个角儿他认识，打小就认识，属耗子的，是个爱犯浑的主儿！他说，据他考证，耗子是可以穿旗袍的，迪士尼的洋耗子可以穿礼服，中国的土耗子怎么就不能穿旗袍呢？

我说是的，耗子可以穿旗袍。

黄连·厚朴

一

早晨，于莲舫拉开窗帘，透过结满霜花的玻璃隐约看见惠生老太太正站在院里看蜡梅花，此时，天上仍落着稀疏的雪，地上、檐上都是莹莹的白，垂花门的花垂也积了雪，显得厚重臃肿，仿佛要将整个门框坠落下来。房檐下挂着长长的冰锥，锋利地泛着不折不扣的寒气，让人的心一阵阵发冷。院内没有脚印，也没人扫过，各房的门都紧紧关着。于莲舫想，这样严寒的天气，这样清冷的早晨，老太太能有此雅致，实在不是一般每日为青菜几毛几分一斤而操持的平民百姓所能做到的，除令人感到赏花者不食人间烟火的遥远和脱俗之外又难免产生一丝孤芳自赏的忧悒与造作。老太太肩头的大红披肩与白雪相辉映，鲜亮醒目，只让人想起《红楼梦》“琉璃世界白雪红梅”中那些披大红猩猩毡的哥儿姐儿们来，看脸面，却又分明告诉人们，那哥儿姐儿已不复存在，红光的罩护下竟是富泰泰一个贾母。朔风猎猎，冷气逼人中的悠闲贾母。房子是老式平房，没有暖气，屋内气温很低，于莲舫哈着手，用冰凉的铁钩挑开炉盖，见炉中的蜂窝煤只有两个眼尚有些苟延残喘的亮儿，便扔了铁钩，放弃了挽救的希望。炉火这样不争气是昨天夜里烧得太乏，又加上了新煤的缘故，这装着铁皮烟筒的煤炉正如这座规整的四合院，在京城中已属凤毛麟角，院子建于清代道光十六年，是孝和睿皇太后赏给御医龚尚臻的，龚家世代为朝廷御医，以辛劳谦恭，谨慎做人，医术精湛，换来了济世德劭的名声。先祖龚廷贤在明代便是名扬四海的医林国手，著有《寿世保元》《鲁府禁方》等传世医书，驰名遐迩的十全大补汤配方及使用方法便为龚家所创，所以论龚家的医史实在久远得很了。惠生老太太的公公龚钟鹤也充任过太医院御医，清代太医院承袭明代医制，设管理院事王大臣一人，院使一人，下有御医二十人左右。御医们各专攻一科，分大方脉、小方脉、伤寒科、妇人科、疮疡科等。太医院建在前门内东南角，光绪二十七年以后，转至地安门东黄城根，离龚家住的锣鼓胡同并不太远。龚钟鹤在太医院隶属大方脉，专攻中风及五疸，医术高超，颇受内廷信任，为光绪、慈禧把脉诊过病，曾受太后“医林状元”之匾。清帝逊位后，龚钟鹤赋闲在家，求医者不计其数。民国时期，北京有四大名医，即肖龙友，施金默，汪逢春，孔伯华。龚钟鹤的名声虽不及四位响亮，但因为曾充任过御医，也很得病家看重。肖龙友对《伤寒论》的研究颇有建树，施金默注重辨证，汪逢春擅长时令病，孔伯华为温病大家，御医龚钟鹤当时则以治中风而名噪九城。段祺瑞曾派专车请龚钟鹤去府上看病，脑后仍梳着大清辫子的龚国医对段祺瑞的相请怠慢异常，言去亦可，非黄金百两不能出门，且所乘的车必须去掉车座，车中摆上太师椅才合出诊规矩。于是段祺瑞不得不让人改车，去掉沙发座，安上太师椅，才恭请龚老太爷登车……那时惠生老太太的丈夫龚矩臣只有十岁，父亲出去诊病，他常常抱着诊匣，跟随父亲左右，形影不离。所谓诊匣不过是个紫檀木小盒子，内里装着明黄缎子缝制的脉枕。这只脉枕据说是光绪与西太后用过的物件，皇上与太后已去，龚钟鹤出宫时便随身带了出来。三寸宽五寸长的小枕细软精致，是龚钟鹤御医身份的象征，诊病时，御枕向外一拿，病者自添了万千的恭敬，特别是那民间少见的明黄色曾为礼部制定为只有帝后才可使用的颜色，是连亲王、贝勒也不准“僭越”的。皇帝用过的物件，老太后的腕也曾在上面搁过，如今却为百姓服务，昔日王谢堂前燕，眼下真的飞入寻常百姓家了，让百姓家也见识使用了帝王之物，获得了一种身份的满足，那病自然早早好了几分。

当年捧御枕的龚矩臣如今已年近九旬，承继祖业，成为德高望重的名医，因年纪太大，拒绝了一切社会头衔，不出大门一步，偶有求医上门者，也常被老伴惠生挡了驾，诚心地颐养天年了。为了不使老国医医术失传，中医研究所派副研究员于莲舫帮助老爷子整理医案，这个工作已进行了五六年，那些堆积的医案不过整了三分之一，并非工作效率不高，而是受制于多种因素，一来老爷子自幼随父行医，医案中有不少其父亲龚钟鹤的在其中，内容多涉及宫内及后来诸多社会要人，牵扯到历史人物，这使于莲舫不敢掉以轻心，二来惠生老太太对老爷子的饮食起居管制极严，规定每日工作量不得超过两个小时，所以进度几乎说不上。当年单位之所以派于莲舫担任这项工作，主要因为她是龚先生的儿媳，儿媳帮公公整理医案较陌生人来干，自然是方便多了。方便也带来不方便，于莲舫与龚先生的儿子龚晓默三年前离了婚，龚晓默去美国进修人体遗传工程，后又转行搞生物制品，三年中竟没回来过一次，给父母倒是常有信来，对于莲舫却是连捎带着问一下也没有的。于莲舫对此并不计较，也不觉遗憾，分手是她主动提出的，如果要讲理，理亏的是她，她现在没有资格要求对方，也没有权利对龚晓默表示任何不满。离婚后，单位没房，龚家腾出外院两间南屋让她继续住着足以显示了这个家族的宽宏大量。外界人对惠生老太太仍能容纳离婚的儿媳居住龚家这件事本身给予赞许，说老太太有礼，大度，温文，雍容，有长者风。然而只有于莲舫才明白，老太太的“长者风”对她实则是一种报复，是一种慢刀割肉的钝痛，是一种无形的精神的折磨，更是一种难与人言的尴尬。依她所意，她一天也不要在这大宅院里待下去，如果有可能，她马上就会搬走，远远地离开这里，再不见这里的一切，但提供这种可能的机会却渺茫又渺茫，如一根飘荡的丝，若隐若现，难以捕捉得到。让她急，让她恼，又无法发泄，她在焦虑、无奈中苦苦等待，开始的激情被时间磨砺得趋于平缓光滑，是的，到了这个年龄很难再让人激动得起来，特别是连孩子都快到了上大学的时候。

珠珠披着羽绒衣带着一股寒气由门外撞进，奔到床前，从怀中掏出一只花猫来，猫儿似乎并不愿在这寒冷的屋内停留，被推出的同时转身又朝珠珠的怀里钻。

于莲舫嗔怪地责备女儿，多大了还玩这个，被子都让它印上了梅花印儿。珠珠还在逗她的猫说，您不觉得它长得像我爸爸吗？小老虎似的，我爸也是属虎的，又说，她今天要去外院补课，让于莲舫帮她看一天猫。

于莲舫看着女儿，这女孩虽然刚刚十六，却已人高马大，长得酷似她的父亲，于莲舫说，叫奶奶替你看，妈今天也有事要出去。珠珠说奶奶不喜欢小动物，上礼拜让奶奶看，她把猫拴在厕所里，那绳把猫腿都磨出血了，所以这礼拜就不能把猫妹妹交给她了。说着珠珠将猫高高举过头顶，在屋里旋了一圈儿说，我奶奶是属耗子的，怕猫。于莲舫逗着女儿说，我是属小干鱼儿的，更怕猫。

她希望孩子能在自己房中多待一会儿，毕竟是自己一手抱大的女儿，虽然法律上判给了丈夫，血脉亲情总还是连着的啊。于莲舫问珠珠的英语阶段测验过关了没有，珠珠的脸有些阴，停了一会儿说，我不喜欢英语，sorry、sorry 的舌头老伸不直，我爸也是，去什么美国，说是将来让我也去，等着吧，我去尼加拉瓜也不会去美国。于莲舫的心一沉，孩子迟早要跟她父亲走，这是明摆着的事，明显的，龚家不愿意她与孩子有过多接触。为孙女补习外语，惠生老太太不惜重金托关系在外语学院请了教师，让孩子顶风冒雪每周从城东南到西北斜穿一大趟，其目的只是一个——出国，离开于莲舫。

果然，老太太在廊下招呼孙女了，声调不高，却含着威严与不满。珠珠说，奶奶叫呢，得走了。于莲舫无言地看着女儿，心内溢满酸楚。珠珠窥出母亲的心态，抱住于莲舫的脖子说，妈，我永远是您的，咱们的关系是铁硬铁硬的，我身上流着您的血，想换也换不了，夫妻是什么，近的时候比谁都近，要说远呢，就一点关系没有。于莲舫很吃惊珠珠竟能说出这样的话来，便说，小小年纪不要瞎想这些事，要紧的是把你的英语搞上去。明年就要考大学了，你不要老让我惦记着你的英文。珠珠在于莲舫耳边悄悄说，妈，我爸昨天来信了，说是过几天要回来……犹豫了一下，珠珠满脸不快地说，他说还要给我带个后妈回来呢。于莲舫一惊，她没想到龚晓默的进度这样快，一股焦躁情绪油然而生，但她很快按捺住自己，淡淡地对珠珠说，这也是正常的。珠珠则补充说，那个即将进门的妈是个金发碧眼的洋人，叫珍妮。

二

双手托天理三焦，左右开弓射大雕……龚老爷子站在正房里，对着院中白雪，轻松自如地练了一套八段锦，而后不吁不喘地来到书案前，在老太太铺好的宣纸前挥就一联：

雪过黄连淡，
风来厚朴香。

此时于莲舫恰好进屋，她身上的细雪遇到室内温暖的热气立时变作晶莹水珠，惠生老太太见她进屋，一句招呼不打，兀自进到套间去了。于莲舫来到桌前，见到老爷子的字，直夸好，老爷子说喜欢就拿去。这时里间传出老太太的咳嗽声，于莲舫赶紧说，还是您收着吧。帮老爷子收拾笔墨时于莲舫问这副对子为什么单单选了黄连、厚朴两味药。龚矩臣说黄连、厚朴两味药乃中医看家之药，恰如日常生活中的白菜、萝卜，是为炊必不可少的。黄连苦寒，泻心除痞，清热明眸，厚肠止痢；厚朴苦温，消胀泻满，痰气泻痢，其功不缓。二者味虽都有泻的功能，药性却不同，黄连独用其气，厚朴专用其味，黄连降火，使气能通其自升；厚朴升阳则欲其自降。于莲舫听了说道，我记得，龚老太医给光绪皇帝诊脉开方时同时用了这两味药。龚矩臣到底记性不行，却怎么也想不起来了，于莲舫由柜内取出一套医案说这是光绪三十年至三十四年间，龚家祖父诊病的记录。说罢翻至一页读道：光绪三十四年五月初六，申时三刻，予于仁寿殿为上请脉，其时太后亦在座，上之脉象左尺脉沉迟，右关脉浮迟，脉十五次一停……

龚矩臣插言说，左尺沉迟，肾已虚得厉害了，小便定为白浊，而且伴有耳聋虚鸣，右关浮迟乃胃寒虚膨，这个皇上啊，先天肾水不足，后天脾胃失调，也是病入膏肓了，真难为了我父亲。于莲舫说，小便白浊，沉迟阴肿，西医当是肾炎征兆，这样推断，光绪当年患有肾小球肾炎，这个病搁今天也是个难缠的病症。龚矩臣说，脉搏动十五次一停歇，说明胃气将尽，光绪死期当在半年之内，我父亲记录这点，可见已料出大渐时限，只是讳于帝王威严，不便直言罢了。于莲舫说，既然如此，老太医为什么不补脾肾却用了黄连、厚朴这样降心火、消胀泄满的药呢？龚矩臣沉吟了半晌说，父亲用药，想必有他的道理，按说肾气不足则昏厥，腰冷，胸疼，耳鸣，肾为脾之关口，心气平则脾土荣昌，故心火是脾土之丹，心火旺则母欺子，脾自不能凝聚元气，因而殃及肾水……但于莲舫总觉这个说法有些牵强、矫情，她认为，龚家祖父在这儿是把药用错了，是逆其道而行之。正欲说什么，只见龚家女婿任大伟急匆匆由东屋奔出，直奔龚老爷子的正房而来。任大伟是龚家老爷子"不称心"的女婿，以老爷子"嫁女必胜吾家者，娶妇必不若吾家者"的古旧原则，任大伟的小业主门第是配不上龚家女儿龚晓初的。为这，结婚时龚矩臣与女儿几乎到了断绝关系的程度，他认为，任大伟的父母倒腾青菜，为商为贾，重利轻义，与世代儒医的龚家不可同日而语，以年轻人的时髦话来说是不在一个档次上。但女儿不听他这一套，执意要嫁，龚老爷子不能硬挡，只好顺其自然。"不可同日而语"的小两口结婚后恩爱甜美，脸也没红过，特别是外孙任楠的诞生，使龚老夫妇由威严的祖父、祖母而转化为慈祥的姥爷、姥姥，使得龚老爷子觉得再没有对女婿板脸的必要，关系相对有所缓和。再加上儿子龚晓默在家中是甩手大爷，连换灯泡一类的事情也做不来，压根儿靠不上，这个家里里外外全仗着外姓人任大伟，从买粮搬煤到通阴沟修电门，哪样也离不了人家，关系也就没必要搞得那么僵。有一次院里的藤萝架被风刮倒了，大风地里，任大伟光着膀子站在木梯上锤子、斧子一通猛抡，惠生老太太对丈夫说，也别净嫌人家，小家子自有小家子的长处，这活儿你让晓默干，打死他也不会上那梯子。龚矩臣当时鼻翼扇了扇，什么也没说。当晚惠生老太太做了龚家拿手菜醋焖肉，烫了一壶花雕，把女婿叫过来，跟老丈人共用晚餐，由此女婿才彻底得到认可。这两年，任大伟发了，这正是靠了倒腾青菜的父母赋予的经济头脑，他开始倒彩电，后来又倒汽车，现在正搞房地产。啤酒肚催起来了，名牌穿上了，头发改了样式，说话变了腔调，但无论怎么变，在老丈人跟前总还收敛三分，生怕老爷子说他是“小人得志”。相反地，对老爷子老太太倒更加毕恭毕敬地孝敬起来，每天早晚还知道跑过来问问安，隔三岔五给老两口买些新鲜可口的吃食。老太太说，这头草驴，硬让龚家给调教出来了。

任大伟进了屋对岳父说他有位朋友，是某集团总裁，想让岳父给看看病。龚矩臣说再不要亮什么总裁的招牌，我反感这个。任大伟说总裁也是一种职业，就跟掏大粪的时传祥、种庄稼的陈永贵似的，都是劳动人民。任大伟知道，龚矩臣对“劳动人民”这个词特别敏感，“文革”时龚老爷子作为“反动学术权威”“封建主义残渣余孽”被批斗关押，为此老爷子很想不通，但所能让老爷子认罪服输的只有一条：缺乏对劳动人民的阶级感情。这些年龚老爷子一直也没闹明白，既然对劳动人民认识不够，缺乏感情，那他自己又该算作什么？人民大概总该算的，人民代表的选票每回街道都是给送到家来的，不是人民该不会有这待遇。至于“劳动”，他认为他给人看病收费也该是按劳取酬，不能算作剥削，但他不知道为什么，却总划不进“劳动人民”之列。果然，任大伟提“劳动人民”之后，龚老爷子再不说什么，呷了一口茶慢慢咽下去，看着墙上杨柳青的一幅《莲花湖》出神。任大伟问老爷子这时候可有时间，说病人已经来了，在他的屋里等着呢。龚老爷子说，你就会干这先斩后奏的事，把人领来了还问我有没有时间。这时老太太一挑帘由里间出来，对任大伟说，老爷子已久不给人看病了，再不要往家领这些杂七杂八的人。任大伟说，闲着也是闲着，看看病也是为人民服务。老太太说，看病就是看病，我们不义诊。任大伟说这个例外，这是他小学同学，总不能跟同学张嘴要钱吧，那样，十二条小学的校友们还不把他骂死。老太太说，你的同学太多啦，今儿一个，明儿一个，你岳父又不是校医。任大伟说，治病救人，积阴德的事，天底下多少人都念您的好儿。老太太说，再别说积德的事，你爸爸积这点德都叫人散完了。说着飞快扫了一眼于莲舫，于莲舫不自觉地低下头去，脸霎时变得通红。惠生老太太并不理会于莲舫的表情，继续说道，老爷子也是人，古道热肠应该有，但我们也得穿衣吃饭，士可贫，而不可穷，这道理也是显而易见的。老太爷活着时候，看病的酬金是以百元计算的，到后来票子发毛，费用就以金条来论价，老太爷为黎元洪的太夫人治愈头痛之疾，礼金是四两黄金。到了晓默父亲这辈也是绝不降价的，病家邀请出诊，管接管送，诊费大洋十圆，那时候的钱值钱，两毛钱能买二斤猪肉，买二十三个芝麻酱大烧饼，一个巡警的月工资才六块。我们这个家业是几辈人凭本事挣来的，怎能张嘴就白干？任大伟还要说什么，老爷子不耐烦地说，叫那人来吧。任大伟就领进一个长得肥头大耳的总裁。总裁昂头挺肚，脑满肠肥一副凡人不想理的样子，谱摆得很大。老爷子问了几句话，对方的大哥大开始叫唤，肥头者就拉出电线开始使劲喊叫，老爷子直摇头，老太太说，打个电话，使那么大劲儿干什么，又不是在马路上。肥头并不理会这揶揄，照旧喊。任大伟说，咱院周围都是高楼，把电波挡住了，喊不行，于莲舫看那人洪声大嗓的，便问任大伟肥头有什么病，任大伟说是心慌气短。老太太笑道，这嗓门赛过唱黑头的了，还气短？

龚老爷子一边诊脉肥头一边打电话，脉诊完了，电话也打完了，肥头等着老爷子开药，老爷子把手一挥说不用吃药。任大伟说好歹总得开点药，比如说十全大补汤什么的，肥头也点着头说就是。

老爷子拱拱手说，愚医学问有限，已无力回天，您还是赶紧到大医院去吧。任大伟想，必定是刚才肥头的举止让老爷子看不惯，恼了，便周旋说大医院里净是实习大夫，能看出什么名堂来，总裁是慕名而来，一见老辈之风仪，二见医术之精湛，老爷子怎能让人失望。龚矩臣打量了肥头半天，终于还是摇头。这下肥头急了，刨根问底要搞个究竟，老爷子被逼无奈，竟说出一句惊人的话来：回去准备后事吧。众人一听相顾愕然，屋里一下冷了场，后来肥头哈哈地笑起来，说老先生真幽默，以他这样一顿能吃一只烤乳猪、喝半斤茅台的主儿却要准备后事，连点谱也没有，他不过是觉着说话有些气短，是因为那个生活过度没有节制也未可知，怎能无端妄说。龚老爷子闭了眼再不说话，任大伟为了下台，就拉于莲舫，让于莲舫给开点儿六味地黄汤之类的药。于莲舫尚未置可否，龚老爷子朗声言道，六味地黄乃滋阴补肾之药，岂救得了这病入膏肓的死症，不要白费那工夫了，又说肥头死于七日后夜间凌晨一时，这是定数。任大伟就显得很尴尬，倒是肥头摆出一副很大度的气派来，站在屋中央，手舞足蹈地说，死也没什么可怕，人生自古谁无死，留取丹心照汗青嘛，只是让老先生这样有时有点地一说显得太神秘，也太残酷了，大凡什么事一做过头，就让人不可信。气功就是明显的一个例子，本来挺好的一件事，硬是自己神吹砸了自己的牌子。惠生老太太说，我们可不是吹，我们是挂得起御医牌子的人家，老太爷是六品御医，当年与肖、施、孔、汪四大名医是齐名的，老爷子本人也当过研究员，诊脉看病，丁是丁，卯是卯，怎能说是神吹？肥头说，这样吧，七日后如若不死，我来看望老先生，请老先生在东来顺吃锅子，说着走到西墙挂历前，在老爷子说的死日那一天重重画了一个圆圈。老爷子说，甭画了，您来不了。肥头说那不一定，我出门就去东来顺预订席面，说着掏出诊费放在桌上，任大伟让他快些收起，老爷子也说不要死人的钱，这使肥头很不高兴。于莲舫看着这场生死之赌，觉着颇为新奇，这是她进入医学界二十年所没有见过的事。但任大伟仍坚持要开方子，说既然来看病，怎能空手而归。龚老爷子拗不过，难以推诿，说了几味药，无外是半夏、甘草、大枣什么的，让于莲舫写出两份，一份交肥头带走，一份自家留存。于莲舫留意方剂，是以黄连、厚朴担纲，桂枝、半夏相佐，也不便说些什么。

任大伟与肥头走出龚家，于莲舫追出垂花门，说是想用一下任大伟的大哥大。任大伟说老爷子屋里有电话，怎的不用？于莲舫说不想在老爷子屋里打，任大伟当下明白了什么，神经兮兮地笑笑，把大哥大递给于莲舫。于莲舫拿着大哥大进到自己的南屋，只一会儿就出来了。任大伟问打好了？于莲舫说打好了。任大伟说我知道你给谁打。于莲舫说知道又怎样。任大伟问那头还没动静吗？于莲舫装糊涂地说，哪头啊？任大伟说，用我的电话还跟我绕圈子，真有你的。于莲舫就不再说话。肥头站在一边看两人一问一答，有些心不在焉，他还在想着七日后自己将逝世的事，怎么想怎么觉得不可思议，就觉着今天挺晦气。

三

街上的雪越下越大，中午的时候天阴沉黑暗得像是傍晚。于莲舫坐在清雅茶馆里静静地品着一壶双熏茉莉，一双眼只朝门口看，明显地是在等人。这个清雅茶馆开张有两年了，主家是个热衷茶文化的社会闲人，效仿过去的清茶馆，开了这处买卖，因地处里街背巷，知道的人不多，喝茶的自然有限，倒真应了清雅茶馆的名声。掌柜的见于莲舫一人寂寞，便主动上来搭话，说是若没吃饭他可以到对门叫一笼猪肉白菜包子，那包子薄皮大馅，不亚于天津狗不理。于莲舫说已经吃过了，就再不搭理。掌柜觉得没趣，也觉于莲舫这人脾气挺怪，便快快地走到柜前，拿了块布抹那茶叶罐子。

近一点半的时候张悦才来，戴着护耳帽子，扣着大口罩，像是得了重感冒。张悦径直走到于莲舫桌前，背靠着厅堂坐了。于莲舫问他是不是身体不舒服，他说没有，只是鼻子对冷空气有点过敏。掌柜的过来问张悦喝什么，张悦说什么也不要，就着于莲舫这壶茶润润嗓子就行了。掌柜的拿过一个茶碗，远远地站了，再不来干扰。张悦看了一下表说他下午两点钟还有事情。于莲舫问什么事情，张悦说是有关部门领导找他谈话，于莲舫联想到最近听说卫生部门有要提拔他的传闻，自然不好拦，知道他不可能多坐，心里难免有些发堵。张悦抓住于莲舫的手，一言不发地看着她，一双眼神倒也含情脉脉。于莲舫多少有些感动，眼睛便有些湿，柔声地问道，你还好吧？张悦说好什么，人活着，心早死了。于莲舫说，人说哀莫大于心死，我是哀莫大于心不死，我这边事情已解决三年了，苦苦地傻等、死等，掰着手指头一日一日地算着等，这日子真不是好过的，想想看，究竟为了什么呀？张悦使劲攥了攥于莲舫的手说，你再等等，彩兰的胳膊上周因为下雪，摔骨折了，吊着石膏，整天疼得哼哼，这种时候我不能再提分手的话，待她的胳膊有好转……于莲舫觉得张悦的手很凉，湿漉漉的，让人不舒服，就把手抽了。不知怎么的，看见张悦，她突然想起她的第一个孩子，尽管那个孩子与眼前的张悦毫无关系。

张悦是她中学同学，1969 年上山下乡，她、张悦和龚晓默一同在陕西延安插队，三个人刚好在一个村，同在这里落户的还有六女八男，一共十四个人，热热闹闹一大帮。后来，知青们陆续招工走了，知青点只剩下龚晓默和于莲舫。一个春雨绵绵的夜晚，于莲舫和龚晓默坐在窑洞里，两人先是为命运掉泪，继而吃面喝酒，最后于莲舫自然而然进了龚晓默的被窝……那天晚上天很黑，外面雨声淅沥，远处有狗在吠，温热的被里只有两颗紧贴着的，彼此能感受到的，咚咚作响的心。于莲舫光滑的身子像条鱼，龚晓默的手在鱼的身上搜寻，以一个即将成熟的男人的战栗，抚摸着女人的神秘……有了第一次就有第二次、第三次……于莲舫几乎夜夜来到龚晓默的窑洞，怕人发觉，大多是夜深人静时偷偷溜出，龚晓默刻意留门。时间一久，他们发现了这种担心的多余，知青院坐落在村对面的山坡上，中间隔着一条溪，村里人累了一天，吃罢饭早早歇了，没有谁顾及沟对面夜静之时神不知鬼不觉地发生的这一切。但于莲舫和龚晓默知道这种变化的巨大，他们在对方身上体味到了作为男人和女人的乐趣，他们觉得幸福，不能招工算什么，只要能这样夜夜相守，其他一切都是次要的。痴迷之后是疲倦，疲倦过后是痴迷，乡村里这条睡过八名知青的大土炕上，只剩下这对男女在大有作为。

有一天，被招到公社卫生院锅炉房烧锅炉的张悦回来看他们。张悦带来了县食品厂生产的硬得像砖头一样的核桃酥和卫生院注射室搞出来的兑了水的酒精。张悦很够义气，在招走的十几个人中，只有他时常回来看看于莲舫和龚晓默。因为张悦的到来，龚晓默到村里“走”了一圈，捎带回九个鸡蛋，一块干驴肉。这块驴肉是村东头张旺才的，张旺才舍不得吃，挂在檐下已大半年，是专等着给他父亲办周年用的，至于鸡蛋，是各户鸡窝的杂牌产品。等待驴肉烂熟的当儿，于莲舫出去了一趟，这时张悦对龚晓默说，你跟她睡觉了。龚晓默掩饰说没有的事。张悦说，瞒不过我，我看得出，女人睡过的没睡过的，搭眼一望，就一清二楚。龚晓默说张悦是主观唯心，张悦说唯心不唯心，反正你心里明白。又说他最近在卫生院看过了女人生孩子，原来以为一个新生命诞生了，是件很美丽的事，父亲难以压抑的激动，母亲洋溢着幸福温馨的笑容，其实满不是那么回事，怕人极了，鬼哭狼嚎，撕心裂肺，血流得汩汩的。他一连看了仨，一个比一个惨烈，最后一个竟是大开膛，掏出来两死的。想想看，这就叫医生，医生看的是美好事物的反面……龚晓默说于莲舫就想当医生，可又怕血，看样子只有学中医。张悦说他认识了一个助产士，名字叫李彩兰，后段家河赤脚医生出身，医术很不错，对他也很够意思，常把病人给她的鸡蛋和红糖送给他，这些常人难见的生孩子的情景都是彩兰当班时让他看的，彩兰真了不起，劲儿大，不怕血……

一个昏热的下午，于莲舫锄玉米的时候昏倒在田里，队长支使傻二婆姨将她背回窑洞，大伙都认为她是中暑了，队长婆姨用顶针蘸着凉水为她刮痧，将她的肘弯后背刮出一道道血印子。第二天于莲舫没有上工，在炕上躺了大半天，却也没觉出哪儿不舒服。队长婆姨用布包了两个油饼来，那时油饼在村里是稀罕吃食，队长家这油饼也非今日所烙，是搁了些日子的陈货。于莲舫不想吃，队长婆姨就将饼搁在炕头，唠叨了半天离去了。于莲舫躺在油饼旁边，总感到那油味不正经，太刺激人，于是胃内一阵翻江倒海，趴在炕沿大吐起来，连胆汁全吐出来了。凭女性的直觉，于莲舫感到了事情的不妙，她被一种可怕的预感攫住，脑海里一片混乱，她的精神紧张得要发疯了。躺了两天，于莲舫理清了自己的思绪，她认为她自己能处理好这件事，如果龚晓默知道她身体里发生的变化，将把她引入更严重的忙乱与恐慌中。

过了几天，可行的办法也没有想出，拖一刻小生命便生长一刻，便将她抓得更牢。于莲舫站在丈高的土崖上，满怀期望地向下跳去，下面是松软的耕地，蹾得她的耳朵嗡嗡响，头部一阵剧痛，鼻腔震出了血，但微微隆起的小腹仍没有任何情况，那个执拗的孩子不想出来。她翻阅赤脚医生手册，寻找堕胎药方，但是没有。她用拳狠命捶打腹部，内中的小生命或许感到了震动，但他（她）对这种震动给予了充分理解，默默地忍受着。于莲舫觉得自己是个狠心的母亲，在孩子没有出世以前，便遭到了如此无情的虐待，他(她)是无辜的，她开始可怜这个孩子了。但是她无法留住他(她)，中医学院录取通知书千里迢迢地寄到这个小山村时，于莲舫在命运的抉择中下了最后决心——她对龚晓默摊牌了。与于莲舫想象相反，龚晓默竟是出奇地冷静，他说这事不能胡来，非得找张悦帮忙不可。于莲舫不愿意找张悦，她不希望这件事让别人知道，特别是一块儿来插队的知青。龚晓默说不找张悦怎么行，难道你要把孩子生下来？再说咱们的事张悦都知道。于莲舫不再坚持，事情明摆着，除了找张悦以外，别无出路。龚晓默当下就要拉于莲舫去公社，于莲舫说一去一回四十里山路，等不得明天？龚晓默说细胞分裂是以几何级增长形式递增的，你还有心情等到明天？于莲舫说现在走，不到公社天就黑了。龚晓默说天黑了也得走。于莲舫就跟着龚晓默朝公社走，山路磕磕绊绊，龚晓默走得很急，足见他内心的焦虑。于莲舫走得气喘吁吁，几次停下来大口喘气，她认为龚晓默该问问孩子的情况，可是一路上，他连孩子两个字提也没提，只是催着于莲舫快走，于莲舫的眼泪就下来了。

到了公社，在公共厕所旁边的一间小屋里找见了张悦，他正用电炉给自己下挂面吃，正好，龚晓默、于莲舫也没吃饭，就跟着一块儿吃了，三个人吃了两把挂面，十个鸡蛋，龚晓默说没有吃饱，张悦说当职工不比在乡下，他一个月只有二十八斤半粮，三分之一是细粮，其余都是玉米面，像龚晓默这种吃法，他下半月得饿肚子。他不是怕朋友吃，是没地方搞粮票去。龚晓默说，你到乡下，我们连驴肉都给你搞到了，你真小气。接着他把张悦拉到门外，讲了于莲舫的事。张悦说，你们这大黑天地摸到公社来，我料定就没什么好事……于莲舫一人待在屋里，脸色通红，将难与人言的隐私一览无余地亮在另一个男性面前的那种难堪使她几十年后仍记忆犹新，那短短的几分钟，对她犹如过了一辈子般漫长。张悦在外面说，我早看出来了，你还瞒我，早认下这事，我给你送药去，这种药是免费的，随便抓。龚晓默说，现在再说这些也晚了，下面的事你想辙吧。张悦说，你做事，让我收拾摊子？龚晓默说，我不找你找谁……终于，两人青着脸进来了，张悦让于莲舫跟他走，于莲舫问去哪里，张悦说去找彩兰，今天晚上她正好值夜班。

黑夜，三个人行在泥泞的街路上，于莲舫深一脚浅一脚地走着，每当遇到水洼、烂泥坑，张悦都会回过身来关照于莲舫，时不时还伸过手来扶一把，相反龚晓默倒显得有些像局外人。来到卫生院，如张悦所说，李彩兰正在妇科值班，妇科在小院的最里面，挂着白门帘，于莲舫他们进来的时候彩兰正用竹棍做棉签，做好的棉签摆成了金字塔形，彩兰再用旧报纸把它们卷成一个个小卷，明天送进高压锅消毒就可以用了。如果没有病人，待一会儿她也可以去睡觉，只是不能离开。于莲舫第一次见彩兰，她觉得彩兰身上、脸上的线条太生硬，眼睛也有点斜，当铁姑娘队队长开山炸石似乎比干妇产科更到位。她向彩兰点点头，彩兰用眼斜视着她，也点点头。张悦小声跟彩兰说了什么，彩兰把头一歪说，到隔壁去。于莲舫也不多问，乖乖地跟在斜眼的彩兰后面，张悦和龚晓默也跟了出来，彩兰说你们来干什么？两个男人不好意思地止住了脚步。彩兰想了一下又说，过来也行，帮个忙，两个男人就又跟上了。

隔壁是妇科检查室，彩兰示意于莲舫脱了裤子躺到检查床上去，于莲舫犹豫，看着站在一边的两个男人迟迟不愿举动。彩兰说，怕什么呀，你跟他把孩子都做下了，还怕脱裤子？见于莲舫仍不动弹又说，是怕让张悦看吗？他见得不比我少，下月就调到妇产科当护士来了，现在正是他帮忙的时候。于莲舫只好上了检查床。彩兰简短地命令道，把腿架上去。于莲舫把腿夹得更紧。彩兰说，你这个样子让我怎么操作？于莲舫觉着彩兰的话冰冷得像那架腿的金属，就把目光投向龚晓默，以期得到安慰，获取一丝温情。但龚晓默避开于莲舫的目光，把脸转向了窗外，窗外一片漆黑，什么也看不见。张悦走过来，捏住于莲舫的手说，一会儿就完了，你忍一忍，要疼就使劲抓我。于莲舫不得已，怯怯地分开腿，将自己最后的隐秘完全暴露出来，暴露在三个人的视线之下。彩兰用凉手按她的肚子，她打了一个哆嗦，彩兰一边准备器械一边说，用不着这么羞羞答答的，女人在我眼里都千篇一律，你并不比谁长得特殊。于莲舫感到了屈辱，眼里溢出了大滴大滴的泪，她认为眼前这个彩兰缺少最起码的同情心，简直不是个女人。张悦用纱布将她的泪拭去，又安慰了她几句。彩兰问几个月了，于莲舫说四个月，彩兰说至少有五个月了，再过些日子，养下来都能活，于是一边戴橡皮手套一边对张悦说这种情况刮宫已不可能，只有引产，水囊引产。张悦问有没有危险，彩兰说干什么都有危险，就是刮宫也有把子宫刮穿了的时候，干这行当，跟阎王爷只隔着一层窗户纸，不定什么时候病人就过去了。彩兰说着将冰凉的器械塞进于莲舫身体，于莲舫痛苦地呻吟了一声。彩兰说，忍着点，别喊叫，咱们这是偷着干，你不能喊得满世界都听见。彩兰向胶囊注水，很快，血由于莲舫体内渗出，由一滴一滴变作细细一条线，床下桶内，水已变得鲜红。于莲舫大汗淋漓地强忍着，她紧紧抓住张悦的手，不敢松开，最难忍时，她将另一只手伸向龚晓默，却见龚晓默瞪着一双惊恐的眼，远远地躲在墙角，不敢过来。她的手抓了空，心一下掉了下去，飘飘荡荡的，什么也不知道了。

怎么被弄回张悦住处的，于莲舫已经完全记不清了，只记得那天晚上，龚晓默和张悦守了她一夜。不住淌血的下身弄脏了张悦两层褥子，这使她很难为情，一想到从今往后，她对这两个男人再无隐秘可言，便觉得很悲哀，冷汗直往外冒。张悦说她太虚弱了，得养几天再回乡下，龚晓默说你床上老躺个女的，怎么跟外人交代？张悦说于莲舫这样就走不了那二十里山路。龚晓默说爬我们也要爬回去。两个朋友就又争。疲倦不堪的于莲舫抽空问龚晓默，引下来的是男孩还是女孩？龚晓默说当时他自己也快吓昏了，哪里还顾得上看男的女的。张悦说是男的，挺漂亮的一个男孩，于莲舫就哭了。

以后于莲舫进了中医学院，龚晓默考进了北京某大学的生物系，毕业后两人结了婚。张悦自然而然娶了彩兰，知青返城，张悦带着陕北媳妇和三个孩子回到京城，彼此并无联系。在以后十几年内，在于莲舫的家庭生活中，她总感到缺了些什么，尽管有了女儿珠珠，仍使她觉得不完美，反思与龚晓默的结合，最初两人在知青点的相恋，实则是孤寂多于爱情，特殊的环境促使他们走到一起，在心灵得到慰藉的同时竟没有想到更多，悲剧在于彼此又都是重然诺的人，一旦事实既成，双方谁也不愿背负毁约的名声，所以成了家反没了昔日相濡以沫的关切和知青点热炕上的热情。他们都有些失落，都有些冷淡，各自便钻研各自的业务，都成了响当当的业务尖子。

在一次学术研讨会上，于莲舫遇到了已成为医院妇产科主任医师的张悦，老同学相见，自然高兴。谈及插队情景，都有些感慨，问及目前境况，又都有些言不尽意。于莲舫从张悦脱线的毛衣袖口，想象得出彩兰管家的才能，问到彩兰，张悦说她那人你领教过，生冷硬倔，但人不坏，生养了三个儿子，对我们张家也是有功的。后来于莲舫才知道，当年在卫生院很吃香的赤脚医生李彩兰，在 20 世纪 90 年代因既无文凭又无进修经历，只能在城市大医院洗衣房充任洗衣工，这对曾经主持过卫生院妇科工作的医生来说实在是件很悲哀的事。提到龚晓默，于莲舫说不出更多，张悦窥出什么，便说晓默那人就是冷冷的，上学时就不太爱流露感情，这点很像他母亲。于莲舫看到张悦，想到卫生院那个夜晚，她的脸红了，话头戛然止住。张悦笑着说，我知道你想起了什么，我干妇产科快三十年了，也算是见多识广了，可那天晚上的事，却怎么也忘不掉。于莲舫说，如果那孩子还在，也是个二十多岁的大小伙儿了……说到这儿竟有些伤感。张悦就拿出自己的手绢让于莲舫擦眼泪，手绢上一股来苏味儿，跟当年她躺在检查床上张悦给她擦眼泪用的那块纱布一个味儿，这使得于莲舫感到了一种无可替代的亲切之感。

与张悦频繁的接触引起龚晓默的不满，最激烈的一次冲突中他狠狠抽了于莲舫一记耳光，惊动了惠生老太太，她判断儿子不会无缘无故打媳妇，从媳妇捂着脸毫不争辩的抽泣中，老太太已猜出事情的二三。于莲舫找到张悦，将青肿的脸晾在老同学面前，张悦激动地大喊：离婚！其时张悦和彩兰因无共同语言，感情也到了难以维持的地步。四目相注，顾盼情生，于是两人在东直门外的立交桥上商定，离婚是必然的，再不能这样窝窝囊囊、稀里糊涂地活下去了。为了这个决定他们去了一趟承德避暑山庄，冬季，那里清净，不会碰见熟人，去时自然以夫妻的名义住在了一起。这件事被龚晓默知道了，他没有吵也没有闹，以他的冷静和干练迅速办理了去美国进修的一切手续，临行前他问于莲舫，我们怎么办？于莲舫回答得很干脆：离。龚晓默说离就离。但惠生老太太不撒手孩子，她认为珠珠跟着这样一个母亲绝学不出什么好来，所以珠珠就归了龚家，跟着奶奶住在正屋西间，受到了惠生老太太严格的教育与控制。

张悦的进展远没有于莲舫顺利，与彩兰决裂分手，做起来要比计划难得多，尽管夫妻冷得不能再冷，尽管彩兰生硬粗暴的言语与情感细腻的张悦有诸多的不和谐，尽管彩兰多年形成的难以更改的乡下人生活习惯使张悦不能容忍，但事到临头，他总说不出“离”这个可怕的字眼来，特别是看到三个生龙活虎的儿子与他们的母亲亲热时，他更觉着难以启齿。当然，离是必然的，他在等待时机。跟于莲舫在一起张悦觉得愉快、顺畅，他们有许多共同话题，他的细腻在于莲舫那儿会得到回报，无须语言，只一个眼神就够了。比如说现在，他看到于莲舫，就感到很满足，满足的同时内心又产生一丝歉疚，这种歉疚与不安他在彩兰面前也时有发生，他感到他这一生至少对不起两个女人，一个为他做出了家庭牺牲，一个铁了心跟他这已变了心的人。他的本意是力争做个十全十美的丈夫，却怎么变成了这样的不伦不类、无信无义，这样的不是东西。

张悦问于莲舫有什么事情，于莲舫说龚晓默要回来了，带着夫人一块儿回来。张悦说回就回来吧，碍你什么，你们已经没有关系了。于莲舫说，可是我还住在龚家，新人进家，我跟那媳妇抬头不见低头见的，算是怎么档子事。张悦说要不你就搬出来，搬到集体宿舍去。于莲舫说跟二十几岁的小青年们挤一间屋子，吵吵闹闹的，我可是奔五十的人了……张悦也没了办法，哼哼唧唧地说，关键是我这边得快……于莲舫说，你知道这个就好，其实我也没有催你的意思，只是心里乱，发毛。张悦说，你是不是还爱着龚晓默呢，要不听到这信儿你不会这样。于莲舫苦笑了一下没说什么。张悦说，有义则合，无义则去，一切顺其自然吧。晓默携妇归家你也不必太在意了，不行就临时到外面住几天。这时，茶馆里又进来几个老头老太太，掌柜的忙招呼，看样子都是常客熟人。一帮人抬桌子拉板凳，腾出一块地方拿出小鼓唱起了莲花落，有唱有和加以插科打诨，乱哄哄嚷成一团。张悦说，哪儿钻出这么些古董来，直门大嗓唱得真难听。于莲舫说唱的是“什不闲”，莲花落的一种，这几乎失传的玩意儿让这帮老头老太太们捡回来还真不易呢。张悦问“什不闲”算不算京韵大鼓，于莲舫说跟京韵大鼓不一样，最早是沿门托钵要饭的唱的，后来又加以锣鼓，成为民间演唱形式。张悦说看来是不登大雅之堂的。于莲舫说不尽然，莲花落是得了皇上龙票准许演唱的，曾几度进宫演出，光绪年间有“黄旗黄幌，万寿无疆”的“什不闲”拢子还经太后御览过。张悦问于莲舫何以知道这么清楚，于莲舫说龚老太爷诊病记录上都写着呢，有一回太后因在储秀宫听“什不闲”而着了凉，恶寒发热，召龚太医进宫，给开了药性平和的葱豉汤，以解表通阳。无奈太后耐不得葱白气味，又换了桂枝汤，发汗太过，躺三日不得起炕。张悦奇怪诊病记录怎么连“什不闲”都写进去了，于莲舫说不唯有“什不闲”，连诊病日的天气、病人的笑貌言语和穿着也常常见于医案之中呢。张悦听了直摇头，说这不是医学，是文学。两人正说着话，只见唱莲花落的群体中闪过一个人来，脸上涂抹得红一块白一块的，头上义和团似的扎了块红绸子，敲着手里一张平鼓坐在张悦和于莲舫中间，把两人着实吓了一跳。“义和团”原来是一块插队的叫薛宝田的邻村知青。薛宝田快人快语说，你们俩跑这儿幽会来了，倒挺会挑地方，快坦白，有什么猫腻？说者无心，听者却有意，一时两人窘得说不出话，连气儿也喘不匀了。“义和团”显然不知内情，看两人的模样笑道，开个玩笑就把你们羞成这样，都四十大几的人了，还保守。又说他老婆肚里长了个瘤，良性的，什么时候找张悦给割了。张悦赶紧说可以可以，忙把家里的电话给“义和团”留了。“义和团”对于莲舫说，龚家大少奶奶比插队时越发的年轻了，怕是吃了御医的十全大补丸吧。于莲舫说也是老了，脸上的纹路赶得上六月的黄土地了……那边叫“义和团”过去排演，“义和团”临去时对张悦和于莲舫说，下月咱们前后段家河插队知青要聚会，你们一定得来，说发起人就是他，地点在宽街老三届饭馆，在“老三届”畅叙革命友情比在“清雅”茶馆更有激情。莲花落们击着鼓在催，“义和团”跑过去了。于莲舫说怎么碰见他，真是的。张悦说，偌大城市找不着一块属于我们俩的地界。于莲舫问这个薛宝田现在在哪儿工作，张悦说先在汽车配件公司，现在退休了，听说在潘家园倒腾古玩。于莲舫说才多大呀，就退了。张悦说老三届退的人可不少……嘈杂中无法谈话，张悦问于莲舫还有什么事。于莲舫说没有了，就是龚晓默回来这件事。张悦说大可不必理会，又说没什么他就走了。说着站起身戴了口罩，临出门说，有事给我往单位打电话。于莲舫听了觉得这话说得甚没意思，难道只有有事才能打电话吗？还得“往单位打”。

于莲舫又坐了一会儿才出门，外面的雪更大了。

四

这几天是龚家老太太最忙的几天，打扫西屋，置办钢丝床，着人改装厕所，安装热水器，古旧的大院很是添置了一些现代设备。老太太不唯自己干，还拉上珠珠和女儿龚晓初一块儿参加劳动，让龚晓初缝制里面三新的软缎被子，让珠珠擦窗棂和玻璃，老太太说，登梯爬高是小孩子的事，她已经七十八，上不了窗台了。至于找晓初缝被，是因为晓初是全合人，即上有父母公婆下头又儿女双全的人。如今都是独生子女，晓初一个儿子，当然比一个女儿更理想，缝被是首当人选。依着惠生老太太，洋媳妇如果将来能给龚家添个孙子，当是最好不过。可是龚老爷子对孙子不抱希望，他说一个孙女足够了，真有了孙子也是深眼高鼻的二转子，杂种。惠生老太太说，杂种也是晓默的种，是龚家孙子就行。又批评龚矩臣老脑筋，说蒋介石的孙子也是二转子，人家都不嫌，照样疼得心肝肉似的，还不是继承了蒋家大业。珠珠压根儿就不接受洋妈，自然也想不到洋兄弟那一层，她对分配给她的任务采取消极态度。晓初在大学读中文系的儿子任楠由学校回来，见珠珠在西屋窗外擦窗户，就说，珠珠，你怎把玻璃抹得跟花瓜似的。珠珠就说她这是现代派绘画。任楠从花池里连泥带雪抓了一大把甩上窗户说是后现代，两个人就在院里笑成一团。任楠问珠珠她的洋妈什么时候到，珠珠说今天傍晚。任楠说怪不得我爸这会儿在屋里又扎领带又喷香水，大概是要去机场接了。珠珠说，你爸不去接谁去接，你爸是龚家的伙计。任楠接下来说，所以，我结婚一定吸取我爸的教训，不当上门女婿，我爸在你们家受气受大了。珠珠说，得了吧你，就你爸那德行，吃饭吧唧嘴，睡觉打呼噜，走路晃肩膀，坐着哆嗦腿，甭说我奶奶，连我都一百个看不上。正说着任大伟由东屋衣貌齐楚地踱出来说，珠珠，我好歹是你姑夫，有你这么背后编派老家儿的吗？珠珠笑着说，编派您是爱您，您看咱们家，里里外外没谁都成，没您可不成。任楠就说珠珠是两面派，当人一套背后一套。任大伟小声问珠珠，待会儿见了那洋人，管不管她叫妈？珠珠不屑地说，她管我叫妈还差不多，我凭什么管她叫妈，她又没生我，再说了，我管她叫妈把我亲妈往哪儿摆。任大伟看了看外院南屋，南屋的门紧紧关着，门上没挂锁，于莲舫显然在家。任楠见父亲朝南屋看，也朝南屋看，自言自语地说，珠珠妈挺可怜的。任大伟瞄了一眼北屋，训斥儿子道，别胡说！珠珠眼圈一红，进屋去了。任楠见状，对他父亲说，爸，您受气归受气，千万别离婚，要不我比珠珠还惨。任大伟拍拍任楠的肩说，放心吧儿子，我爱你妈爱得昏天黑地。

在龚家人为龚家大爷的回归忙得不可开交的时候，于莲舫的屋内却是出奇地静，煤炉上炖着羊肉萝卜，炉圈上烤着芝麻烧饼，芝麻羊肉的香味溢满小屋。于莲舫在窗前翻阅御医龚钟鹤光绪三十四年的医案，她对那黄连、厚朴的方剂至今不能理解。发黄发脆的医案中夹着一张龚御医誊抄的光绪皇帝在病重时亲自书写的、名曰《病原》的疾病分析。关于这份《病原》，于莲舫曾经听说过，却从未见识过全文，这次在龚御医的医案中找出，觉得十分稀奇珍贵，御医用小楷将《病原》恭敬录出，并加以断句，圈点，可见当时对光绪的病是仔细研究过的。光绪在《病原》中说：

> ……遗精之病将二十年，前数年每月必发十数次，近数年每月不过二三次，且有无梦不举即遗泄之时，冬天较甚。近数年遗泄较少者，并非渐愈，乃系肾经亏损太甚，无力发泄之故。痿弱遗精之故，起初由于昼间一闻锣声即觉心动而自泄，夜间梦寐亦然。腿膝足踝永远发凉，稍感风凉则必头疼体酸，夜间盖被须极严格。其耳鸣脑响亦将近十年，其耳鸣之声，如风雨金鼓杂擦之音，有较远之时，有觉近之时。且近年来耳窍不灵，听话总不真切，盖亦由于下元虚弱，以致虚热时常上溢也。腰腿肩背酸沉，每日须令人按捺，此病亦有十二三年矣。行路之时，步履欠实，若稍一旁观，或手中持物，辄觉足下欹侧荡摇……

看到此，于莲舫想，光绪皇帝四岁登基，彼时不过三十八岁，三十八岁的男子搁现在正是年富力强之时，在他却已耳鸣脑响，腰腿酸沉，步履欠实，俨然一八十老翁了。堂堂一国之君，虚弱到如此地步，那些御医们难道都是白白吃饭的吗？龚御医记录他给光绪诊病次数不下十一二次，每次几乎都用了黄连、厚朴，看来老头是抱定这两味药不放了。按清廷规定，为帝后诊病，同时诊视有御医二三人乃至四五人，悉心参酌后各自开方，交帝后本人审阅，而后圈定一方使用。所以龚老太爷虽然开了方子，皇上并不一定选用，也就是说黄连也罢，厚朴也罢，吃没吃到光绪嘴里尚在两可之中。严格说黄连是清热药，性味苦寒，针对多是高热神昏的实证；厚朴辛温，是芳香化湿药，对湿阻脾胃有奇效，但无论从哪方面看，对光绪所言的《病原》症状都不对症，堂堂御医龚钟鹤难道还做不到对症下药这最起码的一点？或许内中有什么隐情？

窗外一阵热闹，于莲舫朝外看，只见任大伟提着沉重的箱子引着龚晓默和洋媳妇珍妮进院来了。龚晓默穿着蓝呢大衣，他媳妇则着了一件工作服似的牛仔外套，灰一块，白一块，像是刚刷完房。龚晓初和任楠由东厢房迎出来，簇拥着把两个人接进正屋去了。

龚老爷子闭着眼在逍遥椅上一摇一摇地听《四郎探母》，正听到铁镜公主唱“他思家乡想骨肉不得团圆”时，一伙人裹着冷气旋风一样旋进来了，龚晓默一声“爸”，唬得龚矩臣吓了一跳，赶看清真是儿子时激动得怎么也站不起来了。龚晓默说，爸您坐着别动，我和珍妮又不是外人，说着把珍妮推到老爷子跟前介绍说，这就是珍妮·德里斯。珍妮大大方方地俯下身，抱着龚矩臣双肩，在他满是老年斑的脸上亲亲热热地挨了一下，只这一下，使龚矩臣的脑袋嗡的一声，差点背过气去，定过神儿来心内埋怨，儿媳妇这样举动未免唐突，太不合中国礼法。

惠生老太太正在厨房指导小保姆做柴把鸭子。柴把鸭子是龚家的传统菜，做一只鸭子足足要占用两天时间，柴把鸭子只有大年除夕才在龚家饭桌上出现一次。每回做柴把鸭子都是惠生老太太亲自去市场选购，挑选中肥北京填鸭，杀宰晾干后剁去膀爪，用作料腌渍一宿后，由小缸里取出，蒸小半日，剔去骨头，切成细条，再用冬笋、冬菇、苔菜、火腿相佐，与鸭条捆扎一起，放入深盘中，加作料又蒸半日，直到饭桌摆开，鸭子才能起锅。听到上房的响动，惠生老太太赶紧向小保姆交代了几句，解下围裙，用手拢拢头发，朝北屋走来。

惠生老太太一推门，首先看到的是儿媳背影，身材很苗条，穿了一双白旅游鞋，脑后扎了个马尾巴，黄色的头发一甩一甩的，跟孙女珠珠没什么两样。这一切给爱挑眼的老太太感觉是太随便了点，怎么说也是第一次进龚家门，就这种打扮足见不懂规矩，她的妈也不知是怎么教育她的。当初她进龚家大门时是穿了海水江牙的大红衣裙，坐了四抬大轿吹吹打打进来的，就是离了婚的于莲舫，初进这家时也是打扮得齐齐整整，让儿子用“上海”牌汽车接来的。正想着，儿媳转过身来，见到惠生老太太，又是拥抱亲吻一番。惠生老太太感到脸颊被对方弄得湿漉漉的，但又不好当着人擦拭，心里觉着很别扭。再看媳妇，到底与国人不同，眼珠绿得发蓝，皮肤白皙得能看见小血管，直让人怀疑到底是不是真人，老太太想，指望着这样的媳妇，龚家不知会收获一个什么样的孙子。所幸珍妮会讲中国话，说得挺利落也能将意思表达清楚，这多少缩小了由于长相差异而带来的隔阂。晓初夫妇忙着帮哥哥、嫂子安置行李，打热水，让他们洗脸。珍妮看着那盆冒着热气的水问，为什么要洗脸，这是中国的风俗吗？晓默赶紧解释说，老北京风沙大，出趟门回来不擦把脸就是一脸灰，所以进门都先洗脸，来了远道客人也让洗脸。珍妮就问，现在呢？现在北京也是一脸灰？晓初说，这是习惯，不洗也可以。珍妮说她不洗，任大伟就把水端出去了。惠生老太太有些不悦，觉着这媳妇是个半生，不懂情理。大伙都坐下喝茶、说话，珍妮坐在太师椅上左看右看，任大伟悄悄过去对她说，这把上首的太师椅不是小辈人坐的，老家儿在，他们只能坐旁边的木椅子。珍妮唔了一声，赶快站起来。老爷子说，没那么些旧礼儿了，不必讲究那些，在家里不要把人弄得太拘谨了。老太太对珍妮说，龚家是世家，规矩多，或许她慢慢儿就习惯了。珍妮说她会注意的。珍妮和晓默给大伙送由美国带来的礼物，多是头巾、巧克力什么的，给老爷子和任大伟一人一瓶威士忌。晓默从箱子里拿出一只绒绒的玩具狗，准备给女儿珠珠时，才发现珠珠始终就没在房里出现过。

原来从晓默和珍妮一进门，珠珠就溜进于莲舫的小南屋，抱着她的猫，委委屈屈地坐在床上不吭声。于莲舫知道孩子心里想什么，也觉着她躲在自己的房里不合适，几次催珠珠快去北屋看看爸爸，怎么说爸爸也是离别了三年由老远的美国回来的，不能这样赌气。但珠珠死活不动弹，她说她现在最不想见的人就是她爸，她爸娶了别的女人，不要她了，她以后还是要跟着妈过。于莲舫说，要是妈也嫁了别的男人呢？珠珠说，你不会，我知道你！于莲舫说你知道什么呀，傻丫头。这时任楠跑过来叫珠珠，任楠说，姥姥让我上南屋来找你，说你准在这儿。珠珠说，老太太太精，跟福尔摩斯似的。于莲舫说珠珠不该这样说话。任楠说，那老太太也是，明极过察则多疑，活得也够累的，又说北屋饭桌都摆开了，今天大伙在一块儿吃，还有过年的柴把鸭子呢，他妈今天把他从学校叫回来就是为吃的，不吃白不吃。珠珠说，我就讨厌吃鸭子，我要在我妈这儿吃羊肉炖萝卜。任楠嗅了嗅说，是挺香的。于莲舫说，快过去吧，待会儿你奶奶急了。说着找了个大碗，满满舀了一碗羊肉，让珠珠端过去吃。

对龚家来说今晚这顿饭至关重要，儿子媳妇、女儿女婿都齐了，这是近几年少有的事，惠生老太太招呼大伙都坐了，珍妮因为有了刚才坐太师椅的教训，现在也不敢造次，等着老太太指定了座位才坐下去。龚老爷子坐北朝南，肃容上坐，威严得如一座神像。晓初和小保姆将各样菜肴一一端上，忙得不可开交。晓默悄悄对珍妮说，这些端汤倒水的活计本该是她的工作，因为今天是乍到，所以就免了。这一说把珍妮搞得很紧张，鼻尖有些冒汗。任大伟将每人酒杯斟满，静等老爷子训示发话。龚矩臣环视了一下他的儿女们说，晓默和他媳妇回来了，很好，今天龚家的人都团圆了，子孙满堂，这也是祖宗的造化。想我们龚家，从明朝永乐年起世代为医，数百年深究医理，悉心参悟为医之道，为百姓脱灾解难，为君王祛病除忧，孟子说天下之本在国，国之本在家，行医为人俱是一理，正心，修身，齐家，治国，平天下，一日不敢懈怠，无论世事怎么变化，龚家人做人的基准不能变，还是那句话，勤俭谨慎，爱家爱国。珍妮虽然是研究中国近代史的，对这套古老的中国人生哲学多少有些理解，但对龚老爷子的修身齐家治国平天下仍听得似懂非懂，她小声问身边的丈夫，怎么还要平天下？难道中国还要打仗？晓默无从答起，咳嗽数声，任楠在旁边为洋舅妈解释道，平天下是使天下太平，对这个修、齐、治、平，不同时期、不同人物有着不同理解和表现，彼此相继相承，交相辉映，才呈现出中华文化丰富的内涵和动人的魅力。珍妮点点头，其实她还是不懂，自从迈进龚家大门这一刻起，她觉得她是掉进一个博大精深的洞里了，无依靠，无抓挠，松软的底使她越陷越深，这种感觉在美国是从未有过的。大伙依着老爷子指示端起酒杯，为晓默夫妇洗尘，珍妮迷惑地问大家是不是又要洗脸，这使得任大伟嘴里的一口酒差点儿没喷出来。晓初告诉珍妮洗尘就是喝酒、吃饭，珍妮仍不解地问为什么明明是吃饭却偏要说洗灰尘，到了洗灰尘时能不能说吃饭呢？惠生老太太让珍妮绕得脑仁儿疼，坐在一边几乎不说话，后来夹了一箸菜放到珍妮的小碟里，想堵住她的嘴。珍妮先说谢谢惠生，又问是什么菜，任楠存心逗珍妮，便说这叫蚂蚁上树春不老。果然珍妮又瞪大了眼睛，晓初窥觉出母亲神色有变，赶紧说就是肉末炒芹菜，快尝尝吧。

在珍妮一次次为罗汉大虾、冰糖肘子、菊花鱼惊异的时候，珠珠始终只吃她的羊肉萝卜，晓默讨好女儿，多次往女儿碗里夹菜，珠珠碗里的菜堆得很高，但她一筷子不动。珍妮地不时向珠珠递过友好的眼神，珠珠只装看不见。龚老爷子说，珠珠你应该给你母亲敬杯酒，珠珠瞪着眼问，哪个母亲？晓默当时很下不来台说，珍妮是珠珠阿姨，叫阿姨就行了。不料珍妮却说，阿姨也不要叫，叫珍妮，我管我的妈妈叫安娜，管爸爸叫杰克……惠生老太太说，哪儿有对老家儿指名道姓的道理，大不敬哪，父母的名讳岂是小辈随便叫的。晓初知道，这是母亲对珍妮刚才叫她惠生的回击，也不能说珍妮不对，也不能说母亲不对，各自守着各自的文化阵地，看来以后的交锋是难免的。惠生老太太将不满撒在珠珠身上，把那碗羊肉从珠珠跟前撤走说，什么吃食，粗劣腥膻的，你就喜欢这个。珠珠搁下筷子站起身走了。龚老爷子说老太太这是何苦。老太太说，她这是有意气我呢，都是南屋的人教的。晓默有些尴尬，说母亲把孩子惯坏了，然后就大谈特谈阿拉斯加的风光，听得最有兴趣、最投入的是任楠，他问舅舅跟珍妮舅妈结婚是不是也像电影里一样，穿着大白裙子进教堂，晓默说，他们都不是基督徒，用不着走那道手续。龚老爷子听了问珍妮，你们总该到办事处登过记了吧？珍妮说没有登过记，他们觉着彼此合适，就搬到一起住了。龚老爷子说这不就是……任楠嘴快也无顾忌，脱口而出道，苟合，文明说法是非法同居。晓初意欲阻止儿子，却已来不及了。龚老爷子说，一切都应该合乎章法，夫妻之约，焉可不慎，岂能如小孩子过家家儿一般，美利坚纵然新潮，也还有法律管辖，妇与夫料不会都是苟合而居，中华自《大清律例》就有法律规定，男女婚嫁必有主其事者，更何况现在。你们的婚事，既然没有经过任何手续，便是不算数的，来到中国，自然要按中国的法度、按龚家的规矩办事才行。晓默说，我们在美国已经同居快两年了，在您这儿怎么会不算数呢？老爷子说，不正而合，未有久而不离者也，君子不二过，这个教训你已经有过一次了。惠生老太太说，始乱终弃，远有《西厢记》里的崔莺莺与张生，近有——话在老太太嘴里转了俩圈儿，没说出来，坐在珍妮旁边的晓默终于松了口气。珍妮问晓默，说了半天矩臣龚的意思是……惠生老太太说什么矩臣龚，是你爸爸。珍妮赶快道对不起，晓默向珍妮解释老爷子的意思说，不管我们在美国怎么样，在中国一切都得从头来。珍妮问怎么从头来，晓默说从表演恋爱开始。珍妮说有意思极啦，她很愿意这样做。任大伟听了直咧嘴，晓初认为父亲这样太迂，和稀泥说，今天就算了，明天到办事处补个登记手续就行了。任楠说明天是周六，大礼拜。晓初说那就礼拜一，早晚都是一样的。任大伟也说，这不过是个形式问题，何必那么认真。惠生老太太说不是认真不认真的事，龚家还有小一辈，君子教子，导之以道，风化者，上行下效，珠珠、任楠都是不小的孩子了，做长辈的要时时示以风范才是正家之道。晓默苦着脸看珍妮，珍妮则喜形于色，表现得很激动，说她想起了“别开生面”和“吾从众也”这两句很好听的中国话。这时电话响了，是肥头打来的，任大伟说，总裁你感觉怎么样？肥头说没什么不舒服，今天打电话是问问老爷子，东来顺包间下周已全部预定出去了，改在王府饭店吃满汉全席怎么样？任大伟问老爷子吃不吃满汉全席，龚矩臣说，你让他甭费精神了，这顿饭我吃不上，他也吃不上。任大伟不好转达，便对电话说，你看着办吧。肥头就把日子定在下周日晚上六点，因为按老爷子推论他当在周日早晨就死了。晓初对丈夫说，你这朋友关键时候来添乱，不招人喜欢。任大伟说人家又不知咱家正干什么。

在龚家老爷子的干预下，龚晓默与珍妮在庄重婚礼以前必须分室而居。以惠生老太太的老理儿，珍妮目前也不能住在为她安排好的西屋内，因为那是洞房，岂有未行大礼，新娘独居洞房的道理。商量来商量去，大伙儿的目光不约而同地转向了外院南屋。

南屋的灯光，融融地亮着。

五

美国珍妮的到来彻底搅乱了龚家的生活秩序，首先每天练八段锦的龚老爷子身边多了一个跟着比比画画的珍妮，这些明显的带有东方特点的动作和名称为洋人推崇着迷，珍妮大洋马似的将一双长腿在老爷子面前踢来踢去，竟使得老爷子防不胜防。珍妮的健壮、和蔼、快活、幽默博得老爷子及晓初夫妇的好感。她大口地咕嘟咕嘟喝着啤酒，把饭桌上剩下的饭菜干脆利落地一扫而光，向任何人包括老爷子在内肆无忌惮地开着玩笑，这些，中国的媳妇做不到。院中站立的雪人是珠珠与珍妮的合作，拒绝与珍妮共同生活的珠珠，并不拒绝与珍妮一块儿堆雪人，嘻嘻哈哈的珍妮帮着珠珠将一个雪人完成在蜡梅树下时，珠珠的英语瞬间也有了突飞猛进的飞跃，她说，只要珍妮跟她每日说英语，她可以带她去东四小吃店喝豆汁。自然，每周的英语补习班就可以不去了。使惠生老太太不能接受的是珍妮感情的直露，珍妮只要见到她儿子，便要抱住来一个长吻，不管不顾、旁若无人，有一次竟让任楠看得眼睛发了直，任老太太站在台阶上怎么咳嗽，那个吻也不能终止。事后老太太找儿子谈话，儿子说他也没办法，跟中国人不一样，美国人感情表达方式比较坦率。老太太说再爱你们到没人的地方爱去，不要在大庭广众下做这种有碍观瞻的事情。晓默说怎么是有碍观瞻，谁家搞对象还不亲嘴？龚老爷子听了，想起珍妮刚进门给他的那个难以忘却的吻，就问晓默去登记了没有。晓默说去了，办事处说涉外婚姻要美方开具珍妮的独身证明，已打电话催办去了。龚老爷子说很好，结婚就得这样一丝不苟，人家办事处想得比我周全。任大伟一天十趟找珍妮，他想让珍妮出面与他合办一个公司，这样在给国家交税上可以得到很大优惠。

可是珍妮说她对生意的事一点兴趣也没有，这使任大伟很失望，再见了珍妮也比以前冷淡了许多，不像原先那么事事张罗了。

珍妮到来后，最感到别扭的是于莲舫，她完全没有料到惠生老太太会把珍妮安排到她的房间来，可悲的是她连拒绝这一安排的理由也没有，房子是龚家的，人家愿意安插谁就安插谁，她不能说半个不字，别扭、窝囊也只有自己知道。珍妮的折叠床安置在外间，平时珍妮就和晓默在街上逛，只是晚上才来躺一躺。每次晓默找珍妮都是在门外叫，从来不进于莲舫的房间，所以于莲舫对晓默，大多只闻其声，未见其人，有时两人在院中碰见了，也只是客气地点点头，连句多余的话也没有。其实于莲舫很想跟晓默谈一谈珠珠的学习问题，但一见晓默那副拒人于千里之外的面孔，便什么也不想说了。倒是珍妮对于莲舫的身份并不计较，她似乎对前妻不前妻的并不在乎，她对于莲舫说，现在不是已经没任何关系了吗？你用不着再解释，我能理解。但于莲舫还是反复解释现在在龚家的工作脱不开，一旦有房就搬出去的话，她怕给珍妮心灵上留下阴影。珍妮耸耸肩，冲她笑笑说，她爱晓默，晓默也爱她，这就够了。这样一来，于莲舫倒觉得珍妮比龚晓默心胸宽畅多了，可爱多了。

龚晓默接到“义和团”的聚会通知，按通知上“不带配偶，原汁原味”的要求，将珍妮留在家中。其实于莲舫也接到了通知，因为龚晓默去了，她不便再露面，便把通知塞进一本杂志，权当不知道，仍旧在家整理医案。古旧的医案带着一股霉味与中药混杂的气味充盈着一种情绪、一种气氛，让人说不清年月。珍妮歪在她的小床上看于莲舫一页一页小心翼翼地翻动那些写满毛笔字的黄纸，感到眼前这位娴静的东方女性与这些黄旧纸张很像一幅博物馆收藏的中国古画。看了许久，她问，你在翻历史吗？于莲舫说是的，我在看光绪三十四年的医案。珍妮突然一下来了兴趣，她从床上跳起来，跑到桌前，兴奋地说，我近期研究的课题就是光绪死因说，这些医案对我可是珍贵的第一手材料了。于莲舫问珍妮认为光绪是怎么死的，珍妮毫不迟疑地说是被毒死的，她推断，至少有五个人有害死光绪的嫌疑，即袁世凯、李莲英、崔玉贵、奕劻和慈禧。于莲舫倒愿意听听珍妮的推理。珍妮说，毒死光绪者首推慈禧，清末翰林院侍讲学士恽毓鼎受知于光绪，熟悉宫内情景，将亲历熟见写成文章，“以传诸子孙”，这位恽学士盼着“三十四年之朝局，庶有大明之一日”，文内录光绪听说慈禧有病，有喜色，太后说“我不能先尔死”，命人将光绪谋害的可能极大，否则不会有相差一日而亡的巧合。于莲舫说，慈禧虽痛恨光绪在戊戌政变期间的所作所为，将其先软禁颐和园玉澜堂，又移至西苑，但彼时的光绪已完全成了慈禧的掌中之物，召见臣工时从不言语，慈禧命他说话才说“外间安静否？年岁丰熟否”，凡历数百次，只此二语，用龚家老太爷医案的记录是“声极轻细，几如蝇蚁，非久习殆不可闻”。以慈禧炙手可热的权势足可以驾驭这个病歪歪的皇帝，何须毒害？说着翻出一页病案说，就拿三十四年五月初六这次诊病来说，距光绪之死尚有半年，龚御医除了记录脉案、方剂以外，尚载有：“太后亦在座，将予之脉案索去细观，似有恸容，后太后劝勉皇帝鼓励精神，有顾恤之意。并戒饬太监，以后帝来请安时，不可使久候于外，免他跪地迎送之礼。”

珍妮见了记录，大喜过望，当下便要抄，于莲舫用手按住医案说，不经过龚老先生准许，她无权将医案转抄于人。珍妮不肯罢休，又缠磨了半天，于莲舫说你去找老爷子吧，我做不了主。这时任大伟风风火火地跑进来拉于莲舫去给肥头看病，于莲舫问那个肥头是不是要死了，任大伟说死个屁，活得比谁都旺，是喝多了，喝了七瓶蓝带，半瓶清酒外加两玻璃杯剑南春，现在正在海淀家里折腾呢，吐也吐不出来，尿也尿不下去，脸都紫了，让人看着害怕，说着他抓起大衣就往于莲舫身上披，推着她向外走。于莲舫回身把医案锁了才跟着任大伟出门。珍妮跟出来说她也要去，她还没见过中医诊病，有这么个机会不能不开开眼界。任大伟说你去干什么，只能添乱，一个半疯的醉鬼已然够让人糟心的了，再添个洋鬼子……珍妮对任大伟称她洋鬼子并不反感，她说她只想看中医诊病，从中体会一下当年龚老太爷给皇帝看病的情景。于莲舫说，你把那个肥头比作皇上真是抬举了他，老爷子已给他下了论断，活不过这周去，他只有三天的活头了。这一说珍妮更要去看，任大伟无奈，只好带上珍妮，开着车来到海淀。

肥头果然醉得厉害，深度酒精中毒，神志已然昏迷，一家人惊慌不已，如没头苍蝇跑进跑出。见于莲舫来了都嚷道，御医家传人到了。忙迎了进来，仰仗之情溢于言表。于莲舫坐床头细细地把脉，大家都恭敬地垂手而立，无人敢大声喧哗，只有肥头喉咙中呼噜呼噜的痰声。于莲舫诊罢脉，开了葛花、砂仁等几味药，让人速速抓来灌下。珍妮抽机会也凑到肥头跟前，学着于莲舫的样子把手指按在肥头的腕上，只觉那脉搏怦怦地跳，再摸摸自己的，似也无多大区别，便不知于莲舫能窥出什么名堂，以致使她想起“巫术”这个词来。

肥头喝下药，浑身上下大汗淋漓，按捺不住地要小便，被人扶着去了卫生间。于莲舫说好了，注意别着凉，用稀粥好好调养两日就行了，说着起身告辞，全家人千恩万谢地送出门，说真遇上了高人，救了总裁一命，又说改日让肥头到龚家登门道谢的话。坐在回家的汽车里，珍妮仍对那脉搏，那几味“野草”不能理解，反复提问，让于莲舫不能回答。任大伟边开车也边问，怎的一出汗就好了呢？于莲舫说饮酒过度伤脾胃，伤身乱性，故当发汗，利小便，使上下分消酒湿，这种法子也是不得已才用的，毁人元气。珍妮问那些“草”是从哪里买的，任大伟说同仁堂，又给她讲了半天同仁堂的丸散膏丹和小药抽屉，把个珍妮听得云山雾罩。

车过鼓楼，珍妮看见晓默在街上走，便大声招呼，任大伟把车往路边靠了，等着龚晓默。没等晓默走过来，珍妮已蹿出车去，让晓默带她去同仁堂看小药抽屉。晓默脸色很不好，冷冷的，将于莲舫和任大伟正眼看也不看，拦了一辆出租，跟珍妮走了。任大伟在车里不屑地说，这丫挺青皮，真他 × 的不论秧子，给谁甩脸子呢。于莲舫不想说话，把脸转向外面，外面车水马龙，嘈杂烦乱，人与车把个鼓楼围得不透风。她想，晓默是刚参加完知青的聚会出来，莫不是听“义和团”说了什么？任大伟问她是不是还想去别处逛逛，于莲舫说回家吧。任大伟还处在愤愤之中，行车中连着几次猛刹车，于莲舫说你不要拿车撒气，龚晓默又没在车上。任大伟说你不知道，这小子跟他妹妹是俩性情，跟他妈一个德行，从骨子里就看不起我。你离了婚好，要不跟他过一辈子也窝心，早早想自个儿的辙也是正理，就是可惜了珍妮，那个傻大姐儿，哪知道中国人内心的深处。于莲舫说，你操那么多心干什么，下回好好劝劝你的总裁朋友把酒戒了吧，你看他今天都喝成什么了。说到肥头，任大伟又提起肥头要死的话，他问于莲舫信不信，于莲舫说至少眼下没什么迹象，任大伟说难说，生死这种事儿都有定数呢，龚家老爷子快九十了，什么没见过。于莲舫说未知生，焉知死，生如寄，死如归，人还是洒脱些好。任大伟说话是那么说，但死临到谁头上，谁也怕。

回到家，于莲舫跟龚矩臣说了肥头醉酒的事。龚老爷子问都开了哪几位药，于莲舫说了，老爷子说应该再加上黄连、厚朴才是。于莲舫一听黄连、厚朴，后脊梁缝就有点冒凉气，她不明白，治光绪的虚寒症何以要黄连、厚朴，治肥头的实热症何以还要黄连、厚朴，这黄连、厚朴是怎么的了。见于莲舫不解的神态，老爷子说，酒是君子，亦是小人。君子者可行气和血，壮精神，辟疫疠；小人者大热有毒，能助火，一进入体内，先承者为肺，肺乃五脏华盖，属金性躁，而酒性喜升，肺气必随其上升，以致痰郁，小便涩。肺既受贼邪侵伤，便不能滋养肾水，肾水不足也就不能制伏心火，以黄连降心火，以厚朴祛其湿，比单纯用葛花解醒汤更好。于莲舫听了点头称是，心下只觉这黄连、厚朴神妙无比，自己怕是一辈子也吃不准这两味药了。于莲舫又向老爷子请示珍妮要抄医案的事，龚矩臣说不可，说这笔遗产的医学价值、历史价值、文学价值无法估算。先时英国人、美国人、日本人从敦煌窃走大量文化遗产那叫掠夺，这医案也是一样，它的研究价值将是历史的极好佐证，怎可轻易交予外人。惠生老太太偏巧进屋，听老爷子说外人的话，插言道，珍妮是龚家的儿媳，怎能说是外人。老爷子说再是儿媳，她的美利坚身份不变，她的蓝眼金发不变，她发表的文章、她的研究成果当属美利坚而非华夏。龚老爷子最后嘱咐说，这些医案，珍妮看可以，但是不能抄，也不能复印，平时要于莲舫好生看管保存。

龚老爷子对珍妮的防范，使于莲舫有被信任的熨帖，她感到作为老爷子的助手，是非她莫属的。从老爷子心里说，是想把一切都交付于她，龚家也实在是没人能接老爷子的班，龚家三四百年医史，到此已经打了句号，这点龚老爷子心里比谁都清楚。

六

张悦找于莲舫的电话直接打到龚矩臣的房里，是惠生老太太接的，老太太放下电话站在屋外廊下朗声道，于莲舫，张悦的电话。声音不高，但全院人足以清楚听见。南屋的于莲舫听到这呼喊，便知道老太太是在向她示威，无外是叫全家人听见，寒碜她一下，即这个被龚家休了的儿媳妇与那个野男人仍藕断丝连。于莲舫也奇怪，一向谨小慎微的张悦怎么一反常态，做事竟这么不检点，把电话往龚家老爷子房里挂，这不是明着找事嘛。

于莲舫在惠生老太太洞察一切的、鄙夷的目光下走进正屋，拿起电话，果然是张悦，张悦急切的喘息声清晰地传过来，张悦说立即要见她，有要紧事，两人就约好见面地点。与张悦通话期间，惠生老太太“知趣”地躲进里间，其实于莲舫知道，她正在隔扇后面紧张偷听。所以放下电话时她故意说，我也想你，咱们不见不散。她是想成心气气里屋的老太太。

于莲舫出门，见晓初站在院里，看样子是有话要对她说，专门等她的。晓初在人事局工作，这两天正在家歇病假。晓初直截了当地问，张悦给你来电话了？于莲舫说是的。晓初说，张悦最近要提拔到卫生局当副局长，已经通过了，还没有下文，这个时候最好……晓初说，固然外头没人知道你跟晓默离婚的真实原因，但这是张悦的关键时候，你不能害他……于莲舫说张悦要见她很急，大概有什么要紧的事。晓初说，你们好自为之吧，张悦是有妻室的人呢。于莲舫说她知道。实在的，她对这位小姑子的关切心里是很感激的，正如任大伟说的，她跟晓默是两个性情，她是个善良的女人。

约会地点在锣鼓胡同口的广告牌下，离龚家不过二三百米距离，于莲舫几步就走到了。张悦已经等在那里，没戴遮耳帽子也没戴口罩，头发有些零乱，面容也很憔悴，衣服上沾了不少土和油渍。于莲舫见了他笑道，你怎成了这副模样。张悦不答，只是抽烟。于莲舫说，你怎么冒冒失失把电话打进龚家了，究竟有什么大不了的事情。张悦不答，仍是抽烟。于莲舫看到他颈上几道抓痕，问是不是和彩兰吵架了，张悦才恨恨地说，岂止是吵，打到了你死我活的地步呢，三个儿子三只虎齐齐儿向着他们的妈，合起来跟我干，还说要到龚家来收拾你。于莲舫问，我们的事彩兰知道了？张悦说不知谁给她写了封匿名信，把我们的事全告诉她了，连前几天在清雅茶馆见面的细节都没落下。于莲舫听了沉吟半晌说，既然闹到这份儿上，索性挑开了，长痛不如短痛，这未必是坏事。张悦说，如果只是一个李彩兰还好对付，问题是现在人事局、卫生局，连医院的领导都收到了匿名信，那信是复印的，一式几份，广为传播，目前他与于莲舫的事已闹得轰轰烈烈，臭名远扬了。张悦一说，于莲舫也感到事情的严重，看张悦那气急败坏的样子，她也很生气。张悦说，这件事准是薛宝田干的，那天咱们在茶馆喝茶，薛宝田不是去唱莲花落了吗？于莲舫摇摇头，她认为薛宝田没必要这么大张旗鼓地张扬，干这种事的是另外一个人，是她不愿意想的那个人。她问张悦下步怎么办，张悦说无论什么事都不要承认，眼下谁也没抓到什么证据不是。于莲舫说，你跟彩兰没有承认我们的事？张悦说没有，于莲舫说那你怎么向她和孩子们解释我的离婚？张悦说，我谈了你离婚跟我没关系。于莲舫问他对领导是不是也是这么说的。张悦说他对领导表明他的作风是正派的，绝没有信中提及的那些事，至于写信人有什么目的和想法，他不敢揣测。不过这样的做法在中国也太普遍了，俗话说贼咬一口，入骨三分，对这种不负责任的中伤他不准备做任何解释。张悦看看于莲舫说，你不要多心，我这样做只是权宜之计，没有别的意思。于莲舫抬起头看天，今天是难得的晴天，冬日的蓝天一丝云彩也没有，她觉得心里如那天空，空落落的，她无力地靠在广告牌的柱子上，那广告醒目的大字是“恢复男子汉的自信”，这使于莲舫想起了黄连、厚朴，大凡“不行”的男人，多是真元长期亏虚，心不摄念，肾不摄精，需黄连清心汤医治，这世事绕来绕去仍没逃出黄连、厚朴的范围，便有些悲哀。张悦看于莲舫脸色很不好看，便说，等过了关键阶段我会给他们一些颜色看看，现在我不跟他们摊牌。于莲舫知道张悦说的“关键阶段”

的意思，男人都是这样，他们把前程看得重于一切，与抛家舍女的她完全是两码事。张悦当初爱她是真心，现在提出"关键阶段"也是真心。他今日约她出来的目的只有一个——保住他，让他顺利登上副局长的位子，为此要于莲舫咬紧牙关，死不认账。张悦见于莲舫半天不说话，便问于莲舫还有什么想法，于莲舫说没有。张悦说那我就走了，近两三个月我们不要有任何联系。于莲舫点点头，看着张悦消失在人群中才转身，迈着疲倦的步子朝着龚家相反的方向走去。

于莲舫来到清雅茶馆，坐在老位子上，彷徨四顾，今天茶馆里很冷清，那拨唱莲花落的没来，只有俩老头坐在桌前滋味深长地回味老北京的羊头肉，说廊房二条第一楼后门，裕兴酒店门首，姓马的那家煮的羊头肉最为地道……于莲舫知道，俩老头子说的至少是五十多年前的事了，眼下羊头肉在北京早已绝迹。年轻人难得见到。一老头说，马家的羊头肉为什么煮得好，汤里搁了厚朴和细辛，这手绝活就没人知道……于莲舫想，怎么在茶馆里也能听到"厚朴"，真没劲。掌柜的提来一壶双熏茉莉说，等人？于莲舫说不等人，掌柜的就把拿来的俩碗又撤下一个。于莲舫问那帮唱莲花落的怎么没来，掌柜的说他们一礼拜只活动一次，不是天天来。于莲舫噢了一声再不说话，掌柜的就又去擦他的茶叶罐子了。

风起青蘋之末，于莲舫是想把自己的思路理清楚，东窗事发，一切当归于"义和团"组织的那场知青聚会，归于张悦要提拔消息的传播和"义和团"的快嘴，也是那个人不能容忍这一切，拿出中国人惯用的撒手锏——匿名信，把一切搞得一团糟。是的，凡是中国人，谁都知道，只要把"男女作风有问题"的屎盆往谁脑袋上一扣，任你怎么洗也是洗不清的，有朝一日真洗"清"了，其臭味也是难以去掉，余味能伴你一生，毁你一生。难怪张悦害怕了，不唯是张悦，所有的中国男性都怕这一招。对待世俗舆论，男性比女性更软弱，更不堪一击。为了爱情，女人可以背水一战，可以不顾一切，失掉自己的所有，男人不行，一旦有草动风吹，他们早早地将自己择得干干净净，跳出圈外，表情平静，装模作样地看女人在众目睽睽之下被污染、被撕裂，在舆论的压力下苦苦挣扎。女人将无私的、无畏的、全身心的爱奉献给对方，而男人在特定环境中就会充分暴露他的本性，被动，回避，退守，怯懦。男人不优秀，从性别的选择上就不优秀，这点于莲舫是看透了。于莲舫看了看那两个仍为羊头肉而遗憾不已的老男人，又看了看柜台后面专心一意地擦茶叶罐的中年男人，突然产生了一种怜悯心怀，包括龚晓默、张悦甚至“义和团”在内，他们都没有逃出于莲舫的怜悯范畴，她不是在贬低他们，她是觉得真该用黄连、厚朴，恢复点“男子汉的自信”，给男人们一点儿底气了。

于莲舫是从清雅茶馆走回锣鼓胡同的，足足走了一个小时，推开房门见珠珠正坐在她的房间里哭泣，珍妮在小床上正看美国才郎寄来的未婚证明书，全然不理睬珠珠的悲哀。任楠在书桌前全神贯注地读着什么，于莲舫走近一看，是那封复印的匿名信，她一把夺过来问，这东西怎么会在你手里？任楠说是张家的大虎领着他的俩弟弟送来的，交给珠珠，让她管管她的妈。于莲舫这才知道珠珠什么都知道了，她认为张家三只虎做事太绝，这与彩兰的教唆纵容不能没有关系，倒是珠珠突然受了这种冲击，精神上有些吃不住劲儿，纯洁温柔的妈妈突然变得丑恶脏烂，任何一个孩子也不能接受。于莲舫企图抚慰珠珠，珠珠生硬地把她伸过来的手拨开了，向她尖叫着：我现在才知道我爸为什么跟你打离婚，你对不起我们，从今往后我再不管你叫妈！任楠说，没那么严重吧，珠珠。珠珠说，你不知道那仨小子说的话有多难听，把这样污秽不堪的信给我看，是什么意思？任楠说，什么意思，报复呗，你该恨的是写这封信的人，不是那仨小子。珠珠说，我谁都恨！全世界就没一个好东西！于莲舫说，珠珠，等你长大了妈妈会给你讲清楚……珠珠说讲清楚也不要听。任楠说，你干吗要这样，天要塌下来似的，其实也没什么大不了的，很正常，谁知道将来在你身上会不会发生这样的事情。珠珠说永远不会，任楠说，你不要把话说得太死了，连我自己都保证不了自己。这时晓初进来说珠珠的猫吃了药死的老鼠，在树底下抽搐呢。珠珠听了嗷的一声奔了出去，去救她的猫。任楠说，救什么救，死定了，这叫二次中毒，无辜的受害者。晓初说你快洗脚睡觉去吧，就喜欢空谈，毛病。任楠走后晓初对于莲舫说，今天下午张家三个孩子在院里一通好闹，领头的似乎已工作，跟着两个半大小子，捋胳膊挽袖子使劲儿叫骂，老爷子气得直哆嗦，老太太静静地坐在茶几前喝茶，全不理会。偏巧珠珠下学回来，张家兄弟就跟她较开了劲儿，把珠珠吓得又哭又喊，最后任大伟出面，把那哥儿仨轰走了。于莲舫问晓默当时在哪儿，晓初说大概就在他的房里。于莲舫说，他一直没出来？晓初说，没有，他出来你让他说什么？又说，这封信究竟是谁写的呢？于莲舫看着那封用电脑打出的匿名信，想说什么，苦笑了一下，终未说出。晓初说，写信的人对事情了解得这么详细，连最近你的动向都侦察得一清二楚，可见下了功夫，你是不是得罪了谁呢？龚晓初一定以为于莲舫会发一通牢骚，骂一通人，孰料于莲舫把信扔到一边，淡淡地说了一句：随他去吧。晓初还有些不放心，她看了看躺在床上的珍妮说，你不往心里去就好，咱们都知道，你不是那种水性杨花的人，你这样做有你的道理。这一句话说得于莲舫差点掉下泪来，她说，晓初，有机会我给你细说。晓初说不必，她让于莲舫吃两片安定，好好睡一觉，说明天一切就都过去了，正如任楠说的，没什么大不了的。

珍妮将独身证明放在床头，踱过来对她们说，就目前来说，光绪究竟是毒死的还是病死的已不是她研究课题的中心，现在她思考的是从光绪与慈禧的死亡来看中国人深层内核的问题。珍妮这番话使于莲舫和龚晓初都感到突兀，她们不知道珍妮要说什么。珍妮不管她们的惊奇，继续说道，一种民族行为规范的深层内核是该民族的价值系统，与我们美国的理想人格——“智者”不同，你们的儒家文化造就了另一种人格理想，这就是“正人君子”，在你们柳宗元笔下，标准的正人君子形象是“低首拱手行步，言气卑弱，未尝以色待物，人视之，儒者也”。后来你们的光绪，更是儒得厉害了。男人，特别是中国男人，视“正人君子”为行为道德规范，将外表的面子看成悠悠万事，唯此唯大。但内在之我与外界的面子往往矛盾，就产生人格断裂，在高谈“君子之腹”时却做着小动作，将对方推入难堪之境，细细把玩别人的痛苦与不幸，以这种虐待别人和自虐的心理支撑着自己面子和“正人君子”们高质量的内心平衡。光绪何尝不是这样，慈禧何尝不是这样，写信的这个人何尝又不是这样？从另一方面看，“好名声”是你们中国的一种社会能力，一个人有“好名声”作为一种客观背景就能受到提拔，获得相应社会地位，为了这个“名声”，男人们总处于守势的、被动的地位，这就使得在两性关系中充当主动进攻角色的男人，中国的男人，多少带有消极、回避的态度，那三个孩子的父亲就是最好说明。中国女人的“忍”堪称世界一绝，忍的本身是痛苦的，女人以成全男人为“正人君子”，为“好名声”的忍竟能够成为一种美、一种传统，这是我们不能理解的。在我们美国，在西方，理想的伟男人，也就是说最高人伦典范的男人，他们在充分扮演着社会角色的同时也在充分扮演着男人的角色，每一个伟人都背负着一个惊心动魄的爱情故事，他们时刻在证明，一个优秀的人，必然也是一个优秀的男人。而中国，一谈及男女之情便让人与不洁、晦暗连在一起，爱是偷偷摸摸的爱，是假模假式的爱，是口是心非的爱，中国男人缺乏向世界宣称“爱”的勇气。比如说，我们读普希金、海涅、裴多菲的诗，他们的爱溢于字里行间，读懂了诗也就读懂了他们的爱情。但是再看看你们的杜甫、李白、辛弃疾的诗，反复翻找也看不到他们爱情生活的真相。正如那个倒霉的光绪，他把自己严严实实地包起来了，他炽热的情感内核在社会压力下已经变得石块一样僵硬冰冷，可悲的是这种冷却在中国男人身上成了一种病态和恶性循环，一直演义到今天，演义到现在，演义到龚家家族内部。也就是说，你们所憧憬的，却是我们不屑一顾的；你们所回避的，却是我们刻意追求的。中国的女人活得累，中国的男人活得不仅累，还假。

于莲舫和龚晓初第一次听到珍妮——一个外国女人对中国男人和女人做这样详细的剖析，对错与否，毕竟是一家之言，只是珍妮的个人观点。两人听后都有点儿蒙，晓初说任大伟不是这样子的，他很爱我。于莲舫想说任大伟在龚家的卧薪尝胆、忍气吞声，目的是混迹大宅院中，落一个世家女婿的名声，但想了想，又不忍心点破。她想，姑且搁下男人、女人的话题不说，试想如果把黄连、厚朴两味扑朔迷离的中药交给洋人去研究，或许能得到一个全新的解释，至少它能脱去中庸的外壳，还一个清晰的面貌。

珍妮对于莲舫说她知道那封信是谁写的。她很失望，也很抱歉。于莲舫说她也知道信是谁写的。两人相对一笑。珍妮说其实没什么，于莲舫也说没什么。

七

证明书来了，珍妮并没有跟晓默去办事处登记的意思，这使晓默惊慌不知所措。他找珍妮谈过几次，珍妮不急不慢地说，就这件事我还要再想想，夫妻之约，焉可不慎，中国这句老话儿简直太正确了。你们中国还有“使人有乍交之欢，不若使人无久处之厌”的说法，也是句真理，够我好好研究的。晓默气不得恼不得，拿珍妮一点儿办法也没有，及至有一次晓默在垃圾袋里发现了那张撕碎了的独身证明，他才知道这件婚事大概是没希望了。

珍妮对晓默说她要提前回美国，晓默问为什么，珍妮说她对他已经没了兴趣。晓默说回来才几天，你就没了兴趣，变得这样快，未免失之轻率。珍妮说，这几天你表演得很充分，中国特定的环境给了你特定的表演机会，这在美国，我是一百年也看不到的。晓默说，我怎么表演了，我不过是把事实向大伙说清楚，让人们知道事情真相，严格说我是受害者，那个李彩兰也是受害者，受害者难道连反击的权利都没有吗？珍妮说，难道你就不能够采取另一种光明正大的方式？现在你的行动偷偷摸摸的像只老鼠，一个男人做事情要把自己的姓名隐去，叫什么男人？晓默说珍妮少所见，多所怪，中国提拔干部就需要听取多方面意见，历朝历代都有收纳检举干部劣行的器皿和设施，要不怎么能做到德才兼备呢。两人争论了许久，珍妮仍执意要走，说她回去后暂不回阿拉斯加的家，她要去纽约住些日子。晓默气得两眼发蓝，恨不得把珍妮撕了。吵到半夜，两人不欢而散。

在珍妮收拾行李要回美国的前一天，晓默对他母亲说，这件事从一开始就错了，不应该把珍妮放在于莲舫屋里，现在珍妮彻底背叛了他，这与于莲舫有着举足轻重的关系，于莲舫的“策反”工作做得太出色了，竟能搅黄了一个已成既定事实的成熟婚姻。惠生老太太说真是你的媳妇轰也轰不走，不是你的留也留不住，连于莲舫这关都过不了，将来怎么能一块儿过日子。龚老爷子说，都是那封信的过失，引出这许多瓜葛，好端端一个家，鸡飞狗跳墙，丢人现眼极了。晓默说那封信是他写的。惠生老太太说，我就知道是你干的事，除了你，别人不会有这主意。老爷子说，想你游历外洋，该是见多识广的，怎没些须眉男子之气，倒像巾帼女流，既是这样一切就认命吧。孟子说“言人之不善，当如后患何”，你是自食其果了。晓默十分沮丧，说后悔不该领珍妮回来探亲。几个人正说着话，见任大伟领着肥头进了前院，并不朝北屋来，照直转向南屋。肥头红光满面，提着各样礼品，脸上带有明显的感激表情。惠生老太太有些妒意，她问今天礼拜几？晓默说礼拜六，老太太看看日历上的记号说，你爸爸说他活不过明天早晨。龚老爷子说，也就是今天夜里的事儿。

南屋里，肥头拍着胸脯向于莲舫显示他的健壮，惠生老太太喊任大伟让肥头到北屋去一趟，说老爷子要最后给肥头诊诊脉，肥头出门对于莲舫说，龚老爷子心虚了，不过还算聪明，现在收回那个预言还算他赢，我照旧请客，把龚家院里所有的人都请到，包括那只猫。珍妮收拾着行李说，我明天怕不知道你的死活了。肥头问珍妮是几点的飞机，珍妮说明天上午九点。肥头说，老爷子咒我夜里死，我明天一早就给你打电话，死活给你个准信儿，让你放心地上飞机。珍妮笑着说，没想到中国还会有这种事，天气预报似的，能预报人的生死。肥头说，天气预报也有不准的时候。

于莲舫又接到张悦电话，于莲舫料定张悦升迁的事大半已彻底无望了，才又回过头来与她联系，是他亲口说的，“近两三个月不要接触”，形势变了，竟又把电话打进龚家。不出于莲舫所料，张悦说他对那个狗屁副局长的位子根本不在乎，他权衡了好几日，于莲舫对他才是最最重要的，他已跟李彩兰正式提出离婚要求，下一步怕是要闹个天翻地覆了。于莲舫学着珍妮的口气说，其实没什么，大可不必。张悦说怎么大可不必？莲舫，你不要把我涮了。于莲舫不吭声，张悦约她明天在清雅茶馆见面，于莲舫说她已忘了去清雅茶馆怎么走，就把电话挂了，她突然有了一种如释重负的轻快。

于莲舫撂下电话一转身，见晓初在身后笑。她问晓初笑什么，晓初说上午刚开过会，提拔第三医院的邬培信当副局长，张悦已经没戏了。于莲舫说难怪，我想也是这么档子事。珍妮听了说，毁人者不美，而受人毁者遭一番讪谤，便可加一番修省。龚晓初说，珍妮，你之乎者也的也修省得快成精了，哪儿趸来的这些旧货？珍妮说，从龚家老太爷的医案里，录的是《菜根谭》的几句。

半夜里，起风了，大约又要落雪。

早晨天阴冷阴冷的，又飘起了零星雪花，珍妮提着箱子去赶飞机，龚家人除了老爷子和惠生老太太以外，都出来了，一直将她送到大门外。珍妮拥抱了每一个人，最后她紧紧地抱住珠珠，俯身在珠珠耳边说，爱护你的妈妈，她是个好母亲。珠珠也在她耳边说，要是你做了我的妈妈，我也会很高兴，可惜没有。龚晓默将珍妮的行李放进车后厢，钻进车坐在珍妮旁边。任大伟发动汽车，车子刚启动，突然，珍妮由车窗内探出头来问，那个总裁还没有消息吗？于莲舫说没有，珍妮说那他今天可能已经不在人世了，任楠朝车子挥挥手说，上帝会与他同在的。

送走珍妮回到正屋，大伙心里都有些说不清道不明的怅惘，惠生老太太举着电话说，找任大伟的，他的那个总裁朋友死了，昨天夜里，死于急性心肌梗死，那边来信儿让任大伟当治丧委员会委员。一时房内静得出奇，人们说不出一句话，大家把目光转向龚老爷子，珠珠说，爷爷您料事如神哪！任楠也说，姥爷，您是不是跟阎王爷撺掇好了？老爷子说，为什么说龚家是御医呢，要是连生死都算不出，御医岂不是白当了。于莲舫想起光绪与慈禧相距一日而亡的巧合使史学界引起的疑虑与争议，便问龚老爷子，肥头的死如果不是巧合，从医理上又如何解释？老爷子说，从医理上来说，心对应五行中的火，经为手少阴经。那日我见此人，表为夸夸其谈，动作夸张，实为心气盛而神有余，宜泻心火。号其脉，却沉濡虚滑，是肾来乘心，水克火，属大逆不治。观其色，面色虽赤，然额上发际起黑，下至鼻梁，延至两颧，这样的心病患者应死在与肾对应的壬癸日，于时辰中，当是丑时，推算来该是周日凌晨二时至三时之间。龚老爷子又说，这类病若戒酒色，少安毋躁，注意调养，以黄连泻心汤加厚朴猛攻，或许能有救，可惜此人来时已人在心死，使医者无回天之力了。

于莲舫想，好一个黄连、厚朴啊。

豆汁记

人生在天地间原有俊丑，富与贵贫与贱何必忧愁。

……穷人自有穷人本，有道是我人贫志不贫。

——京剧《豆汁记》金玉奴唱段

一

莫姜被父亲领进家门的时候，我正趴在桌上做作业。

这个细节之所以记忆深刻，是因为刚上小学，我被那些莫名其妙的注音字母“ㄅㄆㄇㄈㄉㄊㄋㄌ”搞得一头雾水，几乎要把书扔上房顶。可能学过注音字母的人都有过这样的经历，一个混沌未开的小孩子，刚上学便接触这些抽象符号，其难度不亚于读天书。这些符号让我对学习的兴致大减，其实那时我已经能读懂《格林童话》，也念过《三字经》《千字文》一类童稚必读，知道了些“父母呼，应勿缓；父母命，行勿懒”的规矩，自认大可不必回头再学这挤眉弄眼的“ㄅㄆㄇㄈ”，就日日盼着教国文的马老师发高烧起不来炕。也许是这个原因，马老师的确老生病，常常上课铃声响过，教室里仍旧嘈杂一片，如吵蛤蟆坑。闹声中进来了张老师、王老师，都是代课老师，她们教得有一搭没一搭，我们便学得十分糊涂，十分勉强。老师们有一个共同特点，就是多留作业，以免我们放了学去野逛。于是，我课余的很长时间得跟这些“臭蚂蚁”（我一贯将注音字母称作“臭蚂蚁”）打交道，把人的心情弄得很糟糕。现在，注音字母被汉语拼音替代，小孩子们同样面临着一个思维模式的转变，现在的孩子都聪明，没把它太当回事就过去了。那时候的我却过不了这一关，对那些面目狰狞，跟日本片假名长相相近的符号至今深恶痛绝。

莫姜来的那天下了雪，是入冬的第一场雪，雪不大，下得羞羞怯怯，但是很冷。母亲让看门老张给各屋挂上了棉门帘子，以挡住北京肆虐的西北风，挽留住房内的些许温暖。因为战事，西山的煤运不进来，取暖成了大问题，家里除了父母的卧室和堂屋生了炉子，其余各屋都冷如冰窖。我的手背、耳朵和脚都生了冻疮，手尤其严重，肿得发面馒头一般，还流着黄汤，看着甚是悲惨。那时候，小孩子都生冻疮，没有谁特殊，我特别怕屋里热，一旦暖和过来，手上、脚上的疮就开始痒，痒得无法抓挠，痛苦不堪。傍晚，饭已经吃过，我举着书本，在母亲的房里艰难地用那些“臭蚂蚁”拼出了一句话：“大风刮破了蜘蛛的网”，知道了“臭蚂蚁”们想要表达的意思，正有些愤愤然，父亲进来了，随着父亲进来的是一股冷风和他身后一个已不年轻的妇人。依着往常我会嚷着“今天带回什么好吃的来啦”，扑向父亲。但今天没有，今天父亲的身后有生人。母亲说过，女孩子在外人跟前要表现得含蓄、有教养。我是小学生了，再不是院里院外招猫逗狗的丫丫，在举止上就得收着点儿。我闪在母亲身后，饶有兴致地打量着父亲和这个陌生的妇人，不知父亲给我们又制造了一个怎样的惊奇。

我的父亲是性情中人，他的艺术气质常常让他异想天开地做出惊人之举。比如上了一趟昌平，就从德胜门外羊店弄回三只又老又骚的山羊，养在庭院的海棠树下，以制造"三羊开泰"的吉祥。那些羊都是来自内蒙古的，崇尚自由且无礼教防维，一只只长着长胡子，挺着坚硬的犄角，老祖宗般在院里又拉又尿，使劲儿地叫唤，还要不停地吃，把家里搞得臭气熏天。无奈，母亲在父亲去苏杭游历之时，让我的三哥将开泰的三羊送进了羊肉床子。羊肉床子是回民开的肉铺，也兼卖牛肉，按习惯，北京人只说羊肉床子而不说牛羊肉铺。羊肉床子都是自己宰羊，有专门的人将张家口的西口大羊赶到北京来卖，羊肉床子挑选其中鲜嫩肥美的，请清真寺的人来羊肉床子宰羊。挑羊选羊须有很专业的眼光，肉质不好直接影响着羊肉床子的生意。北京人对吃羊肉很挑剔，谁上哪家铺子买肉都是一定的，轻易不会更改，肉铺对自己的信誉的保持和对老主顾关系的维系很注重。羊肉床子一般是前店后院，买来了羊，阿訇先对着羊念经，然后才能下刀放血，用小尖刀一通分割，羊肉挂在木头架子上，羊心羊肝搁在案子上出售，迅速而有序，有时候羊肉在案子上还冒着热气。羊肉床子的秤砣是铜的，扁扁的，称完羊肉的时候，卖羊肉的爱使劲蹾那个小秤砣，响声很大，这可能是所有羊肉床子的习惯。我跟着厨子老王去羊肉床子买肉，一进铺子就提心吊胆，盯着那个小秤砣，时刻提防着那声响动，成了心理负担。所以老王就事先跟卖羊肉的打招呼，劳驾，您别蹾秤砣，我们家小格格害怕。这回羊肉床子贸然进来三只老活羊，人家不收，说这三只羊是没经过念经的，不能吃；这样老的羊肉也没人买，坏了铺子的名声。老三说我们不要钱，白送。人家还是不要。老三丢下羊掉头就跑，卖羊肉的拉着羊在后头追。老三不敢直接回家，跑到北新桥上了有轨电车，卖肉的在下头骂，老三扎在人堆里不敢抬头，回来一肚子气对着我母亲撒。

还有一回父亲游妙峰山，去了一礼拜，赶着两辆大车回来了，车上各装了一棵白皮松，轰轰烈烈地进了胡同。看门老张站在门口望着这列车马目瞪口呆，半晌说不出话来，父亲则称赞这些松树珍贵，造型独特，让人赏心悦目。父亲找人在后院挖坑栽树，一通忙活，花钱不少，给我们家制造了一个“陵园”。母亲不便直说，很策略地提示，醇亲王在海淀妙高峰的墓冢也有很多白皮松，棵棵都无与伦比，价值连城。父亲说七爷的是七爷的，他的是他的，他的树长大了也无与伦比，也价值连城……好在我们没有像扔羊一样扔树，那些来自西山的伟大的白皮松还没过夏天就死完了。我们家的后院成了柴火堆，成了耗子、刺猬、黄鼠狼们的游乐场。

更有一回，人们传说清虚观出了大仙爷二仙爷，去顶礼膜拜者无数，据说灵验无比。仙爷们其实是两条小长虫，深秋时节，长虫们要冬藏，不知还能不能活到明年。老道不想养了，父亲将仙爷们请回家来，也不供奉，只说是两条青绿的虫儿很可爱，就当是蝈蝈养着。仙爷们被安置在玻璃罩子里，放在套间南窗台上。没几天，那两条长虫钻得没了影，害得一家大小夜夜不敢睡觉，披着被卧在桌上坐着……谁也不知道它们会从哪儿钻出来。现在，父亲领回的不是羊，不是树，不是长虫，是一个人。

母亲脸色很平静，她已经习惯了这一切，无论是羊是树是长虫还是人。

父亲身后的女人穿得很单薄，就是一件青夹袄，胳膊肘有两块补丁，挎着个紫花小包袱，冻得在微微颤抖，看得出她在克制着哆嗦，努力地使自己显得舒展。灯光下，女人的面部青黄黯淡，脸上从额头到左颊有一道长长的疤痕，这道痕迹使她的脸整个破了相，破了相的脸又做出淡淡的微笑。那不是笑，实在是一种扭曲。这让我想起京剧《豆汁记》里穷秀才莫稽的唱词，“大风雪似尖刀单衣穿透，腹内饥身寒冷气短脸抽”，眼前这张脸大概就属于“气短脸抽”的范畴了。戏里边金玉奴在风雪天为自己捡了个丈夫，在同样恶劣的天气里不知父亲为我们捡回个什么！

父亲将女人引到前边来，告诉母亲女人叫莫姜，是他在颐和园北宫门捡的，父亲特别强调了，他不把莫姜捡回来，莫姜今天就得冻死在北宫门，因为她无家可归了。父亲说得很轻松，就像他在外头捡了块石头，捡了块砖，自然极了。被叫作莫姜的女人头发花白，看上去有五十多岁了，即便脸上没有疤痕，也说不上好看，一双单眼皮的眼睛细细的，薄嘴唇，尖下颏儿，两个耳朵往前扇还透亮，巨大的伤疤使她的脸变得狰狞恐怖，像是东岳庙里的泥塑小鬼儿。出于礼貌，莫姜抬起眼睛，轻轻地叫了声“四太太”，便收回目光再不言语。“四太太”是外人对我母亲的称谓，我父亲排行老四，人们都叫他“四爷”，母亲自然就是四太太了。母亲看莫姜头顶梳着发髻，没有缠裹过的脚上穿着一双烂旧的骆驼鞍儿毛窝，说，你是旗人？莫姜说是，说老家在易县常各庄，祖父是黄帝陵前负责点灯的包衣，祖姓他他拉，莫姜是她的名。母亲问她怎的没了住处，莫姜说原本在北宫门西边的西上村租了间房，今天到期了，房东把房收回去了。问她家里还有谁，莫姜说娘家没人了，婆家男人叫刘成贵，是厨子，前些年死了，她就一个人生活。母亲还想问她脸上的疤，张了张嘴，终没好意思说出来。莫姜窥出母亲的意思，淡淡地说这道疤痕是她已故的男人给她留下的，她男人脾气不好，那天正好在剁饺子馅，两口子拌嘴……其实就划了层皮，划在脸上就长不好了。

该问的都问了，该说的也都说了，经历简单得不能再简单，母亲不再说什么，她没有理由也没有权利拒绝这个突如其来的莫姜，就像她没有理由拒绝那些羊和树。母亲在父亲面前从来是唯唯诺诺，这在于她朝阳门外南营房的低微出身和作为第三房填房的特殊身份。父亲说晚饭他在老三那儿吃过了，只这个莫姜从中午就没有吃饭，让母亲给做点儿什么。母亲说厨房的火已经熄了，柜橱里还有一碗豆汁稀饭，凑合一下吧。父亲说也好，莫姜却感到很不好意思，但也没有拒绝，看来是饿得狠了。母亲端来了豆汁，就着房内的铁皮炉子热。那时候绝没有微波炉和电磁灶一类，想温点儿汤水什么的极难，母亲不可能为了一碗豆汁在厨房重新生炉子，那是一件太麻烦的事情。自从厨子老王回老家以后，我们家便是母亲下厨。母亲没有山东人老王的手艺，穷门小户的出身注定了她的烹饪范围离不开炸酱面、疙瘩汤、炒白菜、炖萝卜一类的大众吃食。这是我和父亲都不满意的，大家都格外想念回家探亲的厨子老王，盼着他早点儿回来。母亲端来的豆汁是我晚上吃剩下的。父亲没在家吃饭，母亲便怎么省事怎么来，她在娘家当穷丫头时候爱吃豆汁煮剩饭，就老腌萝卜，我们的晚饭便是豆汁煮剩饭，就老腌萝卜。豆汁饭酸馊难闻，老腌萝卜咸得能把人齁死，我吃了两口，不吃了。母亲却吃得津津有味，拿筷子点着我的碗说，吃得菜根，百事可做，人家古代贤人，一箪食，一瓢饮，在陋巷，贤人都行，你怎就不行，难道你比贤人还贤？我说我不当咸人，这老腌萝卜，看两眼就能把人咸个跟头，咬一口能给咸人当姥姥，咸人吗，谁爱当谁当吧。母亲没办法，拿来点心匣子，让我从里边挑，我挑了块萨其马，拿了块槽子糕，正要向一块自来红月饼伸手，母亲说，够了！现在，母亲把剩豆汁拿来给莫姜吃，多少有打发叫花子的意味，我都替母亲不好意思，她怎不把点心匣子给端来呢？莫姜双手接过了那碗温暾的、面目甚不清爽的豆汁，认真地谢过了，背过身静悄悄地吃着，没有一点儿声响。从背影看，她吃得很斯文，绝不像父亲说的“从中午就没有吃饭”。我想起了戏台上《豆汁记》里穷途潦倒的莫稽，一碗豆汁喝得热烈而张扬，吸引了全场观众的眼球。同是落魄之人，同是姓莫的，这个莫姜怎就拿捏得这般沉稳，这般矜持？喝完豆汁的莫姜坚持要自己把碗送到厨房，一再说自己在堂屋吃饭已经很失礼了，不能再让太太受累。母亲就领着莫姜到厨房。母亲和莫姜一走，父亲就对我说，别告诉你娘，这个莫姜，是北宫门卖花生米的。

北宫门是我熟得不能再熟的地方。

当时老三在颐和园里工作，路远，平时不回家，一礼拜回来拿一趟换洗的衣裳。颐和园内有德和园，德和园东边夹道里有几个相同的小院，老三就住在其中的一个院里。院子挺大，房也高，前廊后厦，睡觉的雕花木炕嵌在北边墙里，这样的房子在有皇上那会儿不知道是给谁住的，现在住了园里的职工。没上学的时候我和父亲常到老三那儿闲住，父亲在园子里画画，我就满园疯跑，不到吃饭时候不回家。颐和园的自由岁月，充盈了我学龄前的大部分生活，里面的犄角旮旯都被我"临幸"过不知多少遍，连园子里的松鼠和水牛儿我都认识。出了老三的院门往北是个小城门，北边门楣上写着"赤城霞起"，南边是"紫气东来"，我很喜欢这两个词，认真地记了。上学后，教语文的马老师让用"来"造句，我造的就是"紫气东来"，老师瞪了半天眼，让我坐下了。我错了吗？我一点儿没错！回家跟父亲学说，父亲说，丫儿这个句造得好！老三家斜对面就是大戏台，有时园子里给职工放电影，幕布挂在西太后看戏的颐乐殿前，我们则坐在大戏台上看，整个一个大颠倒。也有时，有业余的京剧团演出，水平极差，服装也是瞎凑合，演出场所却很辉煌，就是"龙会八凤"的大戏台，那些演员唱着唱着唱错了，竟然能回去重新出场，也没人叫倒好，哄然一笑罢了。都是自己职工，抬头不见低头见的，有时上头演的和下头看的还要说话。有回他们演《豆汁记》，排演了大半年，还借了一个外头的金玉奴。待那金玉奴一上场，竟让人大失所望，银盘大脸，高颧骨，大龇牙，屁股大得像碾盘，穿个小短袄，走路像狗熊耍叉。这副尊容还要招赘英俊小生莫稽当女婿，我真要替那莫稽喊冤了。金玉奴形象不好，但唱得不错，"人生在天地间原有俊丑，富与贵贫与贱何必忧愁”，我觉得这段原板很好听，是呀，只要人好，“狗熊耍叉”又有什么关系呢？演莫稽的小生很出色，把那碗金玉奴施舍的豆汁喝得淋漓尽致，又是舔又是刮，跟真的似的。莫稽唱得也好，主要是嗓子亮，可惜，在戏里头是个坏人，他当了官就看不起金玉奴了。演莫稽的是我们家老三。

老三单身，不会做饭，我们爷儿三个就在颐和园东南角的职工食堂吃饭。食堂的饭寡淡无味，比我母亲做得还糟糕，颐和园附近也没有好馆子，我们的饭就很成问题。老三每礼拜进城一趟，让我母亲做出一锅炖肉，路过“天福号”酱肉铺，还要买两个酱肘子，一并带回颐和园。颐和园东门是正门，有御道，有大牌楼，过去是皇上、太后必经之地，肃整严谨，御道旁边没有店铺，皇上倒了几十年还是如此。南边一个小学，北边一个医院，都是颐和园的附带建筑，目前改做别用，还是没有商店。真正想买东西得出北门，即北宫门，那里有几个小杂货铺，卖油盐酱醋，早晨还有些小商小贩，提些鲜藕嫩姜来卖，多是附近村里的农民。值得一提的是北宫门西北角有个卖火烧的老赵，我之所以跟他熟识是因为“天福号”酱肘子得用烧饼来夹，买烧饼的任务向来由我承担，父亲是不干此类事情的。严格说，老赵卖的是火烧而不是烧饼，北京人将烧饼、火烧分得很清楚，烧饼内里有芝麻酱，外表粘着芝麻；火烧是发面，内里只有花椒盐，外头不粘芝麻。火烧个儿大，烧饼个儿小，火烧二分钱一个，烧饼三分钱一个。老赵的火烧做得不地道，里头的面常常还是生的就出炉了。我问老赵怎净弄出些半生的玩意儿，老赵说他自己就是半生的，他的老姓是爱新觉罗，正黄旗，正黄旗来烙火烧，能弄出个半生就不错啦。还有一个给驴钉掌的，他说他是皇上的三大爷。

“皇上的三大爷”送了我许多驴掌，我不知这东西有何用场，

“三大爷”说，难得的好肥呀，回去泡水浇花，一棵西番莲能长得比北宫门的松树还高，花开得像石舫火轮船的轮子那么大。我回来找了个罐子泡驴掌，一日三遍地看，满屋腥臭。老三说可惜了那罐子，罐子是康熙青花。我对北宫门的印象只有这些，并不记得有卖花生仁儿的女人。

父亲说莫姜的花生仁儿炒得好吃，脆香入味，咸甜适口，是泡过之后烤的，非一般拿盐土炒出的花生仁儿能比。父亲向来对炒花生仁儿情有独钟，我知道文人们都是喜欢吃花生仁儿的，大文人金圣叹，在含冤问斩前以花生米拌臭豆腐干就酒，为自己饯行。没吃几口，时辰已到，官方让他写遗书，金圣叹一挥而就，然后慷慨赴刑场。他儿子将遗物领回，打开遗书，发现遗书上写着“臭豆干臭，花生米香，香臭兼备，滋味胜似火腿强”。父亲的学问无法与“六才子书”的金圣叹相比，但对花生米的喜好上却如出一辙。大概是因了我的离开，父亲不得不亲自跑北宫门，跟那些引车卖浆者流打交道。处在饮食单调中的父亲，自然对花生仁儿产生兴趣，花生仁儿适了父亲的口，就把卖花生仁儿的带家来了。这就是我的父亲。

好在您没把“正黄旗”和“皇上的三大爷”弄回来。

喝完豆汁就该安排住的地方了，我想莫姜一定是住在过去女仆刘妈的小屋，谁知母亲却把她安置在我的房里。我不愿意和生人睡觉，跟母亲提出，母亲理也没理。其实我们家的房子很多，三进的四合院，几个哥哥都先后离开了家，大部分房都空着，母亲非要把卖花生仁儿的安插在我的睡榻旁边，不知安的什么心。老北京，谁住哪儿都是有规矩的，我们家太太（祖母）活着的时候住在北屋正房，父亲是儿子，儿子就得住在西屋，随时伺候着，随时请安，后头北屋空着也不能住。太太去世，父亲住正屋，哥哥们出去了我就住西屋，不能乱住。从里往外说，二门是垂花门，垂花门外南边是一溜倒座南房，是客人住的，有时候仆人们来了亲戚，也在南屋接待。大街门以内西南角是茅房，用月亮门隔成一个小院，与东南角的月亮门厨房小院相对。过去东南角厨房小院是厨子老王住的，西南角小院是女仆刘妈住的。茅房在院子里位于“煞位”，用屎尿压着，以恶制恶。与茅房相对的厨房，应着东厨司命的说法，将灶安在东南角，灶院有小门和正院东屋廊下相连，东屋是餐厅，是一家人吃饭的地方。母亲没让莫姜住刘妈的旧屋说明她就没认可这个女人，没有给她任何身份，心内对她还存有疑虑和防范。

我极不情愿地把莫姜领进屋，母亲夹着刘妈用过的一套被褥跟进来，扔在外屋的小木床上，对我也是对莫姜说，就这么的了！

我的嘴噘得老高。

这是我母亲的精明之处，小家出身有小家出身的心计。

二

老北京家家都睡炕，炕下头有炕洞，冬天生个带轱辘的小铁炉子，傍晚时推进炕洞里，炕便一宿都是热乎的。在寒冷的北方，这不失为一种简便实惠的取暖办法。老百姓一般不睡凉炕，怕坐下病，有俗话说，“傻小子睡凉炕，全凭火力壮”，指的是生熟不论的生猛，不是凡人。

那晚，我睡在热炕上，莫姜睡在小床上，我翻来覆去地睡不着，一来是从没有和陌生人这样睡过，二来是跟一个脸上有刀痕的人同睡，就好像和鬼睡在一起。《豆汁记》里，当了官的莫稽，以娶叫花子的女儿为耻，上任的时候以赏月为由，把金玉奴推到江里去了。这个北宫门捡来的莫姜，谁又能保证她是好人？我心里埋怨母亲的粗心大意，埋怨母亲太不把我当回事，就在炕上弄出很大声响，暗示对方我并没有睡着，时刻在警惕着呢。小床上，静得如同没有人，借着窗外的雪光，我见莫姜侧身躺着，如一张弯弯的弓，一动也不动。在这滴水成冰的天气，她那一床薄薄的棉被，抵得住吗？她睡着了没有？她不可能睡着，没睡着怎么不动弹？她在想什么？满心的思虑，满心的恐怖，我终熬不过没有声息的莫姜，在焦躁中沉沉睡去。

早晨醒来是满天的大太阳，伸了个懒腰，洒满阳光的窗户纸上有树影在摇曳，掀开窗帘，玻璃上满是冻的“大白菜叶”，外头什么也看不见。赶紧折回被窝，把头正要往被窝里缩，母亲的凉手伸进来了，在我的肚子上揪来揪去，把我弄得睡意全无。猛然想起房内还有一个莫姜，就朝外屋床上看，母亲说那娘儿们正在厨房做早点，天没亮就起来把火早笼着了。生炉子，老北京叫“笼火”，是居家过日子一件寻常又麻烦的事情。笼火需用劈柴、刨花将乏煤点燃，再装硬煤，冒半天大烟，旧时的北京一到早晨满城是煤烟味儿。“笼火”是技术性很强的活儿，硬煤搁早了搁晚了火都要灭，前功尽弃，满脸煤灰是太常有的事。跟我怵头“ㄅㄆㄇㄈ”一样，我母亲也很怵头早晨的笼火，我刚一睁开眼睛她就把这个告诉我，足见她内心的满意。我说，那个女的睡觉一动不动。母亲说，你以为谁睡觉都跟你一样，在炕上尥蹦儿。

不知卖花生仁儿的能做出怎样的早点，以她的出身手艺不会比母亲更精彩。老王就是老王，厨子就是厨子，人家是“萃华楼”出来的，那些京酱肉丝、烧明虾的美味鲁菜是无人可以替代的。

我来到堂屋，看见父亲正坐在八仙桌前喝粥，小米粥熬得黏稠腻糊，小酱萝卜切得周正讲究，一碟清爽的暴腌脆白菜，两个煎得恰到好处的鸡子儿，简单普通的早点看着就很赏心悦目。让我感兴趣的是桌上几个刚出锅的“螺蛳转儿”。“螺蛳转儿”是一种火烧，在面剂儿的做法上复杂一点儿，需一层层把油盐卷了，横切，盘紧，压扁，先烙后烘，中间微微隆起，才算地道。桌上的“螺蛳转儿”烙得的确好，小巧玲珑，精致可爱，比我们平时吃的小了一半，小点心一样，看着焦黄，闻着喷香。这些都是莫姜所为。

父亲吃得很滋润，满面红光，告诉母亲，老王回来之前就让莫姜在厨房干活。

莫姜就成了我们家的临时厨子。

回山东的老王再没回来，听说他家里分了田地，他愿意在家当农民，不愿意再出来做饭，活活把手艺给扔了，我们都替他可惜。老王不回来，看门老张也走了，回唐山当他的“老塔儿”去了，莫姜无处可去，就留下来。莫姜既非亲戚，也不是名正言顺的仆人，我们无法称呼她，就一直莫姜、莫姜地叫，叫顺了，也不觉得什么了。莫姜不善言语，一天也说不上几句话，父亲让她“在厨房干”，她就总在厨房待着，院里屋内根本看不到她的影子，好像我们家里就没有这个人，不像前一个女仆刘妈，什么都张罗，大黄蜂似的满院飞，替母亲当了半个家。莫姜说话不紧不慢的，让你听得真切又从无高声，在父母亲跟前说完话都是向后退两步再转身，不像我，动辄便掉过大屁股对人。莫姜走路快而轻，低着头目不斜视，无论高兴与否嘴角永远微微向上挑着。父亲说这叫“喜性”，是做人的一种很重要的功夫，无论内心想什么，外表永远是雷打不动的愉快，这种做派非一日之功，像我那样动辄噘嘴掉脸，是最没水平的表现。我在莫姜的脸上看不出什么“喜性”，一张疤痕累累的脸，倘若再“喜性”，只能是丑八怪。母亲说我说得对。

毕竟和莫姜在一个屋里住着，我们之间的距离在慢慢儿缩短。晚上，我会以“写作业”“背书”各种名义晚睡，等着莫姜。当然不会白等，莫姜进屋见我没睡，先是淡淡一笑，然后打开手里的白手巾，手巾里包着核桃粘、红枣蜂糕、酪干什么的，每天不重样。在吃面前，我是个意志薄弱的人，深谙有奶便是娘的道理，谁给我好吃的，我就跟谁好，在某种程度上，我觉着莫姜比我母亲更让我亲近。

在我嘎嘣嘎嘣嚼酪干的时候，莫姜就准备她的床铺。莫姜睡觉前衣裳必叠齐整了搁在椅子上，一双鞋也摆齐了放在床沿下，躺下睡觉不翻身，不打呼噜，不咬牙放屁说梦话，静得像只兔。莫姜跟我说话从来都是“您”“您”的，好像她从来不会用“你”，说到我的父母亲，她用的词是“怹”。“怹”是“他”的尊称，现在的北京人已经没有谁会用这个词了，这个词大概快从字典上消失了，有点儿遗憾。

父亲每月给莫姜五块钱，意味着不是白使唤人家。莫姜开始不要，说在我们家白吃白住，哪能还拿钱。父亲让莫姜把钱攒起来，说将来说不定用得着，莫姜诚惶诚恐地接了，然后请双安，以示谢意。莫姜将那些钱拿回来用手绢包了，也从不见她检点，她对钱物似乎看得不太重。莫姜的全部家当就是她的紫花小包袱，就搁在枕头旁边，也不避讳我，包袱里除了几件换洗衣裳还有一个袜子板。我问莫姜怎还带着这个东西，莫姜说是她离开家时她额娘给她的。她额娘说袜子穿在脚上，虽不显山露水却是件很重要的穿着，女人最丢人的是袜子破了露脚后跟，无论是自己做的布袜子，还是洋线袜子，跑路一多就要破，补袜子用的家什得随时预备着。莫姜的话有道理，我的袜子一礼拜就破，在学校一提脚，不光是脚后跟，连后脚脖子都露出来了，有时候挺让人尴尬。莫姜的袜子板有年头了，木头色泽已变得深红发暗，光溜溜的，我很喜爱。莫姜也没说送给我，只告诉我，有她在，我的袜子永远不会露脚后跟。

莫姜的包袱里还有一个不让我碰的东西，一根梳头用的翠绿扁方。这种东西我们家有好几根，都是父亲的第一个妻子留下的，我那个没见过面的母亲是旗人，姓瓜尔佳，娘家是内务府的，平日是旗装打扮，梳两把头，穿花盆底鞋，家里有她的相片，很有派头的一个妇人。扁方是插在头发和缎子板之间的簪子，一指宽，长七八寸，两头是圆的，扁而光滑。瓜尔佳母亲留下的扁方有木头的、骨头的和银的，还有一根赤金的，被父亲收着，说是等我出门子的时候给我压箱底。莫姜的扁方着实与众不同，晶莹剔透，温润可爱。她不让我碰，只能她拿着让我摸，说是万一掉地上就碎了。我摸着那扁方，心里满是贪婪和嫉妒，故意挑剔说扁方上有几处黑点。莫姜收了扁方说那是翡翠上的瑕疵，我说有瑕疵的就不是好东西。莫姜说大羹必有淡味，至宝必有瑕秽，大简必有不好，良工必有不巧；物件和人一样，人尚无完人，更何况是物。

我当时年纪小，对莫姜的话似懂非懂，一向崇尚完美主义的我，到今天才理解“大羹必有淡味”的含义，毕竟还不算晚。后来莫姜离开我们家时，把那个暗红的袜子板给了我，我却一次也没用过。时代变了，尼龙袜子风靡全球，这种袜子是永远不会磨破，永远用不着袜子板的。今天，人们又追求棉线袜子了，线袜子没等穿破就扔了，再没有露脚后跟之羞，总想用用莫姜的袜子板，总也用不上。有个朋友叫雅君，前年在筹建妇女博物馆，连哄带要，用一张捐赠证书换走了我的袜子板，拿去当了展品，展品的说明是“补袜子用具”，却不知它背后的故事更精彩。

父亲老是夸莫姜，夸的前提必定拿我当陪衬，一定是先说我哪儿哪儿做得不对了，然后是：看看人家莫姜……怎么怎么的……多规矩！

莫姜的性情静得像水，手却老不闲着，总是在做着与饮食有关的事情。在漫长的冬日，我与莫姜围炉而坐，我们凑在一起是因了火炉的温暖，因了屋里难得的一会儿太阳。我在折腾那永远搞不清楚的数学，莫姜不知在鼓捣什么，待我疲倦地放下书的时候，炉圈上则站满了洁白如雪的兔子、刺猬、鸭子、乌龟……都是莫姜捏的小点心，精巧美丽，里面的馅是豆沙和枣泥。我忘乎所以地将那些兔子、刺猬一口一个地往嘴里填，那时候还不懂得欣赏也不知道赞美，只是一味地吃，真是糟蹋了莫姜的工夫，愧对了那些艺术品。莫姜坐在对面，抬起她轻易不抬起的头，微笑地看着猛如饕餮的我，看得出我这毫不遮掩的性情让她高兴。

莫姜做饭的手艺是化腐朽为神奇，极普通的东西到了她手里就会变得绝妙无比。比如我们家后院那些堆积如山的松树枝子，一度成为累赘，偌大后院简直被搞得下不去脚。莫姜闲下来的工作是烧松树枝，正如她的性情，不是烈焰蒸腾地猛烧，是只冒烟不出火地慢燃，松树枝上架铁箅子，箅子上摆着她灌制的肉肠。跟街上卖的香肠不同，莫姜灌的肠是在锅里煮熟以后才上箅子熏的，并且只能用松枝熏才有味儿。一批肠要熏制十天，也不用管它们，肠在烟中，顺其自然。这种自制松肠成了我们家的传统食品，父亲拿它来待客、送人。都知道叶家的松肠好吃，慕名而来的大有人在，可是谁也做不出，因为哪家也没有那么多的白皮松枝子能长期点燃。莫姜的松肠走得很远，甚至出了国门到了英国和日本。几年光阴，两棵白皮松的枝杈生生被肉肠耗完了。

叶家主要受惠的是我，因了我跟父亲一样的馋，因了我好刨根问底的禀性，使我成为莫姜身后的一条尾巴。我喜欢钻厨房，从老王在的时候我就是那里的常客。母亲说我是厨子托生的，对这点我深信不疑，我喜欢厨房的味道和气氛，待在那种氛围中有一种安全感。我们家厨房的灶是用砖砌的，有两个火眼，可以同时蒸炒煎炸，灶膛内还砌有汤罐，以保证随时有热水，这都是老王留下来的。莫姜对我们家的炉灶相当满意，她说做饭全凭火，火跟不上，再好的厨子也得抓瞎。

莫姜在我们家待了近二十年。二十年，我从一个懵懂的小玩闹到一个能撑起家门、嫁不出去的老姑娘，真跟她学了不少，醋焖肉、樱桃肉、核桃酪、鸽肉包、奶酥饽饽、炸三角。自信已深得真传，要不是后来历史的变故，我相信我能当一个不错的厨子。就是今天，已近暮年的我，仍旧是我们家节假日的大厨。饭桌上，吃着吃着我就想起了莫姜，想起了那个女人传奇的一生，常常地走神。也有朋友买了材料，提着上门来，言明要学某某菜，倾心地教了，她们的味道总差着一层，作料工艺都对，缺的是莫姜那不温不火的心劲儿。

莫姜做得最多的是醋焖肉。有用啤酒烧肉的，谁也没想过还有用醋烧肉的，并且还必须是江南香醋。醋一次用半斤，真正的“醋焖”，而绝非点到为止的点缀。醋焖肉不是酸的，是地道的咸甜口，吃到嘴里烂而不柴，爽而不腻，恰到好处。相比之下樱桃肉的做法就简单多了，樱桃肉是把肉切成小丁，加上作料，与鲜樱桃一起装在罐里煨，头天晚上搁炉子上，第二天中午才能吃。这十几个钟头的煨，将樱桃的色味与肉融合在一起，食之如天上珍馐。

莫姜做的吃食，基本是满族口味，我最爱吃她做的鸽肉包。鸽肉包满族又将它称作“包”，是一种游牧民族的饭食，并非汉族的肉包子。莫姜会做，父亲会讲，谈到“包”的出处，父亲说“包”具有纪念意义，明朝万历四十六年七月五日，老汗王努尔哈赤领兵打仗，走到一个叫清河的地方，一点儿吃的也没有了，清河的农民给努尔哈赤送来了几只鸽子、一些白菜，汗王把鸽子烤熟了，和着米饭用菜叶包着吃了。有人问这叫什么，努尔哈赤说叫“包”。打了胜仗，“包”也成了满族的传统吃食。可是粗犷的“包”到了莫姜手里立刻变了模样，非是平常旗人家所做的白菜叶子包酱拌饭。莫姜的包非常讲究，得选上好的白菜心，要小要圆，只能包一把饭。再把小鸽子肉剔出来，切成丁和香菇炸酱，拌老粳米饭，点上香油，撒上蒜末，用拍过的白菜叶子包了，捧在手里吃，吃的时候包不离嘴，嘴不离包……只吃包不行，还要配上好的粥，冬天是羊肉粥，初春是江米白粥。

“口之于味也，有同嗜焉”。有了莫姜，一度父亲曾频繁地大请客，饭桌之上，宾客云集，一通大嚼，肴核既尽，杯盘狼藉。最让客人们开眼的是莫姜做的“熟鱼活吃”，一条糖醋大鱼端上桌的时候，鱼的嘴还在张合，浑身还在动弹。宾客都说这是绝活，一定要见见厨师，父亲让我到厨房去叫莫姜，莫姜不来，客人们憋不住，都跑到厨房来看莫姜。一位太太好奇地询问鱼的做法，大概也想回去如法炮制。莫姜说取活鱼，快刮鳞，开膛去脏，挂糊，垫着搌布捏住鱼头，将鱼身放入急火油锅中炸，再用糖醋汁一浇而成。我料定这位太太做不成功，因为莫姜没告诉她在鱼活着的时候要灌白酒，有了白酒的刺激鱼才能张嘴活动，神经才处于麻痹状态。当然，每个厨师在技术上都有自己的秘诀，不是有什么说什么的。

这样精彩的厨师母亲似乎并没看上眼，在我的感觉里，自始至终母亲和莫姜总是隔着一层，这种隔膜一直延续到她的离世，也没有更进一步地走近。在莫姜跟前，母亲时刻要体现出一种“救世主”的优越，在她的心里永远记忆着她从厨房端来的那碗豆汁，记忆着莫姜跟随父亲初到我们家穷途末路的落魄。她不止一次对莫姜说，莫姜啊，你说你是怎么混的，穷途潦倒，我不留下你，你就得流落街头，冻饿而死呀。言下之意是提示莫姜要时刻感恩戴德，可莫姜偏偏地不会说传递感情的话，她只是低着眼皮说，是的，四太太。

母亲就不满意，私下说莫姜薄唇细眼，骨瘦肩削，一副贫穷之相，特别是脸上的疤，让她这辈子彻底完了，别再做富贵安泰之想。父亲则说，人不可貌相，海水不可斗量，疤痕是浮着的东西，疤痕之下，莫姜相貌平静像寒玉，神色清朗如秋水，那气质不是谁都有的。父亲这样在母亲面前称赞莫姜，倒让母亲说不出什么了。其时莫姜已不年轻，将近六十岁了。

三

对于莫姜，我一直如雾里观花，看不透彻。问过她的手艺从何而来，莫姜说是跟男人学的。我说，就是那个砍你一刀的男人？

莫姜说刘成贵脾气坏但是手艺好，从十五岁就给王玉山打下手。我问王玉山是谁，莫姜说，您真不知道王玉山？

我说，我怎会知道王玉山，你知道教我“ㄅㄆㄇㄈ”的马玉琴吗？

莫姜摇摇头。我说，这就叫隔行如隔山。

莫姜说王玉山是西太后的大厨，擅长烹炒，老佛爷封他为“抓炒王”。抓炒腰花、抓炒大虾、抓炒鱼片都是拿手，王玉山做的抓炒里脊成为西太后的最爱。因为这道菜太普通，谁都能做，越是谁都能做的菜越能显出水平，王玉山能把普通菜做得不普通，这就不简单了。所以西太后走哪儿都带着他，就是庚子事变到西安，也没把他落下。我说，你那个浑蛋男人原来还是御膳房的。莫姜说她的手艺跟刘成贵比差远了，刘成贵要是在我们家，能做出满汉全席来。我说，动辄拿菜刀砍人，谁敢用？你也是太窝囊，刘成贵要敢跟我动刀，我就抡烧火棍，演一出《杨排风》也未可知。

有事没事，我就跟莫姜提她的“浑蛋男人”，从莫姜嘴里我知道了，刘成贵是宫里的厨子，是“抓炒王”的徒弟。慈禧有自己的小厨房，叫寿膳房，在宁寿宫，沿袭的是顺治母亲孝庄太皇太后的寿膳房，以菜肴精细而著称。慈禧在南海丰泽园宝光门的北面和颐和园乐寿堂的东面都有自己的厨房，有厨师三百多人。光绪的御膳房在养心殿，他的御膳房按历制配备，用现在话说就是“大灶”，缺少细腻。光绪的皇后住在钟粹宫，也有自己的小厨房，是慈安太后留下的。刘成贵在颐和园寿膳房当差，在北宫门外租房子住，平时不进紫禁城。慈禧死后，寿膳房的厨师们大部分出宫去了，刘成贵出宫后在北京东兴楼当厨子。东兴楼是北京的大饭庄，坐落在东华门外头，是专门接待军阀政客的地方，一般老百姓在那儿吃不起。创办它的人是宫里管书籍的，人叫“书刘”，很有背景。东兴楼的厨子分四等，“头火”“二火”“三火”“四火”，“四火”必有十几年经验，还只有做汤菜的资格。在别人还在当“小力巴”的时候，刘成贵已经在东兴楼掌勺当灶了。宣统长大后，曾一度为养心殿御膳房的饭食粗劣而生气，将掌案叫来严加训斥。掌案详细禀报了慈禧小厨房的事情，宣统就把慈禧小厨房的人又叫回去在御膳房干。这样，刘成贵代替他的师傅“抓炒王”再一次进了紫禁城。

莫姜说她男人的坏脾气是出了名的，跟谁都闹不到一块儿去，要不是因了手艺好，早就被开了，所以他的周围一个知己的朋友都没有。在溥仪被赶出了紫禁城后，她男人自然也出了御膳房。我问莫姜是什么时候嫁给刘成贵的，莫姜说就是在他出宫的时候。开始也不知道刘成贵一身毛病，结了婚第三天，有人来家里拉桌椅板凳，才知道这些东西都是借的。刘成贵的好手艺挡不住他挣钱，但是好赌，钱在他手里就跟流水似的。输的时候，连家里的被卧都让人揭了去，赢了就到花枝胡同找老相好去厮混。莫姜说那个常跟刘成贵来往的娼妓叫卫玉凤，穿着高跟鞋，涂着红蔻丹，烫着飞机头，露着大腿，很摩登，刘成贵在宫里当厨子时跟她就有来往了。我说，这也犯不着拿刀砍你呀，难道就一点儿情分也没有了吗？莫姜说还是怪她，她性情太冷，相貌平常，没本事拢住男人，更何况她比她男人大，大八岁。我问莫姜这婚姻是怎么整的，怎找了个小女婿。莫姜低着头说，不说了吧……

刘成贵落魄无羁，不事生业，家计为之一空。砍人还不是最糟糕的，最糟糕的是他把莫姜给赌进去了，莫姜成了筹码，被输给了一个叫陆六的小混混儿。陆六来北宫门领人，一见莫姜，吓得掉头就跑，一来莫姜脸上的刀伤让陆六摸不着底细，二来莫姜的年纪也出乎陆六的想象。他不想找个妈，找个累赘。典当妻子，实属下流无耻，刘成贵无脸面回北宫门，从此销声匿迹，再不见踪影。有传说是成了“倒卧”，“倒卧”就是冻死在街头的人，赌徒刘成贵死在街上，一点儿也不稀奇。我替莫姜庆幸，那个又赌又嫖的凶残男人，如若活着，还不知会给她带来怎样的灾难，还要增添什么样的伤痕。脸面是女人最重要的部分，一个女人的脸面被他人破坏了，那将是她人生的最大不幸，再无幸福可言。特别是我看到母亲在对着镜子描眉搽粉的时候，我往往为莫姜而悲哀。没有那个刘成贵，莫姜何以如今日这般寄人篱下，小心翼翼，谦谦为人？那个死鬼厨子，冻死在街头真是活该极了！莫姜说，个人有个人的命，不能强求，眼下这样，她很知足了。

我没有把莫姜的这些隐情告诉别人。我知道，谁都有自己不想让人知道的秘密，比如我，期末数学考试得了 9 分，我偷偷把成绩单改了，在 9 旁边又加了个 9，这样的事情当然只有我自己知道，我是连莫姜也不会告诉的。做人得学会“守口如瓶”不是？还有，我喜欢我们班的男生刘大可。刘大可不喜欢我，我就让莫姜做了奶酥六品给他，并且说是我做的，以提高我的身价。奶酥六品让刘大可惊奇，小子哪儿见过这个，他爸爸是电车卖票的，每到一站都得下车，最后一个再挤上去，跟奶酥六品差得还远。得了奶酥的好处，刘大可带我去坐他爸爸的电车。坐电车是次要的，主要的是能单独跟刘大可在一起，从北新桥到东四坐了三站，把我激动得浑身哆嗦。这些我照实跟莫姜说了，不说我憋得慌，莫姜对此不置可否，说以后要吃什么点心尽管说，奶酥六品以外她还会做什锦点心、马蹄烧饼、豌豆黄、芸豆卷……莫姜没把我送奶酥六品的事告诉家里大人，当然，她的事情我也不会到处张扬，彼此心照不宣罢了。

长期与莫姜相处，相入相化而不觉，竟也不觉得她怎么丑了。有时甚至还暗自庆幸她有这个疤，有了疤她才能留在我们家，要不，她指不定到哪儿去了，轮不到父亲把她捡回来。

那是一个炎热的夏日，母亲和父亲去听戏了，戏名是《鸿鸾禧》，没带我去，是因为改分的事情败露，老师找家长了。《鸿鸾禧》就是《豆汁记》，是荀慧生演的。荀慧生是京剧四大名旦之一，不能去看损失实在是大，心里就很不痛快。坐在廊下，托着腮，看着移动的日影，百无聊赖地发呆。莫姜给我端来一碗酸梅汤，对我说，女孩儿家家的，不能托腮。我问怎的不能托腮，莫姜说就是不能托。莫姜这样地“教训”我，都是在母亲不在的时候，当着我的母亲，她绝不会说我的任何不是，背过母亲，她会些许露出一点儿对我的亲近，但也是极有分寸。莫姜的酸梅汤在冰桶里冰过了，泛着桂花的香味，喝一口，全身通泰，美！乌梅是我从西口“达仁堂”药铺买来的，桂花酱是院里桂花腌制的，两样东西混到一起竟然达到了如此美妙的效果。炎炎的盛夏，冰凉的酸梅汤，沉沉的四合院，干净利落的老太太莫姜，成了我永难失却的记忆。我给莫姜讲述父母去看的《豆汁记》，莫姜说她看过，是筱翠花演的金玉奴，筱翠花扮相很美，踩着跷，婀娜多姿的。我问莫姜在哪儿看的筱翠花，莫姜闭了嘴，再不回应。莫姜进厨房了，我在院里扭扭捏捏地学唱金玉奴，“人生在天地间原有俊丑，富与贵贫与贱何必忧愁”，我觉着自己唱得不错，身段也好，将来如果不做厨子就去当戏子，这两个职业都是我的至爱。

二门里晃晃悠悠进来个老头儿，衣衫褴褛，落魄不堪，老头儿后头跟着个半大小子，趿拉着张开嘴的靸鞋，穿着大裤衩子，两人一样的脏臭，一样的龌龊。我问他们找谁，老头儿说找姓谭的。我说这儿没姓谭的，他说他打听半个多月了，就是这儿。小子接茬儿说，没错，就是这儿！莫姜听到院里的说话声，破例从厨房走出来，站在东廊下，定定地看着来人，老头儿也一动不动地看着莫姜，站了半天，谁也没说话。突然，莫姜哇的一声哭了，蹲在地上用手捂着脸。老头儿有些慌乱，一双污脏的手使劲儿地抓捏裤子，木讷地说，我对不住你……莫姜。莫姜说，你还活着？还活着……

我问老头儿是谁，老头儿说他是刘成贵。我说，你不是死了吗？

刘成贵说，我活着跟死也差不多了。

我说，你把莫姜卖了，莫姜现在跟你一点儿关系都没有，还来找她干什么？

刘成贵说，我错了……

莫姜脸色白得像纸。我问莫姜，这老头儿果真是刘成贵？莫姜点点头。“死去”的人又复活了，这事变得有点儿复杂，我一时不知怎么办才好。刘成贵气力有些不支，挪了几步坐在台阶上，看见我那碗没喝完的酸梅汤，问我他能不能喝，我没言语。他许是渴得狠了，还是端起来喝了，喝完说，乌梅是药铺买的，一股党参黄芪味儿，桂花不能用蜜渍，得用绵白糖。不愧是大厨。

半天，莫姜缓过劲儿来了，问刘成贵有什么打算。刘成贵说他现在这副模样还能有什么打算，兜里没钱，身上有病，除了莫姜，他再没别的亲人了。莫姜说，回来也好，咱们好好过日子，有我一口就有你一口。

我说，莫姜，你可想好了，他是只狼！

莫姜含着眼泪对我说，您说我能怎么着呢，摊上这么一个男人。

刘成贵说，我们是敬懿太妃指的婚，名正言顺的。

我说，呸，去你的太妃吧，坑人不浅！

我们说话的时候，那个半大小子就在院里转，看着敞亮的北屋说，爸，咱们今天就住这儿吧？

莫姜说这里是住不得的，这儿是叶四爷府上，四爷和太太马上就回来了，有话到外面去说。小子不听，索性在父亲的躺椅上躺了下来，摇来摇去，把椅子弄得嘎吱嘎吱响。小子对莫姜说，你住哪儿我爸就住哪儿，我爸住哪儿，我就住哪儿。我问这个无耻的小子是谁，小子说他是刘成贵的儿子，按规矩，他应该管莫姜叫娘。莫姜有些手足无措，刘成贵解释说小子叫刘来福，他娘姓卫，死了。

嗬，妓女卫玉凤的后代。

我不知这出戏该怎么往下演。

太阳西沉，是散下午戏的时候了，父母亲马上就要回来了。莫姜脸憋得通红，转了几个圈说做下人的，不能给主家儿添乱，只要出去，怎么着都好说。小子大大咧咧地说，我们要吃的住的，穿的戴的，使的用的……又补充说，住的不能窄憋，穿的不能寒碜，吃的不能凑合。我看出来了，这小子年纪不大，是个混混儿，无赖。我说，你真不要脸！

小子现在成了主角，眉毛一挑说，这是我们家自己的事。

刘成贵说，现在能有碗荷叶粥喝最好，就八珍鸭舌，解饥又下火。

一切好像倒过来了，好像是莫姜亏了他们，欠了他们，让他们受苦受难了，在他们面前，莫姜得赎罪。

好不容易，莫姜带着刘成贵走了。父母的晚饭是我给做的，初试牛刀，小露锋芒，印证了我的模仿能力和动手能力，海米冬瓜汤，肉片焖扁豆，胡桃鸡丁，都是夏日的家常饭菜，都是临时急就而成，不需慢功烹制的。父母到家时，饭菜已经摆到桌上了。父亲在饭桌上大赞荀慧生的《豆汁记》改得好。原来的《豆汁记》是以大团圆结尾，即金玉奴被林大人从江中救起，以义女名分许配莫稽，洞房中一通棒打后，夫妻和好。经荀慧生一改，变成了洞房内一通棒打，将莫稽以忘恩负义、害人性命的罪名撤职查办，以金玉奴“多谢义父为我报仇雪恨，回家去勤操劳做针业，我侍奉爹尊”结束，既善恶有报，又出了气。我告诉父亲，这顿饭完全出自我的手之后，父亲惊奇地说，丫儿长本事了，已经能够“侍奉爹尊”啦。

母亲问我莫姜在干什么，我说一个叫刘成贵的，带着儿子刘来福找来了。母亲看着父亲说，莫姜说过是无亲无故的……怎么有男人还有儿子？

父亲沉吟了一下说，莫稽没想到金玉奴成了林大人的女儿，金玉奴也没想到自己婚姻一场，临了还得回家去“做针业”……世间出人意料的事情很多很多哪。

母亲说，她来的时候如莫稽一样可怜，是我们一碗豆汁救的，收下了她。这倒好，她站住脚了，家眷也来了，敢情“莫稽”身后有一大家子人。

父亲问我刘成贵怎么打算，我说刘成贵要吃八珍鸭舌喝荷叶粥。父亲一听就乐了，说这个刘成贵是个内行。母亲把碗一推，让父亲赶紧拿主意，父亲的回答只四个字：顺其自然。

我知道父亲是舍不得莫姜那精湛的厨艺。

那晚莫姜没有回来，如何应对那一对父子，我替她发愁。

四

莫姜走了，母亲不得不再次下厨，我们家又恢复了炸酱面、熬白菜的岁月。现在，我和父亲想念的再不是厨子老王，而是他他拉·莫姜。我才知道，莫姜姓谭，辛亥革命后，满人多随汉姓，正像我们家“叶赫那拉”，姓了“叶”一样，“他他拉”就姓了“谭”，莫姜应该是谭莫姜。后来实行了户口制度，登记的时候莫姜却又没姓“谭”，还是姓“莫”。山中无老虎，猴子称大王。没有了莫姜，我便成了大厨，只要学校没有课，我的大半时间全扎在厨房里。之所以心甘情愿地与红盐白米打交道，是源于我与生俱来的对厨艺的偏爱，就像我后来偏爱的文学。做饭和写文章是相通的，在谈论文学创作时我常用做饭来打比喻，写文章好比和面，初写成不过是刚把面和成了一个团儿，面得不停地揉，文章得不停地改，面里的疙瘩揉开了，文章里的硬伤病句改过了，只是完成一半。还不行，面得搁在一边饧，最少得饧俩钟头，文章得搁，最少搁半个月，饧好的面再揉，搁过的文章再改，基本就可以拿出去了。急茬的面（疙瘩汤除外），急就的章（除非天才），一般禁不住推敲。火候到了，饭就熟了，人品到了，文就熟了，就这么简单。大家听了笑我，笑我的文学理论就是一个主题——“吃”。莫姜饭做得好，是莫姜火候把握得好；莫姜是不会写小说，倘若她能写，应该是大家。

依着父亲“顺其自然”的态度，我们尊重莫姜的选择，是去是留全不干预。晚上，看着莫姜空荡荡的小床，看着月影在房内的移动，我难以入睡，不知莫姜在哪里……

一个月后，莫姜回来了，憔悴了许多，却依旧干净利落。这使我想起了“托身已得所，千载不相违”的古训，莫姜是个知情知义的人。她没有解释刘成贵的“死而复生”，也没有谈论那平地冒出的儿子，只是说给我们添了麻烦，对不住四爷四太太。父亲给她加了工钱，每月 15 块，就算是我们正式地雇用她了。

莫姜不再与我同住，她每天回家了。她在王驸马胡同一个杂院里租了两间南房，竟然和那个赌徒加凶手过起了日子。后来我才知道，莫姜是把那个翡翠扁方卖了，用那钱安顿了这爷儿俩。王驸马胡同，离我们家不远，隔着一条街，每天早晨莫姜早早就来了，晚上吃完晚饭，收拾完了才走。我不理解莫姜为什么要接纳刘成贵，也不能想象她和那个浑身馊臭的老头子躺在同一个炕上会是怎样一种情景。谁把我卖了，我会记恨他一辈子，谁砍我一刀，我永世不会原谅他！说得好听莫姜是善良，是宽容；说得不好听就是贱！我没好气地对莫姜说，告诉那个混蛋啊，不许他上我们家来。莫姜说，他不来，他在东直门外粉坊帮忙呢。

粉坊是把绿豆做成粉丝的地方，终日蒸汽腾腾，汤水淋淋，粉坊的附带产品就是豆汁和麻豆腐。无论是豆汁还是麻豆腐，都是不能登大雅之堂的粗食，羊尾巴油炒麻豆腐再好吃，不上菜谱。一个皇帝跟前的御厨，沦落到做豆汁的份儿上，也算是"地覆天翻"了。该着！我说，那个糟老头子，站也站不稳的，还能在粉坊干活儿？

莫姜说，怎么是糟老头子，他比我还小呢，小八岁。

我说，他得靠你养着吧？

莫姜说，过日子，能说谁养活谁呀？

明显地，莫姜已经站在"老混蛋"的立场上说话了，轻描淡写，息事宁人，以忍为阍，苦头吃得还不够。

莫姜说刘成贵"不会来"，刘成贵还是常偷偷摸摸往我们家跑。刘成贵来了，不敢进二门，只是躲在东南角厨房的小院里，怕我看见，知道我最不待见他，常常是打听好了，趁我不在的时候来。比起莫姜来，刘成贵有些老态龙钟，不唯腿脚不利落，手和胳膊还发颤，一代名厨现在连炒勺都掂不起来了，这叫恶有恶报。有时候刘成贵被我在门道撞见，他会惶恐地闪在一边，不敢拿正眼瞧我，嘴里嗫嚅着，我来给她……送点儿东西……我根本不理他，就像没看见一样地从他跟前走过去。这种无言的鄙视是最好的报复，不是为我，是替莫姜。

再看见他，手里果然提着东西，不是麻豆腐就是豆汁，以证实“送点儿东西”是不虚。

父亲似乎不反感刘成贵，有时候知道刘成贵来了，就把他叫到里院来聊天。刘成贵进里院从不走垂花门，而是由厨房的小门进，顺墙溜，沿着东廊进北屋，进来也不坐，垂手站着，以示卑微。我一见他这副孙子模样就反感，就拿眼瞪他，想他抡菜刀的时候是何等凶恶，何等无情，现在装得跟避猫鼠似的，骗谁呀，狗奴才！父亲让他坐，他说不敢。父亲说现在解放了，都是人民了，没有了高低贵贱之分，没有那么多礼数了。刘成贵还是不坐，还是站着，说他站惯了。父亲说，你成了《法门寺》里的贾桂，站惯了。

刘成贵说，四爷跟西太后是本家，看在老先主儿的分儿上我也得站。

我说，让他站着，没让他跪下就便宜他了。

父亲惊奇地看着我，不满地说，你什么时候学得这样刻薄，老刘师傅头发都白了，你跟一个老人能这样说话？有工夫我得上你们学校一趟，跟你们的校长谈谈，把学生都教育成这样不行。

我一掉大屁股，出去了。

父亲跟刘成贵聊的多是吃饭的事情，扯什么满汉全席 134 道热菜、48 道冷荤的内容，不厌其烦地用纸记了，说是要写文章。那时候父亲刚进政协，对搜集文史资料充满了热情，一礼拜恨不得写八篇文章往上递，说有些东西不写下来就丢了。父亲是光绪十四年生人，被慈禧派出去留学，学成回国，老佛爷驾崩了，到了也没目睹上老佛爷真容。刘成贵是见过慈禧的人，据他给父亲介绍，老佛爷精力充沛，食量惊人，只要肚子稍稍感觉到空，只要是没什么事情好做了，就得吃东西。有一回在颐和园景福阁刚吃完小吃，往谐趣园走，景福阁和谐趣园相隔不远，几步路，还是下坡，老佛爷不要坐辇，说要遛遛食儿。走着走着突然停下来，不知为着什么，要吃鱼羹，厨子就得拿出带着的小灶，当场制作，当场品尝。刘成贵说，老太后实际是死在嘴上，您太贪吃，太没有节制。有时候半夜醒了还要吃“烧猪肉皮”，最喜欢的清炖肥鸭几乎顿顿要上，夹肉末的马蹄烧饼和炸三角要吃刚出锅一咬流油的，一个七十多岁的老太太怎禁得住这些油腻！深秋时节，秋燥，调理不当，拉肚子了，成了痢疾，硬是拉死了……宫里的御膳并不都好，太精细，吃几顿可以，老吃就停在肚里不走了，弄得皇上和几位太妃的胃肠都不好。民间吃得糙，大眼窝头麻豆腐，绿豆杂面腌菜帮，吃着舒坦，拉着痛快。

这些话，好像不应该是从御厨嘴里说出来的，刘成贵自己在砸自己的行当。几十年后我才悟出刘成贵的道理：器具质而洁，瓦瓮胜金玉；饮食约而精，园蔬逾珍馐。布衣暖，菜根香，恬淡平静的百姓日子是最弥足珍贵、最舒服养人的。此经验非一番磨砺不能悟出。

自从刘成贵在父亲的怂恿下开始登堂入室以后，东直门外粉坊的豆汁和麻豆腐就经常在我们家的饭桌上出现。豆汁和麻豆腐同属绿豆淀粉和粉丝的下脚料范畴，将绿豆泡涨，捻皮，加水磨浆，倒入大缸发酵，下沉者是淀粉，上浮者是豆汁。豆汁酸而浊，一股泔水味儿。麻豆腐是做粉丝的剩余物，颜色青绿，有豆腐渣的嫌疑。刘成贵是个狈，动嘴不动手，在他的指导下，下里巴的麻豆腐被莫姜做得精致无比。羊腰肉切丁，香油烹炒，放入青豆、雪里蕻、胡萝卜丝，单搁出；再炒黄酱，将蒸过的麻豆腐倒入，炒至香味四溢再把备好的作料掺进去，充分融合，起锅，盛入淡青色盘中，中间打个窝，浇上现炸的辣椒油，四周撒上青韭，一盘色香味俱全的炒麻豆腐就可以端上桌了。炒麻豆腐的味道往往传得很远，胡同里一旦飘出那特有的香味，人们便知道，叶家又在吃麻豆腐了。相比，豆汁的做法比较麻烦，刘成贵在送豆汁的时候还要捎带从东直门棺材铺带些锯末来，熬豆汁切忌滚开大火，大火熬的结果是渣是渣，水是水，在锅里还浑然一体，盛到碗里，不待上桌，便汤水分离了。刘成贵的做法是，豆汁烧开用锯末熬，点着的锯末永远处于似燃非燃状态，豆汁便永远处于似滚非滚模样，水乳达到充分交融，喝起来酸中带甜，酵味实足。父亲翻出一本老旧的书，上头有说豆汁的，"糟粕居然可做粥，老浆风味论稀稠。无分男女齐来坐，适口酸咸各一瓯"。鸡鸭鱼肉固然高贵，却不如其貌不扬的豆汁滋味悠长。

但是我拒绝刘成贵拿来的豆汁和麻豆腐。这些吃食，隆福寺小吃摊上都有，不稀罕"老混蛋"的赐予。

我已经上高中了，活动的范围和自由程度都非小学时代能比，对同班同学顾寅颇有好感，下学常约了顾寅到隆福寺东边夹道去喝豆汁。摊上的豆汁尽管没有家里的地道，但是有焦圈可配，还有咸菜丝。更主要的，是有顾寅在旁边，并不是为了喝豆汁，我们主要是欣赏豆汁摊的环境，头顶一个白布棚子，一个绷着脸、目不斜视的老头子，两条长板凳，一张小矮桌，周围是闹哄哄的人，左边是卖炸灌肠的，右边是卖切糕茶汤的……这是谈恋爱极好的地方。此时的我，再不会让莫姜做奶酥六品来为我壮门面，足见我对这场恋爱的认真。

三年困难时期开始了，粮食日趋紧张，副食也开始计划供应，每人每月四两清油，一斤肉，连碱面和肥皂也要用购货本去买，莫姜纵然有天大本事也再做不出一咬流油的炸三角来了。父亲的单位里，干部们主动削减粮食定量，党员带头，从三十斤减到二十八斤、二十四斤。父亲说他每月有十斤粮食足够了，为保险起见，他给自己定了十二斤定量。依着父亲的算计，在那些红焖笋鸡、清蒸鲥鱼、烧鹿尾、烤羊腿以外，也真的吃不了多少饭了。单位领导没有理会父亲的想法，很理智地给定了二十八斤半，为此父亲还愤愤不平，认为人家挫伤了他的积极性。莫姜有些失落，有几次我到厨房去找吃的，看见她挓挲着手在厨房里转，不知道该干什么。粮食按说不少，却突然变得不够吃，每月 24 号一大早就得到粮店排队，买下月粮食。父亲因了他的职务，每月多有供应，但极有限，无非是些黄豆和伊拉克蜜枣，有时是几斤咸带鱼。莫姜不会做咸带鱼，她拿着那干瘦的长条问母亲，是用温水发还是上屉蒸？我由此推断，慈禧老太太是绝没吃过咸带鱼的。

连青菜也少见了，入冬，每户每人配给了五斤粮票的白薯，一斤粮票买六斤白薯。我们家用架子车拉回一车，堆在院子里，父亲见了那些白薯高兴地说，这回可以吃拔丝白薯了。

莫姜愁眉苦脸地说，四爷，拔丝好做，油呢？糖呢？

父亲说他就是说说而已。

有人发明了用“双蒸法”做米饭，据说可以多出三分之二的饭量。街道上推广，母亲让莫姜去学，莫姜不去，母亲去了，回来照章操练，把米先炒了再蒸，果然爆米花似的发起不少，母亲很高兴。莫姜说，米还是那些米，哄了眼睛哄不了肚子。母亲还学会了做人造肉，吃小球藻，净弄些莫名其妙的东西让我们吃。

那一阶段，莫姜和母亲常出东直门，到人家收获过的地里去捡剩儿。捡剩儿的城里人挺多，老娘儿们为半截萝卜、一块菜帮而打架。逢有争执，都是母亲出头，莫姜不会吵架，她连大声说话也不会，她只会用头巾遮着半张脸，在旁边呆呆地站着。母亲回来，得意地张扬着她的收获，莫姜则一头扎进厨房再不出来。

好像一切都变了，都倒过来了，南营房穷丫头出身的母亲在此时此刻展现了她无可替代的优势。

饮食问题变得越发严酷，不少人出现了浮肿，莫姜面对的不再是抓炒芙蓉鸡片、滑溜鱼片，而是如何向我母亲学做疙瘩汤，如何将豆汁饭做得黏稠腻糊。当我发现自己的腿按下去也成了一个坑的时候，母亲哭了，一向“顺其自然”的父亲也背过身长长地叹了口气。父亲不顺其自然也得顺其自然了。

我们期盼着刘成贵送来豆汁，在饥饿面前，我再不能矜持，即便是“老混蛋”拿来的东西，也照喝不误了。

粉坊成为国营，还在生产着淀粉和粉丝，市面上豆汁和麻豆腐早已绝迹。刘成贵负责夜间看门任务，大约是本单位的职工，还时时能分得一些豆汁。“老混蛋”提着豆汁，迈着蹒跚的步子，进东直门，拐南小街，将豆汁送到莫姜手里……我不能想象，如果没有东直门外那个国营的粉坊，没有刘成贵和那些随时供应的豆汁，我那年迈的父亲是否能熬过那艰难的岁月。不知是我们家的豆汁救了莫姜，还是刘成贵的豆汁救了我们。

想起了莫姜的话：过日子，能说谁养活谁呀？

五

转眼到了 1966 年，那年莫姜整七十岁，过完了七十岁生日莫姜提出辞工的要求。

莫姜已经没有精力料理我父母亲的一日三餐，刘成贵成了她生活的一大负担，六十二岁的刘成贵早早地落了炕，瘫痪了。年中我给莫姜送钱去，是父亲的意思，为的是不忘莫姜二十来年在我们家的好处。我在杂院的小南屋见到了刘成贵，见识了那个简单得不能再简单的家，两把椅子一张床，一张摇摇晃晃的桌子，桌上茶盘里有两个磕了边的茶碗，一把有“孙悟空三打白骨精”图案的茶壶，正面墙上贴着五年前的奖状，是奖给民兵打靶第一名刘来福的。刘来福在京郊一家国防工厂当工人，自从当了学徒以后就淡出了这个家庭，在厂里住集体宿舍，逢年过节也不回来，也不给家里钱。我知道，以莫姜的恬淡性情不会和刘来福去计较，在我看来，那个是非小子能独立出去也未必是坏事，有他在家里掺和只能是添乱。刘成贵坐在炕上歪着脑袋流着哈喇子，脖子上婴儿一样围着小围嘴儿，见我进来，嘴里呜啦了半天，不知说些什么。莫姜说刘成贵吃喝拉撒全得人照顾，心里什么都清楚，就是说不出话来。

莫姜问我父亲的情况，我说医院检查出是胃癌晚期，这病挺麻烦。莫姜说，四爷是好人。

我看着莫姜给刘成贵喂饭，一勺一勺把些个糊状的东西喂进那张㖞斜的嘴里，刘成贵边吃边顺嘴角往外流，莫姜就得迅速用碗边接了，用手巾把嘴擦净，再喂下一口。其细致与耐心，不异于关照一个婴儿。碗里的糊糊散发着热气也散发着香味，那是我从未闻过的味道。我问莫姜喂的是什么，莫姜说菜汁、黄豆大米面加鸡蛋黄。我说刘成贵口福不浅，还有鸡蛋黄吃。刘成贵呜啦了几句，莫姜翻译说，他说了，要是用甲鱼汤再加点儿嫩羊肝煮，就赶上西太后喝的什锦粥了。阳光照射在屋内，光线中飘浮着细细的微尘，一切似乎都变得很柔和。刘成贵一脸的满足，一脸的幸福；莫姜一脸的平静，一脸的爱意。折腾了一辈子的夫妻，到老了竟然是这样……

这样的日月大约是老夫老妻们必要经历的过程吧。

我父亲的病一日重似一日，我三天两头跟父亲的单位要车去医院，单位开始还给派，后来连人也找不着了。老三被关在牛棚里，我只得借隔壁人家的平板三轮拉父亲去医院，我在前面蹬，母亲在后头推。我想，亏得是老夫少妻，否则我的车上得拉俩。医院里空空荡荡的，大夫护士都去“造反”了，母亲没了辙，只会掉眼泪。父亲瘦得成了一把骨头，无论是八珍鸭舌还是豆汁稀饭，对他都没有了意义，他的生命如摇曳的油灯，在“顺其自然”中渐渐熬尽。

一件绝想不到的事情发生了，一个燠热的早晨，刘来福领着一伙人到我们家造反了。刘来福已经改名叫作“卫东彪”，是随了他母亲卫玉凤的姓。也就是那天，我才知道刘来福并不是刘成贵的亲子，而是卫玉凤的遗留，他的真父亲是谁，无从查考。卫东彪自言苦大仇深，他的母亲被万恶的旧社会迫害致死，刘成贵名为继父，待他实同奴隶，非打即骂，不给饭吃，使他幼小的身心受到极大伤害，是可忍孰不可忍，他不能再沉默，他要造反了，造这个日本汉奸的反！我听了半天，敢情跟我们家没什么事儿，就说，有账你找刘成贵算去，我们家姓叶！

这下卫东彪炸了，将皮带狠狠一抡，发出嗖嗖声响，指着我说，别以为革命群众不知道你们的底细，叶赫那拉，你们窝藏了谭莫姜几十年，谭莫姜是什么人？谭莫姜是漏网之鱼，是封建主义的残渣余孽，你们家跟她是一丘之貉！刘成贵是你们家座上之宾，刘成贵是伪满洲国汉奸头子溥仪七品顶戴的副庖长！造反派一听这揭发都很兴奋，开始喊口号，打倒我父亲，让我父亲出来接受批斗。有人开始往墙上刷大标语，卫东彪领着人往屋里冲。

莫姜不知从哪里闪了出来，揪住了卫东彪的胳膊。莫姜脸上那道生硬的疤在太阳下泛着红光，苍白的头发衬得那张脸绝望而凄迷，任谁看了这张脸，心都会发出无法抑制的战栗。莫姜说，我自己的事我自己担着，我不过是叶家的一个厨子，一日三餐，按月拿钱……卫东彪抬手照着莫姜的脸就是一巴掌，清脆的响声让在场所有的人吃惊了。卫东彪说，你的账待会儿算，饶不了你，我现在要找的是叶老四！

卫东彪还要往屋里闯，莫姜拦在卫东彪前面不让进，两个人扭在一起，突然莫姜扑通一下跪在卫东彪面前，嘴里喃喃地说，孩子，我求求你了……

卫东彪说，谁是你孩子？你不要混淆阶级阵线，我告诉你，凡是敌人反对的我们就要拥护，凡是敌人拥护的我们就要反对！

院内口号阵阵。

母亲架着近乎弥留状态的父亲出现在房门口，父亲惨白的面容、深陷的眼窝让所有的人害怕，有人开始往后退了。卫东彪没想到父亲是这般模样，大约也是怕吃不了兜着走，带着大伙很猛烈地喊了半天口号，草草收兵了。莫姜没有走，嘴里不停地说着“对不住四爷”，眼泪簌簌地流。后来她随我回到西屋内，在她的小床上坐了，平静了一会儿对我说，我没想到会是这么一种结局，平白给你们添了这些事儿……咱们在一起住了近二十年，往后怕也没见面的机会了，有些话这辈子想着本不必说了，可还得说……他他拉·莫姜，镶蓝旗，河北易州常各庄人，十一岁被选入宫，充任寿康宫宫女。寿康宫是同治妃瑜妃住处，宣统即位，尊瑜妃为敬懿太妃。莫姜在寿康宫是专职打点太妃用膳的，对于宫廷菜熟稔而有研究。1924 年 11 月，鹿钟麟向退位的溥仪交国民政府大总统令，更改优待清室条件，命令溥仪即日下午出宫。仓皇之中，溥仪和一部分太监、宫女于下午四点从御花园出顺贞门，登车移居什刹海后海北河沿的醇亲王府。溥仪一走，御膳房解散，厨师们散去，各自谋生，这其中也有刘成贵。刘成贵在为溥仪服役时，敬懿太妃要招待娘家人，一度将刘成贵借到寿康宫厨房帮忙。老太妃赞赏小厨子的手艺，特赏银子三十两，白玉扳指儿一个。当得知小厨子还没有成家，尚且单身一人时，老太妃顺便就将旁边伺候吃饭的莫姜许给了厨子。老太太老眼昏花，也没问问双方年纪，金口玉言，板上钉钉，就把事情定了，言明莫姜出宫时成亲。宫里的宫女不像太监终生在宫中当差，宫女一般到二十岁就要出宫，或嫁人或回家，宫廷里没有白发苍苍的老宫女。莫姜二十八岁了，早已过了年龄，只是没有合适替换人选，一直留在太妃旁边，成了一个老姑娘。刘成贵当时还不满二十岁，太妃指婚是件光彩的事，不敢拒绝也不能拒绝。当知道太妃身后站着的那个并不漂亮的宫女已经二十八岁的时候，心里是一百个不愿意。莫姜想得简单，太妃既然指派了，嫁鸡随鸡，嫁狗随狗，后半辈子终是有了依靠。

11 月 5 日，溥仪带领一干人等离开皇宫，皇宫内还有三个老太妃没有安置，一个死的是光绪的瑾妃即珍妃的姐姐瑞康太妃，其灵柩还没来得及安葬，两个活的是同治的两个妃子，荣惠太妃和敬懿太妃。两个老太太一起摽劲儿，誓死不离皇宫。太妃们不是皇上，谁也不能把俩老太太硬扔出去。民国政府让前清室总管内务府大臣绍英去给老太太们做工作，做的结果还是不出宫，但是答应两人搬到同一个宫里居住。太妃们虽然比皇上硬气，也终不过抵抗了半个月，11 月 21 日，绍英等人准备了两辆汽车，把俩老太太接出皇宫，移至北兵马司大公主府居住。临行头一天，敬懿太妃托人把刘成贵叫了来，将莫姜郑重其事地交给了他，让他好好待承这个在她身边服务了十七年的老姑娘。敬懿太妃说莫姜不漂亮，但是懂礼数，性情温和，是她一手调教出来的，娶了莫姜做媳妇是祖上积了阴德，是大福分。刘成贵跪在殿内地上只有磕头的份儿，他做不了老太妃的主。敬懿太妃说，这是天赐良缘，也是我们老姐俩临走做的最后一件好事，夫妇和而后家道成，出去好好过日子吧。说着将一个翡翠扁方送给了莫姜说，东西虽不值钱，却是我用过的，你留个念想吧。又对刘成贵说，娶媳求淑女，勿计厚奁，想你有好手艺，我才把她给了你，怎么着也是我身边的人。荣惠太妃指着殿外庭院里的一棵黑枣树吟道：门前一株枣，岁岁不知老。阿婆不嫁女，哪得孙儿抱。小厨子你听着，来年得了儿子，记着到我坟上告诉我一声。

刘成贵赶紧说，老太妃说差了。

“天赐良缘”给莫姜带来无尽的灾难，刘成贵为还赌债，将家里东西一卖再卖，值钱者也就剩了那个扁方。长者赐，少者贱者不敢辞。莫姜将那个扁方随时带在身边，那是她十七年经历的认证，一旦失去，走过的岁月便也失去了……脸上所挨那一刀，就是刘成贵为索要扁方不成恼羞成怒砍的。溥仪上了长春，在长春成立了伪满洲国。不满意东北的厨子，带去的人手又不够，给旧时养心殿御膳房的老人手带话，希望过去帮忙。大家反感日本人，也不愿意伺候伪满皇帝，都不去。“抓炒王”等老御膳房的人在北海五龙亭东边办起了“仿膳茶庄”，买卖红火。刘成贵没人缘，名声也不好，没人要。刘成贵索性一拍屁股扔下莫姜上了长春，投奔了溥仪。溥仪给封了个副庖长，待遇不薄。第二年将花枝胡同的卫玉凤连同儿子接了去，那儿子到底说不清是谁的，属于有妈没爹的主儿。在东北刘成贵旧习不改，不唯赌，还抽，抽白面儿，钱没攒下，落了一身病。卫玉凤扔下儿子跟了个在满洲铁路工作的日本调度。日本战败投降，据说，调度和他的中国老婆都没有善终。伪满皇帝成了阶下囚，他的手下作鸟兽散，刘成贵衣食无着，流浪东北，冻饿中几近毙命。无奈中想起了莫姜，便带着刘来福进山海关，向京城方向迂回。莫姜说，她一直以为刘成贵已不在人世，没想到，找了来。

我说，我父亲知道这些吗？

莫姜说，四爷全知道，只是不让告诉太太，说太太心底浅，装不下这么多事儿。

莫姜离开时，在父亲床前默默站了许久，末了说，四爷您好好儿的……

如以往一样，退后两步，转身离去了。

如果知道莫姜的想法，我会跟着她走，可惜，我当时没想那么多。

母亲冷冷地看着莫姜，她把这场灾祸归咎于眼前这个破了相的老太太。

院门外，满墙的大标语铺天盖地，滴墨如血，让人不寒而栗。夜深人静时，清凉月光下，我踯躅院中，不能入睡，心像是被什么东西揪着，不踏实，不知是为走了的莫姜还是房内的父亲。

第二天，太阳照常升起，天气照常闷热。

下午时候，3 号的胡大妈悄悄跑进院里，低声告诉我说，在你们家做饭的莫姜死了。

我愣住了，脑子一时转不过来，昨天晚上还在我的房内说话，今天怎会殁了！胡大妈说，老公母俩一块儿死了，把蜂窝煤炉子搁屋里，窗户门都关得严严儿的，大夏天的，这不是成心不活了嘛！

我撒腿就往王驸马胡同跑，跑到杂院门口，看见人们正把死人往卡车上装。刘成贵已经横在车上了，莫姜穿戴齐整，被四个人揪着胳膊腿，使劲儿一悠，悠了上去。后上去的莫姜半个身子压在刘成贵肚子上，姿势十分别扭，侧着的脸正好对着后车帮，半边头发披散下来，盖住了那条疤，这就使得莫姜的脸看上去平静而光润，像是睡着了。我知道，莫姜睡觉就是这个样子，一动不动，无声无息。

站在车后，我默默向莫姜告别。车帮翻了上去，将我和莫姜遮断，从此是再不能相见了，但她将那些樱桃肉、芸豆卷、糖醋活鱼永远地留给了我。

不仅仅是这些吃食，留给我的还有那……一阵酸楚涌上我的心头。

拉着莫姜的汽车向胡同西口驶去，车后一溜烟尘。

西边天空，是一片凄艳的晚霞。

六

“文革”未结束，我便被分配到西北。

一晃四十年。

今年，在北京的一家不小的珠宝店里，我又看到了那根碧绿的扁方，它被单独摆放在一进门的位置上。瑕疵依旧，晶莹依旧。如与老熟人相见，我俯身与它对视，彼此似乎都有话要说。店老板走过来说，您没见过这么漂亮的翠吧，这是我们的镇店之宝，无价。我笑笑，夸他的“镇店之宝”珍奇罕见。店老板说这是古代的尺子，古代的一尺就这么长。我问他古代是哪一代，老板脱口而出，宋代。

老板说这个翡翠尺子是他们家几代的存留，在箱子里收着至少有几百年了，现在能重见天日，大放光彩，是他买卖做得顺畅红火，家里的宝贝也高兴了，想出来亮亮相。

脸不变色心不跳，比写小说的还能编。

我只好匆匆离去。

也想念豆汁，用锯末熬的豆汁，不是小吃店里的“急就章”。听说东城某名小吃店卖豆汁，先打的后坐地铁，千里万里地去了，买了一碗，还没待端到桌上，已经汤是汤水是水了，喝了一口酸水，咬了一口硬如皮带的焦圈，喝豆汁的兴味立刻皆无。又听说京城开了不少卖老北京吃食的饭馆，有炸酱面、豌豆黄、豆酱、芥末墩什么的，其中也有豆汁。满怀希望地去了，一见那豆汁就傻了眼，稠糊糊不知勾了多少芡，使人对它的名分产生了质疑。叫过小二问碗里是什么，小二嫌我外地人少见多怪，告诉我是“豆汁”。从网上看到东直门外的豆汁铺搬进了北新桥二条，我不知这个豆汁铺是不是就是当年刘成贵所在的那个坐北朝南的粉坊，想着应该是地道。借着进京开会的机会，到二条去打豆汁。头趟去人家卖完了，二回去排队，买了两舀子，装在塑料瓶子里，准备带回西北，亲自熬制。孰料，上飞机过安检被扣了下来，人家让我当场喝掉，我说没法喝，这是生豆汁，不是可乐。还是不让通过，只好割爱。到现在没喝上日夜思念的豆汁。

到现在没见过莫姜那样的女人。

谁翻乐府凄凉曲

别馆接莲池，谱来杨柳双声，古乐府翻新乐府；
故乡忆梅事，听到鹧鸪一曲，燕王台作越王台。

——摘自某戏台楹联

一

我老想跟谁说说我大姐金舜锦的故事，却又总是犹豫，毕竟这是个很陈旧、很一般、很平淡又很不值得一提的故事，让人觉得除了老生常谈的重复以外似并没有什么新意。现在之所以把这个引不起别人兴趣的话题贸然提起，我知道，我不道出，她的故事便永无人再知道，连她那划过夜空的刹那灿烂，也将随着岁月的流逝于记忆的沉沉黑暗——她走得远了，太远了。

现今年长的老北京人当中，或许还有人能记得 1943 年夏末秋初的那次很轰动的名媛京剧义演，或许还记得演程派青衣的金舜锦，记得那个美妙动人的女子。彼时，金舜锦以其精湛的表演赢得了观众，当时报上登了她的大照片，电台请她去清唱，总之，她非常有名，非常红火，成为票友界一时的骄傲。而对金舜锦以后的情况知之者就甚少了，一代名票，有始无终，难免让人觉得缺憾，让人觉得不完美，不满足。出于手足之情，我有责任将她的结局道出，以给喜爱过她的人们一个完整。她无儿无女，没有后人，她有过短暂的辉煌，有过属于她自己的充实。她追求过，奋斗过，也失望过，倘若活在今天，她应该是一个造诣精深的艺术家，一个慈祥善良的老祖母。中国戏曲舞台上应该有她亮丽的一笔，金氏大家族里应该有她的一席之地。但是什么也没有。没有。动人的音律已经散尽，六合之内再无处寻觅，留给我们的只有空白。

她是我的亲姐姐，虽然我们非一母所生，虽然我们年龄的差距太大，大得我们在金家只是擦肩而过，但那血脉终究是连着的，拆也拆不开。在金家偶然的一次腾房过程中，我从厢房拾到了一本残旧的戏本，是一本老旧的《锁麟囊》。七哥舜铨说，这是大格格的东西，烧了吧，她在那边说不定还有用。我则有些舍不得，将这个发黄的已被蠹虫侵蚀大半的戏本拿到窗前细看，发现里面不少地方都做了圈点记号，标了工尺。从那娟秀的一丝不苟的小楷可以推出这当是大格格的手迹，近六十年前的手迹。书上手痕诗里字，点点行行，总是凄凉意，翻看中，一股清香飘来，说不清是来自窗外还是来自书中。抬头望，窗下几棵榆叶梅花瓣已经凋落，海棠的新绿已经泛起，蜜蜂的嗡嗡声中让人的心臆间荡起一股淡淡的思念。故乡忆梅市，古乐府翻新乐府，乐府翻开，那凄凉之曲娓娓溢出，红雨纷飞中袅袅婷婷走来了韶秀哀婉的金家大格格金舜锦。一段年深日久的远年故事，一曲落花带血的悠悠清歌，缓缓地，缓缓地在我面前展开了——

二

在说大格格之前应该先说说我们家。我们的祖先曾经跟着皇上打过江山，老先祖科尔哈赤是努尔哈赤的胞弟，他们的祖父觉昌安是宁古塔贝勒之一。1583 年的时候，老贝勒和儿子，也就是努尔哈赤们的父亲死于兵火。我们的老先祖和他的哥哥努尔哈赤为报父祖之仇，起誓于五月，以“兵不满百，遗甲十三”攻打图伦城，兄弟俩与敌众艰苦卓绝一场血战，大获全胜，从此努尔哈赤开始了统一女真各部的大业。先祖与努尔哈赤一起，为争取刚哈部落，计杀诺密纳，收编萨尔浒，立下了汗马功劳，成为其兄的得力臂膀。1593 年，在反击九部联军时，先祖为掩护其兄，右颊中箭，壮烈牺牲，时年三十一岁。先祖在世时，被赐封正白旗主和硕贝勒，参与政事，与其他七位旗主“共治国政”，这道“汗谕”，《满文老档》里至今仍有记载。顺治入关，我的祖先科尔果摧坚陷阵，直入中原，更是战功赫赫。康熙十四年，在平定三藩叛乱中，懋建功勋，被封为郡王，世袭罔替，一脉相承。到了我祖父时，尚有镇国公头衔，镂花金座红宝石的顶子，片金海龙绣蟒的朝服，威名显赫，难以言尽。彼时大清江山虽然已经风雨飘摇，国势倾颓，再难提得起来，但祖父的俸禄是一点儿也不少的，因为有公爵衔，岁俸银是八百八十两，米八百八十斛。当时朝廷正一品官员内阁大学士的岁银不过一百八十两，米一百八十斛，与祖父相比差距数倍。为了保障满洲宗室和八旗世爵的利益，看来皇家宗室与一般官员的差距之大，实在是难以服众了。我的父亲生于光绪十七年，祖父死时，父亲二十四岁，当时他正在国外留学，按清朝例制，承袭爵位，代降一等，为镇国公。但溥仪小朝廷的册封已经没有任何权威了，在国外的父亲听到此信，连人也没回来。

辛亥革命以后，我们这个爱新觉罗的家族改姓金，因为家底殷实，父亲属社会名人，在政府又有职务，所以生活并未见怎样跌落。父亲一生娶过三房夫人，生养过十四个子女，十四个子女男女各半，取名以舜字排辈，以“钅”字部首赐名。比如大哥、二哥、三哥、四哥就是舜铻、舜镈、舜錤、舜镗，大姐、二姐、三姐、四姐就是舜锦、舜镅、舜钰、舜镡；等等。父亲给我们取的名字太复杂，又拗口，家里人管儿子们一律呼之为老大、老二、老三、老四，将女儿们唤作大格格、二格格、三格格，这样一来倒也很简单明了，好记又上口，而且轻易不会搞错，特别是对我那个稀里糊涂的父亲。因为母亲有三个，所以孩子们的生日并不像一般人家的孩子那样，相差一年，我们家的兄弟姐妹生日常常有相差三五个月甚至三两天的，说谁是谁的哥哥，也有可能他只比那个弟弟大几天。至于母亲们，我在这里不想多说，这是我在另一部书里的内容，她们跟我父亲的恩恩怨怨、是是非非，不是三言两语就能说得清楚的。

我们管父亲的嫡妻叫额尼，其实两个字的发音一样，是 ne ne，大概是满族话了。额尼姓瓜尔佳氏，她的父亲即我阿玛的老泰山，是朝廷责任内阁的成员之一，“掌参与密笏，朝夕论思，并审议决疑大政”，是个权势炙手可热的人物。那权势自然要传递到女儿身上，因此瓜尔佳氏母亲在金家是个说一不二的人物，不苟言笑，派头很大，就是跟我父亲说话，她也有一副降贵纡尊的劲头。孩子们都怕她，不亲近她，包括她自己生的老大、老五和大格格、三格格。二娘张氏是安徽桐城人，世家出身，文采极佳，规矩也不少，一个大家闺秀何以能做了父亲的妾，其中的隐情当然也很曲折。张氏母亲我小时见过，一年四季不出房门，脸色苍白肿胀，老是歪在炕上大口地喘气，老是咳嗽吐痰，老是说她要死了。上她的屋里去必须要给她请双安，逢到特定的日子还要磕头，而她特定的日子又特别多，包括一些八竿子打不着的文人们的祭日，老太太都记着，自己尚顾不过命来还要惦记着别人，真难为了她。三娘陈氏是我的母亲，用我父亲的话说母亲是产于北京齐化门外的穷杂之地，是南营房的穷丫头。母亲的小家出身，注定了她的亲切与随和，注定了她的善良与善解人意，这正是大宅门里严重缺少的东西。我想父亲之所以娶母亲，大概是因了她的美貌，因了她的活泼、年轻，她比我的父亲整整小了二十二岁。也就是说，我母亲的年龄和父亲的大女儿金舜锦一样大，这在外人看来实在是件不太好办的事情，特别是我的姥姥，一直为母亲捏了一把汗。

好在大格格金舜锦并没有因年龄的相近而对母亲有所怠慢，当着人的面，她也将我的母亲叫作娘，礼数周到得让人说不出什么。背地里，她对我母亲是连正眼看也不看的，那种冷漠与不屑毫不掩饰地全挂在那张难得有笑模样的脸上。大格格长得并不难看，她有着旗人姑娘的清俊与修长，我们家至今还有不少她当年的照片，面庞清秀，身段苗条，凤目轻盈，隆准圆润，在金家的女孩子当中别有一番风韵。大格格是我父亲得到的第一个孩子，是金氏一门的长女，自然得到全家人的惯纵，加之满族人家里最重的是女孩儿，姑奶奶的权威高于一切，所以我这位大姐的性情就有些孤傲，有些不合群，在宗亲中是位没有人气的格格。跟怵她的母亲一样，大家也怵大格格，实话说，大格格也并没有跟谁怎么过不去，但大家不知怎的，就是怕。下人们说，金家大姑奶奶只要往院里一站，连正跑着的叭儿也吓得钻了沟眼，她那个势太压人，有点儿像西太后。

像西太后的大格格没有什么其他的喜好，就是爱唱戏。她的青衣真是唱得绝妙极了，只要我们家的子弟们在家演戏，压轴的从来都是大格格，别人上谁也压不住阵。亲戚们来家里，听不到大格格唱《锁麟囊》里“春秋亭”一段绝不离开，这似乎已经成为惯例，足见大格格的唱功好。谁都知道，有事求大格格，十回有十回得碰钉子，唯独求她唱戏，十回有十回答应，从不推诿。也只有在这个时候，大格格才变得笑容可掬，平易近人，成为她下面十几个兄弟姐妹的可亲的大姐。其实也不单是大格格爱唱，我们家上上下下的人都爱唱，而且唱得相当不错。

我们的家里有戏楼，戏楼的飞檐高挑出屋脊之上，在一片平房中突兀耸出，迥然不群。我们住的这条胡同叫戏楼胡同，胡同的名称当和这座招眼的美轮美奂的建筑有关。我们这个戏楼胡同与京城雍和宫东墙的戏楼胡同不相同，那个戏楼是指乾隆时代作为康熙幼时居住的王府的一个建筑，后来因战火而被焚毁。我们家的戏楼较之那座潜龙邸的戏楼和宫里的漱芳斋什么的戏楼规模要小得多，但前台后台、上下场门一切均按比例搭盖，飞檐立柱，彩画合玺，无一不极尽讲究。特别是头顶那个木雕的藻井，五只飞翔的蝙蝠环绕着一个巨大的顶珠，新奇精致，在京城绝无仅有。据说，整个藻井是由一块花梨木雕成，层层向里收缩，为的是拢音，音响效果不亚于北京有名的广和楼室内舞台。这个木雕的藻井 1958 年在拆除西跨院时被文化馆的人拿走，从此再没见它在世间出现过。以清末和民国年间的风气，宗室八旗，无贵贱贫富上下，咸以工唱为能事，有人形容其情景说：

子弟清闲特好玩，出奇制胜效梨园。
鼓镟铙钹多齐整，箱行彩切俱新鲜。
虽非生旦净末丑，尽是兵民旗汉官。

这首诗让我读着中间好像少了两句，少便少，不影响意思的完整，说的是社会上的子弟“效仿梨园”，达到的一种轰轰烈烈的演出效果。

而我们家的“效梨园”那又别效出一番模样来了，金家的人无论干什么都要讲究一个“像”字，用现在的话说就是“到位”。别的到位均不很难，唯这戏曲的“到位”却是不容易，它一讲的是艺术功底，二讲的是头面行头，缺了哪样也不行。金家从高祖就喜欢京戏，那时家里养着从高阳乡下买来的孩子，即家班子，有正旦一人，生三人，净一人，丑一人，衣、柔、把、金锣四人，场面五人，掌班教习二人；锣鼓家伙，铠甲袍蟒，无不齐全，在东城也是数一数二的班子。逢有谁的生日、满月，喜庆节日，家里都要唱戏，邀请亲戚朋友来观赏。亲戚们也都是爱戏懂戏的，往往借了各种由头来我们家看戏，那时候我们家里永远是高朋满座，永远是轰轰烈烈。戏班的孩子们都是从小练的，功底很扎实，戏也演得很有水平。道光时候，皇上崇尚节俭，将宫里掌管演戏的南府改为升平署，开支大减，连戏班都撤了。皇上如此，下头自然纷纷效仿，且凡是效仿都是有过之而无不及的，听说各王公大臣为了表示自己也谨身节用，争先恐后地穿起了打了补丁的旧朝服，一时皇上上朝，丹墀一片叫花子般的破衣烂衫，成了道光年间的一景。我的祖先是否也鹑衣百结地夹在众臣之中山呼舞蹈不便考证，总之，从道光七年以后我们家就再不豢养戏班了。

家班子里那些唱戏的孩子们或遣散回家，或留下听差，也有卖与外头戏班后来成了角儿的。那些留下来的孩子们在金家代代相传，至我们这辈，家里还有不少会唱皮黄的老妈儿，能打旋子的听差，传带得我们家也从上到下都能唱、能演，那一招一式，都非常的规矩，跟科班训练出来的一个样儿。到了我哥哥们这个时候，把戏又演出了新花样，青出于蓝而胜于蓝，他们打破了京戏的传统剧目，在传统的基础上尽兴发挥，常常是现编现演，或古或今，牛头马嘴，把好好儿的一出戏闹得不伦不类，面目皆非，诡谲不足信，荒诞不可闻。参与这些胡闹的也有我的父亲，这大概与我父亲多年留洋海外，颇具民主意识有关，只要是演戏，金家的一切尊卑上下就全乱了套，变作了混搅的一锅粥。甭管演什么戏，父亲出台，爱用唢呐大开门，奏的是诸葛亮升帐的曲牌，以壮阔场面，大布雄威。初时大家都很严肃，父亲迈四方步走出，一套起霸动作，精神抖擞，弟兄们龙套配场，煞有介事，看来是要演一出正戏、大戏，不知是《群英会》还是《金锁镇》。大家正在威武雄壮之时，台侧一通小锣，急促的碎锣声中不知怎的跑出了老五。老五穿着大格格的女黄蟒，黄蟒短，只到他的膝盖，看上边很庄严，看下边的两条腿却光着，白丝袜上蹬着三接头皮鞋，见大家笑，他索性把黄蟒一张，露出里面的大裤衩来。后头父亲威严地一声“嗯——”，他吓得赶紧把蟒袍掩了，钻入后台。母亲在下头说，这个老五，又是他捣乱，乱七八糟地胡穿，怎么把大格格的衣裳穿出来了。瓜尔佳母亲说，老五也不是胡穿，戏里男角儿穿女蟒的也大有人在，《水帘洞》里的猴王，还有程咬金，都穿女黄蟒，一来为扑打方便，二来也说明他们不是正经帝王。我母亲唯有点头称是的份儿。

我父亲除了演老生，有时还反串花旦，常演的是《拾玉镯》里的孙玉娇，与孙玉娇相配的那个风流公子傅朋则由看门的老张担任。老张演傅朋的时候已经八十二了，牙都没了，说话漏风，颤颤巍巍，走道都不稳，还要张罗着演俊小生，任谁替换也不让贤。

没办法，只好让那个八十多的老小生去和孙玉娇调情，也很有意思。父亲唱着唱着忽然冒出一句真嗓，插白说，你们的妈让我出东直门给她雇驴去，说了，今天雇不来驴就骑我，让我趁这机会赶紧跟着小傅朋顺房上跑了呗！下头一阵哄笑，有人叫好儿，父亲越发得意，极尽扭捏之能事，下头也越发笑得厉害。瓜尔佳母亲说，难为他说得巧，赏两大枚。就有人将两个铜板扔了上去，那时两大枚只能买一个烧饼，瓜尔佳母亲的参与更是带戏谑成分在其中。父亲欣喜若狂地将钱捡了，向下一道万福说，谢太太赏。下头又是笑，夹杂着弟兄们的怪声叫好儿。

父亲真正拿手的是正牌老生，他学的是谭派，认为谭鑫培的唱儿悠远绵长，有云遮月的韵味，跟他的嗓子很对路。父亲似乎没怎么下功夫，就把戏唱得很好了，有一回他在后园吊嗓子，招得隔壁沈致善扒着墙头往这边看，还以为真是谭老板上我们家来了呢。姓沈的是袁世凯的亲信，有戊戌的结怨，我们家很是看不起他，虽住邻居，彼此素无来往。沈家几次递话儿，要过来拜访，要过来听戏，都被父亲很坚决地挡了。父亲说那种溜须拍马、辜恩背义的人，金家人不想沾惹，怕的是有朝一日也被送到菜市口，跟谭嗣同一样掉了脑袋。而那天，因为沈致善称赞了父亲的戏，父亲竟破例向他拱了拱手，给了个笑脸，不过从此以后父亲再也不在后园吊嗓子了。我大哥舜铻也是唱老生的，他不如父亲唱得好，常常跑调，使拉胡琴的老七舜铨很为难。老大的调，唱着唱着就走了，他能从二黄导板“听谯楼打初更玉兔东上”一下蹦到四平调去，而且一遍跟一遍唱得绝不一样，害得老七很被动地跟着他跑，有时就不拉了，由着他自己去发挥，去瞎唱。只要他一张嘴，他的母亲就要离席，说是怕岔了气，不如及早回避。父亲说老大唱戏不走心，说他唱外头的流行歌曲《三轮车上的小姐》唱得倒很准，一点儿也不走调，父亲说流行歌曲比《打渔杀家》差远了。

老大和三格格一样，热衷于政治，两人是一对水火不相容的冤家对头。三格格对戏是外行，分不出青衣和花旦，搞不清西皮和二黄，对家里动辄就吹拉弹唱十分反感，说现在的时局都成什么了，日本人都打进北京了，金家院里一帮男女却还要涂脂抹粉，粉饰太平，真是“商女不知亡国恨”，没出息极了。老大则不然，老大不喜欢但大面上很能应酬得过来，他蜻蜓点水式的演唱谁都看得出那只是一种即兴的敷衍，一种性格的遮掩，不能说这不是他处世的老练。三格格一针见血地指出，她大哥在笨拙浑然的背后是深不可测的诡计多端，实话说，他不是个好东西。老大和三格格舜钰是一母同胞的兄妹，张氏母亲说他们俩的八字相克，不是两败俱伤，就是一个灭了一个。真让这位母亲说着了，没有几年，在蒋介石对共产党“戡乱动员令”下达以后，所杀的数千中共党员和进步人士中，金舜钰的名字就在其中。国民党具体负责此项工作的就是金家老大金舜锫。

老二舜镈擅长老旦，稳重老辣，不温不火，韵味纯正，浑厚动听，很有李多奎的做派。他母亲二娘张氏生日那天，他登台为母亲献艺祝寿，张嘴一句二黄原板“叫张义我的儿啊，听娘教训”竟招得台下所有的老太太们掏出了手绢。二娘张氏在屋里炕上隔着玻璃说，这个老二啊，他就不能唱点喜庆的吗……我母亲在旁边说，老二的《钓金龟》今日唱再合适不过了，您听听，“丁兰刻木、莱子斑衣、孟宗哭竹、杨香打虎”，说的都是儿子行孝的典故，老二的心思全在您身上呢，有这样的孝顺儿子您该知足了。二娘却说，《钓金龟》里那个张义终归还是让他兄长给害死啦，听这段唱儿我怎么总觉着娘儿们就要分手似的。母亲让二娘再不要胡思乱想，好好儿听戏，给老二多包点儿赏钱。现在想来，二娘的预感没有错，二十多年后，老二在这座院里用一根绳子结束生命的时候，追查元凶，罪魁祸首正是他的弟兄们。

老三舜镇的铜锤花脸是金家的精彩，他和老二合作的《赤桑镇》可以拿出去与戏园子里的角儿媲美。行家说，花脸宁美勿媚，花旦宁媚勿美。老三的花脸就美得很有讲究。他演的曹操与众不同，一般人演曹操，多勾一个大白脸，再在脸上加几道黑纹，吊死鬼一样地在台上晃来晃去，只让人厌恶。我们家的老三是个有文化的人，文人眼里的曹孟德自然跟一般艺人眼里的曹孟德不一样。老三说，曹操在历史上是个人物，才华绝代，光彩照人，其气势之大，无论孙权还是刘备都无法相比，要不人家也不会统一了江山。所以，老三扮演的曹操在勾脸的时候非常讲究，他在白粉里加了鸡蛋清，画出来的脸清爽明亮，透着一股活气。生活中的老三是个很善于钻研的人，于学问上很有建树，他和老二同出于张氏母亲，两人的性情却大相径庭。在弟兄们中间，父亲最喜欢的大概就是这个老三了，父亲说他决事如流，应物如响，不轻诺，不贰过，心胸坦荡，有长者风，将来必定为金家的中坚。

老四舜镗擅长演青衣，人长得五大三粗，一脸壮疙瘩，演戏却很温柔细腻。他扮的苏三、虞姬、杨贵妃什么的往往要比外头戏班同类角色大一号，他在台上一走，瓜尔佳母亲就要说，苏三这腰粗得像水桶，真难为了王三公子，怎么搂得过来。但是老四唱得好，他学的是梅派，梅派的大气优雅，雍容舒展，老四学得惟妙惟肖，你若是闭着眼睛听他唱，在那曼曼轻歌中，你一定会想起“有美一人，轻扬婉兮”“娉娉袅袅十三余，豆蔻梢头二月初”这些很美好的句子来。但你千万不要睁眼。

老五舜锫小生唱得好，他专门拜过当时的名小生程继仙为师，认真学过戏。演小生是他的看家本事，受大家公认的还是演丑，在金家的戏台上，他演丑的机会多于演小生。此位兄长在家里从来不是个安分角色，提笼架鸟熬大鹰，吃喝玩乐斗蛐蛐，干不出一件正经事情。唯独唱戏，他却很正经，把个《苏三起解》里的老丑崇公道演得活灵活现，他的蹲步可以与专业水平比美，功夫不在当时名角之下。跟外头戏班丑角地位最高的规矩一样，在金家的戏班里，老五的地位也最高，在后台，他不先勾脸，别人不许动，哪怕他的戏在最后，他也得象征性地画两笔，老大老二们才敢上妆。只要是在后台，要演戏，我父亲见了老五也得打千儿，老五也只有在这个时候才人五人六似的敢在我父亲跟前晃悠。一卸了妆，他吱溜一下就钻了，怕父亲训他，因为他干的坏事太多。老五唱戏上瘾，他一门心思下海干专业，遭到家里的反对，我们家的原则是当票友行，怎么折腾怎么闹都行，就是不许进梨园行。瓜尔佳母亲说，唱戏是下九流的，谁家有唱戏的，往下数三代不许进考场，下贱极了，不能去唱戏，就是街头的叫花子也比唱戏的有身份。老五的理想不能实现，心里就窝着火，整天在外头瞎胡闹，纠着一帮大宅门的阔少爷净干些出圈儿的事。他是瓜尔佳母亲最小的一个儿子，他母亲对这个末生儿子偏爱有加，含在嘴里都怕化了，舍不得管教训斥。老太太的原则是，你只要不下海唱戏，其他一切百依百顺。但是老五偏偏就要唱戏，不想干别的，所以娘儿俩老别扭着。你不是说唱戏的下九流，没叫花子有身份吗？我就给你当个叫花子，丢你们金家的人。时不常地，老五就要披挂一番，破衣烂衫地走出家门，专门找大栅栏、前门这些热闹地方去讨要。公子哥要饭，看新鲜的很多，他要饭身后头总要跟着一帮起哄架秧子的有钱子弟，有时闹得警察都出动了。有人把外头的情景向瓜尔佳母亲诉说，他母亲气得心口疼，从此落下病，后来就死在这病上。依着老五的意思，你们只要答应我下海唱戏，我就不装要饭的，但是他的母亲也很坚定，我宁可让你装要饭的也不能让你下海唱戏。

老七舜铨不会唱，会拉胡琴，我们家能整出整出拉戏的也就他一个人。老七的琴是很有名的，如果说金家这几位爷只能在院里折腾的话，人家老七却是干到外头去了。他给程砚秋、孟小冬都操过琴，有些名媛唱戏也特意托人来请金七爷。这其中老七琴拉得好固然是一个方面，但也不乏他的名气身份占很大因素。老七当时在京城是有名的画家，他的花鸟画清新秀逸，追崇自然，跟恭亲王的孙子溥心畲并称王孙画家。唱戏有王孙画家来操琴，那当然又是别有一番情致了。逢有人来请，老七大部分都推辞，他是个好静的人，不愿意去凑那个热闹。老七在金家老实本分，从不多言，干什么都很认真，就是给这帮胡闹的爷儿们伴奏，那琴一送一递也是绝不含糊的。大家唱得高兴，就近找乐子，往往就爱拿坐在台边的敦厚老七开涮。

老大在台上有板有眼地唱“八月十五月光明”，唱得很有味儿，也没有跑调，赢得了台下以厨子老王为首的一片叫好。他母亲说，还行，今儿个这门还把住了。但是下头一句就不对了，老大唱道“金老七在月下拉胡琴哪”，他母亲说，这就不对了，应该是“薛大哥在月下修书文”，怎么扯上老七了。老大接着唱：“我问他好来，他不好，再问他安宁，他也不安宁……”猛地后台冒出一句嘎腔：老七他跑肚拉稀啦！接着蹿出一只贼眉鼠眼的黄鼠狼来，那是老五，于是《武家坡》变作了《红梅岭》，文戏变作了猴戏，悠悠清唱变作窜毛开打，一切均围绕着老七不离主题：《老七大闹盘丝洞》《老七夜战风洞山》《老七三打陶三春》……台上神鬼乱出，妖魔毕露，人兽混杂，乱作一团，弟兄父子争相献丑，姊妹妻妾共相笑语，锣鼓喊叫之声传于巷外，一直要闹到半夜。这些玩笑于老七丝毫不相关一般，他只是一味地拉琴伴奏，不受任何影响，母亲感于老七的老成憨厚，说，还是老七好，不似这帮爷，只知道疯闹。到末了，大格格一出场，一切就静下来了，这就预示着金家的戏曲晚会到了尾声，别处的晚会是以高潮结尾，我们家的晚会一向以沉静结尾，这都是因了大格格。大格格着青衫，拂水袖，款款上台，容华舒展，清丽无限，未曾张嘴，便碰了迎帘好儿，一时将那些群魔乱舞的爷全比下来了。带头喊好儿的是厨子老王，老王别的本事没有，就会喊好儿，也是在金家待得时间长了，耳濡目染，他一个山东人竟把个京戏爱得不行。山东人的粗门大嗓，山东人的豁然豪放，都汇集在一声“好”上，短促而有力，点在拍节上，恰到好处，与那唱腔浑然一体，成为京剧的一部分。老王的好儿喊得很投入，他喊好儿从不顾身边有谁，哪怕你总理大臣、王公显贵也好，文雅公子、太太小姐也好，他照喊他的，不脸红、不畏惧，那眼里分明只有台上的角儿和他自己。二娘张氏说，这是一种物我两忘的境地，看戏跟读书是一样的，如入无穷之门，似游无极之野，情到真处，无不心旷神怡，宠辱皆忘，击节叫好。桐城张氏母亲能从老王的叫好儿上读出老庄的《在宥》来，这不能不让人佩服，到底是世家出身的，跟别人就是不一样。

今晚看大格格这扮相，是要唱《武家坡》了，这是一出王宝钏和薛平贵严丝合缝的唱功戏。老七见状，赶紧调弦，拉出二六，准备接王宝钏的“手指着西凉高声骂，无义的强盗骂几声”。正好老大揶揄“金老七在月下拉胡琴”的薛平贵戏装还没有下，也凑上去充任角色。尚未张嘴，便被大格格轰下台来。这下老七迷惑了，他不知大格格要唱哪一出。大格格指着头上的蓝巾说，看不出来吗，也亏你拉了这些日子琴。老七还在犯蒙，瓜尔佳母亲在下头对大格格说，你就给他提个醒儿。大格格不吭声，只在台口站着，成心寒碜老七。还是厨子老王冒出一嗓子，先导板后回龙！老七这才明白他的大姐今日不唱王宝钏要唱秦香莲，就又慌忙改弦更张，拉出漫长的二黄导板过门，接下来秦香莲就要唱“这一脚踢得我昏迷不醒”，然后换回龙“秦香莲未开言珠泪淋淋”……孰料，老七拉完过门却不见“秦香莲”出声儿了，抬头一看，台上已经空无一人，人家“秦香莲”早赌气下去了。老七尴尬地在台上不知如何是好，连角儿的扮相也看不出这无疑是他的错，他的嘴笨也说不出什么，就知道发窘。瓜尔佳母亲说，还不赶紧去叫。早有刘妈过来说，大格格说了，今天不唱了。瓜尔佳母亲就让老七去赔不是，老七下了台要往东院去，被父亲拦住了。父亲说，算了吧，唱戏凭的是兴致，她这样，你让她上台也唱不好。老五对他母亲说，也就是她敢在金家这样，这都是您惯的，要是换了我们，您得把我们吃了。瓜尔佳母亲说，这话是怎么说的，我惯谁了，手心手背都是肉，你们这一帮混打混闹的都是我的心尖子，我对谁都是一样的，你以为你就是省油的灯吗？你到外头整天装疯卖傻，我说你什么了？老大说，马上是要出门子的人了，还使小性儿，就这样到了婆家，只有吃亏受气的份儿，闹不好连命都没了。瓜尔佳母亲听了，说，谁敢给我闺女气受，我派人把他的家砸了。大家就都不说话了，在场的人都知道，大格格未来的婆婆是有名的母老虎，那位北平警察总署署长宋宝印的太太脾气大得出奇，据说她的房间里永远备着枪，那枪不是为了防身，是为了发脾气用的，动辄拉过枪来就放几下，也不管跟前有谁。说是有一回把宋署长的肩膀穿了一个窟窿，再往上一点儿，署长的脑袋就飞了。至于署长宋宝印，逸闻更是不少，为人昏庸暴戾，集腐恶之大成，胸无点墨却爱攀附风雅，被北平某学校推为名誉校长。宋前往致辞曰，我宋宝印学没上过几天，大字不识几个，就认得东西南北中发白，× 他姐，今天也轮到我当校长了，我很高兴。既然大家看得起我，我也对得起大家，往后谁要欺负你们，就是欺负我的孩子，我就 × 他妈，× 他妈还不答应他，还要 × 他姥娘！这亘古未有的训词使学校师生哗然一片，堪称当时风化一绝，在北平的教育史上留下了一段生动的“佳话”。说到大格格的婆家，大家都觉得有些丧气，不欢而散，各自回去睡觉了。

三

大格格的这门婚事是我们家舅老爷给说的，所谓的舅老爷就是瓜尔佳母亲的哥哥，是北京罗素学说研究会的骨干。关于这个罗素学说研究会，我一直闹不明白是怎么个学会，问过不少人都说没听说过，所以很长时间我也没搞清它究竟是研究文艺的还是政治的还是科学技术的。前不久听党校一位教授说起这个学会，才知是一个很无产阶级的学会，是社会主义学说的一个派别，这里面牵扯到了基尔特社会主义的理论问题，有个叫罗素的外国人来中国做过讲演，影响很大。令我遗憾的是，我的舅老爷研究的是基尔特社会主义理论，他没有研究马列社会主义理论，数字之差竟使他和我们的命运有了巨大改变。我想，倘若他老人家研究的是马列的社会主义，那当是中国参与共产主义运动的先驱了，至少他不会那样碌碌无为，老景凄凉，作为后代的我们也不会是今日这般模样。研究基尔特社会主义的舅老爷到后来不知怎的跟警察搅到了一起，而且是日伪时期的伪警察，称兄道弟、勾肩搭背之外就是把自己的外甥女说给了警察的三公子宋家驷。这位三公子是北平德国医院的院长，留学德国，医术精湛，品貌端庄，我的舅老爷就是看上这技术这人品，才把大格格说给人家的。初时瓜尔佳母亲还不同意，认为宋家行伍出身，祖上是东北完达山里的胡子，杀人越货，粗劣不堪，是提不起来的人家儿。但舅老爷不这么看，舅老爷说他看的是人，说无论世事怎样变，技术是最要紧的，只要有了技术，人就有了知识，有了知识就有了档次，就上了规格，这样的人就是社会的中流砥柱。让舅老爷这么一说，瓜尔佳母亲不再坚持，她相信她哥哥的眼光大概是不会错的。舅老爷说，别犹豫了，人家德国医院的阔大夫，是多吃香的行当啊，多少名媛追还追不上呢，金家的几位爷倒是世家出身，可有几个又是像人家宋三公子那样有真本事的，吹拉弹唱倒是行，能当饭吃吗？舅老爷说得有道理，大格格的亲事很快就定下来了。

我父亲的那位东床快婿也上我们家来过几回，很文静，很拘谨，跟我这一群疯哥哥们比，就像是一只柔弱的小洋狗混到了一群土著的黄狗黑狗中间，显得那么扎眼，那么不合群，倒像我们的祖先是土匪，人家的祖先是皇上似的。瓜尔佳母亲对这个文弱的女婿基本满意，就是嫌他身上药水味儿太大，不知她的女儿将来能不能受得了。大格格跟宋三公子出去了几次，回来也没提什么药水味儿的问题，瓜尔佳母亲也就不说什么了。但在她的心里还是不放心那位会使枪的亲家，担心公子他妈的火暴脾气。亲家母知道瓜尔佳母亲爱听戏，就请瓜尔佳母亲到吉祥剧院去听马连良的《甘露寺》。人家选这样的戏，挑这样的地方，是表示对这门亲事的认可，是希望金宋两家就跟吴蜀两国似的，联合起来，共图大业。其实宋亲家这笔账是算错了，瓜尔佳母亲认为，首先他们不能把自个儿跟刘备比，他们一个完达山的土豹子，跟国家元首是搭不上一点儿界的，硬以皇叔自居，未免不自量。其二，刘备在东吴招亲的时候家中已经有了甘、糜二夫人，这个皇女孙尚香再嫁过去算作老几呢，似乎也并没有给正宫的名分。由此瓜尔佳母亲拒绝去听戏，她跟我母亲说她要跟那个警察的粗娘儿们坐在一个包厢里实在是太高抬了她，尤其是不能听“龙凤呈祥”这类的戏，谁是龙，谁是凤呀，咱们心里得有谱，金、宋结亲，明摆着宋家在高攀金家，搁过去，皇家的格格怎能下嫁给一个汉人警察的儿子，门儿也没有的。当然，这些话瓜尔佳母亲并没有当众说出来，对方不管怎么说也是她大女儿的婆家，她得为她的女儿维护点面子，她对送请帖的人只是说不习惯上戏园子听戏，宋太太要是爱马连良的戏，可以上金家来听，把马连良叫到家里来唱比在戏园子里听得真。

谁想，瓜尔佳母亲一句推托的客气话，宋家那位太太还真就来了。时间就定在五月二十，人家也不知从哪儿打听来这天是大格格生日，很热情地要过来祝贺。金家的本意，大格格今年的生日是不过的，今年是大格格的本命年，太岁当头，一切都不便张扬，还是收敛平静些为好。现在，大格格的婆婆提出在未来儿媳妇的生日这天过来，就不能不另做准备了，对宋太太这种上赶着的热粘皮做法，大家都觉得缺少矜持，一想她是警察的太太又觉得情有可原。为宋亲家的到来，金家特意请马连良来唱《甘露寺》，但宋太太又说不听马连良，单要听金家兄弟们的演唱，就这样才有意思。我的几个哥哥在瓜尔佳母亲房里听到这个消息时，一时竟没人说话，大家你看我，我看你，面面相觑，各自挂了一脸苦笑。老二说他最近在闹嗓子，连喝水都困难，更别说唱戏了，到时嗓子拉不开栓，难免扫贵客的兴；老大说他的野调无腔，登不了大雅之堂，在家自己玩玩儿可以，拿出去让人笑话；老三不吭声，只是跟炕上卧着的花猫较劲，把那根猫尾巴绕来绕去，逗着让猫去咬；老四说他那天另有应酬，要随着洵贝勒府的小九上二闸去放鹰，怕伺候不了这差事；老五说那天白云观有庙会，他跟武道长约好了，要研讨采战术的问题。就有几个人捂着嘴哧哧地笑，老大说，五兄弟倒也直率得可爱，连采战这样的话也敢拿到妈跟前来说。老四说，他这是倚小卖小，故意在妈跟前撒娇。老五说，撒娇也轮不到我，下头还有老七呢，我是姥姥不疼，舅舅不爱的主儿，不比你们……

老五的话音未落，只见瓜尔佳母亲把眼一瞪，脸一下就沉了下来，厉声说，你们不要跟我耍贫嘴，五月二十那天谁也不许给我出门！大家一见老太太翻了脸，都垂手而立，再不敢说什么了。这个家里只有老五敢跟他妈顶，老五说，不让出门也不唱戏，我们哥儿几个堂堂大老爷儿们，犯不着给一个傻娘儿们逗乐。瓜尔佳母亲说，放肆！谁是傻娘儿们，你是说我吗？老五见老太太动了真格儿的，赶紧解释说他说的是姓宋的，他是想金家的爷儿们为一个警察唱戏太掉价儿。瓜尔佳母亲说，我们演戏绝不是冲着宋家，而是为了大格格，她一个当大姐的，过个生日，图的就是个喜庆热闹，她是马上就要出阁的人了，走出金家门想听你们唱也听不着了，你们当弟弟的，难道为姐姐就不能卖卖力气，博她个高兴？再说，那天你们的姥姥家也要来人，大格格的同学们也要来，人家都知道你们唱得好，有老祖传下来的功底，都憋着要看呢，你们总不能一个个地打了退堂鼓吧。瓜尔佳母亲这样一说，大家便没了话，这时在一边一直抽烟的舅老爷站起身来说，你们的妈说得对，演戏就是助兴，让大家都觉得愉快，甭管他是谁，从人格来说都是平等的，这点你们的阿玛就比你们强，你们的阿玛就不像你们这样爱端架子。其实人家宋家的儿子也是有学问、有身份的人，人家有自个儿的专门汽车，还雇了洋司机，用洋人给自己当差，人家的派比你们几个大多了，你们就是耗子扛枪，窝里横罢了，还装得很清高。老大说，我们不是清高，我们也不是耍猴的，要我们唱也行，宋家的儿子也得上台。大家都说这主意好，要唱大家一块儿唱，唱都唱，要不大家都不，不都不。

依着哥儿几个的想法，那个姓宋的三公子是绝不敢上台的，宋家的儿子不上台，金家的儿子自然也就不上台，谁也别挑谁的眼，从外头叫几个角儿来凑一台堂会，把那个警察和他老婆打发了也就算了。没想到，不几日由宋家传过话来，说宋家的三个公子将一起登台献艺，为金家大格格祝寿。这样一来，就把我的几个哥哥将到这儿了，他们不上也得上了。

五月二十这天家里来了不少人，戏台前搭了棚，园子里摆了二十几个大桌，桌上铺着白桌布，上头有中西点心、水果糖果和一瓶瓶的香槟、葡萄酒，这一切都是舅老爷的安排。舅老爷说宋家公子是新派儿人物，所以咱们也不能显得太陈旧、太中国了，得让人家看看，我们金家的老爷子也是留洋回来的先辈，在观念和做派上一点儿也不落后。二娘张氏对这些很不满意，她说，这叫什么呀，白嚓嚓地铺了一院子，没点儿热乎劲儿，哪儿像是过生日……

平日耀武扬威惯了的北平警察总署署长宋宝印，这日也变得极为谦和，为了向金家靠拢，特意穿了长袍马褂，在胡同口就把警卫打发回去了，自己只带着太太和儿子们进入金家，怕的是金家人看见穿警服的反感。随同宋家人进门的还有四抬礼盒和一百盆玫瑰，玫瑰是宋三公子给大格格的生日礼物，红艳艳的花朵将戏台围了几个圈，一时园子里立即花团锦簇地火爆起来。宋家的三个儿子一律的西装革履，腰板笔直，没有洋场恶少的影子，倒很有德国党卫军的做派，使不少前清遗老们眼界大开。三位英俊倜傥的青年在院里一出现，立时就把我那一群吊儿郎当的哥哥们比得没了颜色，二娘直纳闷儿，他一个破警察怎的就能生出这般齐整的三个儿子。父亲说，老倭瓜也有串秧的时候，何况是人。舅老爷很得意，说这一切只能说明他的眼力好，以后他的所有外甥女的婚事都由他包了，他命中注定就该是外甥女们的月老。亏得我们的舅老爷没有活得地久天长，否则我们的下场都将和大格格一样，还是我母亲说得对，有时候好心不一定能干好事。

瓜尔佳母亲和爱打枪的宋太太坐在主桌，寿星佬大格格是今日主角，也被安排在她母亲和宋太太中间。宋太太短而胖，一脸的横肉，一身的珠光宝气，大约是怕金家看不起她，所以把值钱的真货都披挂出来了，坐在瓜尔佳母亲和大格格旁边光芒四射，整个的一个喧宾夺主。宋太太为了表示自己快乐就不住地大声笑，主动地跟瓜尔佳母亲说话，一口响亮的东北腔在人群中飘荡，无论你走到哪儿都能听到她的声音。瓜尔佳母亲很有分寸地应酬着，礼貌地保持着距离，这样一来反显得有些木讷呆板，有些不知所云的被动。宋太太将大格格使劲往身边拉，攥着不放，嘴里不住地夸赞大格格是三春的牡丹，月里的嫦娥。这些俗不可耐的比喻，清雅的格格怎受得了，只说是还要去扮戏，借故从宋太太身边走脱了。有人看见，大格格离开宋太太的时候，手上多了个镶着巨大绿翠的戒指，也有人看见大格格没走到后院，就把那个戒指给了厨子老王。那天，厨子老王为大格格喊好儿就分外卖力。

父亲和警察署长及舅老爷在另一桌，警察无话，只在那里赔着笑，倒是舅老爷一个人在不停地说，说他的基尔特社会主义，说国家的无阶级性，应该和平地用基尔特社会主义代替资本主义剥削制度，社会中应该有两个平行的组织，以便施行产业民主和产业自治……没人听得懂，却又不得不听，还是父亲不耐烦了，催促着快开戏。请的是外头的小班子来演，没有名角儿，为的是别压了金家弟兄们的戏。戏班班主拿来戏单让瓜尔佳母亲点戏，瓜尔佳母亲让宋太太先点，两人推让了半天，瓜尔佳母亲就点了一出《状元媒》。《状元媒》说的是宋代新科状元吕蒙正出面做媒，将皇室成员柴郡主下嫁给武将杨六郎的故事。瓜尔佳母亲点这出戏可谓用心良苦，既说明了我们的身份，又抬举了舅老爷，也没扫了宋家的面子。轮到宋太太点时，宋太太把戏单在手里揉来揉去，只说是爱听诸葛亮的唱，却又说不出是哪一出。警察在一边提醒说，诸葛亮就是《空城计》嘛，下边还有《斩马谡》，把马谡的小脑袋咔嚓一下就……

看大家都在看他，警察突然意识到什么，蓦然打住了，大家都有点儿不自在。戏班的班主很聪明，说太太点的就是《失街亭》《空城计》《斩马谡》了，可惜这个戏今天我们没备下，您就着戏单上的点，想听哪一出都行。戏单上的戏都是头一天我们家管事的和戏班班主商量好了的，因为是带有相亲性质的做寿，挑选的都是《凤还巢》《诗文会》《四郎探母》一类的吉庆戏，像失、空、斩这类又打又杀的戏一般都应该避讳。宋太太不懂礼数，张嘴就是《空城计》《斩马谡》，实在是让戏班为难了，这是得罪主家的事情，人家就是备了，也不敢演哪。宋太太拿出了署长太太的身份，拉着长声问道，怎么叫没备下呢？班主说，行头没带过来，角色也不齐。宋太太说，我们的车子就在胡同口等着呢，让你的人坐车回去拿一趟不就得了嘛。气氛有些僵，班主看瓜尔佳母亲，瓜尔佳母亲说，既然亲家爱听诸葛亮，也不必麻烦戏班子了，家里的孩子们就能演，给亲家太太凑一台失、空、斩也不难，只是孩子们的玩意儿您看得别太认真，权当逗个乐子吧。当下就着人告诉老大老二们扮戏。一会儿，管事的过来悄悄对瓜尔佳母亲说，大格格听说待会儿要演失、空、斩，在后台闹气呢。瓜尔佳母亲朝父亲使了个眼色，父亲站起身对警察抱了抱拳说，失陪了，我得到后头招呼一下去，这出戏没我不行。警察惊奇地说，怎么还得劳您的大驾？父亲说，我们家老大演不下这出戏来。

宋太太见金家当家的也上台了，就很兴奋，抬起身子大声说，家驹、家骝、家驷，你们也来凑一出啊。只见三匹马应声而出，走上台去，大马从小匣子里拽出个葫芦样的东西来，架在脖子底下，试了几下，声音很好听。瓜尔佳母亲没见过这乐器，也没听过这声音，正疑惑间，宋太太凑过来说，拉琴的是老大，那个琴是他从国外带回来的玩意儿，叫作小提琴，他们家老大在外国学的就是这个。瓜尔佳母亲很奇怪，还有让孩子出国学吹鼓手的，这样的事大约也只有宋家这样没有根底的家庭才做得出来。瓜尔佳母亲朝台上望了望，古老的中式戏台上，出将入相的缎子戏围子前头，站着三个油光水滑的西式人物，很像天桥拉洋片里头的景致，只让人想起滑稽二字来，瓜尔佳母亲赶紧用手绢将嘴捂了。宋大公子拉了一段曲子，二公子、三公子就开始唱了，他们唱的是外国歌，是分两个声部的二重唱，那词一句也听不懂。唱完了，下头竟然掌声热烈，鼓掌的多是大格格的同学们，年轻人喜欢这个歌。有懂英文的对瓜尔佳母亲说，三位公子唱的是英吉利民歌，说的是青年男女的爱情故事。瓜尔佳母亲噢了一声，没说什么，很礼貌地拍了几下巴掌。三位公子一下来，就被年轻人围住了，被一帮人拥到后园子的假山石边，有说有笑，瓜尔佳母亲注意了一下那群人，发现里头没有大格格。戏班演的戏平平，接下来就该金家子弟们上场了。

这天是老大的马谡，老二的王平，老三的司马懿，老五的赵云，老四和看门老张的二老军，老七胡琴，打杂的茂林司鼓，四格格月琴，阵容十分整齐。挑大梁的当然是父亲，他演诸葛亮。这次的戏演得很有水平，众弟兄碍着大格格的面子，没有胡来，马谡的唱不多，也不存在跑调不跑调的问题。总之很为金家争了脸。戏班的班主不住声地说，遇上了真把式，算是开了眼，以后再不敢来金家唱戏了。宋太太为诸葛亮拍红了巴掌，警察为了捧场，不断喊好儿，每每遭到厨子老王的白眼，因为警察喊得不是地方，瞎喊。宋家三位公子不懂戏，对京戏也没有兴趣，坐在那儿一碗接一碗地喝茶，跟一帮女孩子们调侃。还好，大格格没有因为不高兴而撂挑子，她的压轴戏唱的是《宇宙锋》“金殿装疯”一折。《宇宙锋》是说秦二世胡亥荒淫无道，见宠臣赵高女赵艳容貌美，欲纳为妃，女矢志不从，装疯哭闹，胡亥纳妃之意乃罢。戏里面有大段的唱和大段道白，以疯女之口痛骂欲娶她的胡亥。大格格在今天这种场合选择了这出戏，在金家不少人的心里投下了不祥的阴影。席间，看得高兴的只有警察夫妇，他们没见过还有小媳妇在台上疯说疯闹的，“将乌云扯乱，抓花容脱绣鞋扯破了衣衫，倒卧在尘埃地信口胡言”，一反青衣的端庄静雅，而变得披头散发，癫狂无羁。大格格演得实在是好，那段大段道白：“哦，我笑得你的无道！列位大人老哥听了：……我想这天下，乃人人之天下，并非你一人之天下，我看你这江山，未能长久了！”说得更是声情并茂，字正腔圆，一句一句喷发而出，博了个满堂彩。

宋太太不明白为什么连说话也要得好儿，舅老爷解释说，大格格这口京白极好，甜而丽中有一股深沉的辛辣，给人一种不可言说的细腻，典雅而传神，美极了！宋太太问什么是京白，舅老爷说，就是戏里头的道白，说开了就是一种糅合了京腔与吴语或其他地区方言的新国语，不是贫而碎的京片子，那京片子让人一听就厌恶、肉麻，上不了大雅之堂。宋太太说，我觉得你们家的女孩儿说话跟外头的不一样，敢情就是这京白的缘故？瓜尔佳母亲说，在康熙年间皇上就要求所有官员必须说官话，宗室子弟也都要讲官话的。当年金家的老祖母领着孩子们进宫给皇太后请安，也得讲官话，绝不能带进市井的京片子味儿。在宫里，皇后太妃们讲话用的是近乎京白的京腔，只有太监才用纯北京话说话。看一个人家儿有没有身份，从说话就能听出来。宋太太的东北腔一下低了下去。我没有亲耳听见过瓜尔佳母亲有关京腔的论述，但我相信她的话是没有错的，我们家是老北京人，却至今无人能将北京那一口近乎京油话学到嘴，我们的话一听就能听出是北京话，而又绝非一般的“贫北京”“油北京”，更非今日的“痞北京”，这与家庭的渊源或许有关。是题外话了。

四

下面就说到了20世纪40年代初期北平的名媛义演。义演参与者多为大家闺秀，有清朝大官端方的女儿；有名誉九城的春山馆主，她也是名门望族之后，是当时国务参赞周令山之妹；还有个叫臧玉凤的，据说是驻欧洲某大使之女……我们家大格格也在其中，她的积极支持者就是她的婆婆，那个根本不懂戏的警察太太。以我现在的思想来分析，宋太太支持大格格到社会上去演出，绝不是出于对京剧的喜爱或是对大格格爱好的赞许，她完全是从自己出发，是一种很自私很狭隘的沽名钓誉，她企图用大格格的社会活动，用大格格的名气来提高他们宋家的地位身价，以改变人们对于他们的偏见和挑剔。大格格为义演准备的剧目是拿手的《锁麟囊》，为"春秋亭"那一场新婚的装束，宋家特意着人从苏州购来绣着花卉禽鸟的红帔。试装那天，大格格着上那红装，做了一个身段，盈盈少妇，绝代风华，真如同一个美妙的、画上走下来的人儿。当时宋家公子也在场，三公子为大格格的光艳所倾倒，竟激动地说出得此美人不枉此生一类的话来。

《锁麟囊》这出戏说的是登州富女薛湘灵出嫁之日遇雨，在春秋亭避雨时与另一贫女赵守贞的花轿相遇，赵女因贫穷而啼哭，薛女仗义相助，将贮有奇珍异宝的锁麟囊相赠，双方未通姓名各自离去。若干年后，登州大水，薛湘灵无家可归，到赵守贞所嫁的卢家做用人，再见锁麟囊，百感交集，薛、赵重新相见，大团圆结尾。整出戏薛湘灵全是主角，配角人物不过是三两句唱，金家子弟完全可以胜任，那个调皮捣蛋又刁又势利的丫鬟就由老四来担任，男角演丫鬟配俊小姐，不但能起到很好的陪衬烘托作用，也可以插科打诨，增加些噱头，有着女角达不到的效果。为大格格的演出成功，金家全力以赴，投入到紧锣密鼓的排练中，宋太太没事就过来，端把椅子坐在一边看大家排演，久之竟把戏也记得滚瓜烂熟，很有点儿把场的资格了。

令人担忧的是大格格和老七舜铨老是配合不好，若是在家随便演演，倒也没什么，这可是拿到社会上去表现，出不得一点儿差错的，稍不在意就砸了。人们看名媛演戏，比对看角儿的要求还严格。角儿一旦有了些资历和名气以后，就可以演得很随意，很自由，不受任何限制。有位名老生，唱到半截忽然咳嗽不止，台下观众竟不以为意，后来也学他的，唱到这儿也咳嗽，真是地道的东施效颦了。而名媛们演戏，带有玩票的意思，跟她们配戏的又多是名角儿，往往这些角儿又爱耍弄这些小姐们，以逗观众一乐，衬托自己的洒脱，这样一来就常常让小姐们提心吊胆，开戏如临大敌一般，想想也真是可怜。当时社会上流传着一段故事，有位叫陶默庵的女士，请马连良跟她配戏，演的是《武家坡》。这个马连良大概就像我的大哥拿老七开涮一样，也拿这位女士开涮了，他唱完“八月十五月光明”，张口就问人家小姐“昨天晚上打麻将手气怎么样啊”，把小姐问得站在台上回不过神来，于是台下大乱，叫倒好的大有人在，人们不是哄马连良，是哄那位小姐，其实小姐有什么错？另一名小姐跟杨宝森唱这出戏也遭到类似情景，杨在末尾的收腔故意又加上了个“哇”，这就占了人家小姐的板槽，让人家张不开嘴了。观众大概想看的就是这样的乐子，就巴不得名角儿们玩点儿花活，让小姐们当场出丑，当场下不来台。也有有根底、有经验的小姐，有兵来将挡、水来土掩的本事，上得台来不慌不乱，在气势上和那些角儿一般齐，唱腔好，扮相好，身段好，做派好，这样的女票友观众就很捧。中国的男人捧女戏子是天经地义的，捧唱得好的名媛则高雅又神圣了，为名媛叫好儿，更当花力气，花精神。有许多人来戏园子不是为了听戏，纯粹是为了来喊几嗓子的，说这样可以疏肝解郁，荡气回肠，是极好的养生之道。我想，那时中国是因为没有足球，这就不得不逼得一些老爷们把精力和热情都扔到戏园子，扔在那些可怜的戏子们身上，在某种意义上说，昔日的戏子与今日的球员真有着异曲同工之妙。试想，今日的万千球迷在某一天都进了剧院，那真是没有唱戏的活头了。但那时候的球迷的确就都凑在戏院里，在戏场小天地、天地大戏场中极尽抒发着他们的热情。

大格格的担心不是配角成心晾她，是担心老七的琴出纰漏，大格格唱的是程派青衣，而老七对程派是极为陌生，使得大格格常常有跟不上趟的感觉。眼看演出时日将近，大格格忧心忡忡，连饭也吃不下了，父亲到外面聘请名琴师，一时却又寻不到合适的。全家都很着急。不想，这日宋太太领来个瘦弱青年，来者穿着破衣衫，夹着把旧胡琴，被胖太太推到众人跟前。宋太太说，这人姓董，叫董戈，是德国医院的杂役，专干些为病人跑腿送信、买东西的杂活，有时也为太平间的死鬼穿穿老衣，替丧家联系联系杠房什么的。大家不明白宋太太为什么要领这么一个人来，宋太太解释说，有一天家驷听见他在太平间拉胡琴，拉得有板有眼的很流畅，就想起大格格这边的事来了，让我把他带来，拉一拉让金家的爷们听听，成与不成先试试。大家听了，都觉得宋三公子办事太唐突，把个杂役弄来给大格格操琴这不是开玩笑嘛，再看这人这没伸展开的模样，穷门倒相的，料也不是什么高手。那个叫董戈的青年站在众人当间，敛目低眉，任着人们的目光在身上审视扫荡，没有任何表情。老四说，亲家太太，您趸来这宝也会拉胡琴？宋太太说，我不是说过了嘛，让他试试。老五说，扮相不错，我上前门要饭，跟我搭伴倒挺合适。老三绕着来人转了一圈，吭了两声没说什么。老二问来人，您会定弦吗？被叫董戈的人低声说会。老七说，拉一段让大伙听听。父亲也说，对，拉段听听。于是有人给董戈拿来了凳子，董戈调弦，屏气，拉了一段二黄回龙，也没见怎样的高明。老七说，你拉的是反二黄。董戈赶紧站起来回答说本来二黄该用正工，他用的是小工，因为调低，所以上下宽度大，有五度的跌宕。父亲说，听你拉的也罢了，还不如我们老七。董戈又低头不语。老七问董戈是跟谁学的，董戈说是跟父亲。老七问他父亲是干什么的，董戈说是乐亭说书的，父亲已死，眼下只有他和他母亲在北平。老五说，倒是个苦出身，还会拉胡琴，难为了你。父亲说，这你就不明白了，看来他的祖上才是真正的票友。大家问何以见得，父亲说，清入关以后，曾编制唱本，宣传清朝制度多么优越，皇上多么清明，然后派滦州、乐亭一带的说书人学唱，学好后，经官场考试合格，发给薪水，派往各地演唱，出京时给龙票一张，所到各处由县中供给吃穿，这就是票友的来源。眼下两地的许多说书人，都是当年票友的后代，世代相传，很有些真人在其中。老五说，阿玛您别扯远了，依您说这个人算不算真人呢？父亲说，这个嘛……宋太太说，要是不行咱们打发他回去就是了。父亲说，给点车钱，让人家走吧。姓董的听了如释重负般，给我父亲请了个安，就要告退，刚走到门口，只听大格格说，回来，我让你走了吗？大家都看大格格，大格格说，这个人，我留下了。这个董戈就成了大格格的琴师，也说不上是师，就是为大格格操琴罢了。谁也不知大格格看上了他的哪一点，说留就给留下来了。

大格格让他搬到金家来住，董戈说不行，说他每天得回去照看他的母亲，他要是不回家，他妈会担心。董戈住在城南，我们家在城东，董戈每天天不亮就得赶到我们家，为大格格吊嗓子，天黑才走，天天是两头不见太阳。为了他的母亲，他刮风下雨也往家赶，他的辛苦让金家的母亲们看了感动，说我们家七个儿子，抵不上人家一个孝顺，董家老太太不知烧了什么高香，得了这么个好儿子。

董戈早晨到金家来的时候往往大格格还没有起床，大格格有睡懒觉的毛病，要是这天没事，她能睡到中午去。但是自从留下了董戈，她就睡不成懒觉了，每每还在睡梦中就被丫头叫醒了，告之操琴的董先生来了。大格格说，来了就来了，让他等着去吧。翻过身来就接着睡了。董戈也不说什么，就在窗户外边死死地站着。大格格又睡了一觉，想起吊嗓子的事来，在被窝里懒懒地问，那个姓董的走了吗？丫头说还在院里傻站着呢。大格格一边嘟囔着这人死心眼儿一边慢腾腾地穿衣服。梳洗完了吃完早点就到了十一点，这才叫进琴师董戈。董戈已经在太阳地晒成了红虾米，进来的时候还不住地冒汗。大格格看了有些不落忍，对丫头说，给董先生倒碗凉茶来。董戈说，茶倒不必，大格格赶快抓紧时间练唱儿吧。大格格让董戈明天晚点来，别这么打更似的吵人。董戈说不行，要想人前拔份，就得背后受苦，这是他爹生前反复教导他的。大格格说，你的爹又不是我的爹，你不能把你爹的教导用在我的身上。再说了，我们又不是科班出来的，不是专门吃这碗饭的，我们能唱就已经很不错了，何必那么认真。董戈说科班也罢，玩票也罢，面对的观众可是一样的。大格格说，我的嗓子先天条件好，用不着天天吊。董戈说，嗓子必须天天吊，好嗓子是吊出来的，不是天生的，不常吊，唱腔里那些偷腔换气、抑扬顿挫、拖板抢板及脑额鼻咽颊膛等等的共鸣是运用不好的。这样一来，反倒把大格格弄得没话说了。自此，董戈每天四点准时来到大格格的房前，先是轻轻地咳嗽一声，告之他来了，就在外面等。久之，大格格的懒觉就睡不成了，外头一咳嗽她准醒，再也睡不着了，睡不着就得起来，起来除了吊嗓子没别的事干。后来，董戈不但将大格格拽起来吊嗓子，还要拉到东直门外的护城河去吊，说这样吊出来的嗓子带水音儿。从我们家到东直门，这段不近的路程每天大格格都是和那个董戈一路小跑跑去的。董戈夹着琴在前头，大格格小步紧在后头，后边是丫鬟坐着洋车跟着。以往，我那个娇贵的大姐就是上两站地外的姥姥家，也要坐车的，现在她好像让这个姓董的给治住了。许多年以后，我的母亲说什么是缘分哪，董戈和大格格就是缘分，她就是听他的。为什么，什么也不为。到最后人们也闹不明白，那个寒酸的穷小子到底有什么魅力使娇纵的大格格百依百顺地听他的，有人说是爱情，但大格格在临死前明确地否认了这一点，说她和董戈来往正大光明，没有丝毫的暧昧成分在其中；也有人说是活力，是另一种陌生的生活对于陈旧的吸引，而这种吸引是不可抗拒的。但话又说回来，为什么不吸引别人，偏偏吸引大格格呢？还是老七总结得好，老七说，什么也不为，就为了一个字：戏。

东直门外的护城河边，云蒸霞蔚，旷寂无人，在这里，大格格彻底将嗓子放开了，从慢板《三娘教子》“王春娥坐草堂自思自叹”开始起吊，循序渐进，一直吊到《女起解》那句高亢响亮的“苦哇——”，大格格与董戈，唱随切磋，日日如此，从不懈怠，成为护城河边的常客。名媛义演，广和楼的戏码已经排出，大格格排在第三，前边两位分别是关静仪和秦蓝薇两位女士，唱的是《四郎探母》和《贵妃醉酒》。不知谁从哪儿打听到，这两位，一个是梅兰芳的高徒，一个跟着尚小云学过三年戏，论水平不亚于科班。本来程派唱腔在旦角行当中就极不易叫好，学唱难，会欣赏者不多，如今又排在第三，使得平时果敢自信的大格格这时也有些犹豫了。演戏最怕的就是怯场，为了这个，家里人轮流给大格格鼓劲，好像都不太奏效。宋三公子几次约大格格出去，逛北海，吃西餐，以减轻心理压力，大格格还是觉得信心不足，甚至有了打退堂鼓的念头。

这天练完唱，董戈对大格格说，您唱得很不错了，完全没必要犯怵，也别把那些角儿们看得太神圣了，从清末数，唱出名儿来的有几个是科班出身的，大部分还不都是半道出家的票友。拣有名的说吧，与程长庚齐名的张二奎，下海前是前清的官员，是工部水司的经丞；名老生张子久是张二奎的车夫；连编带演的卢胜奎，再早不过是个下人；灯笼程是北京廊房头条做牛角灯的；汪笑侬是拔贡知县；许荫裳是齐化门外粮店的伙计；张雨庭是眼镜铺的掌柜；冰王三是夏天卖冰的；刘鸿生是卖剪子的；麻穆子是卖私酒的；红极一时的名老旦龚云甫也是玉器行的工人出身。所以，您千万别迷信什么科班不科班的，与科班比，票友有票友的优势，特别是像您这样有学问、有文化的大家小姐，不一定就比那些角儿们差。当然，票友自不如科班徒弟学得扎实，但科班出来的不一定有艺术感觉，京戏其实是一门很高的艺术修养，它所要求的各方面知识不是一两日所能积累得起来的，即便是科班出身，艺术的感觉跟不上，说白了只是个表演的傀儡罢了。既然是艺术，就不是靠学力所能成功的，它靠的是六分修养，两分天才，两分勤奋。北京的富连成班，前后四五十年，培养出来的徒弟在千名以上，唱出名来的不也就有数的几位吗？这么一想，您还怵它什么呢。

不能说平日沉默寡言的杂役董戈的这番话说得没水平，就是在今天，细细品味他的话也是很耐人寻味的。富连成培养不出真正的戏曲艺术家一样，这里面有个严酷的艺术规律在其中，这个道理出自几十年前一个医院杂役之口，则不能不让人吃惊了。这些话在当时对我大姐的触动想必也是很大的，能出此深切之语的，绝非一般人。

大格格问过董戈有过怎样的经历，董戈低眉含颦，面色惨淡，似有难言的家世之悲。既然不便说，也不便再问，琴师董戈的身世对金家来说一直是个谜。自此，大格格精神饱满，勤奋练习，面孔红润，神采焕发，从我们家跑到东直门，半道不歇，到地方停下脚步张嘴就唱，音域宽阔，底气十足，让人听来没有一点儿急促大喘气的感觉，这就是功夫了。我父亲说过，唱戏的必须有边舞边唱的功底，倘若你舞得很带劲，张嘴唱不出声或是哈哈地喘，那就倒观众的胃口了，闹不好就有被轰下台的危险。大格格的精神状况、体力状况都让人满意，这当是董戈的功劳。瓜尔佳母亲说得好好谢谢人家，不能让人家白白出力，让管事的给些赏钱。管事的说给过了，姓董的不要。瓜尔佳母亲说，这就怪了，他一个穷小子，难道就不见钱眼开吗？让管事的去问，管事的回话说，董戈说了，他虽然在金家拉琴，但在医院的薪水照拿，宋院长还给加了薪，给了车马费，他拿了那边的，就不能再拿这边的了，两头拿很不合适。瓜尔佳母亲说，这孩子还挺仁义，别看是个下人，家教却不错，那边的老太太想必也是个通情达理的。瓜尔佳母亲包了一大包穿不着的衣裳，让董戈带回去给他的母亲。第二天董戈特意到上房给瓜尔佳母亲请安，替他的母亲道谢。传他母亲的话说那些衣裳都是上好的衣裳，让大夫人这样破费实在是不安，董家小门小户，能进金家干差事已经是有脸面的事了，儿子有什么不周到的地方请大夫人多多担待，待她身子好利落了，亲自到府上来请安。瓜尔佳母亲问董家老太太有什么病，董戈说，痨病。瓜尔佳母亲说，这可是个累不得的富贵病，营养一定要跟上去。瓜尔佳母亲让丫头把她的几听美国奶粉给董家老太太带去，董戈对此也没有过度推辞。事后大家都夸董戈是个孝子。瓜尔佳母亲也常拿董戈的例子来教育我的那些混账哥哥们。

五

演出这天，父亲调动了金家的全部实力，组成了阵容强大的啦啦队，除了领衔叫好儿的厨子老王以外，还以每人一块大洋的价儿雇了些戏混子，并明确告之，只许给《锁麟囊》叫好儿，其余剧目不许出声，当然也不许起哄。彼时，名媛唱戏，与角儿们不同，叫好儿的是五花八门，好似唱戏的不是正规军，叫好儿的自然也不必正经一样，故而，逢有这样的演出，一般都要在剧场四处贴上“禁止怪声叫好儿”的纸条。父亲为雇叫好儿的花了三百大洋，也就是说，在那天的剧场里，至少有三百个人是专为捧我大姐而来的，其中还不包括金宋两家的亲眷和署长调动来的大批警察。后台的一切由舅老爷照料，后台老板自然要打点到，给银圆二十封，每封二十大洋。上下场挑帘的也得送大洋，你总不能让角儿自己掀开门帘钻出来，再起范儿演唱吧，那样还不让下头乐死，所以挑帘的也很重要，也不敢怠慢，得给钱。除此以外，打鼓的、弹琴的、饮场的、看门的、跑堂的、扔手巾把的、管电的无不得一一送礼，落下一个，保不齐就得出点儿什么事。其实，在这众多的人里，舅老爷忘了一个最最重要的人物，那就是操琴的董戈。在前台后台，在哗哗的大洋声中，董戈一直抱着琴默默地坐在后台不起眼的角落里，充任着可有可无又必不可少的角色。也不是舅老爷没想起他来，是舅老爷觉得这个医院的杂役绝没有撂挑子、使坏的勇气，懂得社会主义的舅老爷看人看得准极了。

鼓乐响起，头场关静仪女士的《四郎探母》唱得不错，到底是梅兰芳的弟子，一招一式，一腔一调，酷似她的老师，那段铁镜公主与杨四郎的对唱更是炉火纯青，两人一个上句一个下句，唱腔速度越来越快，情绪呼应越来越紧，盖口处严丝合缝，滴水不漏，场内好声大起，就连父亲雇的那些“不许喊好儿”的人也情不自禁叫起好儿来了。可不嘛，好戏人人听着过瘾，甭管是不是拿了人家的钱。铁镜公主刚唱完，下边还有杨四郎的唱，就有人端着个小茶壶上台，给关女士饮场了。杨四郎很有激情地在唱，他的媳妇在旁边端着茶壶喝水，这从情节上说总有点儿荒诞，但那时就是这么个风气，有身份的角儿都要饮场，并不是为了渴，也不是为了润嗓子，就是为了一种派，唯此才算够份儿。不但喝水，有时还要擦脸，武生打着打着突然架住，有人送上手巾，抹一把，接着打。这大约是20世纪三四十年代北京演戏的风气，一些与剧情毫无关联的人可以在戏台上自由地走来走去，越是名角儿，伺候饮场的越爱上去捣乱，以向众人炫耀他是谁谁的人。那个时代北京的观众对这些也是极宽容、极有耐心的，这就是看戏人的好脾气了。搁现在恐怕不行，现在甭说在台上换裤子，就是换布景也得把大幕拉上再说话。听我母亲说，那位唱得很好的关女士，砸就砸在她的饮场上，她的老师是梅先生，梅先生演的是青衣，本人却是个男的，他在台上饮场，怎么对着小茶壶喝茶都是不为怪的。而关女士就不同了，关女士是女的，女的在台上当众嘴对嘴地嘬茶壶当下就是哄笑一片，怪声一片，有放浪子弟尖叫着大喊：小乖乖别撒嘴……当下把关女士闹了个大红脸，连那个演杨四郎的也为此而笑场，唱不下去了。我也是从那儿才知道女孩子是不能对着嘴喝茶壶的，为什么，小的时候不明白，大了以后就知道了。

第二位秦蓝薇女士的《贵妃醉酒》演得雍容华贵，行头好，扮相也好，举手投足都很到家，但也是要饮场，唱一句“这才是酒入愁肠人易醉”，喝一口水，唱一句“平白诓驾为何情”，又喝一口水，只让人感到这贵妃一会儿是酒，一会儿是水，怕要灌成大肚子蝈蝈了。所幸，这位女士没用小茶壶，用的是金边细瓷小碗，还没有引起下头哄场。但是，随着贵妃上台的还有一个小木桌，上面摆满了各样化妆品和一个很时髦的藤皮暖壶，贵妃喝一口壶里的水就要扑一次粉，抹一回口红，台上就老有两个穿大褂的人在一群花花绿绿的宫女中穿来绕去，将唐朝和民国紧密地联系起来。后来，有眼尖的人看见，藤皮暖壶上竟然还写着“参汤”的字样，便知秦女士喝的不是茶而是参汤。

这时，董戈在后台找到已扮好戏的大格格，对大格格说，待会儿您上去了，千万别饮场。大格格说，后台邱老板把负责饮场的人都给我预备下了。董戈说，预备下了也别饮，您听我的没错。

大格格说，万一我的嗓子要是干了，提不上去了呢？董戈说，绝没这事，您每天上东直门护城河也没饮场，不也唱得很滋润？唱得好不好，绝不在这会儿喝不喝这口水，全在平时的练习。大格格还有些犹豫，董戈说，您放心，万一有什么，我的琴给您兜着呢。大格格便对邱老板说她待会儿上去不饮场，让把那人撤了。邱老板伸着大拇哥说，金格格您懂戏。

大格格演的是《锁麟囊》“春秋亭”避雨一折。当薛湘灵穿着大红嫁衣，坐着绣有双凤的红轿一出场，那红色的喜庆加之我大姐的美丽立即将台上台下的气氛烘托起来，人们的眼睛为之一亮，不待唱，便举座欢呼，得了一片迎帘好儿。厨子老王兴奋地说，咱们家的大格格没得比，就是没得比，瞧，用不着我领头，会听戏的都捧她。父亲的心却是一直提到嗓子眼儿，他一来担心操琴的，那个医院的杂役能不能把这出难度很大的戏一点儿不出差错地拉下来；二来担心大格格不要中途闹脾气，若那样，金家真是砸面子砸得狠了。悠悠的胡琴声中，大格格缓缓地唱出了西皮二六：

春秋亭外风雨暴，何处悲声破寂寥。隔帘只见一花轿，
想必是新婚渡鹊桥。吉日良辰当欢笑，为何鲛珠化泪抛。
此时却又明白了，世上何尝尽富豪……

歌一出喉，四座惊奇，互相打问，确认是金家大小姐，方有才识庐山真面目之感。

父亲听了大格格的唱腔一时也蒙住了，一段时间的练习，大格格的嗓音、唱法竟然大变，变得宽阔婉转、深沉凝重，实实地托出了角色的富足、沉稳、多情、善良。大格格圆润的嗓音，那些裹腔包腔的巧妙运用，一丝不苟的做派，华美的扮相，无不令人感心动耳。加之那唱腔忽而如浮云柳絮，迂回飘荡，忽而如冲

天白鹤，天高阔远；有时低如絮语，柔肠百转，近于无声，有时奔喉一放，一泻千里，石破天惊；真真地让下头的观众心旷神怡，如醉如痴，销魂夺魄了。董戈那琴也拉得飘洒纵逸，音清无浊，令人叫绝，有得心应手之妙。琴声拖、随、领、带，无不尽到极致，如子规啼夜，纡曲萦绕，如地崩山摧，激越奔放。琴与唱相糅，声中无字，字中有声，如风雨相调，相依相携；如水乳交融，难离难分，感人至深，使人如入化境。父亲说，没想到董戈拉得这样地道，以前真小瞧了这小子。瓜尔佳母亲说，大格格唱得也出奇地好，像换了一个人儿。

老七说，关键是两个人配合得默契，难怪我大姐不让我拉。厨子老王说，这水平，名角儿也比不过！宋家太太一会儿站起，一会儿坐下，东张西望，向周围关注，以让人们知道台上的美人是她未来的儿媳妇。至于那位警察，则只张着大嘴，目不转睛，死盯着台上，清音袅袅中，那魂魄整个地走了。整折戏没有饮场的干扰，一气呵成，连贯完整，不拖泥带水，使人觉得干净利落，极富艺术感染力。演出完毕，掌声雷动，喝彩不绝，盛况空前。宋家公子送上一对大花篮，摆在台口，艳丽夺目，大格格谢场三次，观众仍不让下。有人说，金家小姐谦恭谨慎，敬重角色也敬重观众，不似有的人只知在台上撒娇摆阔，极尽显摆之能事，人家这才是大家风范，才是真正的有谱儿。大格格听了这话，心里不禁感激董戈，四下寻找董戈，却已不知所去。回家时，剧场外观众想一睹大格格之颜色，人头攒动，骈肩累足，途塞不能举步，多亏有那些警察维持秩序，持枪荷弹，蹚开一条人胡同，才使我的大姐得以进车。

当日宋家在万国饭店为大姐举行庆祝酒会，金家的人除了瓜尔佳母亲和有病的二娘张氏以外都去了。瓜尔佳母亲还是不能和那个暴发的警察家族一起在大庭广众之下平起平坐，她那傲慢独尊的禀性是轻易不会向任何人退缩的，特别是对宋宝印这样在官运上正走红的“无名鼠辈”。酒会上，宋家太太在众人的夸赞中连干数杯，面色红润，说大格格为他们老宋家可是争了脸面，又说还要给大格格置两套上好行头，以备下回再演出。大格格让这位太太闹得坐亦不是，站亦不是，恨不得找个缝隙钻进去。席间不少人是为听戏而来，大家让大格格再唱一曲，拗不过众人情面，大格格只好强提精神，再润歌喉，待要开唱，才发现操琴的董戈并没有跟来。警察大怒，让两个手下去家里拽，父亲说算了，说来饭店开庆祝会本来就没叫人家，何苦又到人家家里去兴师问罪，归根结底还是我们不对。警察说，他是个打杂的，他得随时伺候着，哪有跑不见影儿的道理，× 他姐，明天就打折了他的腿！听到警察这粗俗的叫骂，这不讲理的犯浑，我的大姐脸色一时变得煞白，眼泪在眼眶里直打转，当下就要走，被我母亲悄悄拉住，说怎么也得给我父亲和儒雅的宋公子一个面子，她这唱主角的走了，下边的戏让别人怎么唱呢。大格格想想，留下了，接下来是让老七操琴，她有一搭没一搭地唱了一段《女起解》，就算应了差事。谁都听得出来，大格格的这段戏唱得真不怎么样，连那个不懂戏的警察也听出不是味儿来了，他用惊异的眼光看着大格格，大格格的脸越发变得难看。偏偏这时不谙世事的老七又多了一句嘴说，还是要董先生来拉才好，董先生熟悉我大姐的路数。警察对他的儿子大声说，明天把那个姓董的给我开了，他好大的架子，我让他的脑袋还在肩膀上长着就是很便宜他了！宋三公子诺诺，看了一眼大格格，没说什么。那天晚上，大格格回来得很晚，回来后照直回到自己的房里就睡了。

第二天，她母亲问她晚上干什么去了，她说去了南城。瓜尔佳母亲说，你是去了董戈那里。大格格说是。瓜尔佳母亲看着女儿，叹了口气，娘儿俩就愣愣地在屋里坐着。半天，大格格说她从来没见过那么困难的人家儿，穷成那样，还能把心搁在琴上……瓜尔佳母亲说，其实人活得都不容易，像咱们这样不愁吃不愁穿的人家儿，不多。大格格说，往后董先生再来咱们家，咱们得按钟点给钱，不能亏了人家。瓜尔佳母亲说，只怕他不要，以前也给过，他说不能拿双份。大格格说，他医院的差事让那个警察给蹬了，他现在是走投无路了。

六

后来，董戈就隔一天来我们家一回，大格格问他前一天去做什么了，他不说，很长时间以后大家才知道，他是到崇文门里的麻家杠房去给人做吹鼓手了，挣俩吃俩，挣仨吃仨，以维持娘儿俩的生计。吹鼓手的生涯是很凄惨、很低贱的，为世人所看不起，董戈隐瞒他的行径也情有可原。他到我们家来拉琴，从来都是穿长衫，从来都是把自己收拾得干净利落，将前一天的风尘扫荡得不见一丝痕迹，看得出那长衫都是前一天压平了的，想必是他母亲帮他做的。厨子老王爱听他的琴也爱听大格格的唱儿。拾掇完了饭就蹭到大格格院里来听戏。有一回他包了几个剩馒头，想让董戈拿回去给他们家老太太，又怕董戈面皮薄，寒碜了人家，在院里出出进进几趟，不知怎么办好。我母亲见了出主意让老王在没人的时候偷偷塞给他就是了，老王照我母亲说的做了，董戈果然没再推辞。这往后，老王把爱戏的心都放在救济董戈上，在他的权限范围内，米面油盐什么都送，有时还故意把饭往多里做，肉包子一蒸蒸十笼，全家人吃两天也吃不完，明摆着是要送董戈的。对此，我父亲和母亲们都睁一只眼闭一只眼，大家知道，董先生是个孝子，对于孝子，怎么着都不过分。董戈来了几乎没有多余的话，也不提他和他母亲的事情，只是拉琴练唱，神情圣洁而专注。

他把与大格格练唱看作是一种艺术享受，一种对严酷现实的逃避，一种心思独驰的追求。董戈的到来对大格格来说也不啻是一个节日，大格格只有在董戈到来之后才快活，才能找到自己，才觉得充实酣畅。看得出他们彼此深深地依恋着对方，这种依恋诚挚而痴迷，谁是琴，谁是董戈，哪个是戏，哪个是大格格，分不出来了。他们已经没有了现实，艺术的唯美性在他们之间表现出来的深刻共识与和谐，实在是一种诗化了的感受，这让每一个艺术家着迷的同时也蕴含着悲剧的到来。

大格格到东直门吊嗓，时间长了，那些在戏院里睹不上名媛风采的追星族们就早早地候在城门洞里，等我大姐一过来，哗啦一下就围过来，有让签名的，有点名听唱儿的，有专为看美人的，赶也赶不散。这时候，董戈就成了保镖，他拨拉开众人，领着大格格“杀”出重围。也或许大格格的名声太大了，没有多久，社会上就传出金家大格格和她的琴师有些说不清道不明的话来。这些流言蜚语我们家当然是不知道的，即便知道了也不会很当回事，大格格和董戈，相差毕竟太远，一个是大宅门的格格，一个是南城的吹鼓手，风马牛不相及。宋家太太来我们家问过董戈的事情，当她得知在医院丢了差事的董戈还继续在我们家做琴师时，对我们家的做法就有些很不以为然。她说，北平会拉胡琴的人有的是，不一定就得是姓董的，外面已经很有些说法了。瓜尔佳母亲问有什么说法，宋太太支支吾吾也没说出个所以然，只让我们家把董戈辞了。瓜尔佳母亲说，怎好说辞就辞了，您不是也说让大格格还参加下次的义演嘛，没董戈，大格格怕是唱不了的。宋太太提出了不日将大格格娶过门的话，瓜尔佳母亲强调说大格格从小在金家娇纵惯了，过了门必须要另立门户，不能跟公公婆婆住在一处。不能说这个条件提得不苛刻，从瓜尔佳母亲来说，还是怵宋家人的脾气，既然咱们看上的是宋家的三公子，那就只和三公子过，跟那一帮流氓加混蛋们不掺和。没想，宋太太却一口答应，说他们宋家是极开明的，人家国外儿子们结了婚从来都是分出去另过，没有和父母亲待在一起的，她这个婆婆也尊重儿媳妇的意思，要出去单过就出去单过，小两口和和美美的自成一家也很好。对方答应很痛快，并很快在阜成门顺城街买了一院房，修缮一新，让金家的人前去过目。瓜尔佳母亲再提不出什么，就通过舅老爷商定好日子，准备嫁女出门。

对这些，我的父亲从来都是不管不问的，我现在想，我的父亲除了他的事业和他的玩乐以外，对我们这个家其实并没有担起一家之主的责任。应该说，他对于他的妻子，我们的几个母亲和他众多的孩子没有起到一点丈夫和父亲的实际作用。对于金家，他不过是个点缀，一个辉煌的点缀，这大概也是八旗子弟的共同之处。倘若，父亲以他的聪明才智，以他的博学见识对大格格的婚姻稍有干预，命运的棋子也会有所改变，一切或许不会像实际的结局那样让人揪心。淡漠于事态的糊涂父亲，推波助澜的偏执舅老爷，刚愎自用的瓜尔佳母亲加上沉湎戏曲的懵懂大格格，就这样稀里糊涂地在一起，向着未来迈步了。娶亲时日定下来以后，大格格还在唱戏，我们家也还歌舞升平，《状元媒》《春秋配》《贵妃醉酒》照旧在金家上演不衰。太阳照旧东升西落，日子没有任何改变。

这天是重阳，是董戈该来的日子，天刚亮大格格就起来了，推开房门，并未见琴师在庭院等候，便独自舞了一会儿剑，寻寻觅觅地来到前院。前头管事的和看门老张正在忙碌，在验看才送来的一套金丝楠木家具。老张见了大格格，赶紧请了个安，说是给格格道喜了。大格格问道什么喜，老张说，格格忘了吗，下月的今天就是格格出阁的日子呀，是舅老爷和太太挑的好日子。管事的也说，这套家具是大格格的陪嫁之一，特意从南边办来的，下个月将跟大格格一起被抬到阜成门。大格格听了竟没什么表情，只是问董戈来了没有。老张说，他一大早就候着门，没见董先生进来。大格格说，这就怪了，都这时候了，怎么就不见来呢？管事的说，董先生保不齐是觉得大格格这几天忙，不便打扰，就不来了。大格格说，我忙什么，这套楠木家具与我有什么相干，前天董先生跟我说好了，今天要排《梅妃》那段二黄慢板……说着大格格边舞边唱地在院里做起了即兴演出。老张小声对管事的说，您听见了没有，她说这套楠木家具和她有什么相干……到现在了她还不知道她在哪儿呢。董戈一天没有来，大格格一天失魂落魄。又过了一天，董戈还是没有露面。大格格已经待不住了，两顿饭没吃，一双眼有点发直。

瓜尔佳母亲心疼女儿，让老五到南城跑一趟，说无论如何也要讨个实信儿回来。瓜尔佳母亲安慰大格格说，准是董家老太太有了什么闪失，那老太太岁数大了，又是个病秧子，董戈是孝子，他哪儿能离得开……等几天，事过去了，他董戈还得来不是。大格格听不进她母亲的劝慰，一味地催老五快去，说戏搁了几天，已经生得很了。老五走了以后，大格格一直在她母亲的房里等，瓜尔佳母亲让她吃也不吃，让喝也不喝，在屋里一刻不停地走来走去，外头稍一响动，就以为是老五陪着董戈来了，赶紧出去迎。瓜尔佳母亲说，孩子，你这样怎么行，你得记住，世间没有不散的宴席，你和董戈这个架子早晚得拆，你不可能跟他这么厮混着在一块儿唱戏，你得过日子……那天老五在外头疯玩了半夜才回来，大格格就在她母亲的房里一直等到半夜。迷迷瞪瞪的老五被瓜尔佳母亲叫到房里的时候，已经忘了让他出门的初衷，他问他母亲，半夜三更为什么叫他来，瓜尔佳母亲一听这话，伸手就抽了老五一个耳光说，就为这个叫你来。大格格顾不得许多，急切地问，你没上董家去？老五这才想起早晨那档子事来，捂着脸说，去了，董家没人。大格格说怎么叫没人，老五说，没人就是没人，还怎么叫没人。瓜尔佳母亲问，门锁着？老五说门开着。瓜尔佳母亲问，董家老太太呢？老五说，没见着。瓜尔佳母亲说，搬了？屋里还有没有手使的家具？老五说好像都在。瓜尔佳母亲问，你没问问街坊？老五说周围没街坊。这下瓜尔佳母亲没话了。老五问还有什么事，瓜尔佳母亲看了一眼失望的大格格，对老五说，这大半天你上哪儿了，不忙着回来报信儿，害得你姐姐在家里着急。老五说他上安定门茶馆听大鼓去了。瓜尔佳母亲说，你又是去找那个唱“王二姐思夫”的赵粉蝶，我跟你说多少回了，让你远离那个妖精，你就是不听。老五说，我就爱听那妖精唱，她一唱，我浑身舒坦。瓜尔佳母亲气得蹬了老五一脚，老五借机滚出去了。瓜尔佳母亲回头再看大格格，大格格的神情整个着了魔怔了一般。瓜尔佳母亲不安地说，孩子……咱们明天让老七去找，老七比这个畜生靠得住。那天半夜，大格格突然使劲敲老五的门，把老五硬从睡梦中拽起来。大格格站在院中，冻得有些哆嗦，她问老五到董家看没看到琴。老五问什么琴，大格格说是胡琴，就是董戈老不离身的那把胡琴。老五想了半天，也不敢肯定胡琴是在还是不在，他说他的心思在找人上，没在找琴上。大格格说，要是琴在人不在，就是董家出事了，要是人琴都不在，就是走了……老五坦诚地说他真没留神琴的事，过几天不妨再去看看，说不定董戈就回来了呢。大格格自言自语地说，回什么呀，已经没了好几天了……

后来，老七舜铨陪着大格格去过一趟南城，代董家而居的是一户卖炒肝的小买卖人家。大格格进院的时候那家的一家老小正围着一个绿瓦盆翻肠子，黏兮兮一盆腥汤，臭烘烘一地脏水，让人捂鼻。对于原来的住户，翻肠子的人家是一问三不知，并说他们搬进来的时候这房子空空如也，别说家具，连耗子也没有一只。大格格又问有没有琴，那家人说，耗子都没有，怎会有那东西，我们来的时候，这屋里连炕席都给揭了。这一切让大格格想不通，她不相信把戏看得比命还重的董戈会扔下心爱的玩意儿而一走了之；她也不相信一对配合默契的搭档就能这么莫名其妙地分道扬镳了。大格格颓然地坐在那肮脏的台阶上迈不开步了，风扬起地上的灰尘，向她扑打过去，将她那张失望的脸埋藏在昏荡沉暗之中。一只老鸹落在院里枯叶落尽的枣树上，枣树枝颤了两下，终于托住了那份沉重，沉重的树枝衬着背后初冬阴惨惨的灰云，那里是一片虚空……老七从台阶上拽起大格格的时候，只感到她浑身发僵，轻飘飘的身体好像只剩下了一个躯壳。

董家母子就这么消失了，在以后的几十年内，再没有出现过，也没有过他们的一点儿消息。事后有人分析，说这一切当跟警察有关，那个警察完全不用自己出面，他只要借日本人的手，想让谁消失谁就可以消失，一切都会不留任何痕迹……但谁也没有凭据，不能妄说。大格格恍恍惚惚地嫁到宋家去了，那天临上轿，还在问董先生来没来。

七

婚后的大格格每天早晚照旧到护城河去吊嗓练唱，这已成习惯，所不同的是将东直门的护城河换作了阜成门的护城河。她对董戈仍抱有希望，她对戏也抱有希望。之所以能日日坚持，是坚信有一天董先生来了，她能以最佳状态迎接那至真至妙的胡琴，以精熟完美的唱腔面对她的琴师。诚然，现今的大格格没有琴师护驾也没有那些驱之不散的追星族，红粉凋零，青衣憔悴，一切都变得很是惨淡凄凉。但大格格感受不到那凄凉，她心灵的情调永远为她的戏曲、为那激扬的胡琴所感动着，鲜活而充沛。这是她人生的根，是她幸福的核心。那时候的阜成门外，还没有立交桥，没有这些鳞次栉比的高楼大厦，我想象不出来，一个温婉持重的少妇，面对一条凝滞的城河，一片迷蒙的烟树，背靠厚重沧桑的城墙，悠悠唱起"明日里洛川前将君来等，莫迟疑休爽约谨记在心"，该是一种什么样的情景……

宋三公子在与大格格结婚以前与医院的德国护士有染，女护士回国，三公子原以为娶了大家闺秀以后可以填充空隙，孰料，大宅门的格格竟是这般风景，感情平平淡淡，生活虚无缥缈，说得好听是超脱，说得不好听是神经。这也怪不得公子抱琵琶另有别弹，三公子很快联络上昔日旧好，毫不留恋地丢下了已经有了一个儿子的大格格，丢下了国内的一摊，独自一人上德意志去了。没有多久，日本投降，日伪警察总署头目宋宝印自然在劫难逃，作为铁杆汉奸，他接受了国民政府的审判，在河北被处以极刑。那位以暴躁和肥胖著称的宋太太也病死狱中，宋家的一切财产均被视为逆产被官方没收。树倒猢狲散，大格格在阜成门的一院房，只剩下了西屋两间，属于她自己，每日蜷缩其中，艰难度日。

其时，瓜尔佳母亲已死，金家几次欲将大格格接回来住，都遭到大格格拒绝。她说顺城街幽静清寂，是绝好的栖身养性之所，说娘家离护城河毕竟太远，她已经跑不动了，还是顺城街好，练唱方便。我母亲看不过眼，就常把大格格的儿子——一个叫作宁馨的小男孩领到家里来，那孩子应该是我们金家的嫡外孙，但那个外孙长得獐头鼠目，尖嘴猴腮，细脖大脑袋，走道打晃，也不知道像谁。宁馨每回到我们家来的时候，模样都跟小叫花子差不多。两个乌黑的脚后跟老在外头露着，袜子和鞋老是破的；头发擀了毡一般，乱糟糟长得盖住了眼睛；破了的衣裳不补，用线捆一个结，将窟窿揪住；裤子裆极大，裤脚毛着边，仔细一看，是用宋三公子的礼服呢西装裤改的，所谓“改”也不过就是将裤子剪短了，让孩子直接穿罢了。宁馨一见了姥姥家的饭，就如同饿狼一般，什么都是好吃的，问他在家都吃些什么，他说他母亲给蒸一锅窝头，他饿了就拿一个，什么时候拿完了，他母亲又再蒸一锅……问有菜没有，宁馨摇头。二娘张氏听了直掉眼泪，在场的人也无不为之动容，说大格格还会蒸窝头，这搁前几年真是想也不敢想的事。大家问宁馨，他的母亲平时都干些什么，宁馨说唱戏，除了唱戏他母亲什么也不干。宁馨的确没有瞎说，后来我母亲见到那院里的邻居，邻居们也说，宋太太每天打扮得齐齐整整，穿了长旗袍，化了妆，到城河边去唱戏，一天早晚两回，雷打不动。孩子也不管，每天放羊似的捎带着喂喂，小小孩子，饥一顿饱一顿，到天冷了还穿着夹袄，比个外头的叫花子还不如。你们家这位大姑奶奶该不是有病？母亲只有给邻居说好话，说给人家添麻烦了，请人家多多关照一类的客气话。母亲说我们家大姑奶奶没有病，就是太喜欢戏了，喜欢得有些过。邻居说，这就是戏痴了，跟花痴似的，还是一种病。

我的大姐没有活在现实，她是活在了戏里。这个论断也表现在了她儿子的死上面。她那个豆芽菜般的儿子在一个春天，死于猩红热加营养不良，也没见做母亲的大格格怎样悲哀，她在房门外的蜡梅树下浅浅地用小煤铲挖了个坑，就把孩子搁进去，用土掩了。邻居为此事不答应，找到了我们家，家里就派老四料理此事。老四来到阜成门，看到树下半掩半露的死外甥，只是有气，问他的大姐为何如此草草处理。大格格说，梅花树下是绝好的安息之地，只怕她将来没有她儿子这样的福气。《红梅阁》里的李慧娘，《江采萍》里边的梅妃，《牡丹亭》里的杜丽娘，死后都是埋在梅树下的，“索坐幽亭梅花伴影，看林烟和初月又作黄昏”，多好的意境啊……

老四不睬大格格，刨出死孩子，装进火匣子(一种专装小孩的棺材)，着人夹到城墙根儿埋了。老四回来后说，咱们的大姐，你说她是明白还是糊涂哇，埋宁馨的时候，她还在一边唱。母亲问唱了什么，老四说唱的是《黛玉葬花》。母亲说，唱个《失子惊疯》还差不多，怎么会想起《黛玉葬花》来。老四说，她整个人都有点儿不搭调了……那天，老四的眼圈红红的，想必是为了他早夭的外甥和神情迷糊的姐姐伤心。

二娘念及大格格到底是金家的大姑奶奶，就让身边的刘妈过去伺候，让账房月月拨过些钱去。对此，大格格也没说什么感激的话。娘家的周济毕竟有顾不到的时候，那个刘妈是二娘自己从安徽带来的，她只对二娘忠心，对别人却不肯下功夫，加之大格格脾气古怪，往往相处不好。刘妈今天去，明天不去，说是伺候大格格，其实大部分时间还是在金家。大格格从来不为生活上的事情向家里张嘴，不是她不肯张嘴，是她就想不起张嘴。多么清苦的日子对她来说好像都不苦，她就这么餐风饮露般地活着，这使人觉得，嗜好一种事物，一旦寝馈到了一往情深不能自拔的痴迷当中，那么这个人多半已经不是这个世界的人了。

那一年，我三岁，阜成门那边有人带过话来说大格格已经落了炕，怕是撑不了多少时候了。母亲就抱着我去了，同去的还有老七。本来应该叫上大格格一母同胞的姊妹，但检点所存，竟找不出一人：老大为“党国的事业”呕心沥血，奔窜西南，不知所终；老五在北平后门桥一头栽倒，直奔了黄泉之路；三格格应该是最亲的妹妹，却也因共产党罪名在德胜门外惨遭活埋。瓜尔佳母亲所出的四个儿女一个一个都匆匆地走完了他们的人生之路，走出了他们的生命，思之让人惨然。对于和这位大姐的短暂相见，我已经没有丝毫印象，那是我们唯一的一次见面，也是最后的一次见面。她是金家女孩的打头，我是金家女孩的末尾，头与尾的相接在阜成门顺城街破旧的西屋里围成了一个完整的圆。大格格或许对此感到欣慰、兴奋，在那间阴惨暗淡的小屋里，她挣扎着伸出瘦骨嶙峋的手抚摸着我的脸蛋说，这个妹妹长得像我……将来可以唱青衣……找个好琴师……我自然是以哭来抗拒的，母亲嫌我碍事，将我提出，撂在院中的树下。我后来想，那一定就是埋葬过宁馨的那棵梅树了，也就是说，我与我那位外甥曾经在同一棵树下待过，这怕就是我们唯一的缘分了。母亲、老七和大格格在房间里说了些什么，我不知道。

在我三岁的不完整的记忆里，在那棵散着清香的梅树下，我好像听过轻轻的、断断续续的吟唱。但那吟唱绝对被我无遮无拦、肆无忌惮的哭号所压倒，也就是我那倾其全力的哭，成为金家大格格上路之时最完美的挽歌。我敢说，在金家，我的任何一位手足辞世，都再没有接受过我的那种感心动肺、惊天动地的哭了。

曲终人散，时过境迁。十几年后，有一天我和老七在母亲的房里喝茶，由外头盛行的样板戏说到了过去的老戏。我问老七，大格格在我号啕的时候是不是唱了什么。老七想了想说是，是唱了，但已经听不清楚。我问是不是《锁麟囊》，老七点头又摇头。母亲说，弥留之际，她已经什么都不知道了，魂魄早已走了，还说什么唱不唱的话。老七说，怕是在董戈走的时候就已经跟着去了。我说，大格格魂魄一直在，临死还在，嵌在戏里……

八

1998 年夏天，中国京剧院来西安演出，其中有《锁麟囊》剧目，主演是程派青年演员张火丁。当演员在台上唱出后半部的大段唱词时，我仿佛突然感觉到了什么，我也料定，我的大姐在临终时所唱应该正是这一段：

一霎时把七情俱已昧尽，参透了酸辛处泪湿衣襟。我只道铁富贵一生铸定，又谁知人生数顷刻分明。想当年我也曾撒娇使性，到今朝哪怕我不信前尘。这也是老天爷一番教训，他叫我收余恨、免娇嗔、且自新、改性情、休恋逝水、苦海回身、早悟兰因。可怜我平地里遭此贫困，我的儿啊———把麟儿误作了自己的宁馨。

“众里寻他千百度，蓦然回首，那人却在，灯火阑珊处”。台上演员且歌且舞，那已不是什么张火丁，分明是我的大姐。是的，我的大姐应该如此清丽，如此辉煌！再看操琴的琴师，是一个英姿飒爽的小伙儿……

乌鸦卡拉斯

惟玄乌之令鸟兮，性自然之有识。
应炎阳之纯精兮，体乾刚之至色。

——晋·成公绥《乌赋》

一

顾明起晚了，一边匆匆忙忙系领带，一边埋怨我没有按时叫醒他，说今天给学生们上课，闹不好要迟到了。我往面包片上抹着花生酱，想的是他昨天晚上上网上到半夜，一点儿没有困倦的意思，今天早晨能起来就是奇迹。我说我不是宾馆服务生，没有定时叫早的任务，让他不要什么事情都指望着我。他说伺候好丈夫是日本主妇的职责，既然我在这里的名分是“家族滞在”，就应该认真地当好“滞在”，不要有什么非分之想，人家成千上万的日本妇女都能在家中尽职尽责，我也应该行。

我觉得窝囊，来日本当家属三年了，搁下国内的工作天天在这儿洗衣做饭，擦玻璃拖地板，心内总是不甘。顾明说我在日本也可以同样写作，中国很多优秀的文学作品都是在国外写成的，正因为拉开了距离，才会把许多事情看明白，才能写出更有深度的好文章。我说我不行，距离是拉开了，可是地气接不上了，人老是在半空飘着，甭说写作，连中国话也慢慢变得枯涩苍白，语言是要有环境，经常运用的，早晚有一天，我那行云流水般的汉语会在这净是“玛斯、玛斯”的地界被折磨得什么也不是！顾明说我这样的矫情是拉不出屎赖茅房，明明是自己江郎才尽了，偏偏要赖日本，日本怎么了，日本作家也有的是，得诺贝尔的也有，得芥川奖的也有……我说，快吃吧你，几点啦！

他看看表，吓一跳，拿起三片抹过酱的面包摞在一起，厚厚的一沓，张开大嘴咬了一口，推门而去。我在后头喊，吃太多了，你得减肥！

他说，从明天开始！

随着房门砰的一声关闭，我的悠闲主妇生活就开始了，像松了弦的钟，心情一下缓解下来，我给自己泡了杯茶，削了苹果，歪在沙发上，将电视调到三频道，八点三十，准时的是那部没头没脑的电视连续剧《渡过人间都是鬼》。一天一集，从 1990 年演到现在，已经十几年了，还没有结束的意思。戏演得拖泥带水，温温吞吞，情节有一搭没一搭，半个月不看，照样也能接上。我回国办事，剧情中的男主角也到京都去寻找某某人，我从中国回来了，男主角还在京都转悠，就想起旧社会中国的评书，说到“秦琼卖马”，有某人要出差，跟说评书的说，真可惜，您的“卖马”我听不着了。说评书的说，放心走您的，这马我给您留着。十天后，听主回来了，秦琼的黄骠马还没卖呢，说评书的东拉西扯，说得照样很热闹，听众一点儿不觉得烦，可是剧情却一点儿没发展。

这叫功夫！这“渡过人间”也真是渡过人间，跟大众的生活同步，开了电视剧的先河……

十点钟，对门的吉冈夫人要过来学中文，每周两次，雷打不动。吉冈的丈夫是株式会社的代表取缔役，用中国的话说就是企业的总经理，有钱但是忙，一个月也难见一两次，很多时间是吉冈夫人和她的小狗拉卜在家。吉冈学中文跟我看电视剧《渡过人间都是鬼》一样，拖拖拉拉不甚用力，学三个月了，至今还不会拼音，连“你好”也说不利落。我不能强求这个四十三岁的主妇能学出怎样的精彩，她来我这里学习很大程度上是为了解闷，打发时光罢了。每回来学习，先要喝北京的茉莉花茶，吃点心，然后是家长里短地神聊，最后才是学习。学习一开始，她的拉卜就在外头用爪子抓门，很没教养。我奇怪拉卜怎会把时间掌握得这样准确，吉冈说拉卜的听力很出色，是世界级的好狗，目前拉卜正在导盲犬学校接受训练，跟她一样，也是每周两次。我问训练好了怎样，吉冈说做过初训，如果适合，就送到导盲犬协会去继续深造，成为合格导盲犬供残疾人使用。我说那样拉卜就不归你了。吉冈说是的，她随时得做好忍痛割爱的准备，她是导盲犬协会会员，有提供狗的义务。吉冈让我也参加导盲犬协会，我说我也没有狗可提供，我自己也不会导盲，给人家添乱……

每周除了教授汉语，我还负责社区东侧花池的清扫整理，这个花池由我和吉冈两家负责，我一三五，吉冈二四六。小区庭院清洁卫生有专职清洁工，但是各家各户（主要是闲得没事的主妇）“为了培养住户之间的团结友爱精神和社区意识”，成立了叫“VOLUNTEER”的组织，“VOLUNTEER”翻译成中文是“志愿者协会”。中国也有这样的协会，多是照顾孤寡，扶贫救灾，干些让人很感动的事情。日本社区的“VOLUNTEER”各家分工，做力所能及的事，比如给各家发放垃圾口袋，过节社区圣诞树的装饰，养护小区的花草树木，等等。我和吉冈分管的花池不在主要位置，比较偏僻，主要是离我们两家近，由我们管护理所当然。花池里没什么名贵内容，只有一排小冬青，四五株月季，一个永远没人坐的小石条凳。月季花除了粉的还是粉的，有时开有时不开，开与不开全凭它的兴致，加之那满身的尖刺，连猫儿狗儿也不愿靠近。不管花怎么样，我对这些花草却是从来不马虎的，浇水剪枝清扫，不敢稍有懈怠，这有一个国际影响在里头，不能让别人看着我们对公益事业没有热情，缺乏爱心，中国人从小就学雷锋，这点儿觉悟还是有的……

门铃一阵急响，着了火一般，原来是刚出门的顾明又转回来了。

顾明一副急赤白脸的模样，手上流着血，皮包带子也折了。我说怎的了，他说遇上了抢劫。我说赶快报警，打 110。顾明说报个屁，早逃了！我问抢了什么，他说面包，他手里那沓子夹花生酱的面包被抢了。我说准是饿极了，在资本主义社会，饥寒交迫者是大有人在的。

顾明说他一边在汽车站等学校的公车，一边吃早点，就被抢了，所有等车的人都是目击者，要是报警，他们都可以做证，其中有他认识的古田先生、大岛先生和中村女士。

他说，就那么快，那么准，一阵黑风，让人猝不及防！面包就没了！我就追，就抡着包抽打，哪里追得上。

我说，到底是哪个袭击了你啊？

顾明说是乌鸦。并且郑重地补充说，乌鸦是害鸟。

日本的乌鸦实在是太多，它们的身影如同麻雀，随处可见。个大、壮硕，不畏人、不集群，跟中国“黄云城边乌欲栖，归飞哑哑枝上啼”的习性不同，它们不必朝飞暮归，不必成群结队地去田野觅食。在城里，在方圆数十米内，它们完全可以解决自己的生计问题。大城市的垃圾为它们提供了足够的食源，它们的饮食条件，不比人差。常见闹市区，垃圾桶被蹬翻，塑料袋被开肠破肚地扯破，它们在其中上下翻飞，你争我抢，获取可食之物，渴了自会找到饮水机，老练的会蹬开水龙头，抻着脖子喝个酣畅淋漓，很是目中无人。乌鸦们爱扎堆，但并没有严格组织，它们各自为政，谁也不服从谁。一帮乌鸦，有领导，也没有臣民，它们自己就是自己的主人，“乌合之众”是它们的真实写照。乌鸦是有头脑的，它们将袭击对象寻找得非常准确，举着热狗、啃着冰激凌的小女生，动作缓慢的老年人，往往受到它们的光顾。它们多是从人的背后俯冲而下，以迅雷不及掩耳之势，夺下食物，高飞上树，慢慢品尝。吓人一跳罢了，没有谁为了一口吃食去跟鸟们计较，但实在是太讨厌了，市政部门采取了各样措施，用炮仗轰，用笼子关，用声音吓，全没用。乌鸦们照样我行我素，过着优哉游哉的幸福生活，成为大都会的成员之一。

顾明抹着手上的血说他恨透了乌鸦！

我说不就叼了你一块面包嘛，别小题大做行不行。

顾明将手举到我眼前说，你瞧瞧这血，现在还没止住呢，这些营养的流失，十块面包也补不过来！

我说，这属于误伤。

顾明说他跟乌鸦的事儿没完，有朝一日他会逮住它，做一顿乌鸦炸酱面！我说要那样我就得当嫦娥，奔月去。

反正是迟到，他倒不急了，先清理伤口又吃消炎药，说还要到医院去注射狂犬疫苗，说不定医生还会将他留在医院住院观察……

二

吉冈来上课，我跟她说了乌鸦的事。

她说，卡拉斯是神啊，顾先生怎能说它是害鸟？

我才知道，日本人管乌鸦叫卡拉斯，“卡拉”是它的叫声，“斯”是鸟，“卡拉卡拉”叫唤的鸟就是乌鸦。我跟吉冈说，卡拉斯在中国的名声不是太好，中国人将听到乌鸦叫视为凶兆，要有倒霉的事情发生。说谁的话不中听，也是“闭上你的乌鸦嘴”。我告诉吉冈，中国有后羿射日的典故，说的是古代，帝俊的十个儿子在天上肆虐人间，十个太阳同时照耀，大地一片焦土。嫦娥的丈夫后羿将九个太阳一一射杀，射杀时天空有金玉碎裂之声，流火飞扬，金羽四散，九阳落下地面，竟是九只三足金乌。乌鸦是太阳精魂的化身，戏词里头也唱“金乌坠，玉兔升，黄昏景象”。马王堆出土的汉代帛画，里面的太阳也是一只三条腿的乌鸦。鲁迅小说《奔月》里说，大地一片焦渴，寸草不生，后羿射乌鸦，做乌鸦炸酱面，一而再再而三的炸酱面让美女嫦娥吃腻烦了，对乌鸦炸酱深恶痛绝，吃了仙药升到月亮里去，永远下不来了。

吉冈对嫦娥奔月故事大感兴趣，说这是个太优美的传说，她让我把它用汉语写下来，注上拼音，将来她在社区的文艺会演上朗读。我说你朗读还不如我朗读呢，她说那意义可不一样啊！反正是有一搭没一搭地学习，一切不必认真，一篇几百字的小文加汉语拼音罢了，我毫不犹豫地答应下来。这节课我们谈得最多的是后羿的乌鸦炸酱面，我费了近半个小时解释炸酱面的具体内涵和外延。至于乌鸦炸酱、猪肉炸酱还是鸡蛋炸酱，不过是所用材料的不同而已，工艺流程是一样的。吉冈说乌鸦炸酱面一定是很难吃的东西，要不嫦娥那个美丽的女人不会抛下丈夫一个人跑到月亮上去。我说乌鸦炸酱肯定比猪肉炸酱好吃，乌鸦和鸽子都属于飞禽，炸乳鸽是中国饭桌上一道名菜，鸽肉炸酱拌米饭，用大白菜叶子包了是中国满族皇上的吃食，满语叫作“包”。皇上吃的，能错吗？吉冈说甭管什么肉，炸酱面准是让人不能长期接受的。

我说炸酱面是中国的国粹，在中国绵延数千年而不衰，自有它的道理，没有哪个中国人不爱吃炸酱面。嫦娥奔月，那是吃错了药，本质不在炸酱面……

下课时候，为了证实炸酱面的优秀，我决定下次授课做炸酱面，以让吉冈对中国文化有切实的感受。临出门，吉冈让我转告顾明再不要说“害鸟”一类的话，她说乌鸦在日本很有人缘儿，当年神武天皇东征，遭到敌人攻击，是乌鸦领路，将天皇带出了险境。乌鸦在哪里筑巢栖息，就预示着哪里要兴旺发达，是求之不得的事哪！我说乌鸦早晨照顾了顾明，是不是顾明也会兴旺发达？吉冈说肯定是的。

傍晚顾明回来，进门一言不发直接进了浴室，原来是回来路过树下，乌鸦拉了他一身粪便。我将他要兴旺发达的话说了，顾明说，别听吉冈那娘儿们神说，她是没摊上，乌鸦要是拉到她身上，她会将天下乌鸦的毛拔光了。

清洗干净的顾明顾不上吃饭，就在网上查找消灭乌鸦的办法，开的是国际网，要在世界范围搜寻，他要跟卡拉斯们干到底，把它们赶尽杀绝！他脱下的那件白衬衫，成了我的灾难，花了大半个晚上也没有将它洗出来，连强力漂白剂都用上了，仍旧是脏污一片，没有半点儿效果。乌鸦是黑的，没想到它的粪便也是黑的，黑中掺杂了黏稠的油脂，不知有什么特殊的成分，任何洗洁剂对它都无效。

我拎着那件衣服说，乌鸦怎么老是跟你过不去呢？

顾明说，因为我不喜欢它们。

半夜了，顾明的打印机还在哗哗地响，他在下载消灭乌鸦的办法。为了一块面包、一件衬衫，花如此大的精力“报仇雪恨”。可悲的现代人，遇到一点点事都会跟电脑要主意，实际生活经验越来越低下，除了搬弄电脑，纸上谈兵，他真的什么也干不了。

现在他在这里彻夜不眠，运筹帷幄，煞有介事地设计，明天成群的乌鸦照旧欢快飞舞，那些黑屎照旧会拉在张三李四身上，这是永远不会相交的两条线。

我让顾明明天下午帮我给月季剪枝，说再不剪今年怕连一朵也开不出来了，这于我们的面子实在不好看。顾明说他已经帮我干过好几回了，那是主妇们干的活，他大学教授干这个很掉价。我说明天要给吉冈写出“嫦娥奔月”的短文，还要注音，更要准备炸酱面……顾明说，说你缺心眼就是缺心眼，谁给谁上课哪？她给你留的作业真不少！

我扑哧乐了，可不嘛，谁是谁学生啊，怎么掉过来了呢。

三

阳台上，顾明的衬衣在春天的暖风中飞扬，衣服上那一团团的黑迹洇散开来，如同大团大团的水墨云彩，现代派的艺术风格，那是乌鸦的杰作。书桌上，杂乱地堆放着他下载的“消灭乌鸦”的资料，彩色印刷，带有图片。图片中有只乌鸦的头部特写，黑目黑羽黑喙，骄傲地呈气宇轩昂状。资料上说，我所居住的这座城里生存了两万五千只乌鸦，它们的主要食物来源是市民每日生出的大量垃圾。随着城市生活垃圾的增加，内容的丰富，乌鸦们根本不用到野外觅食，市民的剩余，养活这两万五千只乌鸦绰绰有余。根据调查，不少乌鸦已经出现了肥胖、高血压、高血脂等症状，研究人员说，如此下去，乌鸦群体中会产生糖尿病、中风……过肥的乌鸦会变得像企鹅一样，再也飞不起来。城市内，每天都有多起乌鸦袭击人的事件发生，乌鸦的粪便和鸽子的粪便，使一些古代建筑受害，内中还有传染源，可以引起人的无名发热……打击乌鸦，成了迫在眉睫的一件事。紧接着，资料上列举了消灭乌鸦的一二三，有人建议政府捕获法，有人建议垃圾加网切断食源法，有人建议自卫队轰赶法，有人建议声呐驱除法，有人建议垃圾掺杂避孕药法……五花八门，不一而足。为此，市政部门成立了“乌鸦对策本部”，电话号码是12345678，专门收集市民对乌鸦问题的处理意见和建议。在市民提出的每一条建议下面，都有“对策本部”所长山田次郎的红字回复，在“捕获法”后面他说，虽可以直接减少乌鸦数量，但是要动用大量专业人员和专门捕获工具，这要增加财政开支，从市民税金中支出，恐怕众多纳税人反对，更何况有过“捕获作战”失败的历史，捕获之事不可轻举妄动。至于“切断食源法”，所长是这样回答的：眼看着乌鸦们饥饿而死，是惨不忍睹的，这种轻视生命的做法，于儿童教育不利……看来，“乌鸦对策本部”的立场是绝对和乌鸦站在一起的，所长所回复的一二三完全是出于对乌鸦的保护，所以，对“本部”不能抱有幻想……

我往阳台上看，恰巧有只乌鸦在楸树上正探头探脑地朝这边张望，不知是不是抢劫顾明的那只。放下消灭乌鸦的资料，我来到阳台，它没有飞走，还在树上站着，一双阴鸷的小眼目光闪烁，满是警惕。我盯着它看，它立刻装得漫不经心，做出不在乎我的神态。树枝的高度与阳台相当，我们的距离很近，可以说是旗鼓相当地平起平坐，没有居高临下的俯视，也没有举目蓝天的高仰，四目相对，彼此都将觉得陌生。

我从来没有这样近地观看过乌鸦，它很大，身材流线型的线条让人叹为观止，天光下一身闪亮的毛羽，刷了油一般，纹丝不乱。原以为乌鸦都是黑色，阴沉浓重的死黑，极近地平视才看出，它的黑羽中闪映着蓝绿，反射出青紫，流光溢彩，色调丰富极了。我想到了孔雀，想到了孔雀脖颈上江南春水般的颜色变幻，那是难以言尽的复杂，无法复制的调配，只让人感念苍天的造化，自然的神奇。眼前的它，较之孔雀的脖颈，多了沉稳和高贵，是至真至美的天然。帝俊之子，太阳精魄，焕采生姿，天潢贵胄，我为它的美丽感动，禁不住向它打招呼：嗨——

它不理，是桀骜的冷漠，没有要走的意思。

我轻轻地叫它卡拉斯。

它仍旧是无动于衷。

彼此静静地对着，算计着……渐渐地，它的眼神有些游离。

我折回房间，从冰箱里翻出火腿肠，奔回阳台，它还在那里，依然故我，仍旧是讳莫如深。我将火腿肠朝它伸过去，它明明是看到了，却很矜持地将目光转向远处的海面，远方水穷之处，风云正起。卡拉斯不能理解我的举止，看来，它有它的生存原则，可以抢劫，却不能接受赠予，抢掠要花费一番心劲儿和风险，付出与收获获取了心灵的平衡，食之无愧；嗟来之食轻而易举，没有惯例，受之无端，是件不可思议的事，更何况难保居心叵测在其中，防人之心不可无。

我把火腿肠搁在阳台栏杆上，用汉语跟它说，卡拉斯，这是给你的！

它望着坡下面的海。

海风渐渐地有了力度，带来了腥咸的气息，带起了海平面涌动的浓云。站在阳台上可以看到海水的颜色在变暗，浪花从远处滚来，在礁石上撞碎，碎琼乱玉般地飞扬。

要下雨了，是来势凶猛的雷阵雨。

没有半小时，大雨便瓢泼般地倾泻下来，雷鸣闪电灌满天地之间，巨大的楸树在风雨中大幅度摆动。卡拉斯还在树上，一动不动任凭雨水浇淋，随着风势，凭借那根并不粗壮的树枝，时而低低地压下去，时而高高地弹起来，大幅度地摆动，惊险异常。天哪，如此晃动它不晕吗，不会掉下去吗？我真的为它担心了。

没有了太阳的照耀，卡拉斯变得暗淡无光，毛羽紧紧贴住身体，连头也抬不起来了。我想乌鸦应该有避雨的功能，可是这个卡拉斯怎么就不走呢？

拉卜在外面抓门，是吉冈过来了，给我带来了几本有关乌鸦的书籍，其中有一本夏目漱石的《伦敦塔》，内中提到了英国伦敦塔上的乌鸦。吉冈说乌鸦是英国和伦敦塔的守护神，今天伦敦塔上还饲养着五只乌鸦，每天由皇家卫队专门派人到塔上喂食，乌鸦的数量永远保持着五只，死去一只，捕获一只来补充……可见，世界上喜欢乌鸦的大有人在。

吉冈是英国牛津大学毕业生，有文学硕士学位。

小小社区藏龙卧虎，主妇们看起来每日柴米油盐，实则都不是等闲之辈。对面走来一个老欧巴桑，不知深浅你千万不能随便张嘴，焉知来者为谁？细想，我在这儿其实是很普通、很提不起来的一个。

雨过天晴，天空一片灿烂。

再往窗外望，楸树上已经没有了卡拉斯的身影，它什么时候离开的，不知道。那根火腿肠还静静地撂在栏杆上，它到底没吃……

阳台上，顾明的衬衫落在泥水中，大概是被风刮落了，拿回来准备重新洗，又发现绳子上的晾衣架不见了。找了半天也没找见，或许让风刮楼底下去了。

四

日子一天天过去，复印机印出的一般，今天和昨天没什么两样，昨天和前天如出一辙的相似，小康的日子竟是这般的单调无聊。我开始怀念国内那间不足十平方米的小工作室，怀念那个一坐就塌进一个坑的旧沙发，怀念那台敲着敲着就出病毒的破电脑，怀念单位那些吃着大白菜，关心政治的同事……

终于，这天上午有了变化。

十点钟的时候，小区管理员和保安找到家来，说到了花池的事，我问是不是我的工作干得不好，有什么遗漏。管理员说不是，他问我在清扫过程中可曾注意到隔壁幼儿园有没有什么可疑迹象。我问什么叫"可疑迹象"，保安说比如什么不审的人物，异乎寻常的东西，等等。保安说的"不审"就是"可疑"，是日本警察常用词汇。

我说，听您这问法，怎的像调查杀人事件一样？跟您说，要是花池里发现了血衣和作案工具，我一点儿不会大惊小怪。编故事，我是内行，在中国是专门干这行的。

对我的耍贫嘴，保安没有接茬儿。他说之所以来了解情况，是因为幼儿园院子里最近连续发生了偷窃事件，社区和幼儿园在联合调查这件事。

我不高兴地说，你们现在找我是什么意思？

管理员说，您负责的区域和幼儿园只隔了一排低矮冬青，一步可以跨过去，一步也可以跨过来，幼儿园门禁森严，如果罪犯不走正门，唯一的通路只有这排冬青。

我马上正颜厉色地宣布，我什么也没看见，什么也不知道！

保安说他们在冬青附近也没有发现什么，一切都是分析，虽然丢失的东西不甚贵重，但是接二连三，反复发生，关系社区的声誉，是件让人很不愉快的事情。我问幼儿园到底丢了什么，保安说洗手池的肥皂。

我说，什么大不了的……

保安说肥皂是供孩子们洗手用的，一共六块，柠檬香味儿，是幼儿园统一从市场批发来的，这种肥皂颜色淡黄，做成各种小动物状，专为小孩子们使用，一般家庭中很少见。可是肥皂丢了五次了，他们做过了调查，每次都是在我们家清理完花池以后……

我的声音一下高了，说，你们以为我们家缺这几块肥皂吗？

气氛有些僵。

管理员说，不是那意思……是让您协助我们，把问题弄清楚，我们也跟隔壁的吉冈家谈了，维护社区的安全，保证舒畅和谐的生活环境要靠大家共同努力，有什么情况，希望您及时向社区管理部门反映，我们二十四小时值班。

…………

那两人走后，我心里像吃了苍蝇那么别扭，倒不是为了几块肥皂的丢失，别扭的是丢失的时间全在我的清扫之后，说不清哪！

第二天去打扫花池，我特意留心幼儿园那边的情况，墙边洗手池的肥皂已经采取了防范措施，每块肥皂都被装在红色的塑料网袋中，分挂在各水龙头下面，如同火鸡的嗉子，显得有些荒诞。院子里没有人，各类娱乐设施安置在庭院四处，压板、转椅、滑梯、沙坑，微风中秋千在轻轻荡漾，开着的玻璃窗里传出叮咚的琴声和孩子们的歌声。

这恬静的环境会出小偷？见鬼！

的确是见鬼了，我看到卡拉斯在玩滑梯！

卡拉斯一蹬一蹬由梯子蹦上去，在顶端停留片刻，再哧溜一下滑下来，再蹦上去，再滑下来，周而复始，乐此不疲。它完全可以不费力气地从下边飞到滑梯顶上，但是它不，它偏要沿着梯子很吃力地往上蹦，它是在模仿玩滑梯的小朋友。小朋友是不飞的，它也不飞。

乌鸦玩滑梯不知是一种什么感觉，我无法从卡拉斯的角度设身处地地想象，那从高处倏地跌落，于它来说大概是新奇、快乐的，否则它不会这么有兴趣。从高而低，乌鸦的着陆从来是滑翔式的软着陆，如此被动的滑落是鸟类没有的，这于它不啻一种全新的体验。

卡拉斯玩得太投入了，全没发现站在冬青这边的我。

现在我跟卡拉斯已经完全不陌生，它喜欢在楸树上停留，那个地方高瞻远瞩，风景极佳，它对坡下湛蓝的大海感兴趣，也对我们家的阳台感兴趣。不知什么时候，卡拉斯不再拒绝我给的食物，包子、烙饼、酱肘子、煮鸡蛋……它是个杂食类，什么都吃，有时候还会吞下成包的纸巾，喝下半碗面汤。卡拉斯对肉食有偏爱，口味浓重，过于刁馋，很能浪费东西，往往是掏空了包子的馅儿将包子皮到处乱扔。小时候学过《乌鸦喝水》的课文，对它的聪明总是半信半疑，现在是领教了，不管它在不在树上，我将食物放在阳台上说，卡拉斯，这是你的啊！过一会儿，食物没了，我就知道是卡拉斯叼走了。我说的是汉语，它竟然也能懂，比吉冈家的笨狗拉卜强。

顾明坚决反对我养乌鸦，说乌鸦是小肚鸡肠，见利忘义，是记打不记吃的小人，跟乌鸦交往我永远只有吃亏。我说什么叫吃亏什么叫占便宜啊，这话听着太功利。朋友之间，彼此能心悦就值得！顾明恨透了卡拉斯，看见它在树上就轰，看见它在树上就轰，不厌其烦，他听不得卡拉斯那略带沙哑的粗犷叫声，不让卡拉斯靠近我们家。顾明这个人不唯对乌鸦没有好感，他对所有的小动物都不喜欢，吉冈家那个没心没肺的拉卜，每逢见到他都会大摇特摇尾巴，抬起爪子搭到他身上来，只要主人不在跟前，他都会青着脸喝一声“滚”，把狗拨拉到一边去。问题是那个傻拉卜没记性，下回见了他还摇尾巴，还往身上扑。可是卡拉斯跟拉卜不一样，卡拉斯的记性非常好，每回顾明在阳台上出现，它都警惕地盯着他看，一双小眼滴溜溜地随着顾明转，一副随时准备进攻的模样。卡拉斯对顾明的穿戴记忆非常准确，在我们阳台所晾的衣服中，哪件是我的，哪件是顾明的，它都能辨认出来，没人的时候，它会偷偷将顾明的衣服蹬到地上，有时会拉上一摊。常常的，阳台上顾明的衣服是脏污不堪，洗了白洗，卡拉斯这样做明摆着是给我找麻烦，但是它不这么认为。

为了惩治卡拉斯，顾明特意请教了大学同事古田敬二，古田是顾明在日本难得的朋友，爱吃中国猪肉白菜饺子，过节总要过来吃一顿，所以他记中国的节日比我们还准确，不唯春节、冬至得准备饺子，连惊蛰、芒夏，一些跟饺子不搭界的日子也得吃饺子，用他自己的话说是，没有水饺子他不进顾家的门。他说日本的饺子都是煎的，严格说不应该叫饺子，应该叫锅贴，真正的饺子必须是经过水煮的，这样才滋润，才有特色。古田是鸟类生态学教授，是“乌鸦研究室”主任，在对付乌鸦方面他是权威，顾明找他算是找对了人。古田说，这事太简单啦，让我来对付乌鸦你不觉得是大材小用了吗？古田让顾明从花木店买一只专门吓唬乌鸦的黑猫模型，挂在阳台上，说这招很管用，所有的乌鸦都怕这个。

“黑猫”买回来，我仔细研究过，原以为内中会安设什么机关，却没有，一厘米厚的塑料片，没什么特别，关键是那两只猫眼，蓝玻璃珠子的，太阳一照，贼光四射！顾明很得意地将猫挂在晾衣服绳子上，怕不结实，系了三四个死扣。挂上以后一天往阳台跑了有二十几回，是想看看在黑猫震慑下“乌鸦失魂落魄的惨状”。这一天，卡拉斯没有在树上出现，顾明对古田给他出的这个招数很满意，说大学教授就是大学教授，那学问不是妄说的。我说卡拉斯之所以没来，是它的思路发生了混乱，又拿好吃的喂它，又拿黑猫吓它，它已经搞不清这个阳台发生了什么……

第二天早晨，黑猫的眼睛被抠了，两个窟窿空空的，在绳子上一晃一晃，成了真正的瞎猫。不用说，这当然是卡拉斯干的，乌鸦研究室主任的方案在乌鸦面前以惨败而告终，挺没面子。虽然当天是清明，是中国一个大节气，古田也没好意思说吃饺子的话。

紧接着，又发生了几起卡拉斯对顾明粪便轰炸事件，人和鸟的仇是结大了。

现在看到卡拉斯玩滑梯玩得这样专心，我没有想到乌鸦竟然也有玩耍的童心。顾明上班路过，见我呆呆地往幼儿园里看，以为我还在为那些丢失的肥皂不能释怀，及至看到红袋子里的肥皂说，日本人真小气，有时候抠门抠得莫名其妙！

我说不是肥皂，我让他看玩得正兴高采烈的卡拉斯，他瞪大了眼睛说，了得，这鬼东西要成精啦！说着，抄起扫地笤帚，冲着滑梯甩了过去。卡拉斯受了惊吓，哇地飞起来，低低地在庭院里转了一圈，擦着我们的头顶飞走了。

我说，干什么呀你？

他说，我见不得这祸害！

五

装在网子里的肥皂全部被人囊括而去。

在我扫除过后。

这话是从吉冈那儿传来的，什么事吉冈要是知道了，全小区差不多就都知道了。幼儿园方面没说什么，我们坐不住了，顾明下班后去找幼儿园，说我们对肥皂丢失不能负责任，园方说也没认定就是谁谁干的，现在一切都在调查中。顾明说如果需要他帮忙，他会全力以赴。负责人说现如今人心不古，民风浇薄，什么样的人都有，什么意想不到的事情都可能发生。还说连续不断的盗窃，是一种挑衅，这种卑劣的恶作剧，不但是小偷，还加入了流氓性质。此人心理阴暗，谲诈莫测，行为变态，是有性格缺陷的。丢失肥皂看起来是小事，但是有这样的人在幼儿园附近活动，于孩子们的安全是大大的隐患，万万不能掉以轻心。顾明问人家采取了什么安全措施，园方说这个保密，不能透露。

顾明不高兴了，嗔着人家拿他当了外人，回来气哼哼地说，就这态度，他们要拿到肇事者才怪！

我说他不该找人家交涉，本来没他什么事，主动找上门解释，这叫不打自招，又叫欲盖弥彰，无形中把自己锁定在犯罪嫌疑人的位置上了。顾明是个爱犯牛劲的人，他说，让他们怀疑好了，我不怕，明天我还去清理花园，后天还去，大后天也去，我天天去，这块地界我包了，让他们的肥皂天天丢！

我说，先别说气话，当务之急，您先到超市买几个晾衣服架子，咱们家的架子已经用完了。

顾明说，我上月才买了一打，又不是消费品，你把它们都藏哪儿去了。

我说，我还想问你哪！

我对卡拉斯的关照日甚一日，我们已经建立了牢不可破的友谊。只要顾明不在家，卡拉斯就会飞到阳台上，主人般地巡视。它对什么都好奇，晾衣服的塑料夹子，发亮的衣服扣子，铁丝上叮咚的风铃，拉门的金属手柄，所有闪光的都是它的所爱。它可以一个“人”在那里将阳台上的各样设施玩弄半天，会用尖利的喙灵巧地解扣，最先被它解下的是那只塑料瞎猫，只两三下，疙瘩就开了，黑猫很狼狈地掉到楼下，在草丛里“趴”着去了。接下来它把我捆绑旧报纸的绳子解开了，将报纸踢腾得满阳台都是，然后歪着小脑袋煞有介事地欣赏报上那些特写的头像，甭管是国家政要还是大腕明星，只要是彩色的，它都喜欢……

我跟它说中国话，所以这只懂汉语的卡拉斯，就成了日本的唯一。

有几天了，卡拉斯没有出现，早晨我放在阳台的吃食，晚上还原封不动地搁在那儿，卡拉斯到哪儿去了呢？朋友的走失让我牵肠挂肚地惦念，会不会出了什么意外？会不会是“乌鸦对策本部”开展了打击乌鸦运动？乌鸦应该不是候鸟，没有迁徙习惯，再说，这温暖的暮春，它有必要离开吗？

幼儿园那些个空网袋像瘪了的猪尿脬，在水龙头上晃来晃去，垂头丧气。

顾明很高兴，每每兴奋地告诉我说，又丢了哎！

他已经彻底站到了盗窃犯的立场上。

社区里，关于肥皂的话题早已沸沸扬扬了，幼儿园雇了保安，二十四小时值班，就这也未能奏效。上周，又花一百万，安装了电子防范监控装置，也没抓着犯人。

有人看见一个彪形大汉，满脸凶相，胳膊上文着青龙，眉间有刀疤，在幼儿园附近转悠……

有人认为，附近车站流浪汉增多，白天四处野逛，晚上铺张报纸歪在墙根酣睡，他们应该是主要嫌疑对象……

有人分析是幽灵作怪，幕府时代，丰臣秀吉和德川家康在这里有过一场恶战，双方死伤甚众，这些鬼魂在另一个世界当然也要使用肥皂，要满足冥军的要求，幼儿园的肥皂还丢得少……

不少母亲准备将孩子转园，怕被坏人绑架，遭到意外伤害。也有的张罗着给孩子佩戴 GPS 卫星定位器，就像跟踪野外大熊猫一样，走到哪儿能追到哪儿。一个 GPS 要有三台卫星定位，方圆八百五十九公里，都在控制范围之内，这东西当时在日本卖得挺火。有人来推销“儿童防刀衣”，据说是美国霍尼韦尔公司研制的一种轻型材料，用玻璃纤维和超高分子量聚乙烯制成，用刀子剪子都不能把这种衣服割开，美国的特工人员都穿这种衣服，美国学校的学生也在推广，绝对的领先世界新潮流……为了孩子，日本人可谓心思费尽，什么都想得出来，什么都舍得。

最热闹的是新闻媒体的掺和，动辄有记者，扛着机器，很随意地拽住小区的某个居民，要“谈谈想法”。

日本人爱小题大做，一时人心惶惶。

幼儿园负责人找到顾明，希望大学的科研部门能协助幼儿园破译此事，负责人说，之所以托顾明，是在跟学校正式接触以前沟通一下想法，让科研部门有所准备，有关幽灵和绑架之谈，幼儿园是绝不会相信的，现在只想找出肥皂去向，弄个水落石出，安定家长之心。顾明不吭声。负责人说，社区住的大部分是大学的教职员工，幼儿园的孩子也多是大学子弟，学校的科研小组为幼儿园破解难题也是分内的事，当然所需花费，幼儿园不会让学校全部承担……

以顾明平日“犯罪嫌疑人”的立场，我以为他不会答应此事，在学校里他是国际文化学部负责人，跟幼儿园丢肥皂的专业差得太远，调查盗窃，追踪罪犯，跟法经学部、医学部或许还能搭上点边儿，跟国际文化真的是风马牛不相及。可是，在幼儿园负责人几个九十度大躬的进攻下，顾明在椅子上坐不住了，他竟然答应人家，明天上班，和有关部门说说看。

顾明的“有关部门”其实就是古田敬二，古田说这样的事用不着通过学校，他一个人就能破译出来！

紧锣密鼓一通准备之后，第二天早晨两位与犯罪毫不相干的教授来到了幼儿园抓犯罪嫌疑人了。新闻媒体的鼻子像警犬一样，教授们还没到，他们已经早早地候着了。幼儿园负责人接待侦察英雄一样地接待了顾明和古田，从来没有的客气，说了一大堆感激的话。教授们也很沉稳，胸有成竹的模样，跟园方说这回动用了科学技术，万无一失。负责人说那是当然。

一切安排就绪，大家坐在园长办公室静等罪犯上钩。

吉冈拉着拉卜到我们家来，让我打电话到幼儿园问情况，电话打过去对方回答“在等待中”。吉冈说有结果一定要在第一时间告诉她，我说肯定第一个告诉她。中途我又给“侦察英雄”们打过电话，问要不要送“战饭”慰劳。顾明让我在关键时刻不要干扰破案，让我在家包好饺子等着，找到罪犯他们中午要过来喝一盅。古田强调了一句：要猪肉白菜馅。

下午三点，还没见英雄们凯旋，我感到事情不像古田想的那样简单。那只黑猫还在草丛里呢，就凭他那点儿纸上谈兵的智商，连卡拉斯也斗不过，还要抓什么罪犯！傍晚，顾明一个人灰溜溜地回来了，说古田不来吃饺子了，他媳妇让他回去帮着打扫剩饭。问采取的是什么战术，顾明说古田给每块肥皂里都安装了 PHS 发信器，只要罪犯将肥皂拿走，走到哪儿都能查出来。我说肥皂里的电池会不会消耗光，顾明说每块电池的寿命是一个月。我说那为什么查不着呢？会不会罪犯把装置拆了？顾明说那些肥皂压根就没人动过。我劝他不要着急，也说不定明天就会有变化，以前幼儿园的肥皂也不是天天丢的。

第二天，幼儿园的肥皂完好无缺。

第三天，仍旧没有变化。

第四、第五天还没有动静，好像那个罪犯窥出端倪，洗手不干了。

十几天过去，肥皂里的发信器无用地发射着信号。

吉冈带着拉卜，一天到花池方向去几次，窥探那边肥皂的存在情况，不时地传递过来消息，“平安无事”。

终于有一天，顾明大梦初醒般地抡着笤帚冲出门去，在花池一通夸张清扫，将那些月季弄得东倒西歪。他说，看着吧，明天肥皂不丢才怪！

第二天刚蒙蒙亮，保安就敲门，说肥皂没了，让教授们赶快行动。

六

几个人，包括电视台取材班的记者，眼睛都盯着无线接收仪器，肥皂发出的信号在图像上是个闪烁的小红点，闪烁的同时发出“嘀嘀”的声响。以往肥皂没被人动过时，红点在屏幕上一字排开，各有各的固定位置，现在红点们发生了零乱，集中在了一起。古田说信号没有减弱，说明罪犯就在附近，范围不出一千平方米。他这一说，大家你看看我，我看看你，突然都觉得彼此有些陌生。保安说他早怀疑偷窃者就是这个小区的人，果然不出所料。负责人问古田能不能调得更精确一些，古田把图像缩小，立刻显示出了发信器的具体位置—— 幼儿园西北一百三十九米处。

依着仪器的指向，一行人向目的地进发。古田捧着仪器走在最前头，后面是扛着摄像机的记者，还有举着话筒不停说话的女主持，接下来是幼儿园负责人、顾明、保安……轰轰烈烈打狼一般。

越走信号越强，越走越清晰。

小区管理员激动地说，真是不敢想象，在高科技面前，什么也藏不住的……

保安说，日本国的科技所向无敌啊！

越走，顾明的感觉越不对头，古田也开始疑惑起来。

几个人走进我们家门的时候，所有的人都很尴尬。顾明强作镇静地说，查吧，搞清事实嘛，没什么不可以对外公开的！

私下里，他却将我拉到厨房，低声问我是不是拿了那些肥皂。我说，你敢怀疑我？我还怀疑是你哪！

顾明说，你要是真拿了，现在跟古田说说，或许……

我说，你要是抻不住劲儿了你去说，反正没我什么事。告诉你，我从来没觉得像你现在这么可恶！

古田在外头嚷嚷，有啦，有啦！

我和顾明顾不得许多，冲出去，见古田捧着仪器上了阳台。顾明小声对我说，我就知道你准会把赃物藏在阳台的纸箱子里，上回你背着我偷偷买的裙子就是藏在那儿了。

我说，怎么会是我？

阳台上，“嘀嘀”的响声到了极致，古田说，就在这儿，就在这儿！

仪器一会儿指向墙根，一会儿指向栏杆，几个人在阳台上辗转腾挪，跑开了龙套。

我对古田说，别瞎转了，你要仔细地辨别一下。

古田说，就在这儿！

我说，就在哪儿？你指出来呀！指出来呀！

见我的态度有点儿那个，古田也冷静下来，四下认真寻找，后来又小声跟顾明嘀咕什么，顾明大义凛然，很果断地说，查！

一些人都不说话了，看看顾明，又看看古田，古田将接收器认真地沿着阳台边缘寻找，最后探出阳台，高高地往上举说，在上面，上面十米！

紧挨阳台上面十米是浓密的楸树叶，什么也看不见。

小区管理员动用了119消防的梯子，着人攀上去终于看清了，上面是乌鸦卡拉斯的窝，几十块肥皂搭筑在一堆铁衣服架子上，里面蓄了厚厚树叶，三只小卡拉斯毛羽还没有长全，在窝里闭着眼睛叽叽喳喳。大卡拉斯不在，小卡拉斯们个个身上香喷喷，一股柠檬香味儿。

卡拉斯几日不在，是它一直蹲在窝里孵小乌鸦！

当天电视播放了这些镜头，当然把在我们家那段剪掉了，电视播出的目的是引起市民对乌鸦问题的重视，这就又回到了“对策本部”无休止、无结果的讨论中去了。

其实肥皂事件的内幕只有我最清楚，究其本质，根子还在顾明，卡拉斯抢了他的面包，也就算了，他还要抡着背包追着打，卡拉斯不是胸襟宽阔的鸟，顾明也不是大度的人。顾明反复地整治卡拉斯，卡拉斯就往他身上拉屎，糟蹋他晾在铁丝上的衣服，将晾过他衣服的架子偷走。顾明帮着我清理花坛，卡拉斯便认为水池边的肥皂和他是一体，肥皂的鲜艳和形状是它所喜爱的，顾明清理一次它偷一次，是为报复。

但卡拉斯是我的朋友，人无完人，何况是鸟，谁的朋友没点儿小缺点呢？我们总要学会宽容、学会理解，以找回以前被我们忽略的感觉。这些我没有跟别人说，没必要扯出顾明继续在电视上曝光。

但是顾明说，他早晚有一天要吃上乌鸦炸酱面。

你找他苍茫大地无踪影

一

精神病院的游艺室里正在举行着每半月一回的病员文艺例会。

大部分观众的眼神都有些发直。

几个穿白大褂的医务人员夹杂在穿蓝白条的直眼人中间，不动声色地细细观察着每一个人。

观众们忧郁地坐着，彼此没有交流，每个人似乎都有很多心事，都有着推不开的山一样沉重的大题目。场中间绿色地毯上频频变换的节目引不起“观众”的兴趣，演出得好与不好都与他们无关，多么卖力的演员，多么精彩的演出，在这里也不会获得掌声——

每个观众都有他们自己的难以开启的独立世界，他们走不出自己设立的固若金汤的世界，否则他们不会到这里来。

一个年轻女孩子在为大家跳芭蕾，跳的是《胡桃夹子》里那段有名的双人舞，没有舞伴，女孩子就一个人跳，从她投入的神态和娴熟的动作里，从她一招一式的表达中，大家分明感到了那一半的存在，那一半在她的心里。女孩的目光清澈高远，面孔圣洁动人，没有人怀疑她不是个优秀的舞蹈演员，但是她身上那宽大的蓝白条的裤褂，又分明告诉人们，她是病人，是被治疗的对象。

主任医生顾明面无表情地坐在人群后面，冷冷地看着舞蹈者。他手中的笔在年轻舞蹈家的名字下面点了一下，却终没画出任何内容。倒是他旁边的年轻医生小安已经在舞者的名字后头轻轻地描了一个娟秀的“√”。这意味着患者病情的痊愈，如果有三个“√”连续出现，病人就可以出院了。

见院长看自己，小安说：“跳得真好，4 床已经恢复得相当不错了。”

顾明没有说话，他的目光又投向了舞蹈者。

舞蹈已近尾声，舞者快速的单腿旋转显出了她非凡的艺术功底，人众里传出了稀稀落落的掌声，掌声来自医护人员。

小安又将那个“√”号重重地描了一回。

精巧又专业的谢幕之后，女孩子带着满脸的陶醉退回到自己的座位上去，一声不响地望着窗外，脚上那双淡粉色的芭蕾鞋始终没有脱下。

小安看了一下院长的记录，女孩的下面是个粗重的“×”。

一个长着络腮胡的汉子被医护人员连推带拽地拉到了场子中间，汉子也穿着蓝白的衣服，扣眼错着，光着一只脚。护士提着他的鞋追进来，弯下腰给他穿上，他像姑娘一样腼腆地笑着说：“我弄不成，真弄不成。”说着就往下走，又被护士挡了回去。

他站在场中间，不安地搓着手说："非得演吗？"护士长说非得演。汉子沉吟了半天说："要不……我给大家唱段革命样板戏《平原作战》？我唱李胜。"见大家没有反应，又说，"要是你们不爱听，我就不唱了。"

顾明说："老王，你唱，我爱听。"

老王就开始唱：

你听着——
霹雳一声春雷响，
平原上谁不晓工农的儿子赵勇刚！
战斗的足迹踏遍了太行山上，
抗日的声威震撼着铁路两旁。
你找他苍茫大地无踪影，
他打你神兵天降难提防。
鱼在水鸟在林自由来往，
哪里有人民哪里就有赵勇刚！

这段二黄二六被病号老王唱得一塌糊涂，压根找不着调了。没有掌声，连医务人员也无动于衷，这主要是因为他们对《平原作战》这出戏太生疏，不上四十岁的人对它没印象，他们不知道老王嘴里胡呜啦了些什么。

鼓掌的只有顾明一个人。

这出戏他熟，当年他在农场当知青时演过这出戏，他就是里面的赵勇刚。

老王向鼓掌的他抱了抱拳，不好意思地让护士领下去了。

顾明在老王的下头画了"√"。

小安一脸的不解。

下面的节目都是胡扯八扯的疯闹了。

二

下班，顾明骑车回家，一路上都在哼唱“你找他苍茫大地无踪影”，翻来调去就这一句，再换不来别的词儿。直到走上楼梯，敲响自家的门，还在“你找他苍茫大地无踪影”，他好像从这句词里拔不出来了。

顾明的爱人谢玉琴不到五十，病退在家，其实没什么病，不退就得下岗，下了岗以她这个年龄也谈不上什么再就业了，不如一下了断，就找了个腰肌劳损的由头退休了。

丈夫回来，老谢自然是笑脸相迎，茶是新沏的，饭是现成的，拖鞋早给预备到脚边。顾明刚换好衣服坐在饭桌前，尚未拿起筷子，家里新养的一只小猫黄黄儿便噌地一下蹿上了他的膝头，扬着毛茸茸的脑袋冲他喵喵。

顾明的思路还在老王唱的《平原作战》里头转悠，就冲着那猫摇头晃脑地唱：“你找他苍茫大地无踪影，他打你神兵天降难提防……”

老谢说：“快吃吧，对着只猫唱什么唱！”

顾明说：“我们那个老王啊，他的病好了，今天他唱的就是这个。”

老谢没接有关精神病老王的话茬儿，却对顾明说：“今天街道开会说凡是结婚二十五年以上的夫妻，区妇联要给予表彰和奖励，给两条毛巾被。”

顾明说：“咱家不缺毛巾被。”

老谢说：“咱家可够了二十五年。”

顾明说：“区里这些老娘儿们也是，变着法儿地要表示她们的存在。”

老谢说：“话不能这么说，这也是一种荣誉，对门的老张，楼下的宋大妈，下午就把结婚证复印件送去了。”

顾明说：“妇联这么干好像是不提倡离婚，其实离婚也不是什么坏事。”

老谢说：“不是坏事难道还是好事！”

顾明说：“我可没这么说。”

老谢说：“关键是得找着咱们的结婚证，咱家这东西可是有几年没见啦。”

顾明不想再听毛巾被的事，就边喝啤酒边哼“你找他苍茫大地无踪影”。

老谢还在思考她的结婚证。

正吃着饭，小安来了，正好也没吃饭，又馋老谢熬的红小豆粥，就索性坐下来一块儿吃了。小安是来找顾明商量芭蕾舞演员出院的事的，她看顾明给那女孩子打了“×”，心里就有些犯虚，不知该不该填这出院的单子。

顾明说：“4 床的病很重，她还没有从戏里解脱出来，换句话说是她现在还不知道自个儿是谁，在哪儿。”

小安一声不吭，只管喝粥，末了说：“您怎么给老王打了钩呢，他唱的那是什么呀，前言不搭后语的。”

顾明说：“怎么是前言不搭后语，戏词就是这么写的，老王一句也没唱错。你没发现，老王今天很有些环境意识了，他见没有人鼓掌就不想唱了，这是因为他知道自己唱得不好，怕人笑话……这是什么样的思维，这是正常人的思维……”

老谢不想听他们说这些精神病，就一个人到顾明的书房翻腾结婚证去了。

三

老谢找了三天也没找到结婚证。

老谢的脸都急绿了。

倒不是为了那两床毛巾被，是好好儿的东西怎么说没就没了呢，老谢找到最后已经是纯粹为了寻找而寻找了。

家里已经彻底倒海翻江，乱得一塌糊涂，连女儿当年吃奶的奶瓶子都从破筐里翻腾出来了。顾明下班，推开门竟无从下脚，让灰尘呛得只想打喷嚏，当然没了香茶热饭的伺候，连黄黄儿也吓得不见了踪影，顾明屋里屋外唤了半天，黄黄儿才顶着一脑袋灰絮从柜底下战战兢兢地钻出来。

再看老谢，头上包着个包袱皮，在阳台上正一本一本地翻女儿小时候的《看图说话》。

顾明说："你翻这些干什么嘛，这是我捆好了准备卖的。"

老谢说："结婚证保不齐就在这些书里夹着。"

顾明说："孩子都上大学了，这里怎会有结婚证？"

老谢说："越是年代久远越有可能，那个证要是夹在你才买的《股票交易指南》里才是新鲜事呢。"

顾明说："看你倒腾得鸡飞狗跳墙，就为这两张纸，值不值？"

老谢说："我就纳闷儿，挺大的两张纸，花花绿绿跟画儿似的，说找不着就找不着了？怪事！"

顾明说："我好像在哪儿见过这东西。"

老谢瞪了眼睛问："在哪儿？你好好儿想想。"

顾明说："想不起来了，一晃而过，有年头了。"

老谢说："你个猪脑子，记你那些精神病比什么都记得准，那天在大街上你指着个干部非说是你的病人，人家本人都不承认，你还在较真儿，还要扒人家衣领子看什么胎记。把人丢完了。这会儿真用着你了，你又一晃而过了，你让我说你什么好。”

顾明说：“我想起来了，最后一次看见那东西是在盖防震棚的时候，没错，就是盖防震棚，你妈说这纸挺结实，要拿它糊小窗户，我说别价，这是我跟玉琴的结婚证！”

老谢问：“后来呢？”

顾明说：“我怎么知道后来，你问我干什么，你问你妈去呀。”

老谢急了，声音一下高了八度说：“我要能问我妈，我还能在这儿站着吗，你是盼着我死怎么的！”

顾明知道，凡是找东西的人火都特别大，在这个时候最好别招惹他们，就搭讪着说：“没有这证，几十年也过来了，谁也不能说我们不是夫妻。”

老谢说：“问题是我们是有证的，我是明媒正娶的，我们不是把铺盖卷儿搬到一块儿地瞎凑合。”

顾明说：“谁说我们是瞎凑合了？”

老谢说：“证呢？没证就是瞎凑合。”

顾明一下没了话，只好转了话题问：“今天吃什么？”

没想，老谢的火更大了，她抬起头来说：“你愿意吃什么你自己吃，我找不着证就不吃饭！”

顾明说：“那何苦，你要真把这个证看得这么重，就到单位去开个证明，意思是一样的。”

老谢说：“单位的证明顶什么，我们单位什么都能证明，连小刘害脚气都找单位开证明，谁都知道我们那个证明不值钱极了。结婚证是什么，结婚证是有法律效力的，是政府颁发的证书，单位岂能证明得了？”

顾明说：“那你就去公证处办个公证，跟结婚证一样，同样有法律效力。”

老谢说："这倒是个法子，我怎的就没想到这儿。"

老谢说着就将那一堆烂书本踢开，拍拍身上的土站起身去做饭了，老谢想，亏得有公证处，天底下还有个说公道话的地方，要不然，她跟顾明这婚姻还真有点儿说不清了。

四

第二天上午，老谢到医院来找顾明，看见顾明和小安正在病房里和芭蕾演员周旋，原来演员趁人不注意将衣服扣子都揪下来当胡桃吃了。护士要将演员拉到放射科做检查，演员不干，仍旧舞蹈不止，灵巧地在床与床之间和医生、护士转圈。费了好大劲，最后总算将她拉住，在两个护士的绑架下一蹿一蹦地走向了放射科。

老谢跟着顾明进到办公室，老谢说："那个漂亮姑娘怎会是精神病，可惜了的，看着好好儿的。"

顾明说："那是一种环境强迫综合征。"

老谢问怎的是强迫综合征。

顾明说："就是钻了牛角尖，进得去，出不来了。"

小安说："其实谁都有点呢，轻了叫神经质，发展大发了就成了病。"

老谢不以为然地说："病就是病，怎能说谁都有点儿，看你说的。"

这时，大胡子老王出院了，他媳妇带着他来办公室向顾明告别。

小安给老王开了一个月的休假，顾明让老王媳妇利用这一个月陪着老王四处逛逛，放松一下，别急着上班。老王媳妇说没钱旅游，大小子今年考高中，上了重点得拿一大笔赞助费，他们的儿子再不能像他爸爸一样烧锅炉了，得当个知识人。

老王说，还是上班好，他不想去旅游，他住院这些日子多亏了孩子他妈，为他，孩子他妈吃了不少苦。

老王媳妇听了眼圈就有些发红，说："你别这么说，谁让咱们是夫妻呢。"

老谢听了就问："你们有结婚证？"

老王媳妇说："看这老姐姐问的，我们是结发夫妻，1980 年 3 月 9 号领的证，差不了，怎能说没证？"

老谢赶紧说："我是说你们的证还好好儿存着？"

老王两口子你看看我，我看看你，一时还真答不上来了。

老谢说："怎么样，傻眼了吧，跟我们家一样，快回家找去吧。"

老王两口子就你说你收着，他说他收着，一边说着一边出了门。

顾明问老谢来有什么事。

老谢说："结婚证公证不成。"

顾明问："怎么公证不成？"

老谢说："单位证明、户口本都不抵事，公证处就认结婚证。"

顾明说："这么说这事给证死了，就没别的法子了？"

老谢说："公证的人说了，结婚证丢了上开出单位查档，由原办证单位给开出证明他们就给办公证。"

顾明一听愣了半晌说："上原办单位，那就是新疆的阿克苏了……"

老谢犹豫地说："不行就跑一趟？"

顾明说："二十多年了，那地方的人早散了，机构都撤了，你去了找谁呀。"

老谢带着哭腔说："那你说怎么办？"

顾明说："我看算了。"

老谢说："算了？那怎么行！"

顾明说："不行又能怎么样，咱们也变不出个结婚证来。"

老谢说："你行我不行，我非把公证弄到手不可。"

顾明生气地说："你有本事你就弄，真是吃饱了撑的，没事闲的。"

老谢说："你对国家的法律是什么态度，怎么叫吃饱了撑的，这可是咱们俩的事，我这么干是为了咱们俩。"

顾明说："现在想起结婚证来了，早干吗去了？"

老谢说："这话我倒要问你。"

小安给老谢倒了一杯水，示意顾明少说两句。

顾明说："我不管你什么结婚证不结婚证，明天我要出差上吉林，开会。"

老谢说："又是研究精神病？"

顾明说："那当然，我还能研究什么。"

老谢问还有谁去。

顾明说："小安也去。"

老谢说："你去开你的会，我无论如何得把结婚证找出来，哪怕钻天入地，掀地挖墙也得找。"

顾明说："你还真把它当个事啊，不就两床毛巾被嘛，我给你买回来就是了。"

老谢说："到现在了你怎么还在犯糊涂，毛巾被的意义已经退到次要地位了，要紧的是名分问题。"

顾明问什么名分。

老谢说："夫妻名分，没有结婚证，我和你算怎么档子事！"

顾明说："什么怎么档子事，你妈和你爸当初也没结婚证，不也名正言顺地过了一辈子，最后双双进了火葬场。"

小安接过他们的话说道："证不证的没劲，我的不少同学没领证就在一块儿过了，也过得挺好，不领证彼此都有相对自由，前进不成尽可后退，机动灵活。"

老谢说："你们那是现代派，是未婚同居，丢死人了，单位和政府都不会支持你们这样做。"

小安说："既然没人认可你们的婚姻，那不更简单了，你们就是大龄未婚……壮年哪，可以登记去结婚，也可以重新找对象。多好的事啊。"

顾明嘿嘿地笑。

老谢说："越说越不像话！"

五

居委会的老太太们在练扇子舞，老谢在其中老心不在焉，错了好几回。教练点了她几次，仍跟不上趟。旁边的宋大妈问她是怎么了，老谢说是头疼。

宋大妈说："你成天守着大夫，还怕头疼，让你们家顾大夫给看看就行了。"

老谢说："再别提那个大夫了，现在你找他苍茫大地无踪影了。"

宋大妈说："又出差啦？"

老谢说："可不，上吉林了。"停了一会儿又说，"宋大妈，您在街道干了一辈子，您说这两口子要是没结婚证该怎么说呢？"

宋大妈说："这很简单，就是非法同居呗。"

老谢说："要是有结婚证，丢了呢？"

宋大妈说："哪儿丢哪儿补。"

老谢说："要是补不来呢？"

宋大妈说："补不来就让原办单位照档开个丢失证明。"

老谢说："要是证明也弄不来了呢？"

宋大妈说："要是连证明也弄不来就说明没这档子事，什么结婚都是瞎掰，不受法律保护。”

老谢听宋大妈这一说，越发觉得事情的严重了，眼睛就有点发呆，她真后悔，以前怎的对这张小纸片就没重视起来呢？没了这张纸，敢情什么都是假的，什么都不算数，有了孩子也是私生子，甭管这孩子是上了大学还是正在吃奶。

老谢怏怏地走回了家，没做饭，扑在床上想心事。

她突然感到很危险、很可怕，既然她与顾明的婚姻没有结婚证来做法律保证，那么彼此就是自由的，都有再选择的权利，她已经退休，是个黄脸婆，家庭妇女，选择和被选择的机会于她几乎是零，但顾明可是主任医生，事业、前程正如日上中天般地辉煌，他满可以再找个在各方面胜过她一百倍的女人……那个老往家里跑的年轻医生小安，怕也不是个安分货色，她看顾明时那个眼神，现在让人怎么想怎么不对劲……偏偏的是她和顾明一块儿出差，他们这是第几回了……年龄相差太大，大怕什么，这是新潮，现在的时髦女郎哪个不是傍个老头子，再说了，老牛爱吃嫩草，保不齐顾明就没那心思。男人，都是喜新厌旧的，这里边说不定已经有了什么事了，你看他对结婚证的态度，不急不恼的：要不就算了。“算了”是什么意思，是结婚证算了还是这场婚姻算了，当然是后者，他巴不得算了呢，这都是那个姓安的灌输给他的：前进不成尽可后退，机动灵活。她与顾明几十年的夫妻原来是一直处于机动灵活状态，人家都抱琵琶另想别弹了自己还蒙在鼓里铁了心思一条道走到黑呢！傻，真傻。傻透了！

老谢在床上翻了个身，进入了更深层次的思考。

仔细想，她好像压根儿就没见过什么结婚证，当初上办事处登记，她因为是铁姑娘队的队长，要带着大伙挖渠，为创造连战七十二小时不下火线的纪录，结婚证是领导委托女文书替她代办的。失策，太失策！那时候太年轻，太轻率……一切都是想当然。

既然是这样，那么结婚证是否存在过就应该打个问号了。结婚证的有无，最清楚的当数顾明，说不定从那时起，他就做了机动灵活的打算，难怪自己在翻天覆地地找证的时候他总是幸灾乐祸地唱“你找他苍茫大地无踪影，他打你神兵天降难提防”，果真是“难提防”啊，原来二十多年前这神兵就埋伏好了……还骗她什么老太太要拿它糊窗户，那全是障眼法，扯淡！

老谢惊出了一身冷汗，一骨碌坐起来，对着墙上她与顾明的黑白结婚照越看越不是味儿。

照片上的她憨憨地笑着，而顾明却抿着嘴另有所思。

老谢自言自语地说：“敢情我现在才明白。”

六

老谢有老谢的办法，她决定到办事处再办一个结婚证，那样就等于给这个家上了保险，不怕有变故了。至于什么二十五年啊，什么毛巾被啊，都顾不得了，那都是锦上添花的事，现在要的是雪中送炭。

到了办事处，办事员告诉她，现在结婚登记手续已经交到区里了，归区里管。老谢又赶到区里，区里人说这很简单，只要双方单位开出介绍信就行。

老谢问：“就这么简单？再不要其他？”

办事员说：“不要其他，对了，要两人的合影照片，贴在结婚证上用。”

老谢说：“这好办。”

从区政府出来，老谢很高兴，老谢认为这事不成问题了，让单位开个介绍信这再容易不过了，他们单位连脚气这样的事都能开证明，给她开个结婚的条子还不是小菜一碟。更何况她和顾明的情况谁都知道，就是重走一遍手续罢了，当然，跟领导打个招呼是必要的。

老谢跟领导一说，几个领导听了都乐，说这事还真新鲜，不过不是什么大事，让办公室小李给开个介绍信就是了。

领导老张说：“这么说我回家也得找找结婚证去，天知道我那个证在哪儿塞着呢，原以为是一张纸的事，没想让老谢一说还很重要。”

老赵说：“我那个证早就没了，十年前两口子打架，我们那口子一赌气，给撕了，撕了就撕了，谁也不能说我们不是两口子。”

老谢说：“当初谁也没把它当回事，尤其是我们这个年纪的人，人格的承诺比一张纸要贵重得多，想着结了婚就不会有什么事了，但以现在的观念来看，就得从另一个角度思考了……”

房间里还有几个同事，大家一听老谢要“结婚”，就闹闹嚷嚷起着哄地要吃喜糖，还有一个当下就登记给老谢凑份子，把一切闹得跟真的似的。

老谢说：“你们起什么哄啊，我们都老夫老妻了，就是补个手续，别瞎闹！”

人们说补手续也是结婚，该好好热闹一下。大家嘻嘻哈哈地逗着老谢，拿补手续这件事开心。

没想到，老谢的好心情在办公室小李那儿遭到了彻底打击。

小李点着介绍信说：“这初婚还是再婚一栏怎么填呢？”

老谢说：“当然是再婚。”

小李说：“说再婚，那前边就是离婚了，离婚也得有离婚证啊。”

老谢没有离婚证，老谢傻了眼。

小李说：“那就填初婚吧。”

老谢不干了，老谢说：“填初婚我的女儿怎么算呢，难道我是未婚先孕吗？”

小李说："您女儿都二十多了，科学的说法您应该是单身母亲。"

老谢一听火了，无论是未婚先孕还是单身母亲，她都不能接受。

小李把介绍信一推说："您自个儿填吧！"

老谢什么也写不出来。

七

老谢病了，几天没去练扇子舞了，一天到晚精神恍惚，看着墙上她和顾明的结婚照嘴里哼哼唧唧。女儿从学校回来，看她妈只是唱"你找他苍茫大地无踪影……"就有些着急，不知她妈犯了什么病，大气不敢出地小心伺候着。

顾明出差回来的时候，女儿正在厨房给她妈下挂面。女儿见了顾明说："爸，您看看我妈吧，怎么都成了横路敬二啦。"

顾明进到卧室，见老谢正发愣，就说："还是为那个结婚证，你有完没完哪？"

老谢不理顾明，眼里有泪光在闪。

顾明说："你成天在家泡着，憋也憋出病来了，明儿还是出去找点儿事做吧。"

老谢说："要出去也得把结婚证补上再出去，要不我闺女名不正言不顺。"

顾明说："这是哪儿跟哪儿啊，我看你快成精神病了，症状赶上我们那个跳芭蕾的了，一根筋往死里转，转得出不来了。"

老谢指着墙上的相片说："你看看你那德行，皮笑肉不笑的，跟《智取威虎山》里的小炉匠似的，照相的时候你心里想的什么，别当我不知道！"

顾明说："你说我心里想什么了？我哪儿知道照相的时候我

想什么了，我刚回来，你就找碴儿吵架，真没意思。”

老谢说：“是我没意思还是你没意思？”说着站起身叉着腰站到了顾明对面说，“你给我老实交代，第一你到底领没领过结婚证，第二你跟那个姓安的究竟是什么关系？”

顾明直往后退，他哭笑不得地说：“都什么年纪了，你还吃醋。”

老谢说：“那是因为没有结婚证。”

顾明说：“没有结婚证能怪我吗？”

老谢说：“不怪你怪谁？你心里最明白。”

顾明说：“我不明白。”

老谢说：“你是揣着明白装糊涂。”

顾明说：“比精神病还精神病，明天我得给你开张入院通知书了，好好修理修理你。”

老谢冷笑一声说：“这才是你的心里话，你想跟那个姓安的一块儿修理我，怕也不是一天两天了，你们来吧，我不怕，我什么也不怕！”

女儿端着面跑进来，让母亲消消气，先吃饭。

老谢不吃，将一碗面都拨拉到了地上，大叫着说：“日子都不过了，还吃什么饭！”

顾明说：“不过就不过，为个结婚证，你能把人给逼死，没证就没证，咱们俩没关系就没关系，你爱是谁就是谁！这些日子你把人整得也够呛了，一切随你的便吧！”说着上去就将墙上的镜框摘下来，啪地摔在地上。

镜框在脆亮的响声中破碎。

女儿赶紧蹲下来收拾碎片，说：“你好好儿的，这是怎么了，是怎么了？”

老谢说：“怎么了，你问你爸爸，对了，他是不是你爸爸还得两说着呢。”

女儿扑哧一笑说：“他要不是我爸爸，您怎么说哇？”

老谢说：“他骗我，这么些年了，原来压根儿就没有结婚证！”

顾明说：“我骗你干吗，我哪儿有结婚证，日子过得好好儿的，你说你突然转了哪根筋？”

老谢说：“我睡醒了，我睁开眼睛了，我的法律意识复苏了，我学会保护我自己了！”

顾明说：“你以前也没闭着眼哪。”

老谢说着说着就哭了，老谢觉着很委屈。

这时，女儿拿开相框后面的木板，取出垫在后面的纸，打开一看竟是老谢和顾明的结婚证。女儿说：“妈，您别闹了，您看这是什么？”

老谢两口都怔住了。

老谢拿过证来捧在手里百感交集：“……就为了这张纸，为了这张纸……”

顾明说：“谁想到你妈没糊窗户给夹到这后头了，真是‘你找他苍茫大地无踪影，它打你神兵天降难提防’啊。”

女儿说：“不是您摔它还发现不了呢。”

顾明说：“闺女，你将来的结婚证可得千万收好了。”

女儿说：“我差点儿当了私生子。”

老谢哭笑不得，一脸尴尬，一个劲地说：“……怎么是这……”

寂寞尼玛路

从北京到西藏，正确的走法应该是坐飞机，只两个小时，那些万水千山就在脚底下滑过去了，轻快、高雅、舒服，可我却选择了汽车，这无疑是自己跟自己有点儿过不去，在心的深处甚至多少带了某种自虐性质，带了自讨苦吃的愤懑和气恼，生活太累，大城市人际关系太杂，北京纵然广大，似也没有容我的立足之处，何必你掐我斗地挤在一起。从西宁火车站开始换长途车，晃晃悠悠到格尔木，改乘了一辆更为破烂的汽车，就算踏上了进藏的真正历程。汽车闷声闷气地朝西藏开，以每小时三十公里的速度。窗外景色单调而无聊，我在颠簸的车里铺开地图，寻找我的下车地点，我不想随着这一车人到拉萨去，那样太没有意思。我的目光向地图人迹稀疏处流动，终于停在了一个我认为是很美丽的点上，那里叫尼玛。

在阿多下了破烂的长途公共汽车，时间正是下午。到尼玛去，尼玛是什么样，我心里没底，那里没有我的亲戚朋友，也没有任何非办不可的事情，把目的地选择在路迩人遐的尼玛连自己也做不出更多的解释，我只是喜欢尼玛这个名字，我觉得尼玛这个地方能够帮我摆脱窘境，抑或说是跟我有缘。我失业了，不知是领导炒了我的鱿鱼还是我炒了领导的鱿鱼，总之，三言两语就崩了，我就成了“待业中年”。或许我的存在就是个错误，那个领导早就想让我走，只是苦于找不到机会，我平时性情狂狷桀骜，跟小肚鸡肠的女领导搞不好关系，不能仆妾色以求荣，更不会效犬马以求禄，在单位备受排挤，整日的鸡零狗碎，让人觉得十分没意思。离开便也就离开了，没什么可遗憾的，一生中也难得有今日这轻松。浮云富贵，泡影功名，本无关乎荣辱，读庄周逍遥之篇，正好作逍遥游也。于是就选中这人烟稀少的尼玛，从地图上看，沿公路再往北就是寂如亘古的藏北无人带了，这样的地方很适合我的心情。这是与热热闹闹的北京完全不一样的地方。

在阿多下车的只有我一个，车上几个从香港来旅游的大学生用惊讶的眼光看着我，我知道他们内心充满对我的怜悯，因为我背着行李独自一人站在这荒凉的地界很有些践长路，越高山的悲壮。我背后夕阳里那些零乱苍茫的远山，那扬起的硕大风尘，恰到好处地烘托了这种气氛。

他们朝我热烈地挥手，我看了他们一眼，转身去走我的路。

没必要热情。徒劳。

不远处有小饭铺，只卖拉条子，我看了，那面煮得发黏，压根没熟，这里海拔比下面的那曲还高，大约在四千五百米以上，高压锅连煮带压，能把面弄到这份上已经很不易了，但我不想吃那黏面，我从包里掏出自带的葱花烙饼聊以充饥。饼是丈夫给烙的，他竟烙了十张，排除坏的因素，足够我吃半个月的。他希望我别饿着，别冻着，平平安安地回家。我说，你以为我会死吗，我才不会呢！我不是傻瓜，我干吗要死，我只是去旅游，就像有人去峨眉山，有人去上海滩……

卖拉条子的对我的烙饼很感兴趣，他说他是山东人，有日子没吃家乡的饼了，我说这饼不是山东的饼，是北京的饼，他说北京的饼其实跟山东的饼是一样的，过去的山东人多在北京开馆子，北京人自己没有料理，吃的都是山东系列，即葱、酱系列。我问他是什么人，他说是山东大学中文系毕业生，和女朋友到这里来开小饭铺是以另一种闯世界的精神试验自己，以便以一种“虽千万人吾往矣”的特立独行人的状态存在于天地之间。

我不想理他，这是个一派“天生德于予”的半疯，跟车上那些大学生没什么两样，都是些“为赋新词强说愁”的黄口小儿。他们知道什么，他们知道瞒天过海、釜底抽薪吗？他们懂得深藏若虚、檐下低头吗？他们尝过暗箭伤人、其深刺骨吗？或许他们只能理解“走为上”，而再无其他。然而山东大学能培养出有勇气来藏北高原卖拉条子的这件事本身让我惊奇和敬佩，毕竟我做不到，充其量我不过是个旅游者，我其实是个很懦弱、很没出息的人。

我没有给卖拉条子烙饼，尽管他对久违了的内地烙饼做了无限的赞美，我还是没给。不是舍不得，是不想给。我花三块钱买了他一碗面汤，比之柳青《创业史》中梁生宝买稻种，在面铺掌柜的鄙夷下白喝面汤的情景有了一百八十度的扭转，时代变了，人也变了。掌柜的不再鄙夷，掌柜的也不会再白给我面汤，我当然也不会平白无故地给他烙饼，这件事简单极了。

有人对我说尼玛什么也没有，那里比阿多还荒凉，要是看景、逛庙不如往南走，由那曲到当雄那边去。卖拉条子的说，这你们就不懂了，尼玛自有尼玛的不可替代，你能和哪里的自然沟通，哪里就是你的圣地，这和有什么没什么没关系，去年夏天那个非要去哥洛格山口的老外，众人不是拦也拦不住嘛，他去了，回来美得屁颠屁颠的，其实哥洛格山口有什么呢，但他懂得那里，他能在那里找到属于他的东西。

卖拉条子的这番话倒还有山东大学中文系的味儿，看来几年的学也算没白上，在这藏北高原的小铺子里还没被红盐白米转昏了脑袋，没被黏稠的面汤糊死了心窍。我问他有没有到尼玛的车，卖拉条子的说，去那儿的车很难说什么时候有什么时候没有。我说，那里总有公家的单位吧，有车站、有住户吧。卖拉条子的说，公家单位有公家单位的车，零散住户有零散住户的马，所以这公共汽车就说不准时间了。我没料到会是这种情况，看来是要被絷绊在这小地方了。

有谁说老王的车今天好像要去吉瓦乡，说是他丈母娘要过生日，他要赶过去给丈母娘祝寿，临时加跑一趟。那人说他看见吃午饭的时候有人在商店门口等车，不知现在走了没有。就有好事的跑出去看，一会儿喘吁吁地回来说，车已经发动了，马上就走。我立即提起包去赶老王的车。吉瓦乡在尼玛的西边，与尼玛相距七十六公里，通过地图，我已对这条公路烂熟于心了。

卖拉条子的说回来再聊。

我不知自己会不会从原路返回，没接他的茬儿。

老王的车是个体大客，比我来时坐的车还破烂，车帮上许多地方露着狰狞的锈铁皮，随处可见此起彼伏的坑坑洼洼，总体感觉，这是一辆经过无数次车祸，受过无数次摔打，沐浴过无数次风雨，见过无数大世面的老爷车。老王果然在发动车，见我上来，及时地吼了一声：买票！

第一感觉便不怎么好。

难得的是车厢里还干净，稀稀疏疏地也没坐几个人，乘客都是藏民，大大小小的袍子和行李占了不少地方。我挑了一个后面靠窗的座位，在众人惊奇的目光里坐了。

朝外看，太阳已经向西滑落，这趟车因为要赶丈母娘的生日，所以得夜里跑，据说明天上午九点以前能到达尼玛。现在天还很亮，街上已不见一个行人，几只脏兮兮的狗在风里迈着蹒跚的步子，造出些寻寻觅觅、冷冷清清、凄凄惨惨戚戚的意境。我心里有种说不出的疲倦，空落而苍白，迷茫的前程恰如那迷茫的尼玛，只是觉得累，累到了连话也懒得说，连人也懒得看的地步。我把头抵在玻璃上，一点儿精神也没有，茫然地看着那陌生的街道发呆。

车在不停地发动，车尾冒着黑烟，却不见动，老王在骂汽油、骂发动机，就是不骂他自己。车上的人并不急着要走，他们像亲戚一样地聊天，好像彼此都是很熟悉的，说的那些话又急又快，我一句也听不懂。一切都是那么无聊。

我戴上耳机，传来刘欢的歌声：

我今生注定要独行，
这热情已被你耗尽，
我已经变得不再是我，
可是你却依然是你，
time time again you ask me,
…………

在“you ask me”声中车终于开了，吱吱嘎嘎驶出街道，迎上来的是音尘寂绝、远古雄浑的凄凉，热情被耗尽的凄凉。有人骑着马随着车飞奔，车上的人都挤在一侧向他打招呼，那人向车上的人挤眉弄眼，在马上做出种种滑稽动作，引得车上的人一阵哄笑。

我烦恼地把眼闭了。

过了许久，车停了，我无精打采地睁开眼睛，外面天已黑透，头顶繁星闪烁，凉意从窗缝里沁入。有人上车，在这夜晚的荒野之地，在车上的众人呈半死的酣睡之际上车，这本身就带了些荒诞和神秘，带了许多的离奇和不正常，我一下变得很清醒。司机老王并没像我上车时那样跟上车的要票，门开了，门关了，老王像全没看见这个人。

来人在黑暗的车厢里摸索，光板的皮袍子唰啦唰啦地发出很大声响，他向后面蹚过来，随着他沉重的身体砸在我旁边的座位上，一股羊膻与酥油的混合气味呼地全面扑压过来，这使我的头砰地撞在玻璃上。我说，那边还有座位。他不理我，大约是没听懂。

我将自己的身体尽量缩小，尽量向窗口靠拢，这似乎给了他更大的方便，他毫无顾忌地朝我这边欺压。那件硬而臭的皮袍硌得人胳膊发麻，使人无法举动，我在被压挤的同时想象着一皮之隔的隔壁一定会为找了个柔软靠垫而舒服得想要哼哼。

隔壁果然在哼，继而发出鼾声，是那种肆无忌惮的可以震动天宇的鼾声，那个蓬乱得可以擀毡的脑袋也失去主心骨般朝我的肩上歪过来。于是腥膻之中又增添了头油的气息、枯草的气息、烧酒的气息和许许多多莫名其妙的复杂气息。我很不友好，很粗暴地用身子扛他，他全不在乎，歪在我身上的脑袋竟从我朝前躲闪的后背滑下去，索性躺直了。

我心里有种说不出的厌恶，并且毫不掩饰这种厌恶，我知道，沉沉的夜色是极好的遮挡，没人能看见我的厌恶。对面有车开过，借助车灯的瞬息闪烁，我看见了那张歪在椅子上的俗不可耐的脏脸，这张脸令我更加不快，这是我千遍万遍看过的，时刻在逃避的脸，这样的脸已经领教得太多太多……

汽车颠簸了一下，有人醒来，愣愣地四处张望。我趴在窗玻璃上往外看，外面是星光下的低矮丘陵，西面有山嵯峨而起，地上白而亮，好像是雪。空气中有潮湿的感觉，大约附近有湖，从格尔木进藏，我还没有看见过真正的湖。

有人喊停车，说要下去小便。司机停了车，下去了几个人，并不走远，就在车旁方便，男的女的也不避讳，相隔两三步，各干各的事，周围一片唏哗之声。我也下去了，站在坚实的土地上深深地吸了几口清凛的空气，空气中那淡淡的苦味不知来自何方，这苦味给人的心里添上一点难以说清的哀愁，遣进一股不绝如缕的忧思。抬头望，野迥星辰，天空河汉，侧耳听，风声飒飒，如泣如吟。一人独处时感到孤寂的悲凉，混迹人群又感到尴尬的难耐，天南地北，问乾坤何处可容狂客，我真想把胸膛里那颗越来越沉重的心挖出来，使之在这清澈洁净高原升华散净，还归大自然的本真……我知道，自己一时很难从争斗场的遍体伤痛中解脱出来。或许，这需要时间。

再上车，靠窗的座位已被皮袍子占去，他靠着椅背与车帮的夹角正睡得昏天黑地，脸上那神情蠢得不能再蠢，蠢相中透着乘虚而入的小奸诈、小手腕，自然也有小得意，永不满足的小满足。这辆车，这些人，正如同这庸俗无聊的人生，如同单位里尔虞我诈的乱糟糟，让人有种坐愁行叹的无奈与烦乱，或许这就是生活了，你、我、他都得过的生活，无处逃遁也无可逃遁。也许，皮袍子的脸上什么表情也没有，他只是睡着，一切的愚蠢与智睿不过是我的感觉，我的意念，正若《金刚经》言，如是我闻……身象，即非身象……

在汽车的摇晃中，在身象非身象的思辨中我的意识渐渐朦胧。

车嗡嗡地喘息，缓慢地爬行，一路是在向上，海拔越发地高了，头疼得厉害，人也处于时睡时醒状态。蓦地，我感到脚下的布口袋里有东西在蠕动，我想到了蛇，头脑轰地一下涨大，赶紧地把腿往这边收了。口袋里的活物如同它的主人，并不因为我的退避而有所自觉，它亦步亦趋地随着口袋滚了过来。我想象着袋子里爬出无数条蛇的可怕，想着那如同这次外出一样无可逃遁的逃遁，简直的，身上的汗也出来了。布口袋继续朝我这边滚，摩擦着我的脚，我感觉了温热，用脚尖轻轻踢了它一下，一个湿乎乎的东西顶在我的腿上。我摸出手电，弯下身去认识脚底下的活物，我看见了地板上的正滚动着的丑陋的口袋，那湿漉漉的东西是从口袋破洞里钻出来的一个小鼻子。口袋的无声扭动，说明了小东西的倔强，它正企图从口袋里挣扎出来，它不屑于用吭吭唧唧的乞怜引起主人的注意与同情。我从那个小小的黑鼻子断出，这是一条狗，一条很小很小的狗。

我掰了一块葱花饼去逗弄那个可爱的鼻子，鼻子咻咻着，从破洞里更加使劲地朝外拱。口袋的洞很小，它无法出来，我也无法喂它，只能让它嗅嗅饼的香味，我们就这样做着不是水中捞月的水中捞月的游戏。我几次把饼搁在地板上，那个精明的小鼻子总能准确无误地追踪到它，隔着破口袋撕咬那布，它是想把窟窿再扯大一些。一次又一次，烙饼在几个方位都摆过了，小鼻子没有一次扑空过，它在做着不懈的追求，纵然得不到也决不气馁，决不放弃。并不像内地有些狗那样，爱张狂，爱把什么事情都闹得热火朝天，它不，它不出声，它在黑暗中默默地挣扎。这是一条品质优良、极有韧性的狗，它的遗传基因绝对出类拔萃，它还这样小就懂得努力，懂得如何突破窘境，真是个了不起的聪明的小东西。

它的主人仍在傻睡，对脚下的一切浑然不觉。

我第二次用手电照它的时候，它毛茸茸的脑袋已经从破窟窿里钻出来了，见我照它，就用一双明亮的、黑扣子一般的眼睛望着我，那眼神里满是毫不退缩毫不胆怯毫不自卑的直率。我寻找那块饼，已然不见，看来是被它理直气壮地吃了。

我想摸摸它的小脑袋，它明显地表示了反感，躲闪着不让我去碰它，还向我龇牙，但它不拒绝我的烙饼，从我的手上吃了一块又一块，吃得很认真也很投入，它是饿坏了。一块吃毕也并不继续向我索要，歪着脖子想心思，那眼神分明已经游离出车外，一副年少气锐、不识几微的劲头。我觉得这点倒是和我很相像，问题是我能理解它，而别人不能理解我，这或许正是悲剧的所在。我并不曾向谁感恩戴德过，一身骨头也总处于宁折不弯的状态，如同眼前的小狗，虽然它的整个身子都在袋里，但我百分之百料定它的尾巴是绝不曾向我摇过的。

它吃了我一张烙饼，还喝了矿泉水，水足饭饱之后它偎在我的两脚之间，把嘴塞在身子下面睡了。它把暖暖的体温传给了我，使我的心发软、发烫，产生了向它的主人索要或购买它的念头。

它的主人，那个气味浓重的皮袍子仍在傻睡。

天渐渐发亮，可以看清窗外的草梢上满是昨夜被我误认为雪的白霜，秋凉九月，塞外草衰，果然如此。这时，那个皮袍子不知怎的突然醒来了，他站起身用手使劲抠玻璃，要打开那车窗。车窗的铁框大概已经变形，那扇玻璃压根就推不动，这使皮袍子很为恼火，他啪啪地拍那块玻璃，那双粗糙的手愚笨地跟那块玻璃较劲。窗外，风掠过大片草地，卷起霜与尘土，铺天盖地，直逼到窗前，我搞不清楚皮袍子为什么非要打开窗户，窗外是那样寒冷和空旷。皮袍子终是打不开那窗，转过身向我叽里咕噜地说了什么，我才听出这是个女人，一个上了年纪的老女人。我不懂藏语，眼瞪瞪地看着她，她火了，是在骂我，我想象得出，那话一定骂得很粗野。她转过身又去对付那扇玻璃，玻璃仍是纹丝不动，她指着窗外向我急切地说话，指指前面的大山，又点点这辆车，然后不客气地扯着我的袖子往窗跟前拽。我想她是晕车，要吐，真要吐在我旁边那可是件很讨厌的事，开窗纵然很冷，总比与脏物相伴舒服，两害相权取其轻，想了想，我还是帮她把窗户打开了。

一股冷风呼地灌了进来，猛得让我来不及打冷战，我下意识地往里躲了躲，那风还是对着我直吹。皮袍子不怕风，皮袍子把头探出窗去，探到那冰冷的世界里去，任那风去吹。她那蓬乱的头发在风里太阳神一样飘舞，那黝黑的满是皱纹的脸如同锋利的刀，将扑上来的风划破。看来，她并没有晕车的迹象，她是在这清冷的黎明，心血来潮，大犯神经。我歪过身去企图把窗户关上，她狠狠地推了我一把，那情景仿佛我干了什么极对不住她的事情。我说我要感冒的，实际我的鼻子已经不通了。她不理会，把窗户向更大推了推，又扭过脸来示威性地朝我一笑。遇到了这样的人，我只好自认倒霉，只好由着她去折腾，这个疯老太太。

她远没有她脚底下的那只小黑狗可爱。

车的右面很远的地方有玛尼堆，那是在西藏遍地随处可见的刻着经文的石堆，顶端摆放着牛的头骨，四周飘扬着白色的经幡。老女人探出半个身子，向着那玛尼堆挥手，尖叫，声音细而尖，活泼欢快得像个小姑娘。东边的天际出现了淡粉，那艳丽的色调同样也斜抹在玛尼堆上，为那石堆增添了无限庄严与神圣。老女人朝玛尼堆很夸张地喊叫，使车上的人们都醒了，他们很快也加入她的呼叫之中，一车的人都挤在一边，兴奋地朝外面望，还有人吹口哨。很快，我发现他们并不是为玛尼堆而呼喊，他们的目标在玛尼堆西侧，那茫茫的原野上，有个人正骑马向着汽车奔驰而来。

我看清了，那是一匹枣红色的马，那马在东方朝阳的照耀下正如一束霞光，奔腾跳跃，好像从天而降的天神，驾驭着风轻轻掠过地面。司机老王把车停在玛尼堆旁，站在车前头眯着眼看越来越近的“一骑红尘”，嘴里喃喃地嘟囔着：四兔，简直就是一只野兔子……

被叫作四兔的骑马人越来越近，越近越真切，车上不少人已经跑下车，在玛尼堆旁手舞足蹈，欢迎四兔，车上的老女人仍在挥手尖叫，精神十分饱满。那边的四兔也在向人们打招呼，吆吆喝喝的喊声在空旷的原野向四面八方扩散。

我在内地没见过这样热烈的相见方式，不过是一次简单的路遇，彼此竟显露出如此真挚的欢愉，这无论对四兔还是对车上的人们来说都是一件很美好的事情，是一种能给彼此带来喜悦的心的感动，是大都市里修炼得麻木不仁的男女已经丢失了的感动。我想，我为什么不是四兔，我为什么不是车里的任何一个人，我应该真诚地欢迎和被欢迎，这该是不难。

四兔骑着马来了，四兔是个军人。

人们围着四兔说话，有汉语有藏语，四兔一律撇着河南腔回答，也没有谁说听不懂。四兔交给老王三封信，让他在吉瓦乡给发了。老王指着我说，让她在尼玛发吧，何必多转乡里那一道手，四兔说也好，就把信给了我，连我是从哪儿来的，姓甚叫甚也没问。

四兔除了发那三封信好像也再没什么要紧的事情，从他们的谈话中我听出他是昨天晚上十一点从哨所出发往这里赶的。从十一点到现在，他骑马整整跑了七个小时，七个小时是多少公里，我算不来。我很想和四兔说说话，可四兔有点忙不过来。老王催大伙上车，说再晚了他就赶不上丈母娘的酒宴了，大家才纷纷离开四兔。四兔跑到我邻座的窗下，扒着窗框问那个东西带来了没有。老女人俯下身去，把脏脸在四兔脸上挨了挨，我想四兔一定也闻到了老女人身上散发的气息，但四兔好像不在乎这些，四兔在老女人的耳边叽叽咕咕说了许多。老女人开心地笑了，收回身子从座位底下拉出那个布口袋来。老女人解开布袋，拎着小狗的脖颈把它从窗口递给四兔，小狗龇牙咧嘴，四爪乱蹬乱踹，不肯就范。我眼睁睁地看着刚刚建立了一夜友谊的狗狗就这样进了军人四兔的怀里，心里有些怅然。四兔的军大衣里大概很暖和，小狗在里面再不挣扎，它在里面调整了一下姿势，竟不失时机地从衣襟里探出了个小脑袋，照旧用那双亮晶晶黑扣子一样的眼看着这天这地……

四兔与我只有一窗之隔，这使我有了和他说话的机会，我说，四兔，你怎么叫四兔呢？四兔说，俺姓司徒，在这儿就被叫成了四兔，四兔就四兔，大家的理解就是四兔，不是司徒，其实叫啥都一样，顺嘴就中。司徒的演变使我感到快乐，我指着他怀里的狗说，这个小家伙是只很有个性、很有思想的狗，本来我是想要它的……

四兔听了直乐，四兔说，这哪里是狗，这是一只从野外抱来的狼崽子。

我呆得说不出话来，原来这一路我是与狼同行。

四兔骑上马要回去了，我把兜里的烙饼全给了四兔，我说他怀里的小狼喜欢这个。四兔闻了闻那饼，说岂止狼喜欢，他也很喜欢，到不了哨所，这些饼就会全进了他的肚子。我对四兔的坦率表示赞赏，如果他说了“不拿群众一针一线”一类的话，我反而会觉得他很假。

汽车继续向西开，四兔打着马往北走，玛尼堆很快就看不见了。

东面脚下的太阳已经蓬勃而出，那是大地与苍穹的美丽衔接，万道霞光衬托出高原清晨独有的辉煌，人寰屋宇皆在脚下，一种大慈大悲的俯视，使人的心情豁然开朗，一下变得很美好。我转过脸去看那老女人，不知什么时候她又进入了梦乡，窗外吹进的风，替她梳理着那头蓬乱的发。

一时，我忘记了自己是为何而来。

对你大爷有意见

乡政府大院里静悄悄的，静悄悄的大院预示着有重大的事情要发生，“于无声处听惊雷”一般指的是这样的情况。

离吃午饭还有三个小时，想的是到镇西街给那头拉磨的老驴拍几张照片，这可能是中国最后一头还在磨道上走动的驴了，或许明天这头驴走着走着倒下了，连同它那副銮驾，成为历史；或许明天这头驴被卖进平遥的汤锅，变作五香驴肉，挤眉弄眼地混迹于花花绿绿的旅游产品之中，走出了国门走向了世界……也听说驴所拉的石磨已经以三千块价格预约售出，卖给了城里一位画家。画家在乡间盖了别墅，需要一些乡土的点缀，兼因磨盘上有乾隆十七年的刻字，画家稀罕这个，就买了，什么时候驴彻底歇班，就什么时候来拉磨。那头驴倒下是早晚的事，据说驴嘴里已经没剩几颗牙，吃不动草料，每天一日三餐喝小米粥。小米粥的经费由画家供应，这是驴主和画家谈好的条件，否则刻乾隆年号的磨盘就不卖。画家有的是钱，不在乎什么小米粥，现在卖什么都讲搭配，商业术语叫捆绑消费，要想得到真货就得花点儿额外代价，这个道理画家明白，三千块钱买个乾隆，这样的好事不是谁都能遇上。我想见识见识喝小米粥的驴，惦记着驴在喝粥的时候是否还有“六必居”的小酱黄瓜佐餐，总之，看驴喝粥是件很吉尼斯的事情。

我的办公室在乡政府院子东北角，坐在办公桌前可以将院里的情景尽收眼底，安静而不寂寞，是全院的最佳位置。透过纱窗往外看，太阳在水泥地上白花花地照着，不知谁用凉水冲过地，地面蒸腾起一股股热浪，散发着尘土的腥气，让人想打喷嚏。几棵鸡冠花在花坛里蔫头蔫脑地开着，沉闷而单调。院里除了鸡冠花再无其他花草，让人猜想是播种的时候临时抓瞎，只找到了一种花籽，就稀里糊涂地种了。种的人是有一搭没一搭，看的人也是有一搭没一搭，谁也没把它当回事。望着鸡冠花，我常常想念市文联那个百花齐放的小院，想念在花圃前忙忙碌碌的花工施师傅，剪枝、浇水、上肥，从不停歇，偶尔还把剪下的花插在瓶子里，摆放在他喜欢的女同志桌子上，给大伙一个惊喜，一个谈笑的话题。在这儿没这种情致，漫说鸡冠花不能往办公室桌上搁，就是芍药、牡丹也不能往屋里拿。干部们的办公室肃整简单，没有多余点缀，办公室靠墙角有单人床和从家里带来的铺盖，床底下有沾满黄泥的高腰胶鞋，枕头边有三截电池的大手电，非常隐私也非常一目了然。办公室玻璃板下头压着的多是老婆孩子的照片，有过游历经历的是所到之处的标准照，不管后头背景是什么，前头主要位置一定要站着照片主人，主人多是西服，扎红领带，戴浅色镜，不看镜头，做气宇轩昂状，像才从太空里下来。书记们的办公室没有玻璃板，有宽大的老板台，板台上有电话，是有来电显示的那种，以便书记决定接还是不接。墙上挂着书记和前来视察工作的领导照片，所来的领导都是在媒体上常见的，照片的主人和媒体上常见的人做亲密状，像是一家人。所挂照片均是经过主人认真筛选的，合影人物很有讲究，县级的基本不挂，级别最低也要省部级，没有办公室主人参与的不挂，否则失去了悬挂的意义。所以，书记们办公室的热闹在墙上，不在玻璃板下。

早晨便这样闷热，今天大概有雨。

党委书记朱成杰办公室的门大大地敞着，里面嗡嗡地吹着电扇，印着“野竹坪乡”的白门帘就一扇一扇地飘，好像老有人进进出出似的。再往旁边看，不唯朱成杰的门没关，赵书记、钱书记的门也都没关，电扇也嗡嗡地吹，那些个门帘也在动，动得轻松舒展、坦荡悠扬。啊，今天难得全班人马都在家歇着，八百年不遇的新鲜！

我看见乡文化干事小张急匆匆地从办公室出来打开水，灌完水又急匆匆地跑回去了，动作夸张，神情严肃，好像他多么正经，又多么忙碌。搁往常，他得在院子里磨蹭半天，跟碰到的每一个人说话，从世界石油价格上涨到食堂包子肉馅的咸淡，从美国由伊拉克撤军到厨子老王永远无法改变的脚癣，中超联赛的比分、十六世罗马教皇的推出、UFO 对野竹坪的光顾、山茱萸育苗的诀窍、翠峰深山发现过野人……对什么样的人有什么样的话题，永不会重复。实在没人说话了，还能跟猫说话，跟厨房养的胖猫大黄聊香港小姐选美，从大黄那蹒跚的猫步说起，并不突兀。街西老驴喝小米粥的信息，也是小张的提供。小张还说后街有个庞老太太，活了一百三十多岁了，还很硬朗，给杨虎城当过保姆，给蒋介石喂过药，谁不相信可以和老太太去对证。厨子老王对我说，小张那张嘴啊，他能把人说死！往后谁想自杀甭吃药，直接找小张，听他说一天一宿，准活不了。

今天小张没有在水池子那儿神聊，小张直去直来，连个弯儿也没绕。

晚上乡党委要开书记会，决定乡里几个副手的人选。办公室早早把会议通知搁在了我的桌上，平时只是口头通知，今天特意印了，加了红头，盖了章，交给每位书记，足见会议的重要。可是我打定了主意不参加会，今天是周末，是我回城的日子。我早早地收拾了东西，跟办公室要好了回去的汽车，准备吃完中午饭就回家，回去好好洗个热水澡，在乡下，洗澡问题总是不能彻底解决。

小张到我办公室来还书，看我把东西往包里装，惊奇地说，您回城啊？

我说，回城。

小张说，什么日子啊，您还回家？

我说，今天是周末，我得回去洗澡。

小张说，晚上的会您无论如何得出席。

我说，人事安排的会我不参加，下来的时候组织部交代过了，我不负责乡里的任何具体工作，我只是体验生活。

小张说，别的您可以不出面，这个会您不发言也得在会上坐着。

我问为什么。

小张说，这是权力的象征，您想想，这不是常委会，是书记会，是野竹坪的最高会议，连您在内一共才四个书记，拍大板的事儿，谁也不愿意放弃。将来新干部提拔起来了，有您一票，谁不念您的好，顺水推舟的事，何乐不为？咱们不参加，就说明咱们在这儿是个摆设，一点儿也不重要，没人在乎咱们，往后说话没分量，办事没人听使唤，处处是麻烦。不错，咱们是挂职的，挂职的怎么啦，挂职的在关键时刻也掌握着你的生杀大权，往后谁还敢小瞧咱们！

小张一口一个“咱们”，也不知什么时候，他把我认作了一个战壕的战友。我说，我不怕别人小瞧，我从来没把自个儿瞧大了，又不是真在乡里干，干吗装得跟真的似的。

小张说，基层干部的势利和实际，您还是了解不够。大伙都是从土里爬出来的，当官和不当官可是大不一样。知道吗，您几位在会议室开小会，外头几个圈子可是开大会呢，都是手机传递信息，千方百计打探消息。这样难得的机会别人求都求不来，您还回家洗澡，真是的……

我说我讨厌官场，我的文学作品从来不写官场，和人打交道，我烦，我就关注大熊猫。

小张说，我知道您不写官场，您关注大熊猫，大熊猫不关注您不是？叶书记，咱们都是搞文化的，我知道什么是文化，文化就是真性情，就是不设防，您驾着艺术的小船徜徉在生活的海洋中，我行我素，是很自由自在，可是海洋里的船多了，有经济的巨轮，也有政治的战舰，任谁掀起个浪就能把您的小木船打翻了，那时候您就真成了落水……那什么了……其实您不妨换种方式，驾着艺术小船逛累了，就弃船登舰，观览一下战舰的机舱甲板，看看水手们的操练，增加一下感受，也不是坏事。

我说，艺术的小船也能观赏日出日落，也能顺利到达彼岸。当不当落水狗不是由我决定的。

小张说，跟文化人说话太累，云里雾里不着边，不跟您绕了，通知给您发了您还走，就显着有点儿生猛海鲜了。

我问怎的是生猛海鲜。

小张说，硬掰呀！

我说，这怎能是硬掰？

小张说，这说明您压根儿没把乡党委放在眼里，没把人家当成一级国家政权。您瞧瞧院里这阵势，都上着弦呢，我敢保证，就这会儿，政府周围至少有一个排的人在迂回行动，这样的戏您上哪儿看去？

让小张一说我还真不能走了，只好把收拾好的东西又掏出来。干部安排在基层是件大事，都说在这种时刻，越是表面平静，下面活动越是厉害，联名上告的，写匿名信的，毛遂自荐的，送钱送礼的，托关系走后门的，八仙过海，花哨至极。这些情景我在各类文学作品中读得实在不少，可眼下，我的周围是出奇地安静，至少，上面说的情景我没遇上过一件，也许真如小张说的，大伙都认清了我在这儿“是个摆设”，是个可有可无的人物，犯不着找我。想到这儿，竟有些失落。给文联挂了个电话，告诉他们这礼拜我不回去了，问单位有没有事情，办事员说为防暑降温，每人发了两斤白糖，想着我在乡里，就把我的糖免了。我说你们不能因为我不在就不给糖，这是名分问题。办事员说，您老还在乎两斤白糖，您在下头当书记，要多少糖没有哇！我说你们以为到基层是当皇上吗，要什么有什么？错了！我让他们把我的糖补上，一两也不能少！我听见办事员在那头嘟嘟囔囔，意思说我是到了更年期，年龄渐长，脾气也渐长。

搁下电话，心里更失落，本来是想寻找点儿认可和温情，结果适得其反，在没当落水之狗以前我先当了丧家之狗。我下基层的目的是关注生态，采访大熊猫等野生动物的生存状况，之所以到野竹坪来当个副书记，完全是为了深入生活方便，为的是有个吃住的据点，有个关照的组织，跟地方工作根本不搭界。

野竹坪原名野猪坪，位于秦岭南麓，周围人烟稀少，沟壑纵横，出产大熊猫更出产野猪。历史上，这里一直是野猪的繁盛发展之地，每到庄稼成熟季节，老乡们就得在地头搭上窝棚，全家出动，保卫胜利果实。山里的野猪都是“熟人”了，深谙老乡规律，采取“敌疲我扰，敌进我退”政策，和农民打起了游击战。这几年实行了野生动物保护法，野猪们更是挂了免死牌般疯狂，野得没了边。有人说是野猪坪这个名字叫坏了，怎的不叫熊猫坪、国宝坪，连人带动物都是国宝，那样多好！得改！就改名字，一改才知道，敢情地名的更改是要上报国家的，不是谁想改就能改，麻烦着呢。乡里人聪明，将个野猪坪改作了野竹坪，只变一个字，省事多了，加之“竹”比“猪”高雅了许多，文学了许多，有郑板桥“秋风何自寻，寻入竹梧里”的意境在其中，更有王安石“野竹林寺”诗可以附会。一个字的变更一下提升了野竹坪的文化内涵和档次，这个点睛的高明之人就是现在的乡党委书记朱成杰。当然，成了野竹坪，野猪们还是照旧地闹，并没有因了郑板桥而有所斯文，因了王安石而有所思考。

朱成杰是我大学作家班的同学，那时候我从市文联考入作家班，他从富仁县考入作家班。从年龄上论，他最小，我最老，他是班长，我是支部书记，他是山区来的朴实又狡黠的农家子弟，我是大城市来的脱产进修干部，我们的差距使我们成为好朋友，他在我面前毫不掩饰造作，透彻得如同一碗清水，玩坏就是玩坏，耍赖就是耍赖，不讲理也有，借钱不还也有，到时候嘿嘿一笑，都过去了。我对这个小师弟百般爱护迁就，在他身上时时能看到农家子弟的耿直率真。社会上假的东西太多，朱成杰不假，他就是坏也坏得很真实，很可爱，很能让人说得过去。

大学生朱成杰个头不高，敦实，憨厚，黑红脸庞，一脸的壮疙瘩，头发很长，有时候披肩，有时候梳马尾巴，如他所说，这样的发式不是时髦，是为了省剃头钱。马尾与披肩的变化也有规律，刚刚洗过头三天，是披肩，三天过后，头发发黏打绺，就变成了马尾。无论披肩与马尾，那股浓重的头油味永远是气冲霄汉，热烈非凡。朱成杰冬天穿对襟黑棉袄，夏天是白布小褂，方口布鞋，蹬着一条从进学校就没换洗过的喇叭形牛仔裤，睡的是他娘给织的土布方格单子。喇叭裤是城里扶贫打发到乡下的过时物件，配给喇叭裤的同时还有几双尼龙花袜套和一件印着“亲你一口香三天”的半长背心，这些东西时时地在朱成杰身上闪现。每每见到朱成杰不土不洋，不伦不类，迈着外八字，抠着眼上的眵目糊，晃晃悠悠走进教室时，我都想为他喝彩，整个一个杂八凑儿！

让人没想到的是，杂八凑儿的行头竟成了新潮，前门大栅栏服装店的中式服装一件已经卖上了千元价钱，做工还远没有朱班长的传统地道。粗布的大单子只有王府井工艺品商店才有出售，别的地方无处问津。喇叭裤已然过时，可没想到美国的迈克尔·杰克逊又穿着它在台上作歌作舞，辗转腾挪，大放光彩。作家班本来在大学里就惹人眼目，出了个朱成杰，更是无与伦比的精彩。那些文学女青年，三天两头往作家班宿舍跑，逮着谁管谁叫老师，把作家班的男男女女一个个弄得神经兮兮，连句整话也说不利落了。文学女青年视土包子为名士派，视笨拙木讷为文化的莫测高深，把个朱成杰崇拜得莎士比亚一般，云里雾里闪烁如星。中国农民的特点是无可比拟的精明，朱成杰当然也不例外，索性倚傻卖傻，越发地走向了黄土地，走向了文化的回归，说些个谁都不懂的言辞，创造些个半英文半黄土的词汇，比如“羊肉泡 culture”等等，让人讳莫如深，不知所云。

跟我同宿舍女生有个南方来的方米米，学计算机管理的，却连计算机怎么开机也搞不清楚，大半时间放在梳妆打扮和交朋友上。方米米的爹是鞋厂大老板，方米米的床底下就摆了几十双鞋，蜈蚣似的不知有多少脚。方米米对朱成杰崇拜最为厉害，说朱成杰是天生的思想者，朱成杰的举手投足，在方米米眼里都是深沉、都是文化，都有着特殊的意味。朱成杰在球场上打球，方米米会替朱成杰抱着衣服在看台上喊加油，大声叫着朱成杰的名字，仿佛满场只有一个朱成杰在跑动；逛大街，从来是方米米掏钱，掏得主动又迅速，毫不含糊；朱成杰喝剩下的茶根，方米米也会不嫌弃地喝下去，美其名曰沾沾灵气。方米米有钱，大方，不计较，爱跟所有的人撒娇，老把自己当小孩儿，动辄便是“我们女孩子”怎么怎么的，好像今年小学才毕业，其实二十四了，是个傻大姐儿，没熟，属于半生系列。

有一天方米米后半夜才回来，一进宿舍就把大伙吵醒了，说朱成杰刚才在草地上摸了她。谁迷迷瞪瞪地说这属于性骚扰，让方米米明天告到学校去。方米米说她愿意让朱成杰摸，朱成杰摸得很文化、很舒服。大伙说既是这样，就另当别论了。问摸哪儿了，方米米愣冲冲地指指上头。问还有哪儿，又愣冲冲地指指下头，大伙就都蒙起头来笑。方米米说，有什么好笑的，朱老师说他把他的才气都传给我了，从上头传，下头跑出去怎么办，从下头传，上头跑出去怎么办，所以同时传，双管齐下！我探出头来说，快睡吧，方米米，你个大傻 × ！

第二天一进食堂，就听到了朱班长给方米米“传递才气”的议论，大家当个笑话在听，嘻嘻哈哈，没有正经。方米米向朝她挤眼睛的男生说，挤什么挤，你那小狗眼儿比朱老师的差远啦，你挤瞎了我也不会正眼瞅你！

大家更笑。

人群里有一个认真的，就是刘大可，刘大可跟方米米是从一个地方来的，受了方米米她爹的委托，自认为是米米的同乡，是护花使者，从立场上便跟大家很不一样。刘大可认为方米米受了欺负，有些不依不饶，满饭堂寻找朱成杰，要跟作家班的朱无赖算账。找了半天没有结果，就一遍遍给朱成杰打手机，没人接。他不知道，一般情况下，朱成杰上午都是在睡懒觉，晚上不睡，早晨不起是作家班的生活习惯，有时候宿舍的窗帘能拉到中午去。刘大可拨了有一顿饭工夫，朱成杰就是不理睬，刘大可急了，对传呼台小姐大声喊，你给这小子留言，我 × 他大爷！小姐说刘大可的语言不文明，她们不能传递。刘大可说，你就这么传，出了问题我负责，我 × 他朱成杰的大爷！

我怕事情闹大，跟朱成杰在操场谈了回话，朱成杰不以为然地说，大姐，我不就是把活做了嘛，我不做别人也会做，谁都知道，我不会娶那个疯丫头，那个疯丫头也不会嫁给我，这事谁也没认真，您甭操心。

我说，你的胆子也忒大！别看你表面憨厚，其实一肚子烂杂碎！

朱成杰说，谁肚子里都是杂碎，我们山里人，跟野猪都敢较劲，甚也不怕！

我说，你不怕乡下媳妇找来？

朱成杰说，她敢 pi gan！

我问他 pi gan 是哪国话，什么意思。

朱成杰说，pi gan 就是 pi gan，我们那儿的外语。

这时候，朱成杰的手机响了，朱成杰看了看手机，撇撇嘴，我知道那不是什么好话，也凑过去看，上面写着小姐给传的留言“刘大可先生对你大爷有意见”。

真难为了那位传呼小姐。

三十年河东三十年河西，就是这个朱成杰，毕业后没写过一篇小说，没写过一行诗，现在成了野竹坪乡党委书记，敦实为脑满肠肥替代，憨厚中糅进了世故圆滑。我再见他几乎是认不出了，小师弟将军肚挺着，毛哔叽披着，桑塔纳坐着，官腔打着，正经得不苟言笑。我到野竹坪来挂职，两人竟在这野山洼相遇，这是谁也没想到的，分别十年，毕竟是他的师姐，甭管当官还是为文，同窗的友谊牢不可破。在野竹坪，大概也只有我能和他平起平坐，海阔天空地聊天，只有我不唯唯诺诺地喊他“朱书记”，不怕他那张永远不笑的官样大脸。朱成杰对我有诸多的关照，办公室的位置是最好的，用车随叫随到，配给了照料生活的女干事，大食堂给单开了小灶。最直接的是给我时常传授基层的为官之道，比如说话看场合，办事得花钱，报喜别报忧，个人风头出不得，前任的事别管，少说话多请示，棘手的事就拖，拿不准的事集体拍板，吃喝不犯法，车子是身价，等等。这对我都是空白，我坚定地相信，再回到原单位，我一定不是原先的我了，保准是老练的油条、会耍手腕的政客，让我那些文化姐妹儿们大跌眼镜！

……还能怎么着呢，作为小兄弟，朱成杰够仗义的了。

我拿着相机正要出门，门帘一掀，进来个女的。问她找谁，她说，就找您，叶书记。

我说我要出去，她说她耽搁不了我多长时间，说着将手里的塑料兜搁在桌上，兜里嘀里哐啷一阵响，像是个收酒瓶子的。我问她有什么事，她说给我送礼来了，说完了朝我笑笑，两颗亮晶晶的虎牙一龇，模样很俏皮。

如此的直言不讳让我立刻刮目相看了，就跟当年小坏蛋朱成杰一样，非常坦诚直率，这比那些遮遮掩掩、假模假式的“正人君子”强。我不知道这个女子为什么来送礼，非亲非故，陌生如是，让人想不明白。我说干部们有规矩，不接受任何礼品，党内的民主生活会要经常检查这方面的内容。女子说如果她带来的东西也算是行贿的话，那世间就没有人情了。说着将兜里的东西一个个掏出来，果然是玻璃瓶子，瓶子里的内容眉目不清，挤挤压压填得很瓷实。

看我关注瓶子里的东西，女子说里面是香椿，她妈腌的香椿，封在瓶子里能吃到来年春天。说着，将瓶子在我的办公桌上一字摆开，大大小小，高高矮矮一共五个。她说香椿是从他们家树上摘的，他们家别的不多，香椿树多，房前屋后长了七八棵，每年都为吃不了的香椿发愁。后来她妈发明了这种不用盐的真空保存方法，存放一年，味道跟刚摘下一样，一点儿不变。她说她读过我的小说，知道我在乡上挂职，带几瓶香椿给我，让我拿回城里给作家们尝尝鲜。

"让作家们尝尝鲜"，这话透着对文学的追求和喜爱，我不能不收，就像是谁家从树上摘几个杏，让我尝，我不能拒绝一样。大凡上门来找我的，多是文学爱好者，拿着一沓作品，毕恭毕敬地呈上，让提意见。提"意见"，不能宏观笼统，不能大而化之，需对文章逐字逐句改过，再向杂志推荐，方算圆满。刊出了，皆大欢喜，让文学朋友都传阅遍，让三姑六姨都看过，然后给我送些自产的花椒、新挖的嫩笋，以示感激。不刊出倒也不太计较，过两天又送一篇来，再"提意见"，速度之快，让人感到基层素材的鲜活，宇宙之大，苍蝇之微，皆可入文章，反而显得专业作家懒惰而迟钝。

我估计香椿后头会有文章，便审视着来人。见送香椿的女子三十出头年纪，齐耳短发，面容姣好，眉毛淡淡地文过，擦了薄薄的粉，穿着件小碎花的衬衣，白色的裤子，干净利落。看样子不像写小说的，写小说的不会这样不动声色地修饰，不会有这样清爽活泼的谈吐。

往往看上去越不像写小说的，越是写小说的，我不敢有丝毫的掉以轻心。

女子将香椿全部掏完，将空塑料口袋叠了，扔在垃圾筐里，再未见有新内容提出，我便明白来人纯粹是送香椿的，就嘻嘻哈哈地跟她说话，夸张地表现出对香椿的喜爱和惊奇，倒茶水给她喝。

问她叫什么，她说叫鲜香椿，姓鲜，鲜艳的鲜。

鲜姓在野竹坪是大姓，原本复姓"鲜于"，是中国古代一个很著名的姓氏，出过将军，出过孝子，出过诗人。一部分出走辽东，建立了朝鲜国，是朝鲜族祖先，一部分在山西、河北扎根生存。野竹坪的鲜于在元朝改单姓鲜，据说是跟随太祖忽必烈的蒙古军队征战至此而停留，至今民族成分上填的虽然是汉族，但在性情上还有刚烈骁勇的遗传，三句话不合便抄家伙，便头破血流。光绪年的县志上描述野竹坪人说“此地人质朴劲勇，民风刁悍，好讼轻生，鼠牙雀角，亦成讼端。居民常有镖客拳勇之技，一可当十”。“好讼”是生性爱较真儿，一根筋，不服输，凡事要“讨个说法”，所以不怵见官府。

鲜香椿当属于这类人的后裔。

鲜香椿坐在我对面，端着茶喝，应答着我的问话，大方而熟络，鲜香椿说我闲了可以到她家去转转，她家没别人，只有她和一个妈，她妈今年五十六，身体正好，一天还能织小半匹布，做的苞谷面搅团方圆几十里都很有名……我说我吃过搅团，印象颇深，是咸阳作家文兰让他媳妇给做的，做得很郑重其事，吃的时候把我和陈忠实都叫去了。陈忠实是什么人，陈忠实是当地土著，一招一式把个搅团吃得很到位，临到我就不行了，吃了一脸一身，连头发上都是黏糊糊的。落下了话把儿，陈忠实逢人便说，猫吃糨子，打一吃搅团的人，谁呀？大伙就一起嚷：叶广芩！

我把这个故事给鲜香椿学，是从搅团引出的没话找话，否则人家刚把香椿搁桌上，我就冷了，显得不够亲民。鲜香椿听了搅团的事咯咯地笑，声音很清脆，说没想到作家们在一起也这样有趣，她一直以为作家都是严肃深沉的人。有一回县文化馆的干部老王下来搜集山歌，把她叫去了，她在文化人跟前紧张得张不开嘴，勉强唱了个《妹妹找哥泪花流》，还跑调。老王说她唱的不是山歌，让她回来了，换她妈去唱。她妈很会唱歌，给老王唱了大半天，老王记了一大本子，满意极了。

鲜香椿靠着沙发，坐得很随意，所谈的话题也不招人讨厌，乡间这样健谈又落落大方的女子实不多见。我问她在哪儿上班，说是在林场场部，就在街西。我说就是老驴拉磨的西头吗？她说是，使唤老驴的是她舅爷，她舅爷七十九了，不吃机器碾的面，非要吃石磨磨出来的，说磨磨出来的有粮食的香味，机器的面有股机油的臭气，把粮食的魂儿给磨没了。鲜香椿说镇上有不少人不认机器面，非得上她舅爷那儿去找粮食的味道，她舅爷的生意还挺忙。我说作家们也是这样，有些人到现在对电脑有着本能的抗拒，说在电脑前找不到感觉，一个字也写不出来。鲜香椿说，可不，机器压的面就是没手擀的好吃，电脑打出的小说味道肯定不地道。

哪儿跟哪儿啊，这个鲜香椿，自来熟。

由电脑说到工作，鲜香椿说她在林场干了快十年了，杨凌农校毕业的，学的是畜牧业，再具体点儿说是家畜防疫，再具体点儿说是……我让她别具体了，我说我对家畜一点儿不通，有回在乡下见了头小骡子，越看越爱，非得问人家是公是母，让养骡子的把我好一通挖苦……我问鲜香椿在林场干什么，鲜香椿说沏茶倒水搞接待，学的是和畜生打交道，现在是和人打交道，其实还不如和畜生打交道，只是野竹坪畜生太少。山里的野猪也用不着科学管理，她没处派用场，很苦恼，好在干部的身份没有变，现在拿着干部工资，每月六百块钱，股级。我说六百块在乡村是好收入了，一个村长才一百五十块。鲜香椿说村长一百五，可是村长有地，村长是农业户口，她是国家干部。

我承认在人事方面我的知识欠缺得厉害，乡间的事说不了三句就露怯，如果要谈论文学创作 ABC 我或许还有的说，可人家鲜香椿对文学没兴趣，我不能上赶着卖弄不是？

鲜香椿看我没话了，起身要走，我送到门口，鲜香椿亲亲热热地拉住我的手说，别送了，叶书记。

好久没跟谁这样亲昵地拉着手了，我对这个动作已经生疏，手被鲜香椿温热柔软的小手攥着，唤起了我小时候和同学们手拉手排队逛北海的记忆，张小莲、王小康，荡漾湖水，绿树红墙……红领巾，烂漫儿童，一时全涌现出来，像搁陈了的酒，醉得人神情竟有些恍惚。

鲜香椿停住了脚步，低声对我说，叶书记，听说今天晚上开会，希望您在书记会上给我提一提，我想当妇联的副主任，我觉着我有这个能力。

图穷匕首现，香椿后头果然有戏，这比修改文章厉害，天下没有白白送东西的，甭管是五瓶香椿还是什么其他。我有些犹豫……

鲜香椿很聪明，窥出我的神态说，叶书记，您像个老大姐，我信得过您，女人干什么事儿的难，您能理解，这回您一定得帮我，我在领导跟前没熟人，全凭着我硬着脸来找您，您知道我做了多少思想斗争才进了您的门吗……我不是那种厚着脸皮要待遇的人，我是真想为女人们说说话，做点儿事。

鲜香椿说话的时候看着我的眼睛，没有躲闪，没有退缩，语调平和，态度诚恳，让人没有任何理由怀疑她的真诚。我的文人弱点在此刻凸现出来，脸一热说，看机会吧。自以为这个回答很中性，很原则，并没有应允什么，承诺什么，当然，也不伤人的自尊。

鲜香椿说，您可以去调查我的做派为人，我要是有一点儿劣迹，也不会让您为难。

能出言让人调查的人，该是磊落清白之人，看着这个小女子，我不禁有些感动，这感动绝不是为了那几瓶香椿。

鲜香椿顶着大太阳走了，我想这个女的，真的很有意思，一切都是直来直去，没有拐弯，也是难得，就凭这股劲头，也算得上是有魄力的小娘儿们。我还真的有那么点儿喜欢她了。

小张闪进我的房门，趴在桌上低声跟我说了两个人名，让我在晚上的会上特别留神这两个人的安排，一有结果，立马给他打电话，甭管多晚，他都在电话跟前守着。我拿出纸要往上头记，小张说，我的姑奶奶，您得记心里头，到时候您还能拿着纸对名字，太幼稚啦！

我说我记不住，小张说记不住也得记，两个人一个是他小舅子的把兄弟，一个是他的挑担，都是切切实实的亲戚。我说我还是回城去洗澡，在这儿给你们当传声筒犯纪律，没甚意思。小张说，您千万不能回去，您一回去，我黄花菜都凉了！

我说，黄瓜菜一般都是凉的。

我问小张认识不认识鲜香椿，小张说不认识。小张说不认识的时候是一脸坏笑，很有些讳莫如深在里头。我说鲜香椿送来了五瓶香椿，小张立马警惕地说，她是有事来找您吧？我说没事，女人之间的交往不像你们男人那样功利，比如你不让我回家，是为了你的亲戚……小张说，没事她往书记屋里跑什么，这个女人，事儿多着哪！

我问怎个事儿多。小张说鲜香椿是离了婚的，又骚又泼，穿条白裤子满街跑，乡下正经女人谁穿白裤子？我说小张的观点实在是怪，白裤子怎的啦，世界上穿白裤子的多了，我的白裤子就好几条。

小张说，那是您，您穿着旗袍大伙都得说那是国服，是大正经，鲜香椿要是穿旗袍，那是怯妞学打扮，屎壳郎爬铁轨——愣充大铆钉。

说到旗袍，乡上谁都知道，叶书记夏天穿了一款旗袍在镇上走来走去，在政府大院进进出出。后来朱成杰到我办公室为旗袍跟我交换意见，说我不能穿了这样的衣裳在野竹坪出现，老乡们看见他们的书记穿旗袍，忒不正经。我说我的旗袍也不是宾馆服务小姐们大开衩的那种性感旗袍，就是个条子布的，保守又传统，就跟你在学校穿对襟棉袄似的，碍着谁啦？朱成杰说，此一时，彼一时，身份在变化，场合在变化，我们要与时俱进，太各色了就要脱离群众。我问他在野竹坪我应该穿什么，他说穿长裤套装，我说，去你的土鳖套装，我就穿旗袍，气死你！第二天开各村支部书记村长会，我穿着旗袍上了主席台，不用说，我是故意的，这一招连朱成杰也没料到。眼瞅着，台下的眼光有点儿直，有嗡嗡的声音。朱成杰对着话筒点着各村的名字，点完了说，咱们的叶书记今天是特意穿着旗袍来开会的，旗袍是咱们中国妇女的正式服装，国家主席的夫人出国访问，穿的都是旗袍，是礼服。书记穿礼服，是对今天会议的重视，咱们看到书记穿旗袍，眼睛为之一亮，思想为之一动，观念就出了山了，谁说咱们野竹坪的观念落后，咱们野竹坪的观念一点儿也不落后……

朱成杰说罢带头鼓掌，下面各村的人也鼓掌，我知道，这身装扮得到认可了。就想，这就叫哪壶不开提哪壶，有些事，你迎刃而上，反倒简单，怕就怕欲盖弥彰，闪烁其词，人家不揪你的辫子才怪。下来后，朱成杰听了我的感想说，什么叫迎刃而上啊，我那是急中生智，没有我的开场白，没有我的带头鼓掌，唾沫星子早把你淹死了！

小兄弟的用心可谓良苦。

野竹坪人容忍得了旗袍却不能容忍白裤子，这其中的缘故我一时想不明白。问小张鲜香椿怎的泼，小张说鲜香椿曾经扛着镢头去刨她男人的祖坟，动辄便刨人家祖坟的女人，谁敢一块儿过日子？男方家族上百口子人，能答应？鲜香椿还没走到坟地就让人打回来了，打得鼻青脸肿，折了两根肋骨，农村谁跟谁离婚，是真正“打”离婚。不打离不了。

我说“扛着镢头刨男人的祖坟”，想必是那男人干了让人刨祖坟的事情，平白无故干吗要刨谁祖坟？小张说，这小娘儿们男人根本驾驭不住，说话不给人留情面，一下能把男人的宝给掏出来。

我问鲜香椿怎的骚，小张摸摸脑袋说，这个不好说，现在不是不兴捉奸了嘛。

我说，说人作风不好总得有证据，捕风捉影不行。

小张说关了灯的证据不好提出，半夜蹲墙根，除非直接关系者，否则没人肯下这个死力。

小张不负责任的介绍并没改变我对鲜香椿的初步印象，我知道，在农村，有个性的女人通常后头都有一堆议论跟着，就像城里的歌星，吃喝拉撒睡都有人拿眼盯着一样，躲都躲不开。

吃午饭的时候我见到了朱成杰，这小子愁眉苦脸地告诉我他最近血糖高，血脂也高，已经到了可以诊断为糖尿病的水平。

我说，你少吃点儿，什么病也没有了，成天在外头混吃混喝，机关食堂哪儿见得着你。

他大口吞着炸酱面，咬着独头蒜，说这也是为革命付出的代价，以前革命者是抛头颅洒热血，为新中国捐躯，现在是奉献健康和精神，道理是一样的。我说什么都要悠着点儿，广厦千间，眠不过七尺，七珍八馔，食不过一碗，一个人就这几十年的日子，一辈子吃多少饭老天爷都给安排好了，早吃完了早弯回去，不如吃个半饱，多活几年。朱成杰说我是宿命论，唯心主义，说最近手机上流传个段子，问我听说了没有。我问什么段子，朱成杰说有关当官的段子。我说手机上的段子浅薄无聊，一到逢年过节，收的段子一个比一个臭，删都来不及。

朱成杰说，也有些精品，不全是混账，待会儿吃完饭我给你发过去，你也学习学习，社会都像你们那样深沉，世间末日就快到了，都得得抑郁症，为什么《还珠格格》收视率那么高，就是因为《还珠格格》轻松、热闹，哈哈一笑，完了！夫妻俩该操练操练，该睡觉睡觉，全不耽误！就你写的那些小说，老想着给人以精神，以内涵，以意义，以责任，谁看？白天上一天班，晚上为反思您这个作品，耽误了活不说，半宿睡不着，累不累呀？不如您也改弦更张，到电视上去教教您怎么做醋焖肉，那样还实惠些。

我说，亏你还是作家班毕业的，说这样的话。

朱成杰说，我跟人从来不提作家班，我说我是党校出来的。

我说，你也进过党校？

朱成杰说，进修过三个月。

别人都吃完走了，饭堂里只剩下我们两个，我觉着是个机会，就跟朱成杰说刚才有个叫鲜香椿的提了五瓶香椿到我办公室，她说她想当妇联副主任。

朱成杰的脸一下恢复了书记的面容，正颜说，你怎么也掺和起这号事来了，鲜香椿这是违反组织纪律，瞎胡闹！这种跑官要官的人实在是讨厌，就是够条件也不能安排，不正之风！……这个鲜香椿她是后备队伍人选吗？是他们单位推荐上来的吗？她的考察记录在谁手里？

朱成杰的蒜气喷在我的脸上，让我不能容忍，我说，你说话离我远点儿，你们那个后备队伍名单我看过，都是男的，没一个女的……妇女干部，少数民族干部，还有……是要考虑的。

朱成杰说，不错，我们目前是没有妇女干部，没有妇女干部说明妇女还不成熟，我们不能为了妇女而妇女，以前我们也有过女干部，那几个女干部把工作干得稀里哗啦，让男的擦屁股都擦不干净。至于少数民族，查查您周围，有几个是纯种汉人，我还有匈奴和鲜卑的血统呢……

我说，鲜香椿给我的印象不错，直率，精明干练，跟人的亲和力强……

朱成杰说，什么叫亲和力，怎么个亲法，选拔干部上没这一条，你得说她的党性怎么样，原则性怎么样，八个坚持做得怎么样？

我说，你甭在这儿跟我唱里格楞，我不是组织部，没有调查人家的权力，我是凭直觉。

朱成杰说，你的直觉就是五瓶香椿，五瓶香椿就把你打倒了，你不觉得很可悲？提拔干部凭直觉，亏你是在我跟前说，要是让别人听见了，人家会说，这是什么书记，整个一个二百五。

朱成杰不像是和尊敬的师姐说话，倒像是训孙子，大概他已经习惯这样的谈话方式了。我想起当年他拾掇人家方米米的事，那还不是凭直觉，这会儿又正经起来，谈什么原则和坚持了，别人不知道你，我还不知道你！但是我还是耐着性子对他说，成杰，我就是告诉你有这么件事，没别的意思，成与不成你了解一下……

没想到，朱成杰更硬了起来，他说，我怎么了解，我根本就不能了解，这是个组织程序问题，你是在这儿乱搅和，没规矩，没准谱，没原则，想起一出是一出，告诉你这是根本不可能的事！

我说，不可能就不可能呗，你厉害什么？又不是我要当你的什么主任！

朱成杰说，叶广芩，以后你再不要在我面前提鲜香椿这个名字，你一提这个名字我就恶心！就肚子疼！跟你说，我不认识她，压根儿就不认识她，以后永远也不想认识她！

这个朱成杰简直是穷凶极恶了，点着我的鼻子指名道姓，他在跟谁说话，跟我说话吗？就为个八竿子打不着的鲜香椿，为了我一个带有试探的稍稍动议，动这么大肝火，值吗？我是头一次领教了朱成杰的另一副嘴脸，肆无忌惮，唯我独尊，缺知少教的无赖嘴脸。这样的嘴脸，他的血糖不高、血脂不高才见鬼！

文人的自尊岂是你这样蹂躏的，即便鲜香椿是个十恶不赦的大坏蛋，是双提不起后跟的大破鞋，你朱成杰犯不着对我发脾气，姑奶奶不吃你这一套！我知道，对付朱成杰的法宝是无视与轻蔑，在我淡淡地一笑转身离开时，朱成杰才意识到他的失态和过分。脸色转变的速度就如他的初始，朱成杰屁颠儿屁颠儿地把我跟到办公室，替我掀帘子，开电扇，给我倒水，好像这儿不是我的办公室，是他的办公室。

我说，你走，我要休息了。

朱成杰搓着手，半个屁股挂在沙发上，嘿嘿地笑，眼前的他又变作了小师弟模样。

朱成杰告诉我说在安家村发现了唐代唐安公主的墓志铭，很有历史价值。唐安公主是唐德宗的长女，因皇城之乱，随同父亲逃亡陕南，途经野竹坪，地冻天寒，病逝于此。要是我愿意，下午他陪我一块过去看看。我说我哪儿也不去，我就在办公室待着。朱成杰说在办公室也好，这大热天，出去再中暑，病倒了上边会说他们没把作家照顾好。

朱成杰没目的地东拉西扯，对桌上的五瓶香椿视而不见，好像刚才什么也没发生，跟我发脾气的是另外一个人。小张过来喊他，说他的办公室有人在等，他哼哼了两声，慢吞吞地说，没看见我和叶书记在谈工作？

小张说，那就让那人走？

朱成杰不说让走也不说不让走，靠在沙发上不言声。小张半个身子在门里，半个身子在门外，等着朱成杰下指示，半天见书记不说话，只好怏怏地退出去了。小张一走，朱成杰的脸又活了，跟我说，这个张秉珲，太精明，太是非，当了六七年干事硬是提不起来，为什么，聪明外露，跟他接触，你得留神，弄不好就把你的意思变了味儿。

我说朱成杰在下属跟前架子太大，朱成杰说，当领导有三个层次，在基层，就得严，就得厉害，动辄便训，便拾掇你没商量，这样才有威，才镇得住。比如那些村长，哪个不是拿得起放得下，说话有好语声的；中层就得恩威兼施，不能一味地直接，话要说半句，事儿别点透，要让下属不知你的深浅，永远对你敬畏三分；高层就得亲民，越亲切越随和越是水平……我问他跟我说这些是什么意思，他目前对我是要震慑还是要亲切？他说他没这意思，刚刚吃完饭，现在就躺下午睡怕顶了食。

整整一个下午我都不愉快，五瓶香椿像五块石头压在我心上。朱成杰用手机给我发来短信，一看就是带色调侃的，是《十类人不宜做官》……我看那十类人件件都在说我，给他回了短信：放你的臭狗屁！

放下手机就想这个朱成杰也是怪，明明说不认识鲜香椿，又说一提她就恶心，就肚子疼，这个鲜香椿怎么了？招谁惹谁了？

傍晚时候大雨下来了，倒海翻江地往下砸，轰轰的雷在头顶上滚动，像有万千战车在行进。

雨下归下，可并不凉快，闷热难耐。

晚上，雨停了。

书记会如期举行。

朱成杰、我，再加上赵、钱两位书记，一共四个，分两排相对而坐，使得长会议桌显得更长，大会议室显得更大。我对面墙上是一幅画得不错的水墨画，提款有诗："一竹一兰一石，有节有香有骨，满堂皆君子之风，万古对青苍翠色。"是那位买磨盘的画家赠送的，画是很地道，却觉得挂在会议室有点儿别扭。今天的会议，所有秘书、记录、干事，包括送水的勤务，都被屏却于外，不得进入，会议室的门从里面插上，内里的也不得随便外出。

朱成杰是最后一个端着茶杯进来的，玻璃杯子里泡的是苦瓜干，据说苦瓜能降血糖。苦瓜干在开水的浸泡下变得狰狞恐怖，像一个松了绑的木乃伊，在水中慢慢扩大。朱成杰关了手机，搁在桌上，其他几个书记也把手机关了，也搁在桌上，一种心照不宣、严守纪律的默契让空气变得庄严。

每位书记跟前有一份名单，上面印着后备人选，还有组织部门提出的初步意见，由书记们最后定夺拍板。我才知道，原来下边已经做了大量工作，一个萝卜一个坑，早已安置好了，我半途插进个鲜香椿，果然是不合章法，打乱了组织的安排计划，难怪朱成杰跟我嚷嚷。我为自己的心血来潮，异想天开，不知深浅，浅薄幼稚感到羞愧。就像是一场严格规整的足球比赛，球场上突然冒出了个穿大花裤衩、光着脊梁的怪异，这还不算，可笑的是这个怪异还十二分的严肃认真，不知自己为怪……

浑身立刻汗津津的。

庆幸中午只是对朱成杰提起，没有外人知道，否则把人丢到家了。

朱成杰收拾着他的圆珠笔，把笔拆了又组装起来，组装起来又拆了，没有说话。

老赵、老钱审视手里的名单，喝着缸子里的茶，也没说话。

我看那名单，长长的一串，谁也不认识。想起小张托付的小舅子和挑担，却怎的也记不清是哪两个，名单对我只是一个个符号，我只能窥出组合这些符号时父母的心劲儿与信息，好学、爱社、满仓、官印……再没有任何其他。

半天，朱成杰抬起头来，面无表情，用平静得再不能平静的语调说，今天中午，叶书记提出了一个新的人选，鲜香椿，她提议鲜香椿当副主任。

我的脑袋一下蒙了，朱成杰不是开玩笑吧，他怎么把这事一下提到会上来了，这不是明摆着要我的难堪嘛！我狠狠地瞪了朱成杰一眼，朱成杰在欣赏杯子里正在膨胀的苦瓜干。

老赵、老钱互相看看，将目光转向朱成杰，朱成杰一咧嘴，突然地，三个人发出哄然大笑，那种不约而同的爆发使他们达成了一种从未有过的认同和由认同产生的快感。朱成杰乐得几乎背过气去，苦瓜干也随着他的手上上下下地颤，仿佛木乃伊有了生命；老赵一手捂着肚子一手点着我，说不出一句话，摇着脑袋，不知道是高兴还是痛苦；老钱的一口茶噗地喷到了桌子上，将那个名单喷得水淹三军般的漂亮。

好像我成了鲜香椿，鲜香椿就是我！

我的脑子顷刻间冒出“出乖露丑”“丢人现眼”“特等外行”“专业傻 ×”等一些词汇，迅速地反省自己是否依仗着作家的名分而不知所以，而权力欲膨胀，而贪污受贿，而拿着原则做交易……叶广芩，你以为你是谁？

一切都无可挽回，索性张着嘴做出一副傻相，用真诚的眼光看看这个，看看那个，心里想的是物极必反的道理，有时候傻 × 傻到底了反而成了最超脱、最游刃有余的人。

看着三个笑得控制不住的男人，心里为鲜香椿悲哀，也为自己悲哀，她要知道是这般结果，还要当副主任吗？我要知道是这般结果，还会跟朱成杰谈五瓶香椿的事吗？不会。我想，我要是鲜香椿，一定把眼前的桌子掴了，给他们点儿颜色看看。可是我不是鲜香椿，我也没有鲜香椿扛着镢头刨男人祖坟的魄力，我只好静静地看着他们笑。

老钱终于缓过气儿来，嘴里咯吱吱地说，要是鲜香椿当了主任，在台上一讲话，台下男人的裤儿都给顶破咧……

又是一阵哄笑。

我怎么也乐不起来，一点儿也乐不起来，尽管老钱说得很生动，很生活，我还是乐不起来。

大家七嘴八舌地说了些什么，朱成杰用手敲了敲桌子，接下来是切入正题的讨论，书记会议正式开始，不再玩笑。

这个序曲很精彩，不亚于我那个穿旗袍的宣言。

晚上的会一直开到夜里一点，我十点钟就提前撤出，回宿舍睡觉去了，朱成杰们也巴不得我走，我在那儿坐着，一个接一个地打哈欠，实在是煞风景。

躺到床上，怎么也睡不着，满脑子想的都是鲜香椿。

从明天开始，得搞个调查！

我对街西头的驴已经没兴趣了。

街上的人都知道我是下来了解小镇风情的作家，不是真的书记，所以说话多无避讳，有什么说什么。我从东往西走，信马由缰，挨着门进，烧饼铺、理发店、西瓜摊、拉面馆……见谁跟谁聊，话题多样，很是得了小张的真传。聊的时候，有意无意会谈到野竹坪的女人们，谈到鲜香椿。有关鲜香椿的“小蛮腰”“圆屁股”这类词汇听到不少，都跟小张一样，没说出实质内容来。倒让我闹不清了，是鲜香椿有问题还是我问的人有问题。

唯一给我提供了实质内容的是驴的主人，鲜香椿的舅爷，其实也不是舅爷提供的，是到磨坊磨面的陈建朋提供的，陈建朋是坚持吃驴磨面的人物之一，我跟舅爷说话的时候他正在磨道上跟那头驴周旋，听到我们的话题，上赶着插进来，说鲜香椿几年前把朱成杰寒碜惨了。我让他细说，他说是七八年前，朱成杰当林场党委书记的事。

我说，朱书记认识鲜香椿吗？

陈建朋说，怎的不认识，鲜香椿是朱成杰的手下，鲜香椿离婚是朱成杰给签的字，那时候没有单位领导签字，办事处不给办手续。鲜香椿离婚的事在镇上闹得沸沸扬扬的，名声很臭，都说她跟谁谁谁上炕睡过……总之吧，鲜香椿在小镇上是个带颜色的女人。

舅爷说，不是香椿有颜色，是人们看她的眼光有颜色……咳，当老家儿的不该说这些……两人脾气不对路，说不清谁对谁错，三天两头打，香椿脾气烈，过不下去就离婚，没想到一离却让人泼了一头脏水……两口子之间的事儿，就是鞋跟脚的事儿，合适不合适只有自个儿明白，外人看不出来，有时候瞅着挺般配，其实未必。

陈建朋说，鲜香椿闹离婚，在法院提出的理由是双方“性格不合”，过不下去了，在农村，性格不合是什么理由？性格不合不是理由，十人十色，你说哪色跟哪色合呀，红配蓝，狗都嫌；红配绿，赛狗屁。无论怎么的，就是配成黑色，那也是日子。你们城里开放了，结婚离婚跟换条裤子似的，十人不是十色，十人是千色，我们这儿不行，你要离婚就是你有毛病，不是作风上的毛病就是生理上的毛病，所谓的性格不合，就是找借口，胡矫情，私下有着不可告人的目的，而且从来是男的不要女的，哪儿有女的不要男的的道理。鲜香椿这事办得就非常出格，非常不地道。

鲜香椿离婚的原因，被小镇上人们视为“不地道”，继“不地道”而来的就是五光十色的议论和猜测。如果说，鲜香椿和她的丈夫离婚，是因了两点常规理由中的任何一点，都会被镇上的人理解，然而一个捉摸不定的“性格不合”，实在让人想入非非，扑朔迷离的离婚理由丰富了小镇人的想象力，让鲜香椿背上了黑锅。

我闹不清我的师弟朱成杰在其中扮演了什么角色，以朱成杰的精明，绝不至于在家门口闹出些桃色新闻，能将方米米玩得无怨无悔的朱成杰，不会栽在山区的小女子手里。

我问鲜香椿和朱成杰到底发生过什么，陈建朋说其实什么也没发生，两个人都是林场职工，一个书记，一个是护林员，差距太大，没戏可唱。20 世纪 90 年代山上偷砍滥伐很厉害，老树沟有批带铁牌子的柏树，是光绪年朝廷号上的材料，县太爷等着朝廷下令，砍伐进贡，却等不来消息。原来是朝廷倒了，换了民国，可是清朝皇家的牌子还在树上钉着，是有主儿的东西，没人敢动，一直留了下来。前几年木料紧张，有人就动了那些老柏树的主意，偷着砍，这事谁都知道，也知道砍树的是有背景、有来头的人，都装看不见。鲜香椿就给她的班长反映，班长哼哼唧唧，说是给上边反映，却没了动静，那些树却是眼瞅着见少。鲜香椿不干了，鲜香椿是急性子，她干脆越过领导直接向党委书记朱成杰反映伐树的事。

办公室找不着书记，场部也没有，书记很忙，不是在外头开会就是应酬去了，书记不是为接见她这个小人物而存在的。书记找不着，老树沟的树在一棵棵减少，鲜香椿急了，索性到书记的家里去堵。去了一次，书记不在，去了两次，书记不在，去了三次书记还不在。鲜香椿一遍又一遍给书记夫人陈述老树沟的事，夫人阴阳怪气地说，既然是公事，你明天到班上去找他吧。鲜香椿说，明天老树沟的树就没了，我今天就在这儿等，书记什么时候回来，我什么时候走。

就坐在沙发上等。

夫人的脸色不那么好看了，水也没给倒，让鲜香椿冷冷地干坐着。

这是鲜香椿的不合时宜，不会察言观色，鲜香椿没意识到自己一身未干的污水和违反常规的做法已然引起夫人的警觉、反感、不安、不快，她没意识到自己的处境已经尴尬危险，还满腔热情地给人家推荐左三十六、右三十六的揉肚减肥法。因为夫人的小肚子也肥硕起来了，小腿肚子大白萝卜似的开始往外突发。

夫人没接减肥的茬，进到里屋再不出来了。

我们同学都知道，朱成杰的媳妇是初中刚毕业就定下的“糟糠之妻”，乡下人怕儿子找不上媳妇，耽搁了后人，都是早早把媳妇占下，把房子盖下，甭管这儿子将来是腾飞还是落地，媳妇和房子是最基本的，跟水和空气一样，是须臾不可离开的。儿子们在中学毕业的时候目光还没脱出黄土墙的小院和邻村的大妞二妞，对这样的婚姻多是喜悦认可，并且是认真见过面，在村口的树林里偷偷亲过嘴的，不能说是封建包办。娶亲是人生大事，能早便早，年龄都按虚岁说，高中没毕业先结婚，主要是双方老人迫不及待，也包括男女双方迫不及待。整出个一男半女是家丁兴旺，证明了自己是男人和女人。赶到走出县境，进入城市，学了逻辑学、学了哲学、学了美学，突然眼界大开，呃，原来外面的世界很精彩，家乡的生活很无奈，跟城里那些米米、唆唆、啦啦一比，大妞二妞是什么东西！

朱成杰当属此类。

朱成杰的媳妇叫王翠花，不是电脑里上酸菜的那个“翠花”，是实实在在的王翠花，脚大，穿四十码的塑料凉鞋，手大，一巴掌能把朱成杰从宿舍架子床上扇门口去。王翠花当年到学校看望朱成杰的时候，朱成杰羞于在众人跟前亮出“大手大脚”，就像是朱元璋怕人看出媳妇是马大脚一样，他把这个王翠花也掖着藏着，不让在学校露面。朱成杰将王翠花和小闺女安顿在学校旁边的澡堂子里住，娘俩晚上睡澡堂子，白天在大街上没完没了地遛，如同地下党的单线联系，只准朱成杰联系她们，她们不能联系朱成杰。有一回三口在小胡同的饺子馆里吃酸汤饺子，让同学们碰上了，朱成杰说王翠花是他嫂子，小丫头是他侄女。王翠花不干了，当下让小丫头管朱成杰叫爹，小丫头怎么也不张嘴，打也不张嘴，哇哇地哭。气得王翠花到宿舍找到我，又哭又闹，向党组织报告朱成杰是陈世美。我那时候第一次见到王翠花，那时候的王翠花还年轻，肌肉饱满，举止灵活，说话直门大嗓，一声呵斥，震得电灯摇晃，远没有现在的富态身材，也没有现在的傲慢风度。年轻的王翠花不能用漂亮来形容，只能说凑合，至少鼻子眼睛没有长错地方。

我喊来了朱成杰，让他和我一起倾听来自山乡的控诉，找出解决问题的妥善办法。包公断案的时候，陈世美、秦香莲是同时在场的，不能缺了谁，否则这戏就没法儿唱。有刘备三顾茅庐，三请诸葛亮，我也是着人三顾男生宿舍，三请朱成杰，最后“驸马爷”总算趿拉着鞋极不情愿地过来了。应该说王翠花是个角色，她的本事秦香莲是永远达不到的，秦香莲在韩琪追杀她的时候吓得只会哆嗦，王翠花却是勇而无畏，朱成杰在门口刚一探头，王翠花上去劈头盖脸就给了个满脸花。五条沟从腮帮一直扯到脖子根，开始泛白，慢慢变红，最后渗出血花，让朱成杰的脸顷刻间变得很生动。王翠花很不简单，在动手的同时还能做到痛哭与诉说两不耽误，那个往外翻的厚嘴唇和浓重杂乱的眉毛很巧妙地配合着她的悲哀与愤懑，在鼻涕与眼泪的自主挥洒中时时也没忘了瞅准机会对朱成杰掐拧抠抓。那个小丫头见爹娘动武，也不失时机地尖声哭喊，火车拉笛一样响亮悠长，不知是在帮她的爹还是帮她的娘。我从来没做过这样的思想工作，既要动嘴，又要动手，抽空还要哄孩子，热闹极了。愤怒的王翠花一会儿要拿脑袋撞桌子腿，一会儿要从窗户往下跳，虽说是二楼，我还是得使劲儿拉，一把蛮劲儿就冲着我撒，把我的胳膊弄得青紫一片。朱成杰则是白眼相对，切齿咬牙，捂着脸嘶声喊，甭拉，让她跳，让她跳，她跳完了我跳！

我怀疑，有此深仇大恨的夫妻日后是否还能走到一起。

那一仗从早晨打到天黑，我掏钱让人送来了二十个肉包子充作“战饭”，竟然没轮到我吃一个。

晚上，男生宿舍的同僚出于恻隐之心，腾出房间让他们团聚。

第二天方米米也自觉进入同学角色，给王翠花从食堂打饭打菜，多是三五块钱的肉菜，油水很足。据说还给小丫头买了一件粉毛衣，绣着小狗熊的，很得她的母亲看重。风雨过后就是晴天，只两宿工夫，两口便和好如初，带着小丫头到公园划了船，到商店买了大号女塑料凉鞋，吃了羊肉泡馍，看了大老虎。当小丫头一口一个爹，举着气球在宿舍楼道里快乐奔跑的时候，王翠花将朱成杰和宿舍所有人的被褥洗涤得一干二净。

大伙激动地跑来告诉我，南京路上好八连的春妮来了！

糟糠之妻不下堂。

朱成杰将王翠花和方米米的位置设计得极其准确，跟方米米玩玩可以，动真格的划不来，王翠花虽然粗糙，却是他生活的基石，基石一般都是糙砾坚硬的。他还得回去工作，还得回去活人，以他的社会关系，根本不可能留在大城市，米米、唆唆是商店里的婴儿纸尿布，装潢漂亮，昂贵花哨，一次性，用过就扔，真要实惠还是老家孩子的土尿褯子，旧单子烂铺衬，不花钱，废物利用，永无怨言。

进了一趟城，王翠花学了不少乖，长了不少见识，她明白了自己男人在女学生中的位置，更明白了男人对她的重要，这使得她对女人永远存有了戒心，对所有的女性有了一种本能的排斥，甭管这个女人是老是少、是美是丑，在她的感觉中，所有女人，无时无刻不在打他男人的主意。她的男人是天下最俊美最聪明最有前途的男人，是天下最优秀最能干最难得最伟大的男人。谁能当党委书记？她男人！谁能在人前颐指气使？她男人！谁能带着老婆坐着桑塔纳回村？她男人！她男人的本事大了，当初找这样的男人是她的眼光明亮，她的高瞻远瞩，没有她的支持，没有她的含辛茹苦，她男人能成为野竹坪的唯一？成为全省全国乃至全世界的唯一？不能！她得把这个唯一牢牢地把护住，向一切走近她男人的女人发动主动攻击，以保自己地位的巩固。

连我和王翠花打交道她都觉得酸溜溜的，更何况鲜香椿。

陈建朋说，鲜香椿反映情况那天，朱成杰是过了十二点才回到家的，刚捅开门，夫人就从里间冲出来，阴阳怪气地说，人家在这儿等你半宿了，有要紧的话儿要说呢，不见不散哪！

朱成杰是什么人，朱成杰一进门就嗅出家里的醋坛子翻了，看鲜香椿在沙发上坐着，心里就明白了许多，不好说什么，搭讪着把媳妇往里间推。王翠花胸脯一挺说，推我干什么，嫌我碍事是吧，我躲开不行吗？我给人家腾地方。嘴里说着腾地方却叉着腰站在原地不动，一副抗战到底的坚决。

鲜香椿再傻也听出书记夫人话里的意思，鲜香椿到底是鲜香椿。我在别人哄笑时只会愣愣地听着，把不满往肚子里咽，鲜香椿不，鲜香椿刨得了男人的祖坟自然也对付得了蛮横的夫人，鲜香椿走近王翠花，一字一板地说，你以为你的朱成杰是个啥？我大喝一声朱成杰，你的朱成杰就得阳痿！

又是一个直截了当，一下把醋缸连底扣了。夫人的嘴张了又张，没说出话来。朱成杰脸色通红，一肚子的蛔虫在搅动，搅得他只想往地上蹲。

在王翠花和朱成杰还没反应过来时，鲜香椿用脚踹开门，咚咚咚下楼去了。

老树岭上的那些柏树自然是都砍完了，做了多少副棺材板，没人统计过，反正不少关键人物的父母都受到了实惠，这是鲜香椿始料不及的，但是“大喝一声谁谁谁就得阳痿”这样的话却成了小镇上男男女女的口头禅，不唯朱成杰，连他那个敢跟“驸马爷”叫阵的“秦香莲”，一提鲜香椿也有点儿发怵，这真是应了“硬的怕横的，横的怕愣的，愣的怕不要命的”这句话。

这样的女子不当主任谁当主任？我真想为这个鲜香椿鼓掌了。

掌还没有鼓，事儿就来了，书记会没出一个礼拜，就有人传话说，鲜香椿给叶书记送过五万块钱，以图副主任的位子，叶书记不敢要，交到乡党委……

我真闹不清这些小说都是谁编的，这些个事儿是怎么传出去的！

肯定与朱成杰有关系，小张也不是什么好东西，老钱、老赵更脱不了干系……有些气恼，找朱成杰论理，他的办公室锁着，一问说是书记到省上去了，一时回不来。倒是小张给我透露说，海外来了位女老板，是某某名牌鞋的总裁，要在野竹坪投资办厂，这样的大好事书记不能不亲自接待，何况总裁还是书记的老熟人。

我说，这个女老板姓方，叫方米米。

小张说，行啊，没想到姑奶奶您的消息比我还灵通。

正要跟小张交代到动物保护站索要先进材料的事，鲜香椿来了。鲜香椿沉着脸，很严肃，但面容依旧姣好。我这时候真希望小张能在屋里多待一会儿，缓和一下气氛，可是小张溜得那叫快，眨眼就没影了。面对鲜香椿，我做好了准备，她要是也向我“大喝一声”地翻脸，我就把那五瓶香椿还给她，当然其中一瓶被我动过了，只剩下了四瓶半。

鲜香椿照旧直截了当地说，叶书记，五万块钱可是个不小的数。

我说，是的，不少。

鲜香椿说，您倒是干净了，我的脸又给抹花了。

我给了鲜香椿一个苦笑。想的是这个女子给了我面子，够客气的了。

鲜香椿说，外头的人在糟蹋我，这您知道吧？

我说，知道，我还知道受贿的和行贿的是同罪，咱们俩是一条绳上的蚂蚱。

鲜香椿说，您怎么能跟我在一条绳上，您都学油了，您抽身抽得真干净。

我知道鲜香椿有气，只好说，香椿啊，把眼界放开吧，生活的路有千条万条，不只是当副主任一条……

鲜香椿说，现在不谈生活的路，我生活的路上净是坑，我得想法怎么把眼前这个坑跳过去，首先我得跟您要个说法，为什么街上有那些个传言？

我说，我没有什么说法，真的没有。

让我说什么呢？我当然也不怕鲜香椿扛着镢头去刨我的祖坟，我的祖坟早让人刨了。四瓶半香椿，还了就是，怕什么，这么一想，突然人变得很高远起来。

鲜香椿说，那我就到县上、到省上去反映。

我说，到哪儿去都行，跟你说句掏心的话，别折腾了，折腾来折腾去全是白搭，最关键的是你得结婚！

鲜香椿翻着眼睛说，这怎么叫折腾？往后我还敢信谁？

我说，谁都信，谁都别信。

鲜香椿说，这话说得让人听不懂了。

我说，不懂回去慢慢想，早晚会懂的。

鲜香椿走了，我越想越窝囊，抓起手机给朱成杰发了一个短信：对你大爷有意见！